S.G. DS

SÉRIE BEST-SELLERS

PRÉLUDE POUR UN ESPION

DU MÊME AUTEUR

DOSSIER IPCRESS (Robert Laffont)
NEIGE SOUS L'EAU (Robert Laffont)
MES FUNÉRAILLES À BERLIN (Robert Laffont)
UN CERVEAU D'UN MILLIARD DE DOLLARS (Robert Laffont)
SEULEMENT QUAND JE RIS (Presses de la Cité)
SPY STORY (Fayard)
UN ESPION D'AUTREFOIS (Fayard)
SS-GB (Fayard)
RÉSEAU BRAHMS, *Berlin Gamc* (Robert Laffont)
POKER À MEXICO, *Mexico Set* (Robert Laffont)
LONDON MATCH (Robert Laffont)
ADIEU, MICKEY MOUSE (Julliard)

LEN DEIGHTON

PRÉLUDE
POUR UN ESPION

roman

traduit de l'anglais par
Jean BOURDIER

ÉDITIONS QUÉBEC/AMÉRIQUE

425, RUE SAINT-JEAN-BAPTISTE, MONTRÉAL, QUÉBEC H2Y 2Z7 (514) 393-1450

Données de catalogage avant publication (Canada)

Deighton, Len, 1929-

    Prélude pour un espion
    (Collection Deux continents)
    Traduction de: Spy hook

    ISBN 2-89037-599-4

    I. Titre. II. Collection.
PR6054.E37S6714 1992   823'.914   C92-096743-4

Dépôt légal:
2ᵉ trimestre 1992
Bibliothèque nationale du Québec
Bibliothèque nationale du Canada

I

Si un jour on me demande de devenir président des Etats-Unis, je répondrai : « D'accord pour tout, sauf pour vivre à Washington. » C'était en me rasant à l'eau glaciale, sans électricité, que je m'étais enfin décidé, et c'était en pataugeant dans la neige, aspergé par les voitures de passage, que j'avais signé les documents nécessaires, en attendant un taxi qui ne vint jamais.

Depuis, j'avais déjeuné et je me sentais d'un peu meilleure humeur. Mais la journée avait été longue, et cette petite corvée que j'avais gardée pour la fin ne m'enchantait toujours pas. Je regardais alternativement la pendule et, par la fenêtre, la neige tombant interminablement sur Washington, sous des nuages plombés de gris. Je me demandais si je pourrais être à l'aéroport à temps pour le vol du soir à destination de Londres — si celui-ci n'était pas annulé.

— Si c'était cela la bonne nouvelle, me dit Jim Prettyman avec un beau sourire très américain, je me demande ce que va être la mauvaise.

Il avait trente-trois ans, d'après sa fiche. Un Londonien mince et blafard, avec le cheveu rare et des lunettes sans monture, qui était sorti de la London School of Economics avec une ébouriffante réputation de mathématicien et de hautes qualifications en comptabilité, sciences politiques et gestion. Je m'étais toujours très bien entendu avec lui — en fait, nous avions été amis — mais il n'avait jamais fait mystère de l'étendue de ses ambitions ou de sa hâte de les réaliser. Dès qu'un train plus rapide passait à portée, Jim sautait à bord. C'était sa manière d'être. Je l'examinai soigneusement. Il était capable de faire durer très longtemps un sourire.

Ainsi, il ne voulait pas aller témoigner à Londres le mois suivant. C'était bien ce à quoi s'attendait le Service. Jim Prettyman n'avait pas la réputation d'un homme disposé à se détourner de son chemin pour rendre service au Central de Londres — ou, d'ailleurs, à qui que ce soit d'autre.

Je regardai de nouveau la pendule et restai silencieux. J'étais installé dans un immense et moelleux fauteuil de cuir beige. Il dégageait ce merveilleux parfum de cuir neuf qu'on vaporise à l'intérieur des voitures japonaises bon marché.

— Encore un peu de café, Bernie ?

Il gratta l'aile de son nez anguleux comme s'il pensait à autre chose.

— Oui, merci.

Son café était infect, même selon mes médiocres critères, mais je suppose que c'était sa manière de montrer qu'il n'essayait pas de se débarrasser de moi. Tout comme l'accepter était ma dérisoire façon de me désolidariser des auteurs du message que j'avais à lui transmettre.

— Londres pourrait te convoquer officiellement, dis-je.

Je tentai de donner à ma phrase un ton amical, mais elle sonna comme une menace — ce que, je suppose, elle était.

— C'est Londres qui t'a demandé de me dire cela ?

Sa secrétaire apparut à la porte entrouverte — il avait dû presser quelque bouton discret.

— Deux autres cafés, lui demanda-t-il.

Elle opina et disparut. Tout cela était laconique, fonctionnel et très américain. Mais James Prettyman — ou, comme le proclamait la plaque chêne et or posée sur son bureau, Jay Prettyman — était lui-même très américain. Il était américain comme le sont les Anglais immigrés dans les quelques années qui suivent leur demande de naturalisation.

Je l'avais observé avec soin, m'efforçant de deviner ce qu'il pouvait penser, mais son visage ne trahissait en rien ses véritables sentiments. C'était un méchant client, cela, je l'avais toujours su. Ma femme Fiona disait qu'en dehors de moi, Prettyman était l'homme le plus dépourvu de scrupules qu'elle ait jamais rencontré. Mais elle ne l'en appréciait pas moins pour autant. Il l'avait même amenée à s'intéresser à ses absorbantes tentatives de déchiffrement des manuscrits mésopotamiens cunéiformes, alors que la plupart d'entre nous avaient appris à ne pas le laisser démarrer sur ce redoutable sujet. Rien d'étonnant à ce qu'il ait fini à la tête d'un des bureaux du Chiffre.

— Oui, fis-je. Ils m'ont demandé de te le dire.

Je contemplai son bureau, avec ses panneaux muraux faits de matière plastique conforme aux règlements anti-incendie, ainsi que le visage sévère et encadré d'or du président du Perimeter Security Guarantee Trust et la commode imitation d'ancien, qui dissimulait peut-être une cave à liqueurs. J'aurais donné cher pour un scotch bien tassé avant d'affronter de nouveau les intempéries.

— Aucune chance ! Regarde plutôt cela.

Il désigna de la main les corbeilles débordant de papiers divers et la console avec écran vidéo lui donnant accès à cent cinquante banques de données. Tout à côté, nous contemplant dans un grand cadre d'argent massif, trônait une autre raison : son épouse américaine toute neuve. Elle paraissait environ dix-huit ans mais avait un fils à Harvard et deux ex-maris, sans parler d'un père qui avait été l'un des pontes du Département d'Etat. Elle posait avec Jim devant une Corvette somptueusement briquée et une grande maison entourée de cerisiers en fleur. Il sourit de nouveau. Je voyais très bien pourquoi on ne l'aimait pas, à Londres. Il n'avait pas de sourcils, et ses yeux étaient si étroits que lorsqu'il vous gratifiait de l'un de ses sourires sans gaieté, laissant à peine entrevoir ses dents blanches, il ressemblait à un commandant de camp de concentration japonais déplorant que les détenus ne s'inclinent pas assez bas pour le saluer.

— Tu pourrais y aller et revenir en une journée, insinuai-je.

Il avait sa réponse toute prête.

— Un jour pour aller, un jour pour revenir. Cela me coûterait trois jours de travail, et, franchement, Bernie, ces foutus voyages en avion me laissent sur les genoux.

— Cela te donnerait l'occasion de voir ta famille, insistai-je.

Je me tus tandis que la secrétaire — une grande fille aux ongles rouges démesurément longs et à l'abondante chevelure jaune pâle — apportait deux gobelets en carton et les posait délicatement sur l'immense bureau, avec deux serviettes en papier jaune vif, deux paquets de sucrettes, deux petits tubes de « crème sans lait » et deux agitateurs en plastique. Elle me sourit, puis elle sourit à Jim.

— Merci, Charlene, dit-il.

Il saisit son gobelet avec toutes les apparences de l'avidité. Après y avoir mis deux sucrettes et la « crème sans lait », il agita énergiquement, goûta et dit :

— Ma mère est morte en août dernier, et papa est allé vivre à Genève avec ma sœur.

Un grand merci au Service de Documentation de Londres ! Toujours là quand on en a besoin ! Il ne faisait nulle mention de l'épouse anglaise dont il avait divorcé du jour au lendemain au Mexique, celle qui avait refusé d'aller vivre à Washington, malgré le gros salaire et la grande maison aux cerisiers, mais il valait sans doute mieux ne pas aborder le sujet.

— Je suis désolé, Jim, dis-je.

J'étais sincèrement désolé pour sa mère. Je devais beaucoup à ses parents. Ils m'avaient offert plus d'un déjeuner dominical dont j'avais bien besoin, et ils s'étaient occupés de mes deux enfants quand la jeune fille au pair grecque était partie sans préavis après une dispute retentissante avec ma femme. Je bus un peu de l'affreuse mixture contenue dans mon propre gobelet et repris :

— Il y a un monceau d'argent — peut-être un demi-million — qu'on n'a pas encore retrouvé. Quelqu'un doit savoir : un demi-million ! De livres !

— Eh bien, moi, je ne sais rien, fit-il, les lèvres serrées.

— Allons, Jim ! Personne ne crie au voleur. L'argent est quelque part dans les caisses. Tout le monde le sait, mais personne ne se calmera tant que les comptables ne l'auront pas retrouvé et n'auront pas tout régularisé.

— Pourquoi toi ?

Bonne question. La vraie réponse était que j'étais devenu une sorte de garçon de courses récoltant les corvées dont nul autre ne voulait.

— Je venais ici de toute façon.

— Et ils ont économisé le prix d'un billet d'avion.

Il but un peu de café et essuya soigneusement l'extrême coin de sa bouche avec sa serviette en papier jaune.

— Dieu merci, j'en ai fini avec cette bande de radins de Londres. Je me demande comment tu peux supporter cela.

Il but le reste de son café. A croire qu'il avait appris à l'aimer.

— Dois-je comprendre que tu me proposes un travail ? fis-je, l'air innocent.

Il fronça les sourcils et sembla un moment déconcerté. De fait, depuis que ma femme était passée chez les Russes, quelques années plus tôt, ma fiabilité était tributaire de mon contrat avec le Central de Londres. Si celui-ci décidait de me remercier, même avec élégance, je risquais de m'apercevoir brusquement que mon visa américain « permanent » pour des séjours « illimités » ne permettait plus de franchir le moindre guichet. Bien sûr, une grosse société indépendante et réellement puissante pourrait faire fi de la désapprobation officielle, mais les sociétés de ce genre, comme celle pour laquelle travaillait Jim, sont généralement soucieuses de rester dans les bonnes grâces du gouvernement.

— Une année de plus comme l'an dernier, et nous en serons à licencier du personnel, fit Jim d'un air gêné.

— Combien de temps faut-il pour trouver un taxi ?

— Ce n'est pas comme si le fait que j'aille à Londres pouvait te rendre service personnellement.

— On m'a dit que certains taxis refusent d'aller jusqu'à l'aéroport par ce genre de temps.

Je n'allais pas ramper devant lui, si importante que Londres prétende cette affaire.

— Si c'est pour toi, dis-le. Je te le dois, Bernie. Je te le dois.

Voyant que je ne réagissais pas, il se leva. Comme par magie, la porte s'ouvrit, et il demanda à sa secrétaire de m'appeler un taxi.

— As-tu quelque chose à prendre au passage ?

— Non. Droit à l'aéroport.

J'avais mes chemises, mes caleçons et mes objets de toilette dans la pochette de cuir contenant déjà tous les papiers que l'ambassade m'avait envoyés par fax au milieu de la nuit. Normalement, j'aurais dû montrer ces papiers à Jim, mais cela n'aurait servi à rien. Il était bien décidé à dire au Central de Londres qu'il n'avait que faire de ses problèmes. Il savait qu'il n'avait rien à craindre. Quand il avait annoncé qu'il allait travailler à Washington, on avait passé au peigne fin son appartement et on l'avait lui-même épluché sur toutes les coutures, comme on ne le fait jamais pour quelqu'un qui arrive, mais seulement pour quelqu'un qui s'en va. Surtout si ce quelqu'un travaille au Chiffre.

Aussi Jim « Monsieur Propre » Prettyman n'avait-il rien à redouter. Il avait toujours été un employé modèle, incapable de détourner ne serait-ce qu'un crayon ou une boîte de trombones. Les mauvaises langues affirmaient que les enquêteurs du K-7 avaient été si amèrement déçus qu'ils s'étaient emparés du cahier de recettes de cuisine de la femme de Jim pour le passer aux rayons ultraviolets. Mais ce n'était sans doute là qu'une exagération.

— Tu travailles avec Bret Rensselaer. Parle-lui-en ; il sait à quoi s'en tenir.

— Bret n'est plus là, lui rappelai-je. Il s'est fait descendre. A Berlin… Il y a longtemps.

— Oui, j'avais oublié. Pauvre Bret ! J'ai entendu parler de cela. C'est lui qui m'avait envoyé ici la première fois. Je lui dois de sacrés remerciements.

— Et pourquoi Bret aurait-il su ?

— Pour le fonds parallèle que le Central a monté avec les Allemands ? Tu plaisantes ? Bret a organisé toute l'opération. Il a nommé les administrateurs — tous des hommes de paille, bien sûr — et arrangé la chose avec les gens qui dirigeaient la banque.

— Bret ?

— Il avait les administrateurs de la banque dans sa poche. C'est lui qui leur a donné les instructions.

— Premières nouvelles.

— Bien sûr. Dommage. Si un demi-million de livres se sont évaporées, Bret était l'homme qui aurait pu te mettre sur la voie.

Jim Prettyman leva les yeux vers sa secrétaire, qui se tenait à la porte. Elle avait dû lui faire un signe, car il dit :

— La voiture est là. Rien ne presse, mais tu peux y aller quand tu voudras.

— As-tu travaillé avec Bret ?

— Sur l'affaire allemande ? J'ai visé les transferts de fonds quand il n'y avait, dans les parages, personne d'autre qui soit habilité à signer. Mais tout ce que je faisais avait déjà été approuvé. Je n'ai jamais assisté à la moindre réunion. Tout se passait à huis clos. Tu veux que je te dise ? Je ne crois pas qu'il se soit tenu une seule réunion dans les locaux du Service. Tout ce que j'ai vu, cela a été des bons de caisse avec les signatures appropriées, dont je ne reconnaissais aucune.

Il eut un petit rire rétrospectif.

13

— N'importe quel vérificateur digne de ce nom remarquerait immédiatement que chacune de ces foutues signatures aurait fort bien pu être faite par Bret Rensselaer. Pour tout ce que je peux savoir, il n'y a jamais eu de véritable conseil d'administration. Tout cela aurait pu être une chimère rêvée par Bret.

J'opinai sans mot dire, mais dus laisser paraître quelque perplexité en prenant mon sac et mon pardessus des mains de la secrétaire.

Jim me raccompagna à la porte, puis traversa avec moi le bureau de sa secrétaire. Me posant une main sur l'épaule, il me dit :

— Je sais, bien sûr, que Bret n'a pas rêvé la chose. J'essaie seulement de te faire comprendre à quel point tout cela était secret. Mais quand tu t'adresseras aux autres, souviens-toi qu'ils étaient les protégés de Bret Rensselaer. Si l'un d'entre eux a tapé dans la caisse, Bret l'a probablement couvert. Ouvre un peu les yeux, Bernie. Ces choses-là arrivent. Rarement, je sais, mais elles arrivent. C'est comme cela que marche le monde.

Jim m'escorta jusqu'à l'ascenseur, et pressa les boutons à ma place, comme le font les Américains quand ils veulent être sûrs que vous débarrassez le plancher. Il me dit que nous devrions nous revoir, dîner ensemble et parler du bon vieux temps. Je lui exprimai toute mon approbation sur ce point, le remerciai, lui fis mes adieux, mais l'ascenseur n'arrivait pas.

Jim pressa de nouveau le bouton et eut un petit sourire bizarre.

— Bernie! dit-il soudain en regardant autour de lui pour s'assurer que nous étions seuls dans le corridor.

— Oui, Jim?

Il regarda de nouveau autour de lui. Jim avait toujours été un homme très prudent. C'était là la raison de sa réussite. L'une des raisons, tout au moins.

— Cette affaire, à Londres...

Il s'interrompit de nouveau. Je crus, pendant quelques terribles secondes, qu'il allait m'avouer avoir empoché l'argent qui manquait, et me supplier de le couvrir, au nom du bon

14

vieux temps, ou quelque chose comme cela. Cela m'aurait mis dans une position sacrément difficile et j'avais l'estomac retourné à cette pensée. Mais je n'aurais pas dû m'inquiéter ; Jim n'était pas du genre à supplier qui que ce soit pour quoi que ce soit.

— Je n'irai pas. Tu le leur diras, à Londres. Ils peuvent faire ce qu'ils veulent, mais je n'irai pas.

Il paraissait agité.

— Entendu, Jim. Je le leur dirai.

— J'adorerais revoir Londres. Le vieux patelin me manque vraiment... Nous avons eu de bons moments, n'est-ce pas, Bernie ?

— Effectivement.

Jim ayant toujours eu toute la chaleur d'un poisson mort, je fus un peu surpris par cette révélation.

— Tu te rappelles le jour où Fiona, en faisant frire le poisson que nous avions pris, a renversé l'huile et mis le feu à la cuisine ? Tu as vraiment explosé.

— D'après elle, c'était toi le responsable.

Il sourit. Ce souvenir semblait vraiment l'amuser. Cela me rajeunissait.

— Je n'ai jamais vu quelqu'un réagir aussi vite. Fiona pouvait maîtriser n'importe quelle situation.

Il s'interrompit et ajouta :

— Jusqu'au jour où elle t'a rencontré. Oui, c'étaient de bons moments, Bernie.

— Exact.

Je crois qu'il s'amollissait, et cette pensée dut se lire sur mon visage, car il déclara :

— Mais je ne veux pas me retrouver impliqué dans une bon Dieu d'enquête ! Ils cherchent un bouc émissaire. Tu sais cela, non ?

Je ne répondis pas et Jim poursuivit :

— Pourquoi te choisir, toi, pour venir me demander ?... Parce que, si je ne viens pas, c'est toi qu'on épinglera.

J'ignorai sa remarque.

15

— Ne vaudrait-il pas mieux que tu viennes et que tu leur dises ce que tu sais ? demandai-je.

Cela ne contribua pas à le calmer.

— Je ne sais rien, affirma-t-il en élevant la voix. Bon Dieu, Bernie, comment peux-tu être aussi aveugle ? Le Service est décidé à te régler ton compte.

— Me régler mon compte ? Pourquoi ?

— Pour ce que ta femme a fait.

— Ce n'est pas logique.

— La vengeance n'est jamais logique. Réfléchis un peu. Ils t'auront. D'une façon ou d'une autre. Même le fait de démissionner du Service — comme je l'ai fait — les rend fous. Ils considèrent cela comme une trahison. Ils veulent que tout le monde reste sous le harnais à perpétuité.

— Comme dans le mariage, remarquai-je.

— Jusqu'à ce que la mort nous sépare. Juste. Et ils t'auront. A travers ta femme. Ou peut-être à travers ton père. Tu verras.

L'ascenseur arriva enfin et j'y pénétrai. Je crus que Jim venait avec moi. Si j'avais su que tel n'était pas le cas, je n'aurais jamais laissé passer sans autre explication l'allusion à mon père. Jim mit le pied à l'intérieur de la cabine et se pencha pour presser le bouton du rez-de-chaussée. Le temps que je comprenne, il était trop tard.

— Ne donne pas de pourboire au chauffeur, précisa Jim, qui continuait à sourire tandis que les portes se refermaient sur moi. C'est contraire à la politique de la maison.

La dernière vision que j'eus de lui fut celle de son froid sourire de Chat de Cheshire. Elle devait rester longtemps dans sa mémoire.

Lorsque j'arrivai dans la rue, la neige continuait à s'accumuler, et l'air était plein d'énormes flocons tourbillonnant vers le sol comme des avions en panne.

— Où sont vos bagages ? demanda le chauffeur.

Descendant de la voiture, il jeta le reste de son café dans la neige, où celui-ci creusa un petit cratère marron, fumant comme un Vésuve miniature. Point n'était besoin d'être un fin psycho-

16

logue pour voir sur ses traits qu'une promenade vers l'aéroport un vendredi après-midi ne le mettait pas au comble de la joie.

— C'est tout ce que j'ai, lui dis-je.

— Vous voyagez léger, m'sieur.

Il m'ouvrit la porte et je m'installai à l'intérieur. Il faisait chaud. Je suppose que le chauffeur devait juste revenir d'une course, s'attendant à ce qu'on lui signifie que sa journée était finie. Il n'était pas d'excellente humeur.

Même selon les normes d'une fin de semaine à Washington, la circulation était terriblement lente. Tandis que nous nous traînions vers l'aéroport, je pensais à Jim. Je supposais qu'il avait voulu se débarrasser de moi. Je ne voyais pas d'autre raison pour qu'il ait pu inventer cette histoire ridicule à propos de Bret Rensselaer. L'idée que Bret ait pu participer à la moindre filouterie financière concernant des fonds gouvernementaux était si grotesque que je ne m'y attardai même pas. Peut-être aurais-je dû.

L'avion était à moitié vide. Après une journée comme celle-là, beaucoup de gens s'étaient sentis trop las pour aller se confier aux soins attentionnés d'une compagnie aérienne, avec, en prime, la perspective d'un détournement sur Manchester. Cela me donna au moins, en première classe, assez d'espace pour bien étendre mes jambes. J'acceptai l'offre d'une flûte de champagne avec un tel enthousiasme que l'hôtesse me laissa la bouteille.

Je m'absorbai dans le menu du dîner en m'efforçant de ne pas penser à Jim Prettyman. Je n'avais pas assez insisté auprès de lui. J'étais encore furieux du coup de téléphone inattendu de Morgan, l'assistant du directeur général. J'avais prévu de passer l'après-midi à faire des courses. Noël était passé, et il y avait des soldes partout. J'avais repéré un gros hélicoptère dont mon fils Billy aurait été fou. Londres était toujours prêt à me gratifier d'une nouvelle corvée, sans rapport avec mes fonctions ni avec

17

mon travail du moment. Je soupçonnai que, cette fois, j'avais été choisi, non parce que je me trouvais être à Washington, mais parce que Londres savait que Jim était un vieil ami, susceptible de m'accueillir plus favorablement qu'un autre membre du Service. Quand, dans l'après-midi, Jim s'était montré récalcitrant, j'avais quelque peu savouré l'idée de transmettre sa peu courtoise fin de non-recevoir à cet imbécile de Morgan. Maintenant qu'il était trop tard, je commençais à réviser mon jugement. Peut-être aurais-je dû accepter son offre de considérer la chose comme une faveur personnelle à mon égard.

Je repensai aux avertissements de Jim. Il n'était pas le seul à penser que le Service continuait peut-être à me rendre responsable de la désertion de ma femme. Mais l'idée qu'on pourrait me piéger pour détournement de fonds était nouvelle. Cela reviendrait, bien sûr, à me liquider. Nul ne voudrait plus m'employer si on réussissait à accréditer une histoire de ce genre. C'était une horrible perspective, et pire encore était l'allusion à mon père. Comment pouvait-on m'atteindre à travers mon père ? Mon père ne travaillait plus pour le Service. Mon père était mort.

Je bus encore un peu de champagne — ce breuvage n'a plus d'intérêt si on le laisse se réchauffer — et terminai la bouteille avant de fermer les yeux un moment, pour tenter de me rappeler exactement ce que Jim avait dit. J'étais fatigué, vraiment fatigué.

Je repris conscience lorsque l'hôtesse me secoua assez rudement pour me demander :

— Prendrez-vous un petit déjeuner, monsieur ?

— Mais je n'ai pas dîné...

— Nous avons pour consigne de ne pas réveiller les passagers qui dorment.

— Un petit déjeuner ?

— Nous allons atterrir à Heathrow dans environ quarante-cinq minutes.

C'était un petit déjeuner de compagnie aérienne : du bacon racorni, un œuf élastique avec un petit pain rassis, et du lait de longue conservation avec le café. Même affamé, je n'eus aucun mal à résister à la tentation. Je me dis que le dîner que j'avais manqué n'était probablement pas meilleur et qu'au moins, le détournement vers la riante cité de Manchester avait été évité. J'avais encore un souvenir très frappant de mon dernier atterrissage forcé à Manchester. Les cadres supérieurs de la compagnie avaient dû rester cachés dans les toilettes jusqu'à ce que tous les passagers, furieux, sales et affamés, eussent été embarqués à bord d'un train non chauffé.

Je me retrouvai bientôt sur la terre ferme à Londres. Ma Gloria attendait derrière la barrière. Elle vient habituellement m'attendre à l'aéroport, et on ne peut guère imaginer plus grande preuve d'amour que de se rendre volontairement à Heathrow.

Elle offrait une vision radieuse : grande, dressée sur la pointe des pieds et agitant frénétiquement le bras. Ses longs cheveux naturellement blonds et son manteau de daim fauve à col de fourrure la faisaient resplendir comme un phare au milieu des pauvres hères affalés comme des ivrognes sur les barrières du Terminal Trois. Et on pouvait lui pardonner d'afficher un peu trop son sac Gucci et d'arborer d'immenses lunettes noires par un matin d'hiver si l'on tenait compte du fait qu'elle n'avait que la moitié de mon âge.

— La voiture est dehors, murmura-t-elle après une très tendre étreinte.

— A l'heure qu'il est, elle doit être à la fourrière.

— Ne sois pas pessimiste. Elle sera toujours là.

Elle y était, bien entendu. Et les menaces de neige et de glace doctement formulées par les météorologistes ne s'étaient pas encore matérialisées. Notre part d'Angleterre baignait dans un beau soleil matinal, le ciel était bleu et presque complètement clair. Mais il faisait sacrément froid. Les météorologistes avaient affirmé que c'était le mois de janvier le plus froid depuis 1940, mais qui croit encore les météorologistes ?

— Tu ne vas pas reconnaître la maison, proclama-t-elle, en enfilant l'autoroute au mépris de la limitation de vitesse à bord

19

de la Mini jaune cabossée, coupant la route à des chauffeurs de taxi furieux et réveillant au klaxon des conducteurs de bus assoupis.

— Tu n'as pas pu en faire tellement en une semaine.

— Attends de voir !

— Tu ferais mieux de tout me dire maintenant, fis-je avec une angoisse mal dissimulée. Tu n'as pas abattu le mur du jardin ? Ni fusillé les rosiers du voisin ?

— Attends de voir !

Elle lâcha le volant pour frapper ma jambe du poing, comme pour s'assurer que j'étais bien là, en chair et en os. Se rendait-elle compte des sentiments divers avec lesquels j'avais quitté la maison de Marylebone ? Pas simplement parce que Marylebone était commode et central, mais aussi parce que c'était la première maison que j'aie achetée de mes deniers — avec, dois-je toutefois préciser, le concours d'un prêt hypothécaire continuant à courir et que la banque ne m'avait accordé que sur intervention de mon riche beau-père. Certes, Duke Street n'était pas perdue pour toujours. La maison était louée à quatre Américains célibataires travaillant dans la Cité. Des banquiers. Ils payaient un loyer confortable, qui non seulement couvrait les intérêts du prêt mais me laissait de quoi entretenir une maison en banlieue et un peu de menue monnaie pour faire face à l'éducation de deux enfants sans mère.

Gloria était dans son élément depuis notre installation dans la nouvelle maison. Elle ne voyait pas en celle-ci une demi-villa de banlieue avec son plâtre décrépi, son jardin tronçonné et une allée latérale qu'on avait recouverte de ciment pour pouvoir y garer une voiture. Pour Gloria, c'était l'occasion de me prouver qu'elle était indispensable. C'était l'occasion de nous soustraire à l'ombre de ma femme Fiona. Le numéro treize Balaklava Road allait devenir notre petit nid, l'endroit où nous allions vivre toujours heureux, comme dans les contes de fées qu'elle lisait il y a peu encore.

Ne vous y trompez pas. Je l'aimais. Désespérément. Quand j'étais au loin, je comptais les jours — et même parfois les heures — qui nous séparaient. Mais cela ne m'empêchait pas de voir combien nous étions mal assortis. Elle n'était qu'une enfant. Avant moi, ses petits amis avaient été des collégiens, des gamins qui l'aidaient à faire ses problèmes et à apprendre ses verbes irréguliers. Un jour, elle allait brusquement se rendre compte qu'il y avait, autour d'elle, un vaste monde qui l'attendait. A ce moment, peut-être, je serais devenu dépendant d'elle. Pourquoi peut-être ? J'étais déjà dépendant d'elle.

— Cela s'est bien passé ?

— Parfaitement bien, répondis-je.

— Quelqu'un du Service financier a laissé une note sur ton bureau... Une demi-douzaine de notes, plutôt. Quelque chose à propos d'un certain Prettyman. Drôle de nom.

— Rien d'autre ?

— Non. Tout a été très tranquille, au bureau. Anormalement tranquille. Qui est Prettyman ?

— Un ami à moi. Ils voulaient qu'il vienne témoigner... A propos d'un peu d'argent qu'ils ont perdu.

— C'est lui qui l'a volé ?

Elle semblait intéressée, maintenant.

— Jim ? Non. Si Jim tape un jour dans la caisse, il en sortira dix millions, ou plus.

— Je croyais que c'était un ami à toi, remarqua-t-elle d'un ton de reproche.

— Je plaisantais.

— Alors, qui a volé l'argent ?

— Personne n'a rien volé. Ce sont seulement les comptables et leur pagaille habituelle.

— Vraiment ?

— Tu sais combien de temps il faut à la caisse pour régler les notes de frais. Tu as vu toutes les histoires qu'ils ont faites pour celle du mois dernier ?

— Il n'y a que pour tes frais à toi, mon chéri. Il y a des gens qui ont leurs notes visées et réglées dans la semaine.

Je souris et m'efforçai de changer de sujet. Les avertissements de Prettyman avaient laissé en moi une sourde appréhension. Cela me pesait sur l'estomac comme une indigestion.

Nous arrivâmes à Balaklava Road en un temps record. C'était une rue de petites maisons victoriennes avec de vastes baies. Çà et là, quelques façades arboraient de délicates couleurs pastel. On était samedi et, malgré l'heure encore très matinale, des ménagères revenaient en titubant sous le poids d'emplettes frénétiques, tandis que les maris lavaient leurs voitures. Chacun manifestait cette énergie et cette détermination virile que les Britanniques consacrent uniquement à leurs activités annexes.

Le voisin occupant l'autre moitié de notre villa — un placier en assurances, jardinier fanatique — s'efforçait de planter son sapin de Noël dans le sol gelé de son jardin. Il aurait pu s'épargner cette peine ; les arbres de Noël ne poussent jamais. On dit que les marchands stérilisent les racines. Il nous salua au passage de son plantoir.

Gloria ouvrit avec une solennelle fierté la porte fraîchement repeinte. Le vestibule avait été retapissé — de vastes fleurs moutarde avec des tiges dessinées à la plume — et pourvu d'une moquette mauve. J'admirai le résultat. Dans la cuisine, il y avait quelques primevères sur une table dressée avec notre plus beau service de porcelaine. Des grands gobelets de verre taillé étaient prêts à accueillir le jus d'orange, et des tranches de bacon fumé s'alignaient près du fourneau, avec quatre œufs bruns et une poêle Teflon toute neuve.

Je parcourus toute la maison avec Gloria en jouant le rôle qui m'avait été dévolu. Les nouveaux rideaux étaient merveilleux, et si l'ensemble fauteuils-canapé de cuir marron était un peu bas et difficile à quitter d'un seul bond, quelle importance, puisqu'on avait une télécommande pour la télévision ? Mais le temps que nous revenions à la cuisine, où flottait une bonne odeur de café et où mon déjeuner grésillait dans la poêle, j'avais compris qu'elle avait autre chose à me dire. Je décidai que cela n'avait rien à voir avec la

22

maison. Je décidai aussi que ce n'était sans doute rien d'important. Mais je me trompais sur ce point.

— J'ai déposé mon préavis, dit-elle, debout devant le fourneau.

Ce n'était pas une, mais cent fois qu'elle avait menacé de quitter le Service. Mais jusqu'à ce jour, j'avais toujours été le seul témoin de sa déception et de sa colère.

— Ils avaient promis de me laisser aller à Cambridge ! Ils avaient promis !

Elle leva les yeux de la poêle et brandit la fourchette dans ma direction.

— Et maintenant, ils ne veulent plus ? Ils te l'ont dit ?

— Je paierai moi-même, dit-elle. En faisant attention, j'aurai assez. Je vais avoir vingt-trois ans en juin. Je me fais déjà l'impression d'une vieille dame, au milieu de ces gamins de dix-huit ans.

— Qu'ont-ils dit au juste ?

— Morgan m'a arrêtée dans le couloir, la semaine dernière. Il m'a demandé si tout allait bien. « Et ma place à Cambridge ? » lui ai-je demandé. Il n'a même pas eu le cran de me répondre franchement. Il a dit qu'il n'y avait pas d'argent. Le salaud ! Il y a assez d'argent pour que Morgan aille à des conférences en Australie, et à ce satané symposium à Toronto. Assez d'argent pour faire la bringue !

J'opinai. Je ne puis dire que l'Australie ou Toronto me paraissent les endroits rêvés pour faire la bringue, mais Morgan avait peut-être ses raisons.

— Tu ne lui as pas dit cela ?

— Je le lui ai bel et bien dit. Je lui ai envoyé son paquet. Nous étions juste devant le bureau du directeur adjoint. Il a dû tout entendre. Je l'espère, au moins.

— Tu es une harpie.

Elle plaqua les assiettes sur la table avec un hoquet de fureur, puis, incapable de poursuivre sa démonstration de mauvaise humeur, elle se mit à rire.

— Oui, j'en suis une. Tu ne connaissais pas encore cet aspect de ma personnalité.

23

— Quel propos étonnant, mon amour !

— Tu me traites comme une enfant retardée, Bernard. Je ne suis pas idiote.

Je hochai la tête. Les toasts jaillirent soudain du grille-pain avec un grand bruit. Elle les récupéra avant qu'ils ne glissent dans l'évier et les posa sur une assiette à côté de mon bacon et de mes œufs. Puis, comme je commençais à manger, elle s'assit en face de moi, le visage entre les mains, les coudes posés sur la table, m'étudiant comme si j'étais un animal au zoo. Je commençais à m'y habituer à la longue, mais cela me mettait encore mal à l'aise. Elle m'observait avec une curiosité déconcertante. Parfois, en levant les yeux d'un livre ou en terminant une conversation téléphonique, je la découvrais qui m'étudiait avec cette même expression.

— Quand as-tu dit que les enfants devaient rentrer ? demandai-je.

— Tu ne voyais pas d'inconvénient à ce qu'ils aillent à la vente d'œuvres ?

— Je ne sais pas ce que c'est qu'une vente d'œuvres, dis-je, sans trop mentir.

— C'est à la salle paroissiale de Sebastopol Road. Les gens font des gâteaux, des oignons marinés, tricotent des dessus de théières et donnent des cadeaux de Noël dont personne n'a voulu. C'est pour les bonnes œuvres.

— Et qu'est-ce que Billy et Sally vont faire là ?

— Je savais que tu serais furieux.

— Je ne suis pas furieux, je pose la question.

— Il y aura des jouets, des livres et des tas de choses. En fait, c'est une tombola, mais ces dames préfèrent appeler cela leur Vente d'Œuvres du Nouvel An. Cela sonne mieux. Je savais que tu ne rapporterais pas de cadeaux.

— Je voulais. J'ai essayé. Vraiment.

— Je sais, mon chéri. Ce n'est pas pour cela que les enfants voulaient être là quand tu arriverais. Je leur ai dit d'aller là-bas. C'est bon pour eux d'être avec d'autres enfants. Changer d'école n'est pas facile à cet âge. Ils ont laissé un tas d'amis à Londres,

24

et ils doivent s'en faire de nouveaux par ici. Ce n'est pas facile, Bernie.

C'était tout un discours. Peut-être l'avait-elle préparé.

— Je sais.

J'étais en train d'envisager l'atroce perspective de la voir aller à l'université en octobre prochain. Qu'allais-je faire dans cette satanée maison, loin de tous ceux que je connaissais ? Et les enfants ?

Elle dut le lire sur mon visage.

— Je reviendrai tous les week-ends, promit-elle.

— Tu sais bien que c'est impossible. Tu travailleras trop dur. Je te connais : tu voudras tout faire mieux que tout le monde.

— Tout ira bien, mon chéri, dit-elle. Si nous le voulons, tout ira bien. Tu verras.

Muffin, notre vieux chat, survint et gratta à la vitre. Muffin semblait être le seul membre de la famille à s'être adapté à Balaklava Road sans difficulté. Mais même lui restait parfois toute la nuit dehors

II

Il y avait autre chose que je n'aimais pas dans la vie banlieusarde : la difficulté d'aller à son travail. Je bravais les embouteillages matinaux dans ma vieille Volvo, mais Gloria venait rarement avec moi. Elle aimait prendre le train — ou du moins le prétendait-elle. Elle disait que cela lui donnait le temps de réfléchir. Mais le 7 h 32 était toujours bondé de gens venus de banlieues encore plus lointaines. Et je détestais devoir rester debout jusqu'à Waterloo. De plus, il y avait le problème de la place de parking qui m'avait été affectée. Déjà, les chacals tournaient autour. Dès que j'avais fait connaître ma nouvelle adresse, l'auguste vieillard qui dirigeait le service du personnel avait commencé à parler de la mettre aux enchères. « Maintenant, vous allez venir par le train, je suppose ? — Non, avais-je répondu sèchement. Non. Pas question. » Et si l'on excepte deux jours où la Volvo s'était trouvée en réparation, je m'étais tenu à cette belle résolution. J'estimais qu'une vacance de cinq jours d'affilée suffirait pour qu'on attribue à quelqu'un d'autre ma place de parking durement gagnée.

Ainsi, le lundi, je partis en voiture et Gloria partit par le train. Elle arriva, bien sûr, avant moi. Le bureau n'est qu'à deux ou trois minutes à pied de la gare de Waterloo, alors que j'avais à m'offrir tous les embouteillages de Wimbledon.

J'arrivai pour trouver un vent de panique et de désolation

balayant l'immeuble tout entier. Dicky Cruyer était déjà là, signe certain d'une crise grave. On devait avoir téléphoné chez lui pour l'arracher au breakfast prolongé qu'il savoure habituellement après sa séance de jogging dans Hampstead Heath. Même Sir Percy Babcock, le directeur général adjoint, s'était extrait de son cabinet d'avocat et avait trouvé le temps d'une réunion plus que matinale.

— Salle de conférences numéro deux, me dit la fille qui attendait dans le couloir.

Elle chuchotait d'une façon qui révélait toute son excitation, comme si elle avait toujours attendu un tel moment depuis le jour où elle avait commencé à taper nos fastidieux rapports... Je suppose que Dicky l'avait envoyée tout exprès se planter devant la porte de mon bureau.

— Sir Percy préside la réunion. Ils ont dit que vous deviez les rejoindre dès que vous seriez arrivé.

— Merci, Mabel, lui dis-je, en lui remettant mon manteau et une serviette pleine de documents non secrets et dépourvus de la moindre importance, dans l'espoir qu'elle se hâterait de les perdre.

Elle ne s'appelait pas Mabel, mais j'avais pris le parti de les nommer toutes ainsi, et je pense qu'elles avaient fini par s'y habituer.

La salle de conférences numéro deux se trouvait au dernier étage. C'était une pièce étroite, qui pouvait accueillir quatorze personnes en se serrant et jouissait d'une vue imprenable sur les tours de béton de la Cité.

— Samson! Très bien, fit le directeur général adjoint à mon entrée.

Un bloc, un crayon jaune et une chaise m'attendaient patiemment. Deux autres blocs et deux autres crayons restaient en souffrance, peut-être destinés à des gens ayant coutume d'arriver en retard en espérant que personne ne le remarquerait. Pas de veine pour cette fois.

— Tu es au courant? me demanda Dicky.

Je compris que c'était lui qui avait le bébé sur les bras. Il y avait un problème grave au service allemand. Il ne s'agissait ni d'un « briefing » de routine ni d'une conférence pour décider de la rotation des congés annuels ni de nouvelles questions sur les fonds que Jim Prettyman avait débloqués pour Bret Rensselaer, et que Bret Rensselaer n'avait jamais reçus. C'était sérieux.

— Non, fis-je. Que s'est-il passé ?

— Bizet, fit simplement Dicky, avant de recommencer à mâchonner son ongle.

Je connaissais le réseau en question. Du moins, je le connaissais aussi bien qu'un bureaucrate vissé à Londres peut connaître ceux qui font le sale boulot sur le terrain. Un terrain se situant à proximité de Francfort-sur-Oder, juste sur la frontière séparant l'Allemagne de l'Est et la Pologne.

— Des Polonais, dis-je. Au moins au départ. Des Polonais travaillant dans un genre d'industrie lourde.

— Juste, fit Dicky.

Il tenait un classeur et le regardait, comme pour vérifier si ma mémoire fonctionnait convenablement.

— Qu'est-ce qui s'est passé ?

— Cela paraît moche, déclara Dicky, en maître incontesté de la réponse nébuleuse sur tout sujet autre que les mérites gastronomiques des restaurants huppés.

Billingsly, un jeune chauve du Centre d'informatique, intervint, en se tapotant la paume avec des lunettes à monture d'écaille :

— Il semble que nous en ayons perdu quelques-uns. C'est toujours mauvais signe.

Ainsi, même le Centre d'informatique était au courant. Les choses commençaient à prendre tournure.

— Oui, dis-je. C'est toujours mauvais signe.

Billingsly me regarda comme si je venais de le gifler. D'un ton maintenant hostile, il me demanda :

— Si tu peux me dire ce qu'on pourrait faire d'autre...

— Avez-vous lancé un avis de contact ?

Billingsly ne semblait pas très bien savoir ce qu'un avis de contact — un appel aux survivants — était au juste. Mais, finalement, Harry Strang, un vieux gorille des Opérations, cessa de se gratter la joue avec la petite gomme ornant le bout de son crayon jaune pour prendre le temps de me répondre :

— Hier matin, me dit-il.

— C'est trop tôt.

— C'est ce que j'ai dit au directeur adjoint, précisa Dicky, avec un hochement de tête respectueux en direction de Sir Percy.

Dicky avait un peu plus mauvaise mine à chaque minute qui passait. Il se retrouvait habituellement paralysé dans ce genre de situation. C'était la pensée de devoir prendre une décision et l'assumer au vu et au su de tous qui l'anéantissait.

— La messe, fit Harry Strang.

— Ils se rencontrent à la messe le dimanche matin, expliqua Dicky Cruyer.

— Pas de messages hors vacations ? demandai-je.

— Non, dit Herry Strang. C'est bien ce qui est inquiétant.

— Juste, fis-je. Quoi d'autre ?

Il y eut un moment de silence. Si j'avais eu quelque tendance à la paranoïa, j'aurais pu facilement les soupçonner de vouloir me tenir dans l'ignorance.

— Des bricoles, dit Billingsly.

Strang intervint :

— Nous avons eu un tuyau interne. Deux types arrêtés pour interrogatoires dans la région de Francfort.

— Provenance Berlin ?

— Berlin ? dit Billingsly. Non, Francfort.

Je commençais à en avoir soupé de Billingsly. Ils étaient tous comme lui, au Centre d'informatique. A estimer qu'il nous manquait deux grammes de matière grise pour arriver à leur niveau.

— Ne fais pas l'imbécile, dis-je à Strang. Ton information vient de Berlin ou de Francfort ?

— De Berlin, précisa-t-il. Normannenstrasse.

C'était le grand immeuble gris, à Berlin-Lichtenberg, d'où la Stasi est-allemande s'employait à terroriser son petit monde et à pousser des pointes dans le nôtre.

— Pendant un week-end, fis-je pensivement. Cela ne sent pas très bon. Si la Stasi de Francfort a mis aussitôt cela sur son téléscripteur, c'est qu'elle pense tenir quelque chose d'important.

— La question que nous nous posons, intervint le directeur adjoint avec cette exquise courtoisie des hommes de loi amenant un accusé un peu nerveux à des aveux irrémédiables, est de savoir si nous devons donner suite à cette affaire.

Il me regarda en inclinant la tête de côté comme pour mieux m'examiner. Je le regardai à mon tour. C'était un drôle de petit bonhomme, rond, les yeux brillants, la figure rose et luisante, et les cheveux plaqués au crâne. Il portait une jaquette noire, un gilet dont les poches débordaient de vieux crayons et de stylos à l'ancienne mode, un pantalon rayé et la cravate de quelque obscur collège, maintenue en place par une épingle de diamant. Un homme de loi. En le rencontrant dans la rue, on l'aurait pris pour un clerc d'avoué ou un notaire dans la débine. Dans la vie réelle — c'est-à-dire hors de l'enceinte du Service — il dirigeait l'un des plus prospères cabinets d'avocats de Londres. Je n'arrivais pas très bien à comprendre pourquoi il persévérait dans ses ingrates fonctions parmi nous, mais il n'était qu'à une courte étape de la direction d'ensemble du Service. Le directeur général en titre était, après tout, à l'extrême fin de sa carrière.

— Vous voulez dire, fis-je, que la question est de savoir si nous devrions mettre quelqu'un sur l'affaire ?

— Précisément, dit-il. Je pense que nous aimerions tous avoir votre avis à ce sujet, Samson.

Je m'efforçai de gagner du temps.

— Quelqu'un de l'unité opérationnelle de Berlin ? demandai-je. Ou quelqu'un d'ailleurs ?

— A mon avis, l'unité de Berlin ne devrait pas intervenir là-dedans, se hâta de dire Strang.

31

C'était la voix des Opérations.

Il avait bien entendu raison. Envoyer, dans une telle situation, quelqu'un de Berlin-Ouest serait de la folie pure. Dans une région comme celle-là, le moindre étranger était immédiatement passé au crible par tous les flics en service, plus quelques-uns faisant des heures supplémentaires.

— Tu as probablement raison, fis-je, comme si je lui concédais un point.

— Il se retrouverait au trou avant d'avoir fini de signer le registre d'hôtel, insista Strang.

— Nous avons des gens plus près, souligna le directeur adjoint.

Maintenant, tout le monde me regardait. C'était pour cela qu'ils m'avaient fait venir. Ils savaient ce qu'allait être la réponse, mais ils tenaient à ce que ce fût moi, un ancien agent opérationnel, qui la donne à haute voix. Ensuite, ils pourraient retourner tranquillement à leur travail, à leurs déjeuners ou à leur sieste. Jusqu'à la prochaine.

— Nous ne pouvons les impliquer là-dedans, dis-je.

Tous approuvèrent de la tête. Nous devions d'abord nous mettre d'accord sur la mauvaise solution; c'était conforme à l'éthique du Service.

— Nous avons eu par eux du bon matériel, souligna Dicky. Rien d'énorme bien sûr; ce ne sont que des ouvriers de fonderie. Mais ils ne nous ont jamais laissés tomber.

— J'aimerais savoir ce que Samson en pense, déclara le directeur adjoint.

Enfoncé dans son fauteuil, il griffonnait sur son bloc avec un petit stylomine en or. Il leva la tête et me regarda avec un sourire d'encouragement.

— Nous allons devoir laisser tomber, dis-je finalement.

— Parlez plus fort, fit le directeur adjoint sur un ton de maître d'école.

Je me raclai la gorge et dis un ton plus haut :

— Il n'y a rien que nous puissions faire. La seule solution est d'attendre.

32

Tous se tournèrent vers le directeur adjoint pour guetter sa réaction.

— Je pense que c'est sage, dit-il enfin.

Dicky Cruyer eut un sourire de soulagement ; quelqu'un d'autre prenait la décision. Et, de plus, la décision de ne rien faire. Il se tortilla et passa la main dans ses cheveux frisés, regardant autour de lui avec des hochements de tête. Puis il jeta un coup d'œil dans la direction du secrétaire rédigeant le procès-verbal de la séance, comme pour s'assurer que celui-ci écrivait bien ce qui avait été dit.

J'avais bien gagné mon salaire de la journée. Je leur avais dit exactement ce qu'ils voulaient entendre. Rien n'arriverait pendant un jour ou deux, sauf à quelques ouvriers polonais qui se feraient arracher les ongles dans de parfaites conditions d'hygiène, tandis qu'un sténographe noterait leurs propos.

On frappa à la porte, et un plateau chargé de thé et de biscuits fit son apparition. Billingsly, peut-être parce qu'il était le plus jeune et le moins arthritique d'entre nous, ou simplement parce qu'il voulait se faire bien voir du directeur adjoint, distribua les tasses et les soucoupes, avant de faire circuler la théière et le pot à lait autour de la vaste table bien polie.

— Des biscuits au chocolat ! s'exclama Harry Strang.

Je le regardai, et il me fit un clin d'œil. Harry n'était pas dupe. Il avait passé assez de temps sur le terrain pour savoir ce que je pensais.

Harry me versa du thé. Je le pris et en bus un peu. Cela fit sur mon estomac l'effet d'un acide. Penché vers Billingsly, le directeur adjoint l'interrogeait sur les trop nombreuses défaillances dont avaient récemment souffert les ordinateurs du « Sous-marin jaune ». Billingsly répondit qu'on devait toujours s'attendre à quelques ennuis avec ces « jouets électroniques ». « Pas quand on les a payés deux millions de livres », lui fit observer son interlocuteur.

— Des biscuits ? demanda Harry Strang.

— Non, merci.

— Tu aimais pourtant cela, si je me souviens bien.

Je me penchai pour voir ce que le directeur adjoint avait inscrit sur son bloc, mais il n'y avait là qu'un dessin : une centaine de cercles concentriques avec un gros point au milieu. Pas d'issue. Pas de solution. Rien. C'était, je suppose, la réponse qu'il souhaitait à sa question, et je la lui avais donnée. Dix sur dix, Samson. Avancez jusqu'à la case départ et touchez deux cents livres.

Le protocole voulait que même le plus occupé d'entre nous attendît que le directeur adjoint eût fini son thé pour prendre congé. Alors même que le grand homme se dirigeait vers la porte, Morgan — l'assistant le plus obséquieux du directeur général — fit son entrée, le visage écarlate. Encore revêtu de son pardessus Melton et brandissant comme un cierge un petit parapluie repliable, il déclara, avec son accent gallois un peu chantant :

— Désolé d'être en retard, monsieur, mais j'ai eu les pires ennuis avec ma voiture.

Ne montrant que légèrement son incontestable mécontentement, le directeur adjoint laissa tomber :

— Nous nous sommes passés de vous, Morgan.

Comme il sortait, Morgan me regarda avec une haine qu'il ne cherchait nullement à dissimuler. Peut-être pensait-il que j'étais responsable de son humiliation, ou peut-être, simplement, ne me pardonnait-il pas d'en avoir été le témoin. D'une façon ou d'une autre, si le Service avait un jour besoin de quelqu'un pour m'enterrer, Morgan se porterait volontaire avec enthousiasme. Peut-être y travaillait-il déjà.

Je descendis, soulagé de voir la fin de cette réunion, même si cela impliquait de regagner mon minuscule bureau encombré en tentant de porter mon regard au-dessus de tonnes de paperasses en souffrance. Je jetai un coup d'œil à la table près de la fenêtre et à deux boîtes somptueusement empaquetées, l'une marquée « Billy » et l'autre « Sally ». Elles avaient été déposées en même temps par un livreur de Harrod's avec des cartes disant : « Avec toute la tendre affection de Maman. » Mais l'écriture n'était pas celle de Fiona. J'aurais dû les donner aux enfants avant Noël, mais je les avais laissées là, en m'efforçant de ne pas les regarder. Elle avait déjà envoyé des cadeaux lors des Noëls précédents, et je les avais mis sous le sapin. Les enfants avaient lu les cartes sans faire de commentaires. Mais, cette année, nous avions passé Noël dans notre nouvelle maison, et, d'une certaine manière, je ne voulais pas que Fiona s'y introduise. Le déménagement m'avait donné l'occasion de me débarrasser de ses vêtements et de ses affaires personnelles. Je voulais prendre un nouveau départ, mais avoir sous les yeux, chaque fois que j'entrais dans mon bureau, ces deux paquets aux couleurs chatoyantes ne me rendait pas les choses plus faciles.

Ma table de travail était d'autant plus encombrée que Brenda, ma secrétaire, remplaçait au pied levé deux collègues qui étaient malades, enceintes ou Dieu sait quoi. Je commençai à m'efforcer de trier tout ce qui s'était accumulé en mon absence.

Les premières choses sur lesquelles je tombai furent les messages étiquetés « urgent » à propos de Prettyman. Jeudi, il avait dû en tomber toutes les demi-heures ! Dieu merci, Brenda avait eu assez de bon sens pour ne pas tous me les réexpédier à Washington. De toute manière, j'étais de retour à Londres, et il faudrait qu'on trouve quelqu'un d'autre pour aller bousculer Jim Prettyman et le convaincre de revenir ici se faire passer au chalumeau par une commission de fantoches des services financiers, cherchant désespérément un malheureux à qui faire porter les responsabilités de leur propre incompétence.

J'évacuais tout cela vers les oubliettes quand je remarquai la signature. Billingsly. Billingsly ! C'était très bizarre qu'il ne m'ait parlé de rien lors de la conférence. Il ne m'avait même pas demandé ce qui s'était passé. La véritable obsession que semblait susciter chez lui Prettyman avait connu une brutale éclipse. C'est ce qui se passait avec des gens comme Billingsly — et bien d'autres dans le Service — faisant alterner la panique et l'amnésie avec une déconcertante soudaineté.

Je jetai les notes dans un classeur et m'empressai de les oublier. A mon avis, Jim Prettyman avait été idiot de monter sur ses grands chevaux pour une telle bêtise. Il aurait pu venir témoigner et passer pour un preux chevalier. Il aurait pu refuser sans faire de casse. Mais il devait aimer les affrontements. Je décidai d'arrondir les angles autant que je le pourrais. Quand je serais amené à rédiger mon rapport, je n'y dirais pas qu'il avait catégoriquement refusé, mais qu'il réfléchissait. Et jusqu'à ce qu'on me le demande, je ne dirais rien du tout.

Je ne vis pas Gloria avant notre déjeuner en commun à la cantine. Sa pratique courante du hongrois lui avait récemment valu un emploi au rez-de-chaussée : promotion, augmentation et responsabilités accrues. On pensait, je suppose, que cela suffirait à lui faire oublier la promesse qui lui avait été faite de la payer pendant qu'elle serait à Cambridge. Son nouvel emploi faisait que je la voyais moins, et le déjeuner était donc devenu le moment où nous réglions les problèmes domestiques. Serait-il convenable d'inviter les Cruyer à dîner ? Qui était en possession du reçu du teinturier ? Pourquoi avais-je ouvert une nouvelle boîte pour « Muffin » alors qu'il en restait une à moitié pleine ?

Je lui demandai si l'on avait reparlé de sa démission, espérant secrètement, je pense, qu'elle aurait changé d'avis. Tel n'était pas le cas. Quand j'abordai le sujet, sur la « quiche aux champignons avec salade d'hiver », elle me dit avoir reçu la réponse d'une de ses amies à propos d'un logement confortable à louer à Cambridge.

— Que vais-je faire de la maison ?

— Pas si fort, chéri, dit-elle.

Nous continuions à entretenir la légende selon laquelle nos collègues — ou tout au moins ceux que cela pouvait intéresser — ignoraient que nous vivions ensemble.

— Je continuerai à payer la moitié du loyer, poursuivit-elle. Je te l'ai dit.

— Je me fiche du loyer, répondis-je. C'est simplement que, si j'avais su, je ne serais pas allé m'installer au diable pour passer toutes mes soirées seul à regarder la télé et à mettre de côté mon linge en attendant qu'il y en ait assez pour remplir la machine à laver.

Cela fit naître chez elle l'ombre d'un sourire. Elle se pencha vers moi et me dit :

— Quand tu auras vu ce que salissent les enfants tous les jours, tu cesseras de te demander comment remplir la machine. Tu chercheras plutôt un endroit où acheter la lessive en gros.

Elle sirota un peu de jus de pomme enrichi de vitamine C et continua :

— Tu as une bonne pour les enfants. Tu auras l'adorable Mrs. Palmer tous les jours pour faire le ménage. Et je reviendrai tous les week-ends. Je ne vois vraiment pas de quoi tu t'inquiètes.

— J'aimerais que tu sois un peu plus réaliste. Cambridge est sacrément loin de Balaklava Road. La circulation du week-end sera infernale, les trains encore pires, et, de toute manière, tu auras du travail.

— J'aimerais que tu arrêtes de broyer du noir. Es-tu malade ? Tu n'es plus toi-même depuis ton retour de Washington. S'est-il passé quelque chose, là-bas ?

— Si j'avais su ce que tu allais faire, j'aurais pris d'autres dispositions.

— Je te l'ai dit. Je te l'ai dit cent fois.

Elle baissa les yeux et continua à manger sa salade comme si tout avait été maintenant dit. En un sens, elle avait raison. Elle me l'avait dit cent fois. Elle me répétait depuis des années qu'elle comptait aller à Cambridge et décrocher cette maîtrise dont elle rêvait. Elle me l'avait dit tant de fois que j'avais cessé d'y accorder le moindre crédit. Quand elle m'avait annoncé qu'elle avait démissionné pour de bon, j'avais été abasourdi.

— Je pensais que ce serait l'année prochaine, dis-je gauchement.

— Tu pensais que ce ne serait jamais, répondit-elle d'un ton sec.

Puis elle leva les yeux et me fit un merveilleux sourire. Cette satanée histoire de Cambridge avait au moins eu le mérite de la plonger dans une incomparable béatitude. Ou était-ce seulement le fait de me voir si déconfit ?

III

C'était le soir où Gloria rendait visite à ses parents. Le mardi, elle avait un cours du soir de mathématiques. Le mercredi d'économie, et le jeudi soir, elle allait voir ses parents. Elle avait, pour tout cela, un emploi du temps si bien réglé que je me demandais parfois si je n'y figurais pas parmi ses obligations, ou parmi ses loisirs.

J'étais resté travailler plus tard, et, au bout d'une heure environ, il y eut un coup de téléphone de M. Gaskell, l'ancien sous-officier d'artillerie qui siégeait à la réception en tant qu'agent de sécurité.

— Il y a ici une dame qui vous demande par votre nom, monsieur Samson, dit-il en chuchotant d'un ton de conspirateur.

— Et elle, monsieur Gaskell, elle a un nom?

— Lucinda Matthews.

J'eus l'impression qu'il lisait la fiche que la visiteuse avait remplie. Le nom ne me disait rien, mais je jugeai préférable de ne pas le dire à notre chien de garde.

— Je descends, fis-je.

— Cela vaudrait mieux. Je ne puis la laisser monter dans les bureaux. Vous comprenez, monsieur Samson?

— Je comprends.

Je regardai par la fenêtre. Le gros nuage gris qui avait

obscurci le ciel toute la journée semblait encore plus bas. En suspension dans l'air, de petits points lumineux semblaient les signes avant-coureurs de la neige qui avait été annoncée. Cette vision suffisait à me faire frissonner.

Le temps que j'aie rangé mes affaires, mis mes papiers sous clé et que je sois descendu dans le hall, la mystérieuse Lucinda avait disparu.

— Une gentille petite personne, monsieur, me dit Gaskell lorsque je lui demandai à quoi ressemblait la visiteuse.

Il était debout derrière le bureau de la réception, dans son uniforme bleu marine, tapotant nerveusement des doigts une pile de magazines défraîchis, généreusement prêtés aux visiteurs appelés à attendre un certain temps dans les courants d'air qui parcouraient le hall.

— Bien tournée. Une dame, si vous voyez ce que je veux dire.

Je ne voyais pas ce qu'il voulait dire. Gaskell parlait un langage qui semblait n'appartenir qu'à lui. Il était particulièrement sibyllin en abordant les problèmes de vêture, de classe et d'apparence, peut-être en raison du désert social dans lequel vivent les sous-officiers de carrière. Je ne savais jamais de quoi il parlait.

— Où a-t-elle dit qu'elle m'attendrait?

— Elle avait garé sa voiture sur le trottoir, monsieur. J'ai dû lui demander de la déplacer. Vous connaissez le règlement.

— Je connais.

— Les voitures piégées et tout le reste.

Même en divaguant, il conservait une voix de commandement.

— Où a-t-elle dit qu'elle m'attendrait? demandai-je de nouveau.

Je regardai au-dehors, à travers les portes vitrées. La neige avait commencé à tomber à gros flocons. Le sol étant trop gelé pour qu'elle fonde, elle allait s'accumuler. Il n'en faudrait guère plus pour que tous les transports publics soient complètement paralysés. A l'heure qu'il était, Gloria devait être chez ses parents. Elle y était allée par le train. Je me demandai si elle allait décider de passer la nuit là-bas ou si elle s'attendait à ce que je vienne la chercher en voiture. Ses parents habitaient à Epsom. Beaucoup trop près pour mon goût de notre petit nid de Raynes Park. Gloria prétendait que j'avais peur de son père. Je n'avais pas peur de lui, mais n'appréciais qu'à moitié de me faire cuisiner par un dentiste hongrois sur l'état de mes relations avec sa très jeune fille.

Gaskell parlait toujours :

— Une bien jolie voiture. Une Mercedes vert sombre. Etincelante ! Astiquée ! Pas de doute que quelqu'un s'en occupe. On ne fera jamais bien astiquer une voiture par une dame. Ce n'est pas dans leur nature.

— Où est-elle allée, monsieur Gaskell ?

— Je lui ai dit que le meilleur parking pour elle serait Elephant and Castle.

Il alla me montrer sur le plan mural où était Elephant and Castle. Gaskell était un grand costaud, et il avait pris sa retraite à cinquante ans. Je me demandai pourquoi il n'avait pas pris la direction d'un pub. Il aurait été merveilleux derrière un comptoir. La semaine précédente, alors que je lui demandais les horaires de train pour Portsmouth, il m'avait confié — au milieu d'un tir de barrage d'informations diverses — que c'était là ce qu'il aurait aimé faire.

— Laissez tomber le parking, monsieur Gaskell. Ce que je voudrais savoir, c'est où elle m'attend.

— Chez Sandy, fit-il. Elle a dit que vous connaissiez bien.

Il me jeta un regard appuyé. Depuis que l'adresse de notre siège avait été largement diffusée, grâce aux efforts zélés et pleins de civisme de « journalistes d'investigation », des instructions très strictes avaient été données au personnel, lui enjoignant de ne pas fréquenter les bars et les pubs du quartier afin d'éviter les oreilles indiscrètes.

— Il vaudrait mieux me l'écrire, dis-je. Je n'ai jamais entendu parler de cet endroit. C'est un café, ou quoi ?

— Pas un café que je connais, fit Gaskell en fronçant les

sourcils et se passant la langue sur les dents. Il n'y a rien par ici avec un nom comme cela.

Puis il se souvint et son visage s'illumina.

— Chez Big Henry ! C'est ce qu'elle a dit : chez Big Henry.

— Big Henty, corrigeai-je. Tower Bridge Road. Oui, je connais.

Oui, je connaissais, et je sentis mon moral flancher. Je savais exactement quel genre d' « informateur » devait m'attendre chez Big Henty : casse-pied et la main tendue. Et j'avais prévu une soirée tranquille à la maison, seul avec un bon feu, la carcasse du canard de dimanche, une bouteille de vin et un livre. Je regardai la porte, puis je regardai Gaskell. Et je me demandai si le plus sage ne serait pas d'oublier Lucinda et tout ce qu'elle pouvait représenter, rentrer tout droit chez moi et oublier toute l'affaire. Il y avait de fortes chances pour que je n'entende plus jamais parler de la mystérieuse Lucinda. Cette ville était remplie de gens qui m'avaient connu il y a longtemps et se souvenaient brusquement de moi lorsqu'ils avaient besoin de prélever quelques livres sur les deniers publics en échange d'un ou deux renseignements aussi incertains que dépassés.

— Si vous voulez que je vienne avec vous, monsieur Samson..., dit soudain Gaskell en laissant le reste de sa phrase en suspens.

Il semblait penser qu'il y avait un coup dur dans l'air, et il était partant. Il était sûrement trop vieux pour ce genre d'exercice, et moi aussi.

— C'est très gentil à vous, monsieur Gaskell, lui dis-je, mais je risque plus de me faire casser les pieds que la tête.

— Comme vous voudrez, fit Gaskell, sans parvenir à dissimuler sa déception.

C'est ce qui m'amena à donner suite à l'affaire ; je ne voulais pas paraître me défiler. Bon Dieu ! Pourquoi n'avais-je pas le courage de me contreficher de ce que tous les Gaskell du monde pourraient bien penser de moi ?

*
**

42

Tower Bridge Road est cette grande artère qui mène à la Tamise, ou plutôt à ce pont néo-gothique qui, pour tant d'étrangers, symbolise Londres. On est dans Southwark. C'est de là que les pèlerins de Chaucer partaient pour Canterbury, et c'est là aussi que, deux siècles plus tard, le théâtre du Globe de Shakespeare s'édifia sur les marécages. Dans le Londres victorien, cette rue commerçante, avec ses orgues de Barbarie et ses marchés nocturnes en plein air, était l'artère centrale de l'un des quartiers des plus durs de la capitale. Des taudis crasseux, des fabriques enfumées et des bouges imprégnés de sueur y voisinaient avec de petites places propres et verdoyantes où des gratte-papier besogneux et des boutiquiers bedonnants s'employaient à affirmer leur suprématie sociale.

Maintenant, tout est sombre, sinistre et silencieux. Les boutiques ferment tôt, les marchands des rues ont été chassés, les fabriques sont en ruine, et des pubs presque vides débitent de la bière aqueuse et lourdement imposée.

Avant l'époque de l'émancipation féminine, des jeans retaillés et des pizzas à emporter, la salle de billard de Big Henty, avec « ses dix tables grande taille, son bar autorisé et ses plats à consommer chaud », avait été l'Athenaeum de Southwark. Sa porte étroite et son escalier mal éclairé débouchaient sur une vaste salle basse de plafond, commodément installée au-dessus d'une bonne boutique d'anguilles frites et de pâtés divers.

Malheureusement, la boutique était devenue un « club » vidéo, avec des affiches aux couleurs criardes montrant deux actrices dénudées tirant avec des mitrailleuses lourdes à la hanche. Mais, pour l'essentiel, la salle de Big Henty n'avait guère changé. L'éclairage était exactement celui dont j'avais gardé le souvenir, et toute salle de billard doit se juger sur son éclairage. Malgré le silence, toutes les tables étaient occupées. Leurs tapis verts semblaient des bassins à l'eau tranquille brusquement traversés par des poissons de couleur.

Big Henty n'était évidemment pas là. Il était mort en 1905. La salle était maintenant dirigée par un garçon mince et pâle d'une quarantaine d'années, qui occupait le bar. Il n'y avait pas là un très grand choix ; les joueurs de billard n'apprécient que peu ces curieux mélanges qui font la réputation des barmen dans les établissements à la mode. Chez Big Henty, on buvait du whisky ou de la vodka, de la blonde forte ou de la Guinness, avec du tonic et de l'eau gazeuse pour les abstinents. Pour les affamés, il y avait des sandwiches « toastés » sortant, tout chauds, tout mous et tout enveloppés de plastique, du four à micro-ondes.

— 'Soir, Bernard. On dirait qu'il neige, non ?

Quelle mémoire avait cet homme ! Il y avait des années que je n'étais venu là. Il prit sa cigarette allumée sur le cendrier Johnny Walker, et inhala une brève bouffée avant de la reposer. Je me souvins alors qu'il allumait ses cigarettes l'une à l'autre, sans arrêt, mais ne les portait que rarement à sa bouche. J'avais amené là un soir, longtemps auparavant, Dicky Cruyer, pour prendre contact avec une grande gueule qui travaillait à l'ambassade d'Allemagne de l'Est. Cela n'avait rien donné, mais je me rappelais que Dicky avait vu en ce barman « le gardien de la flamme sacrée ».

— Une Guinness... Sydney.

Son nom m'était soudain revenu.

— Oui, la neige commence à s'entasser.

C'était, bien sûr, de la Guinness en bouteille. Ce n'était pas le genre d'endroit où un connaisseur viendrait savourer des bières sélectionnées, directement sorties du tonneau. Mais il versa le long du verre, en tenant le pouce sous le point d'écoulement, pour montrer qu'il connaissait le rituel, et il parvint à laisser, au-dessus du liquide sombre, l'exacte épaisseur de mousse convenable.

— Dans la salle du fond.

Délicatement, il fit tomber les dernières gouttes de la bouteille.

— Votre amie. Dans la salle du fond. Derrière la table numéro quatre.

Je levai mon verre, sirotai un peu de bière et me retournai lentement pour explorer les alentours. L'arrière-salle de Big Henty avait, au fil des années, fait ses preuves pour d'innombrables fugitifs. Cela avait toujours été toléré par les autorités. Les inspecteurs du commissariat de Borough High Street trouvaient l'endroit pratique pour y rencontrer leurs indicateurs. Je traversai la salle, obscure en dehors des zones de lumière projetées sur les tables par les lampes à abat-jour. Les visages des spectateurs — peu nombreux ce soir-là — installés sur les bancs le long des murs ne formaient que des taches grises dans l'obscurité.

Avançant sans hâte et m'arrêtant parfois pour observer un coup difficile, je transportai ma bière jusqu'à la table numéro quatre. L'un des joueurs, en pantalon sombre, chemise blanche à col ouvert et gilet déboutonné, me lança un regard dépourvu d'expression lorsque j'ouvris la porte marquée « Réservé au personnel ».

Cela sentait le savon et le désinfectant. C'était une sorte de petite réserve, avec une fenêtre par laquelle, en écartant un rideau de filet sale, on pouvait voir la salle de billard. A l'extrémité opposée de la pièce, une autre fenêtre, plus grande, donnait sur Tower Bridge Road. De la rue montait le bruit des voitures avançant dans la neige boueuse.

— Bernard, fit une voix féminine. Je commençais à croire que tu n'allais pas venir.

M'asseyant sur le banc, je finis par la reconnaître dans la pénombre.

— Cindy ! Bon Dieu, Cindy !

— Tu avais oublié mon existence.

— Bien sûr que non !

J'avais simplement oublié que le prénom intégral de Cindy Prettyman était Lucinda et qu'elle avait vraisemblablement repris son nom de jeune fille.

— Puis-je aller te chercher un verre ?

— C'est du tonic, dit-elle en levant son verre. Je ne bois pas ces temps-ci.

— Je ne m'attendais pas à te voir ici, fis-je, en regardant les tables à travers le rideau.

— Et pourquoi pas?

— Oui, pourquoi pas...

J'eus un petit rire et ajoutai :

— Quand je pense au nombre de fois où j'ai juré, à cause de Jim, que je ne toucherais plus jamais une queue de billard !

Dans les temps anciens, quand Jim Prettyman travaillait avec moi, il m'avait appris à jouer au billard. Lui-même avait, à ce jeu, la classe d'un champion, et sa femme Cindy était très forte elle aussi.

Cindy était plus âgée que Jim d'un an ou deux. Son père était un ouvrier métallurgiste de Scunthorpe, socialiste de la vieille école. Elle avait obtenu une bourse pour l'Université de Reading et proclamait que sa seule ambition depuis le lycée avait été de faire carrière dans la fonction publique. Je ne sais si c'était vrai, mais cela passa très bien devant la commission de sélection. Elle voulait le ministère des Finances, et elle eut le Foreign Office. Elle eut finalement aussi Jim Prettyman qui s'était également retrouvé là. Puis Jim vint travailler au Service, et nous nous vîmes beaucoup. Nous avions l'habitude de venir chez Big Henty, Jim, Cindy, Fiona et moi, le vendredi après le travail. Nous jouions au billard pour décider de celui qui paierait le dîner chez Enzo, un petit restaurant italien d'Old Kent Road. Invariablement c'était moi. C'était en fait une plaisanterie établie : ma façon de rétribuer Jim pour la leçon qu'il m'avait donnée. De plus, j'étais l'aîné et celui qui gagnait le plus d'argent. Puis les Prettyman quittèrent le centre pour aller s'installer à Edgware. Jim obtint une augmentation et s'acheta une table de billard grand format. Nous cessâmes d'aller chez Big Henty. Jim nous invitait chez lui le dimanche pour déjeuner et, parfois, faire une partie. Mais ce n'était plus la même chose.

— Tu joues toujours? demanda-t-elle.

— Plus depuis des années. Et toi?

— Plus depuis que Jim est parti.

— Je suis désolé de ce qui est arrivé, Cindy.

— Pour Jim et moi ? Oui, je voulais t'en parler. Tu l'as vu vendredi.

— Oui. Comment le sais-tu ?

— Charlene. Je l'ai souvent eue au téléphone ces derniers temps.

— Charlene ?

— Charlene Birkett. La grande fille à laquelle nous louions le premier étage à Edgware. C'est la secrétaire de Jim, maintenant.

— Je l'ai vue, mais je ne l'ai pas reconnue. J'ai cru qu'elle était américaine.

Alors, c'était pour cela qu'elle m'avait souri. J'avais cru que c'était mon charme naturel.

— Oui, expliqua Cindy. Elle est allée à New York et n'a pas pu trouver de travail. Alors Jim l'a embauchée.

Elle ajouta très vite :

— Il n'y a jamais rien eu entre eux. Charlene est une gentille fille. Il paraît qu'elle est vraiment épanouie depuis qu'elle vit là-bas et qu'elle porte des verres de contact.

— Je me souviens d'elle, maintenant.

De fait, je me souvenais d'elle : une fille effacée et voûtée, avec des lunettes et une tignasse mal tenue, tout à fait différente de la fringante amazone que j'avais vue dans le bureau de Jim.

— Oui, dis-je, elle a pas mal changé.

— Les gens changent quand ils vivent en Amérique.

— Mais toi, tu n'as pas voulu y aller ?

— En Amérique ? Mon père en serait mort ! Et puis je ne voulais pas changer...

On pouvait de nouveau distinguer son accent du Nord. Elle ajouta :

— Oh, est-ce que cela n'est pas affreux à entendre ? Je ne voulais pas dire cela.

— Les gens vont là-bas et deviennent plus riches, dis-je. C'est cela, le changement.

— Jim a obtenu le divorce au Mexique. Quelqu'un m'a dit que ce n'était pas vraiment légal. Une amie qui travaille à l'ambassade américaine. Il paraît que les mariages et les divorces mexicains ne sont pas valables ici. C'est vrai, Bernard ?

— Je ne crois pas que l'ambassadeur du Mexique vive dans le péché, si c'est ce que tu veux dire.

— Mais quelle est ma situation, Bernard ? Il a épousé cette autre femme. Quelle est ma situation, maintenant ?

— Tu n'en as pas parlé avec lui ?

Mes yeux s'étaient maintenant habitués à l'obscurité et je pouvais mieux la voir. Elle n'avait pas beaucoup changé ; c'était toujours le même petit paquet d'intelligence et d'énergie. Elle était petite, avec des formes pleines, mais elle n'avait jamais été boulotte. Elle avait un certain charme austère, avec ses cheveux bruns coupés court, de façon à ne pas la gêner. Mais elle avait le nez rougi comme par un rhume et ses yeux larmoyaient.

— Il m'avait demandé d'aller avec lui.

Elle en était fière et elle tenait à ce que je le sache.

— Je sais. Il a dit à tout le monde que tu ne voulais pas changer d'avis.

— Non, j'avais mon travail.

Elle élevait le ton, comme en écho des innombrables discussions qu'ils avaient eues à ce sujet.

— C'était une décision difficile à prendre, dis-je pour la calmer.

Dans le silence se déclencha soudain un vrombissement sourd. Elle bondit presque. Puis elle se rendit compte que c'était seulement le congélateur, dans le coin, et elle sourit.

— Peut-être aurais-je dû y aller. Je suppose qu'il aurait mieux valu.

— C'est trop tard, maintenant, Cindy.

J'avais peur qu'elle ne se mette à pleurer sur mon épaule.

— Je sais, je sais, je sais.

Elle sortit de sa poche un mouchoir, le roula en boule et commença à le serrer très fort entre ses doigts rougis, comme si elle voulait s'empêcher de sangloter.

— Tu devrais peut-être voir un avocat, lui dis-je.

— Qu'est-ce qu'ils y connaissent ? fit-elle avec mépris. J'en ai vu trois. Ils se passent le client de l'un à l'autre comme un paquet, et, quand j'ai eu fini de tous les payer, j'avais seulement appris que certains textes disaient une chose et d'autres textes une autre.

— Les avocats peuvent citer des textes jusqu'à en perdre le souffle. Mais, finalement, c'est aux intéressés de régler leurs problèmes entre eux. Aller voir des avocats n'est qu'une façon coûteuse de retarder ce qu'on devra faire de toute façon.

— C'est vraiment ce que tu penses, Bernard ?

— Plus ou moins. Acheter une maison, faire un testament, divorcer. Pourvu que tu saches ce que tu veux, tu n'as pas besoin d'avocat pour tout cela.

— Oui. Se marier est encore plus important, et tu ne vas pas voir un avocat.

— Dans certains pays étrangers, si. On ne se marie pas sans signer de contrat de mariage. Les gens n'ont jamais le genre de problèmes que tu connais. Tout est réglé par avance.

— Cela paraît un peu terre à terre.

— Peut-être, mais le mariage peut aussi être un peu trop passionnel.

— C'était le cas du tien ?

Elle avait desserré les doigts, et l'on pouvait maintenant voir la bordure de couleur de son mouchoir et les initiales brodées L.P.

— Mon mariage ? Trop passionnel ?

— Oui.

— Peut-être.

Je bus une gorgée. Il y avait longtemps que je n'avais pas goûté l'une des bières épaisses et amères. C'était bon.

— Je croyais connaître Fiona, dis-je. Mais je suppose que je ne la connaissais pas assez bien.

— Elle était si adorable. Je sais qu'elle t'aimait, Bernard.

— Je le pense.

— Elle m'avait montré sa bague de fiançailles, et elle m'avait dit : « Bernie a vendu sa Ferrari pour me l'acheter. »

— On dirait une réplique de feuilleton télévisé. Mais, en réalité, c'était une très vieille Ferrari toute cabossée.

— Elle t'aimait, Bernard.

— Les gens changent, Cindy. Tu l'as dit toi-même.

— Est-ce que cela a beaucoup affecté les enfants ?

— Billy a paru prendre cela dans la foulée, mais Sally... Elle s'est très bien tenue jusqu'au moment où j'ai installé une amie à la maison. Elle a commencé à pleurer la nuit. Mais maintenant, je pense qu'elle s'est adaptée.

Je le disais plus parce que je voulais le croire que par conviction réelle. Je me faisais du souci pour les enfants, beaucoup de souci. Mais cela ne regardait pas Cindy.

— Gloria Kent, celle avec qui tu travailles ?

Cindy savait tout. Il est vrai que le Foreign Office avait toujours été la bourse aux ragots de Whitehall.

— C'est exact, dis-je.

— C'est difficile pour les enfants, poursuivit Cindy. Je suppose que je devrais remercier le Ciel que nous n'en ayons pas eu.

— Sans aucun doute.

Je bus un peu de Guinness et regardai sournoisement l'heure.

— Mais, d'un autre côté, si nous avions eu des enfants, Jim n'aurait peut-être pas voulu autant partir. Il voulait s'affirmer, vois-tu. Dernièrement, je me suis demandé s'il ne se reprochait pas le fait que nous n'ayons jamais pu avoir d'enfants.

— Jim parlait de la fois où la cuisine avait pris feu, dis-je.

— C'était Jim qui avait renversé l'huile. Il a toujours été maladroit.

— Ce n'était pas Fiona ?

— Elle a pris les torts pour elle, fit Cindy avec un soupir. Jim n'aurait jamais pu admettre qu'il avait fait une bêtise. Il était comme cela.

— Oui, Fiona a pris les torts sur elle, dis-je. Elle m'a dit ce qu'avait fait Jim, mais elle a vraiment tout pris sur elle... l'assurance... tout.

— Fiona était une femme remarquable, tu le sais, Bernard.

50

Fiona avait une telle confiance en elle que rien ne la touchait jamais. Je l'admirais. J'aurais donné n'importe quoi pour être comme Fiona. Elle était toujours si calme, si posée.

Je ne répondis pas. Cindy but un peu de son tonic, lissa sa robe, s'éclaircit la gorge et dit :

— La raison pour laquelle je voulais te parler, Bernard, c'est que je voudrais savoir ce que le Service va faire.

— Ce que le Service va faire ? répétai-je, surpris.

— A propos de Jim, dit Cindy.

Je pus voir qu'elle pressait son mouchoir d'un geste presque convulsif.

— A propos de Jim ?

Je retirai mes lunettes, soufflai dessus et commençai à les astiquer. Les verres étaient graisseux, et l'astiquage ne fit qu'aggraver la situation. La seule manière de les nettoyer était de les passer au détergent sous un robinet d'eau chaude. L'opticien s'était déclaré hostile à cette méthode, mais je n'en continuais pas moins à la pratiquer.

— Je ne suis pas sûr de comprendre, Cindy.

— Vont-ils me payer, moi, ou bien l'Américaine, cette soi-disant épouse ? demanda-t-elle d'un ton rageur.

— Te payer, toi ?

— Ne fais pas l'imbécile, Bernard ! Il faut que je sache. Il le faut. Tu dois pouvoir comprendre.

— Mais te payer quoi ?

Sa physionomie changea.

— Sainte Vierge ! fit-elle, sur un ton que seuls peuvent employer les catholiques pratiquants. Tu ne sais pas ? Jim est mort. On l'a tué vendredi soir, au moment où il quittait son bureau après t'avoir vu. On lui a tiré dessus. Six balles.

— Vendredi dernier ?

— Dans le parking. Il faisait sombre. Deux hommes l'atten-daient. Il n'avait pas une chance de s'en tirer. Personne ne te l'avait dit ?

— Non.

— Ne me crois pas sordide, Bernard. Mais je veux pouvoir

revendiquer sa pension avant cette autre femme. Que dois-je faire ?

— Mais y a-t-il une pension, Cindy ? J'aurais plutôt cru que tout avait été liquidé à son départ du Service.

— Son départ ? Mais il n'a jamais cessé de travailler pour le Service !

— Tu te trompes à ce sujet, Cindy.

Elle commença à s'exciter.

— Crois-tu que je ne le sais pas ? Bon Dieu, j'ai vu...

Elle s'interrompit brusquement, comme si elle craignait de dire quelque chose que je n'avais pas qualité pour savoir.

— Je suis allé le voir à Washington, expliquai-je calmement, pour lui demander de venir à Londres afin de témoigner. Il ne voulait pas venir.

— C'était de la poudre aux yeux, Bernard, dit-elle avec un reste de colère. Ils voulaient qu'il vienne à Londres, mais cela devait être fait de telle manière qu'il paraisse céder à la contrainte.

— J'ai été le premier à en être dupe.

— Jim nageait en eaux très profondes. C'est de l'argent dont tu avais à lui parler ?

J'opinai du bonnet.

— C'est Jim qui avait arrangé tout cela, dit-elle sur un ton de tristesse. Des millions et des millions de livres sur quelque compte secret à l'étranger. Pas mal de personnes avaient la signature, et Jim était l'une d'elles.

— Tu ne veux pas dire que Jim a été tué à cause de cela, Cindy ?

— Et qu'est-ce que c'était, alors ? Des voyous ?

— Washington est une ville agitée.

— Deux hommes et six balles, dit-elle. Drôles de voyous !

— Laisse-moi aller te chercher une vraie boisson, Cindy. J'ai besoin d'un peu de temps pour réfléchir à tout cela.

IV

J'étais dans le très confortable bureau de Dicky Cruyer, et j'attendais, installé dans son fauteuil Eames, qu'il revînt de sa conférence avec le directeur adjoint. Il m'avait promis que cela ne prendrait pas plus de dix minutes, mais, apparemment, ce que le directeur adjoint avait à lui dire exigeait un peu plus de temps que cela.

Quand Dicky revint, il faisait tout son possible pour conserver les allures juvéniles et insouciantes qu'il affectait habituellement, mais je devinai que le directeur adjoint lui avait sérieusement savonné les oreilles à propos de l'affaire Bizet.

— Tout va bien ? lui demandai-je.

Il me regarda un moment comme s'il tentait de se rappeler qui j'étais et ce que je faisais là. Puis il passa la main dans ses cheveux bouclés. Il était mince et joli garçon, dans un style juvénile qu'il cultivait avec assiduité.

— Il fallait que le directeur adjoint soit tenu au courant, dit-il, en laissant s'exprimer une légère nuance de condescendance devant l'inexpérience dudit directeur adjoint.

Tant que Sir Henry, le directeur général, avait continué à venir régulièrement, le directeur adjoint, Sir Percy Babcock, ne s'était que très rarement montré au siège du Service. Mais, depuis que les apparitions du vieux monsieur étaient devenues plus qu'intermittentes, le directeur adjoint avait pris le commandement avec tout le zèle des néophytes. Sa première réforme en profondeur avait consisté à enjoindre à Dicky de s'habiller de façon plus conforme à ses responsabilités. On n'avait plus eu, dans la période récente, d'aperçus de la vaste collection de jeans retaillés et soigneusement délavés, de survêtements et de chemises écossaises de Dicky, non plus que du médaillon en or qu'il portait au cou. J'avais quelque mal à me faire à son nouveau style.

— Tu n'étais pas au pot d'adieu de Charles Billingsly, hier soir, remarqua Dicky. Du champagne... La grande classe.

— Je n'étais pas prévenu, répondis-je.

Billingsly, qui assurait plutôt mal que bien la liaison entre le Centre d'informatique et le Service allemand, n'était pas précisément un ami intime. Il avait dû penser que je boirais trop de son coûteux champagne.

— Serions-nous débarrassés de lui ? demandai-je.

— Une affectation ultra-secrète au bureau de Hong Kong. On ne lui a donné que quarante-huit heures de préavis. Alors, il ne t'a pas invité au pot ? Il n'a pas dû avoir le temps.

— Qu'est-ce que Hong Kong peut bien vouloir tirer de lui ?

— Personne ne le sait, et même pas Charles. Grouillez-vous et attendez. C'est le topo, non ?

— Peut-être que le directeur adjoint voulait simplement se débarrasser de lui, suggérai-je.

Une lueur apparut dans le regard de Dicky. Sa petite séance dans le bureau du directeur adjoint l'avait sans doute amené à se demander s'il ne risquait pas de se retrouver un jour à bord d'un avion rapide volant vers quelque destination lointaine.

— Se débarrasser de Charles ? Pourquoi ?

— Je n'en ai aucune idée, dis-je.

— Non. Charles est un brave type.

Sans qu'on lui ait rien demandé, la secrétaire de Dicky survint avec un grand plateau d'argent sur lequel trônaient de la porcelaine de Spode et un énorme pot de café fraîchement moulu, comme l'aimait le maître de céans. La secrétaire pensait, je suppose, qu'une forte dose de caféine remettrait Dicky un peu d'aplomb. Il se pencha sur le plateau et émit quelques murmures d'approbation avant de se verser un peu de café. Puis il alla s'asseoir derrière la grande table en bois de rose qui lui servait de bureau pour goûter le breuvage d'un air appréciateur.

— Remarquable ! fit-il, avant d'en reprendre une ou deux gorgées.

— Tu peux te servir, annonça-t-il lorsqu'il fut tout à fait sûr de son affaire.

Je pris l'une des tasses chauffées, me versai un peu de café et y ajoutai de la crème. Bien que Dicky le bût noir, le café était toujours servi avec un pot de crème. Je m'étais souvent demandé pourquoi. Pendant quelques instants, nous bûmes en silence. J'avais le sentiment que Dicky avait besoin de cinq minutes pour reprendre le dessus après son entrevue avec le directeur adjoint.

— C'est devenu un véritable despote, ces temps derniers, dit-il enfin, en allumant, après son café, un petit cigare qu'il avait tiré de sa poche. Je voudrais pouvoir lui faire comprendre qu'ici, cela ne se passe pas comme dans son cabinet d'avocats. Je ne peux pas prendre un livre sur une étagère et lui lire les réponses à ses problèmes.

— Il s'y fera, dis-je.

— A la longue, oui. Mais, le temps que cela arrive, je serai vieux et grisonnant.

Cela supposait un bon bout de temps, car Dicky était jeune et en pleine forme. Il était de deux ans mon cadet. Il fit tomber sa cendre dans le grand cendrier en verre taillé qui ornait son bureau et, fixant la moquette, il parut perdu dans ses pensées. Je tirai mes paperasses de leur classeur cartonné et lui demandai :

— Voudrais-tu jeter un coup d'œil là-dessus ?

Continuant à contempler la moquette, il m'ignora.

— Il parle de réorganisation verticale, dit-il.

— Qu'est-ce que c'est que cette histoire ? demandai-je.

Dicky, sélectionné pour le Prix Staline de politique intra-bureaux, s'exclama :

— Nom de Dieu, Bernard! Organisation verticale! Faire éclater le Service allemand en groupes, région par région. Il m'a dit que j'aurais Berlin, comme si cela allait me faire suffoquer de joie. Berlin! Avec d'autres bureaux pour Bonn, Hambourg et le reste. Une unité séparée serait chargée de faire la liaison avec les Américains à Munich. Tu imagines un peu!

— L'idée faisait son chemin depuis des années, lui dis-je.

Je commençai à trier les papiers que je lui avais apportés. Sachant qu'il serait difficile de le convaincre de les regarder dans l'état d'agitation où il se trouvait, je plaçai au-dessus de la pile ceux qui exigeaient une signature. Il y en avait cinq.

— C'est ridicule! s'exclama-t-il si fort que sa secrétaire vint à la porte s'assurer que tout allait bien.

Elle était nouvelle, sans quoi elle aurait appris à se faire rare aux moments où Dicky risquait de piquer ses petites crises.

— Je suppose que cela arrivera tôt ou tard, dis-je.

Je sortis mon stylo afin que Dicky puisse signer tout en continuant à parler d'autre chose. Parfois, c'était plus facile ainsi.

— Tu en avais entendu parler avant? demanda Dicky, comme s'il s'était brusquement rendu compte de ce que j'avais dit.

— Oh, oui. Il y a un an ou deux. Mais cela portait alors un autre nom.

— Bon Dieu, Bernard! Tu aurais dû m'en parler!

Je posai les papiers sur son bureau, lui tendis le crayon à bille et le regardai signer. Je n'avais, bien sûr, jamais entendu parler du moindre plan de réorganisation verticale, mais, devinant que le directeur adjoint avait inventé cela de toutes pièces pour secouer un peu Dicky, je jugeais préférable de lui donner un coup de main.

— Il va falloir que tu ailles voir Frank, déclara Dicky, après qu'il eut signé les papiers et timidement soulevé le coin des autres documents pour s'assurer qu'il n'y avait rien d'intéressant à y lire.

— Entendu, fis-je.

Il leva la tête. Il s'était attendu à ce que je rechigne devant un voyage à Berlin, mais, en fait, cela m'arrangeait. Il y avait au moins un mois que je ne m'étais pas rendu à Berlin, et j'avais des raisons à la fois officielles et personnelles de vouloir y aller.

— Et qu'est-ce que je dis à Frank ? demandai-je toutefois.

Je voulais que les choses fussent claires, car, dans notre absurde système, Dicky et Frank Harrington — « résident » à Berlin et vieux comme Mathusalem — avaient un rang hiérarchique égal.

— Je ne veux pas prendre Frank à rebrousse-poil, répondit Dicky. Ce n'est pas à moi de lui dire comment diriger l'unité de Berlin. Frank en sait plus long sur les opérations qui se déroulent dans sa paroisse que nous tous réunis.

C'était vrai, mais ce n'était pas souvent que Dicky prenait cette position.

— Nous parlons de Bizet, je suppose ?

— Exact. Frank veut peut-être mettre quelqu'un sur l'affaire. Après tout, Francfort-sur-Oder n'est qu'à un jet de pierre de chez lui.

— Ce n'est pas la distance, Dicky. C'est...

Il m'interrompit immédiatement, la main levée en un geste de défense.

— Bien sûr. Je sais, je sais...

— Tu espères qu'il a déjà fait quelque chose ?

— Je veux seulement son avis.

— Eh bien, alors, dis-je, nous avons déjà la réponse. Nous savons l'un et l'autre ce que Frank conseillera. De ne rien faire. C'est ce qu'il a toujours dit à propos de tout.

— Frank est là-bas depuis longtemps.

Je m'assurai que Dicky avait bien signé tout ce qu'il avait à signer, puis j'entrepris de boire paisiblement mon café.

— Tu te souviens de Prettyman ? demandai-je, au bout d'un moment, du ton le plus détaché possible.

— Je devrais ?

— Jim Prettyman. Il a fini dans les « boîtes noires ». Puis il a quitté la maison et il est parti pour l'Amérique.

— Les Codes et Chiffres, en bas ?

C'était un coin où Dicky ne s'aventurait jamais.

— Il était à la commission des Opérations spéciales avec Bret. Il essayait toujours d'organiser des circuits touristiques pour aller contempler des vieilles pierres, et personne ne voulait s'inscrire. Merveilleux joueur de billard. Tu te souviens qu'un soir, nous étions allés chez Big Henty, et il avait fait une série fantastique ?

— Je ne suis jamais allé chez Big Henty de ma vie.

— Bien sûr que si, Dicky ! Des tas de fois. Jim Prettyman. Ce jeune type qui avait décroché un boulot à Washington.

— Je me demande parfois qui tu ne connais pas, dans cette maison.

— Celui-là, je croyais que tu le connaissais, fis-je gauchement.

— Une remarque, Bernard, fit alors Dicky, le doigt levé comme s'il essayait de déterminer la direction du vent. Si j'étais dans cette pièce en train de te parler de ce type, Prettyman, tu changerais immédiatement de sujet pour parler de Frank Harrington et de l'affaire Bizet. Sans vouloir te vexer, mon vieux, c'est vrai ; tu es comme cela. Penses-y un peu.

— Tu dois avoir raison, Dicky.

— Tu devrais essayer de te concentrer sur le sujet dont on discute. Tu n'as jamais fait de yoga ?

— Non, Dicky.

— J'en ai fait pas mal, à un moment. Cela éduque l'esprit. Et cela développe le pouvoir de concentration.

— J'y penserai, promis-je en raflant les papiers signés qu'il avait décidé de ne pas lire et les enfouissant dans le classeur cartonné.

Comme je me levais pour prendre congé, Dicky, les yeux toujours fixés sur le sol, me dit :

— Un cousin de ma mère vient de mourir, et il m'a laissé une grande peau de lion. Je me demandais si je n'allais pas la mettre ici.

— Elle ferait très bien, dis-je, en désignant de la main le

mobilier ancien de la pièce et les photos encadrées qui ornaient les murs.

— Je l'avais mise dans le salon, chez moi, mais quelques-uns de nos amis ont fait des histoires en disant que c'était très vilain de flinguer les espèces en voie de disparition et toutes sortes de trucs comme ça.

— Ne t'en fais pas, Dicky, dis-je. C'est simplement qu'ils sont jaloux.

— C'est exactement ce que j'ai dit à Daphné. Après tout, ce foutu animal est mort. Je ne peux quand même pas le ressusciter, non ?

V

Bien des civils se demandent toute leur vie quelle impression cela leur ferait d'être dans l'armée. Certains rêvent d'uniformes, de chevaux, de trompettes et d'étendards claquant au vent. D'autres souhaiteraient seulement des ordres clairement exprimés et l'occasion d'exécuter ceux-ci en échange de trois repas chauds par jour. Pour les uns, l'armée représente une épreuve qu'ils n'ont jamais affrontée, et pour d'autres une retraite virile et confortable face à la réalité.

Je n'ai jamais su lequel de ces aspects de la vie militaire séduisait Frank Harrington — à moins qu'il ne s'agît de quelque chose de totalement différent. Mais, si Frank n'était pas dans son vaste bureau ni dans sa splendide demeure de Grünewald, je savais que je le trouverais dans quelque casemate sordide, expliquant avec délectation comment faire la guerre à un troupeau d'officiers d'infanterie désabusés.

Ce jour-là, revêtu d'un treillis militaire d'emprunt, couvert de boue aux coudes et aux genoux, il s'était fait reconduire à la maison de Grünewald dans une grande limousine d'état-major.

— Je suis tout à fait désolé, Frank, lui dis-je.

— J'étais simplement en train de jouer au petit soldat, me répondit-il de cette manière désarmante qui était la sienne. Et Dicky a dit que c'était urgent.

Le voyant sur le point de me conduire tout droit dans son bureau, je lui dis :

— Ce n'est pas urgent au point que tu ne puisses te changer et prendre une douche.

Je lui remis le rapport de Londres, qu'il saisit et agita auprès de son oreille, comme pour en entendre brinquebaler le contenu. Il sourit. Nous connaissions tous deux Dicky.

— Va au salon et sers-toi un verre, Bernard, dit-il. Sonne Tarrant si tu ne trouves pas ce que tu veux. J'espère que tu dînes avec moi ?

— Très volontiers, Frank.

Il était tout fringant après sa journée avec les soldats. A mi-étage, il se retourna pour me dire :

— Bienvenue chez toi, Bernard !

Il savait combien cette phrase me réchaufferait le cœur. Quoi qu'il arrive, Berlin resterait toujours ma vraie ville. Mon père y avait été résident du Service longtemps auparavant — avant qu'on ait de si belles demeures de fonction et des frais de représentation — et Berlin abritait tous mes beaux souvenirs d'enfance.

Au bout d'une grande demi-heure, Frank fit sa réapparition, revêtu de ce qui était, pour lui, une tenue « décontractée » : un vieux veston de tweed gris authentique et un pantalon de flanelle. Mais sa chemise empesée et sa cravate rayée eussent fait honneur à n'importe quel mess d'officiers. Alors que j'étais capable, quant à moi, de faire paraître avachis n'importe quels vêtements neufs, Frank arrivait à donner de l'allure à ses plus vieux habits. Il montrait juste ce qu'il fallait de manchettes, sa pochette était impeccable et ses souliers Oxford faits à la main étaient cirés à la perfection. Il alla au chariot à liqueurs, et se servit un grand gin avec un soupçon de bitter.

— Qu'est-ce que tu as dans ce verre ? me demanda-t-il.

— C'est très bien comme ça, Frank, lui dis-je.

— Tu ne préférerais pas une vraie boisson ?

— J'essaie de freiner sur les alcools raides, Frank.

— Cette bouteille doit être là depuis des années. Tu es sûr qu'elle est encore bonne ?

Il prit la bouteille dont je m'étais servi, examina avec attention l'étiquette et me regarda.

— Du vermouth ? Cela ne te ressemble pas, Bernard.

— C'est délicieux, dis-je.

Il vint s'asseoir en face de moi. Son visage avait le hâle marron, avec des zones plus pâles à l'emplacement des lunettes, qu'arborent les fanatiques du ski à ces époques de l'année. Frank savait bien vivre. Je ne lui demandai pas de nouvelles de sa femme. Elle passait maintenant le plus clair de son temps dans leur maison d'Angleterre. Elle n'avait jamais aimé Berlin, et le bruit courait d'une violente dispute entre eux lorsque Frank avait accepté de rester à son poste au-delà de la date officielle de sa retraite.

Il me dit avoir lu le rapport dans son bain. Nous savions tous deux qu'il avait été péniblement bricolé à Londres, et nous savions aussi tous deux qu'il était difficile de dire aussi peu de choses en autant de mots. Il le parcourut de nouveau très rapidement et me demanda :

— Dicky veut-il que j'envoie quelqu'un là-bas ?

— Il se donne beaucoup de mal pour ne pas le dire, répondis-je.

— Je ferais n'importe quoi pour aider ces pauvres types qui sont dans le pétrin, dit-il. Mais ici, on est à Berlin. Je ne vois personne chez moi qui pourrait aller à Francfort sur ce putain d'Oder et faire quoi que ce soit pour eux.

Il caressa sa courte moustache à la coupe militaire. Elle devenait très grise.

— L'idée de rester là à ne rien faire les tourmente, à Londres, lui dis-je.

— Et moi, ils croient que cela ne me tourmente pas ?

Un instant, son visage et sa voix laissèrent percer toute la tension due à ses fonctions. Il devait y avoir d'innombrables agents capturés à tout moment, mais ce n'était que lorsqu'on en avait connaissance par l'écoute des liaisons radio soviétiques que Londres commençait à s'en préoccuper.

63

— L'armée a eu vent de l'affaire, dit Frank. Les militaires seraient tout prêts à tenter le coup.

Il dut me voir pâlir et serrer les dents. J'étais si horrifié que j'avais envie de hurler.

— L'armée ? répétai-je, les doigts crispés sur mon verre.

— Le général de brigade me rappelait que nous avons une mission militaire auprès de l'état-major soviétique. Ses membres circulent un peu plus librement, de nos jours.

— Et qu'est-ce que ton général t'a dit d'autre ?

— Il évoquait le comportement de ces salopards du GRU que nos gaillards doivent supporter à Bunde. En comptant ceux qui sont avec l'armée française à Baden-Baden et ceux qui sont avec les Amerloques, il doit bien y avoir cinquante membres à la Mission militaire soviétique. Tous agents du GRU, et la plupart dotés d'une formation scientifique. Ils portent des manteaux de cuir sur leurs uniformes et salissent délibérément les plaques d'immatriculation de leurs voitures pour ne pas être reconnus quand ils vont fureter partout et photographier tout ce qui peut les intéresser... Alors, pourquoi ne pas leur rendre la pareille ? Voilà ce qu'a dit le général.

— Tu n'as pas parlé de Bizet à ton copain de l'armée ?

— Je ne suis pas encore sénile, Bernard.

— L'idée de quelques jeunes sous-lieutenants en mal d'aventure allant farfouiller à Francfort-sur-Oder suffit à me donner des cauchemars.

— Je n'aurais pas dû te parler de cela.

— Tu as dit que l'armée avait eu vent de l'affaire, lui rappelai-je.

— J'ai dit cela, moi ? J'aurais dû dire que l'armée savait que nous avions une sorte de problème.

Il me regarda et ajouta :

— Ils ont un bon service d'écoutes, Bernard.

— Pour les liaisons militaires russes.

— C'est vrai le long de la frontière. Mais ici, à Berlin, en plein milieu de la RDA, ils entendent tout ce qui passe. Ils enregistrent les messages du GRU et du KGB. Ils aiment bien savoir ce qui se passe, et je ne peux vraiment pas le leur reprocher, Bernard. A un avant-poste comme celui-là, les militaires ont besoin de tâter le pouls.

— Peut-être que je vais boire quelque chose d'un peu plus fort, dis-je.

Mais, à ce moment, la bonne allemande de Frank vint annoncer que le dîner était servi.

Je m'efforçai d'oublier momentanément toutes mes inquiétudes quant à ce que Frank pouvait avoir dit à ses petits camarades de l'armée. Nous étions seuls dans la vaste salle à manger, Frank et moi, chacun à une extrémité de la longue table cirée. Frank avait fait décanter une bouteille de vraiment bon bordeaux. C'était là un honneur, car il réservait ses meilleurs vins aux gens assez importants pour les mériter ou assez connaisseurs pour les apprécier. Il m'en fit goûter un peu quand la quiche arriva. Les portions étaient très petites, et je soupçonnai le cuisinier d'avoir rogné sur le repas prévu pour Frank afin de pouvoir m'inclure dans son programme. Frank ne semblait rien remarquer. Il voulait surtout entendre les derniers potins du Service, et je lui racontai comment le directeur remodelait lentement mais sûrement les structures selon ses propres conceptions.

De mon point de vue, j'accueillais plutôt favorablement les innovations. Il était temps de secouer un peu le cocotier. Frank approuva, mais avec un peu moins d'enthousiasme.

— Je suis trop vieux pour apprécier le changement pour le changement, Bernard. J'étais au Service avec ton père dès 1943. J'ai fait mon entraînement avec Sir Henry Clevemore — « Boutons », comme nous l'appelions. Un sacré morceau. Pendant un parcours du combattant, il est tombé dans un conduit de drainage. Il a fallu qu'on s'y mette à quatre pour l'en sortir.

Il but un peu de vin et, après un moment de réflexion, ajouta :

— Ma femme prétend que j'ai donné toute ma vie au Service, et aussi une bonne partie de la sienne.

Il continua à parler du Service sur le pâté en croûte, le pudding et le fromage de Cheddar. Frank avait beau vivre à Berlin depuis des siècles et y être parfaitement intégré, ce qui sortait de sa cuisine continuait à évoquer irrésistiblement la pension britannique à l'ancienne mode. J'étais heureux de l'écouter, surtout lorsqu'il parlait de mon père. Il le savait, bien sûr, et toutes les histoires qu'il me racontait peignaient mon père sous un jour si glorieux que je ne pouvais ignorer qu'il les enjolivait à mon intention.

— Ton père est resté cloîtré des jours et des jours dans un appartement sordide avec pour seule compagnie cet Allemand, avec lequel il n'a pas cessé de s'engueuler. Ils attendaient l'annonce de l'assassinat d'Hitler. Avec la nouvelle de l'échec de l'attentat, est apparu ce type de la Gestapo. Ton père était prêt à sauter par la fenêtre, mais, en fin de compte, l'agent de la Gestapo était le frère de l'autre type...

Frank s'interrompit et sourit :

— Je suis probablement en train de tout embrouiller, mais chaque fois qu'on pouvait convaincre ton père de raconter cette histoire, il nous rendait tous malades de rire.

Frank but un peu de vin, reprit un peu de fromage et ajouta :

— Bien sûr, aucun d'entre nous n'était encore allé en Allemagne nazie. Alors, nous buvions littéralement les paroles de ton père. Parfois, il en profitait pour nous monter d'horribles bateaux.

— L'autre jour, dis-je d'un ton aussi détaché que possible, quelqu'un a laissé entendre que le Service pourrait essayer de m'atteindre à travers mon père.

— De faire pression sur toi ?

— C'était ce que cela semblait vouloir dire. Comment serait-ce possible, Frank ? Papa a-t-il fait quelque chose...

— Tu parles sérieusement, Bernard ?

— Je veux savoir, Frank.

— Alors, je te conseillerais d'aller demander à celui qui t'a suggéré cette drôle d'idée.

Je changeai de sujet.

— Et Fiona ? demandai-je en affectant la plus grande sérénité.

Il leva brusquement la tête. Il devinait sans doute combien elle me manquait.

— Elle garde un profil très bas.

— Mais elle est toujours à Berlin-Est ?

— Plus que jamais. Très bien installée, à ce que j'ai entendu dire. Pourquoi ?

— Simple curiosité.

— Oublie-la, Bernard. C'est mort et enterré, maintenant. J'ai souffert pour toi, mais, à présent, il est temps d'oublier le passé. Parle-moi de ta nouvelle maison. Les enfants apprécient le jardin ?

Notre conversation dévia vers l'anodin. Lorsque nous regagnâmes le salon pour y prendre le café, Frank était détendu.

— Tu te souviens de la dernière fois où nous nous sommes trouvés ensemble dans cette pièce, Frank ?

Il me regarda et dit, après un instant de réflexion :

— Le soir où tu es venu me demander de tirer Bret Rensselaer d'affaire. Cela fait vraiment tout ce temps ? Trois ans ?

— Tu emballais tes disques de Duke Ellington. Ils étaient tous en vrac ici, sur le plancher.

— Je m'imaginais que j'allais prendre ma retraite et retourner en Angleterre. Je suppose que le cours de mon existence a changé ce soir-là. Normalement, je devrais être dans mes pantoufles à tailler mes rosiers.

— Et t'appeler Sir Frank Harrington, ajoutai-je. Je suis désolé de la façon dont tout cela a tourné, Frank.

Tout le monde convenait que la débâcle consécutive à mon intervention avait eu pour effet de priver Frank de ce titre de chevalier qu'il convoitait si fort. Le Central de Londres avait été sauvé de l'humiliation par mes avertissements et l'action unilatérale de Frank, mais il ne nous l'avait encore pardonné ni à l'un ni à l'autre. Les événements nous avaient donné raison, ce qui, pour les mandarins du Foreign Office, constituait un tort impardonnable.

— Il doit y avoir près de trois ans, dit Frank en déroulant sa blague à tabac et bourrant de Sobranie noir une pipe courbe qu'à ma grande terreur il s'apprêtait bel et bien à fumer. J'ai été déçu à l'époque, mais j'ai surmonté la chose.

— C'est certainement Bret qui a le plus morflé.

— Sans aucun doute.

— La dernière fois que j'ai eu de ses nouvelles, il était en train d'agoniser. Il n'a pas survécu ?

Frank prit le temps de tirer sur sa pipe avant de répondre.

— Bret a tenu pas mal de temps, dit-il. Puis il est parti.

Il eut un sourire lointain, comme il en arborait parfois, en continuant à tirer sur sa pipe avec béatitude. Je m'écartai un peu de lui ; je n'avais jamais réussi à me faire à cette satanée pipe.

— Ce n'est pas à répéter, précisa-t-il. Je n'aurais peut-être pas dû t'en parler ; on me l'a dit en confidence, et le Service n'a rien fait savoir officiellement.

— Pauvre Bret ! Le soir où j'ai quitté Berlin, il y avait autour de lui toute une meute de types en blouse blanche qui affirmaient qu'il ne passerait pas la semaine.

— Son frère est arrivé en remorquant je ne sais quel général américain. Bret a été embarqué à bord d'un avion de l'Armée de l'air américaine et évacué. J'ai entendu dire qu'on l'avait transporté à cet hôpital, à Washington, où l'on soigne les présidents des Etats-Unis. Il a passé une longue période dans toutes sortes d'hôpitaux ; tu sais comment sont les Américains. Puis il est allé en convalescence dans une maison qu'il possédait aux îles Vierges. Il m'a envoyé une carte postale de là-bas : « Souhaiterais que tu sois ici », avec plage et palmiers. Berlin était en plein sous la neige, et le chauffage central était en panne. Je n'ai pas trouvé cela si drôle, à l'époque. Je me suis demandé s'il ne voulait pas tout simplement dire qu'il aurait préféré que je prenne à sa place la balle qu'il avait reçue dans la peau. Je ne sais pas. Je ne saurai jamais, je suppose.

Je ne dis rien, et regardai Frank tripoter amoureusement sa

pipe. Cela lui donnait le temps de réfléchir à ce qu'il allait me dire.

— Je n'ai jamais été informé officiellement, bien sûr, reprit-il. J'ai pensé que c'était drôle, après tout le foin que faisait Bret à propos de sa qualité d'Anglais, de le voir filer en Amérique après avoir été blessé.

Un nouveau silence.

— Comme je te l'ai dit, Bret n'est jamais mort, officiellement. Il a simplement disparu.

— Comme les vieux soldats [1], dis-je.

— Comment? Ah, oui! Je vois ce que tu veux dire...

Puis nous passâmes à d'autres sujets. Je demandai des nouvelles du fils de Frank, un pilote de ligne qui était récemment passé de la British Airways à l'une des compagnies intérieures. Il pilotait de plus petits avions sur de plus petites distances, mais il était chez lui avec sa femme presque tous les soirs tout en gagnant plus d'argent. A une époque, il allait souvent à Berlin, mais, maintenant, ce n'était plus sur aucun de ses itinéraires, et Frank reconnaissait que, parfois, il se sentait seul.

Je regardai autour de moi; la maison était superbement entretenue, mais elle semblait vaste et triste pour un homme vivant seul. Je me souvenais que, bien des années auparavant, Frank m'avait dit que le mariage ne convenait pas très bien à des hommes « faisant notre genre de travail », en ajoutant que « les femmes n'aiment pas les secrets qu'elles ne peuvent pas partager ». J'y avais repensé souvent depuis.

Frank s'enquit d'amis communs à Washington, et, après en avoir évoqué quelques-uns, je demandai :

— Te souviens-tu de Jim Prettyman?

— Prettyman? Non, répondit Frank avec conviction.

Puis il me demanda si tout allait bien entre Gloria et moi. Je

---

1. Allusion à la ballade traditionnelle : « Old soldiers never die, they just fade away » (*N.d.T.*).

répondis par l'affirmative, pour ne pas entrer dans le détail d'appréhensions que je jugeais trop puériles.

— Tu comptes te remarier ? demanda Frank.

— Je ne peux pas, lui rappelai-je. Je suis toujours légalement marié à Fiona.

— Bien sûr.

— J'ai bien peur qu'elle n'essaie de nouveau d'avoir la garde des enfants, dis-je.

Je n'avais pas eu l'intention de lui en parler, mais j'en étais arrivé au point où il fallait que je m'en ouvre à quelqu'un.

— J'espère bien que non, Bernard

— J'ai reçu une lettre officielle de mon beau-père. Il demande un droit de visite régulier.

Frank retira sa pipe de sa bouche.

— Et tu penses qu'il est de mèche avec Fiona ? demanda-t-il.

— Je n'en exclus pas la possibilité. C'est un vieux faux jeton.

— Prends le taureau par les cornes, Bernard. Qu'en pense Gloria ?

— Je ne lui en ai pas encore parlé.

— Bernard, tu es un pâle crétin. Arrête de la traiter comme si elle était demeurée. Tu as besoin d'un point de vue de femme, Bernard.

— Tu as raison.

— Oui, j'ai raison. Arrête de broyer du noir dans ton coin. Parle-lui-en. Elle doit connaître les enfants, maintenant.

— Il va falloir que j'y aille, Frank. Merci ; c'était comme au bon vieux temps.

— Je suis heureux que tu aies pu rester dîner. Si j'avais su que tu venais, je t'aurais fait préparer un repas décent.

— C'était comme à la maison, fis-je.

— Tu as une voiture ? demanda-t-il.

— Oui, merci.

— Je préférerais que tu renonces à louer des voitures à l'aéroport. Sécurité.

— Je pense que tu as raison, reconnus-je.

Sa pipe dégageait maintenant une fumée si intense qu'il avait

70

à moitié fermé les yeux. Le vieux domestique de Frank se matérialisa soudain comme le fantôme du père d'Hamlet. J'aurais juré qu'il écoutait à la porte. Autrement, comment aurait-il pu apparaître toujours au moment le plus opportun — ou le moins inopportun ? Frank s'étant tourné vers lui, Tarrant annonça :

— Le colonel Hampshire a téléphoné pour dire que l'état-major avait remporté le tournoi.

Je regardai Frank, qui ôta sa pipe de sa bouche, me sourit et précisa :

— Bridge.

Ainsi, j'avais arraché Frank à quelque finale de bridge militaire. Ce que nous avions mangé, c'était sans nul doute le dîner de Tarrant, dont les gros sourcils semblaient menaçants, comme les cornes d'un taureau sur le point de charger. Peut-être avait-il faim, ou peut-être était-il ivre mort.

— Merci, Tarrant. Vous pouvez aller vous coucher. Je reconduirai M. Samson.

— Très bien, monsieur.

— Ne pars pas, me dit Frank. On va ouvrir une bouteille de vieux porto et discuter un peu.

Les portos de Frank constituaient une véritable tentation, mais je déclinai son offre.

— Il faut que je pointe au moins le museau avant que Lisl aille se coucher, dis-je en regardant ma montre.

— Et quand va-t-elle se coucher ?

— Assez tard, avouai-je.

— Tu as appris qu'elle fermait ?

— L'hôtel ? Pas de façon précise. Werner m'a écrit l'un de ces mots sibyllins dont il a le secret, mais c'est tout.

— C'est trop lourd pour elle, dit Frank. Et les bons à rien qui travaillent pour elle ne viennent que quand cela leur chante.

— Pas Klara ?

Klara était la femme de chambre de Lisl, et elle travaillait pour elle depuis des temps immémoriaux.

— Non, pas Klara, bien sûr. Mais Klara est très vieille,

71

maintenant. L'une et l'autre sont des vieilles dames qui devraient être dans une maison de retraite, sans avoir sur les bras un hôtel qui tombe en quenouille.

— Que va faire Lisl ?

— Si elle suit le conseil que tout le monde lui donne, elle va vendre cette baraque.

— Mais elle a emprunté dessus.

— Tels que je connais les banquiers, ils ne lui auront pas prêté plus de la moitié de ce qu'elle pourra en tirer sur le marché.

— Tu as sans doute raison.

— Elle aura assez d'argent pour passer agréablement ses dernières années.

— Mais cette maison représente des tas de choses pour elle.

— Elle ne peut avoir le beurre et l'argent du beurre, dit pompeusement Frank.

— Je ne m'imagine pas venant à Berlin et ne pouvant pas descendre chez Lisl, fis-je égoïstement.

Mon père avait eu un billet de logement pour cette maison, et ma mère et moi étions venus l'y rejoindre. Nous avions vécu là pendant toute mon enfance et mon adolescence. Chaque pièce, chaque meuble, chaque morceau de tapis effrangé me rappelait bien des choses. C'est sans doute pourquoi je me réjouissais que presque rien ne soit fait pour moderniser la maison. C'était mon musée aux souvenirs, et la pensée d'en être privé m'emplissait d'horreur. Comme si on me volait le souvenir de mon père.

Frank posa avec révérence sa pipe sur le cendrier et alla vers le chariot à liqueurs.

— Rien qu'un petit ? dit-il. J'ouvre la bouteille de toute façon.

— Oui, merci.

Je me rassis, et Frank me versa un verre de son vieux porto.

— La dernière fois que j'étais chez Lisl, repris-je, il n'y avait que trois chambres occupées.

— Ce n'est qu'une partie du problème, dit Frank. Le médecin dit que diriger cet hôtel est beaucoup trop pour elle. Il a dit à Werner que si elle ne se reposait pas complètement, il ne lui donnait pas plus de six mois.

— Pauvre Lisl.

— Oui, pauvre Lisl, fit Frank en tendant mon verre, plein à ras bord.

Il y avait une nuance ironique dans son ton ; habituellement, il l'appelait Frau Hennig.

— Je sais que tu n'as jamais pu l'encaisser, dis-je.

— Allons, Bernard, ce n'est pas vrai.

Il saisit sa pipe et la ralluma.

— Ah, non ?

— J'ai simplement dit que c'était une nazie, précisa-t-il en souriant.

— Foutaises !

Lisl était pour moi comme une deuxième mère. Et ce n'était pas parce que Frank était comme un deuxième père que j'allais le laisser la débiner.

— Les Hennig étaient de sacrés arrivistes, à l'époque d'Hitler, poursuivit Frank. Le mari de Lisl était membre du Parti, et beaucoup des gens qu'elle fréquentait étaient sacrément suspects.

— Par exemple ?

— Ne sois pas autant sur la défensive, Bernard. Lisl et ses amis ont été des partisans enthousiastes d'Hitler jusqu'au moment où l'Armée rouge a commencé à camper sur la Porte de Brandebourg. Et, ensuite, elle a simplement appris à garder ses opinions politiques pour elle.

— Peut-être, fis-je à contrecœur.

Il était vrai que Lisl avait toujours été prompte à déceler et à dénoncer toute carence du socialisme.

— Et ce Lothar Koch... Mais nous avons déjà ressassé tout cela...

Frank était convaincu que Lothar Koch, un vieil ami de Lisl, avait un sombre passé nazi. L'un de ses copains allemands avait prétendu que Koch avait été membre de la Gestapo, mais c'était ce qu'on disait — et Frank le premier — de quantité de gens. Il m'arrivait de penser que Frank passait plus de temps à ruminer sur les nazis qu'à s'occuper des Russes. Mais c'était là un trait commun à nombre de vieux de la vieille.

— Lothar Koch n'était qu'un simple gratte-papier, dis-je en vidant mon verre et en me levant. Et toi, Frank, tu n'es qu'un rêveur. C'est là ton problème. Tu continues à espérer qu'on va découvrir Martin Bormann aidant Hitler à taper ses mémoires dans une hutte amazonienne.

Frank se leva à son tour en me gratifiant de l'un de ses sourires entendus. Arrivé à la porte, il me dit :

— Je vais accuser réception de la note de Dicky par télex, et nous nous verrons demain, en fin de journée, de façon à ce que tu puisses lui transmettre un message verbal. Cela te va ?

— A la perfection ! dis-je. Je voulais justement disposer d'une journée pour faire un peu de tourisme.

Il opina sans enthousiasme. Frank n'approuvait pas certaines de mes connaissances berlinoises.

Il était près d'une heure et demie lorsque je regagnai le petit hôtel de Lisl Hennig. Je m'étais arrangé pour que Klara laisse la porte déverrouillée. Je gravis avec précaution le grand escalier, sous le regard de chérubins estropiés, jaunissants et couverts de toiles d'araignées. Une petite lampe à abat-jour, allumée dans le bar, répandait sa maigre lueur sur le parquet du salon, où d'immenses miroirs baroques, tachetés et piquetés, reflétaient confusément les tables déjà dressées pour le petit déjeuner.

La buanderie située près de l'escalier de service avait été convertie en chambre à coucher pour Lisl quand son arthrite lui avait rendu trop douloureuse l'ascension de l'escalier. Il y avait un rai de lumière jaune sous la porte et l'on entendait un curieux bourdonnement intermittent. Je frappai doucement.

— Entre, Bernd, dit-elle, sans que sa voix trahisse rien de l'état de faiblesse qu'on m'avait laissé redouter.

74

Elle était assise dans son lit, semblant aussi vive qu'à l'habitude, avec des coussins et des oreillers entassés derrière elle et des journaux répandus sur le couvrepied rouge et vert. Lire les journaux était la passion de Lisl.

Sous leurs abat-jour de parchemin, les lampes mettaient un halo doré autour de sa chevelure en désordre. Elle tenait entre les mains une petite boîte en plastique qu'elle manœuvrait avec allégresse.

— Regarde-moi ça, Bernd, regarde un peu !

Elle actionna encore la petite boîte, et un bourdonnement accompagné d'un fracas métallique se fit entendre derrière moi. Je sursautai et Lisl se mit à rire.

— Regarde cela, Bernd. Attention, doucement, maintenant ! N'est-ce pas merveilleux ?

Elle gloussait de plaisir. Je fis un bond de côté, et une jeep miniature vert olive survint en cahotant sur le tapis. Puis elle vira à angle droit, fonça vers la cheminée et vint percuter le pare-feu de cuivre avec un grand bruit, avant de virer de nouveau, sa petite antenne oscillant, pour retraverser la pièce.

Lisl, tout en se battant avec la télécommande du jouet, était au comble de la joie.

— Tu n'avais jamais vu ça, hein, Bernd ?

— Non, répondis-je.

Je n'avais pas à lui dire que tous les magasins de jouets de ma connaissance regorgeaient d'engins de ce genre.

— C'est pour le fils du neveu de Klara, expliqua-t-elle, sans préciser pour autant pourquoi elle-même s'en servait en pleine nuit.

Elle posa la télécommande sur sa table de chevet, près d'un verre de vin, d'un phono à manivelle et d'une pile de disques 78 tours.

— Viens m'embrasser, Bernd ! ordonna-t-elle.

Je ramassai la petite jeep sur le tapis froissé et embrassai tendrement Lisl. Elle sentait le tabac à priser, un mélange particulièrement entêtant dont elle avait renversé une bonne quantité sur sa liseuse. L'idée de perdre cette vieille folle me semblait épouvantable. Elle m'était aussi chère que ma mère.

— Comment es-tu entré ? demanda-t-elle en me regardant fixement.

Je m'écartai, en tentant d'imaginer une réponse adéquate. Elle mit ses lunettes pour mieux me regarder.

— Comment es-tu entré ?

— J'ai...

— Cette folle a laissé la porte déverrouillée ? fit-elle avec colère. Le nombre de fois où je le lui ai dit ! Nous allons tous être assassinés dans nos lits !

Elle frappa violemment de la main l'un des journaux gisant sur son lit.

— Elle ne lit pas les journaux ? On assassine les gens pour dix marks, dans cette ville... Des voyous, des drogués, des maniaques ! Des criminels de toutes sortes ! On n'a qu'à faire cent mètres vers le Ku-Damm pour les voir parader partout ! Et elle laisse la porte grande ouverte ! Je lui avais dit d'attendre que tu rentres. La petite imbécile !

La « petite imbécile » avait presque l'âge de Lisl, et elle serait debout à la pointe de l'aube pour aller chercher les petits pains, faire le café, couper le saucisson et le fromage et faire cuire les œufs pour un petit déjeuner très allemand. Klara méritait de dormir un peu, mais je ne le fis pas remarquer à Lisl. Il valait mieux la laisser se calmer toute seule.

— Où étais-tu ?

— J'ai dîné avec Frank.

— Frank Harrington, ce serpent ?

— Qu'est-ce qu'il a fait ?

— Ah, oui, c'est un Anglais. Il faut que tu le défendes.

— Je ne le défends pas. Je ne sais pas ce qu'il t'a fait pour te mettre dans cet état.

— Il est tout « schmaltz » quand il veut quelque chose, mais il ne pense qu'à lui. C'est un porc.

— Qu'est-ce que Frank t'a fait ? demandai-je de nouveau.

— Tu veux boire quelque chose ?

— Non, merci, Lisl.

Ainsi rassurée, elle absorba un peu du contenu de son verre et entreprit d'énoncer ses griefs.

— Ma suite double du premier étage, dit-elle, a une salle de bains entièrement neuve. Deux ou trois ans au plus. Elle est superbe. Il n'y a pas mieux à Berlin.

— Mais, lui fis-je remarquer, Frank a déjà une grande maison à lui.

Elle me fit signe que je faisais fausse route.

— Pour Sir Clevemore, dit-elle. Il avait séjourné ici il y a longtemps, quand ton père était encore là. C'était avant qu'il devienne « sir », et il aurait certainement été heureux de revenir ici. Je suis sûre de cela.

— Sir Henry ?

— Clevemore.

— Oui, je sais.

— Frank lui a loué une suite au Kempi. Pense un peu au prix. Il aurait été plus heureux ici. J'en suis sûre.

— Mais de quelle époque parlons-nous ?

— Il y a un mois... deux mois. Pas plus.

— Tu dois te tromper. Sir Henry est malade depuis près de six mois. Et il doit bien y avoir cinq ans qu'il n'est pas venu à Berlin.

— Klara l'a vu dans le hall du Kempi. Elle a une amie qui y travaille.

— Ce n'était pas Sir Henry. Je te dis qu'il est malade.

— Ne sois pas si entêté, Bernd. Klara lui a parlé. Il l'a reconnue. J'étais folle de rage. J'ai failli téléphoner à Frank Harrington, mais Klara m'en a empêchée.

— Klara s'est trompée, persistai-je.

Je m'abstins de dire que c'était là le genre d'histoires que Klara était fort capable d'inventer pour embêter son exaspérante et autocratique patronne.

— C'est une belle suite, reprit Lisl. Tu n'as pas vu cette salle de bains depuis qu'elle a été refaite : bidet, contrôle thermostatique des robinets, miroirs muraux. Une beauté !

— Mais ce n'était pas Sir Henry. Et tu peux donc dormir tranquille. Si Sir Henry était venu à Berlin, je l'aurais su.

— Et pourquoi l'aurais-tu su ? demanda-t-elle avec un large sourire, tout heureuse de me prendre en flagrant délit de contradiction, puisque j'avais toujours prétendu travailler pour une firme pharmaceutique.

— J'apprends habituellement ce genre de choses, dis-je, sans réussir à être très convaincant.

— Bonne nuit, Bernd, fit-elle en continuant à sourire.

Je l'embrassai et montai me coucher. Je n'avais pas gravi la première marche qu'un vacarme incroyable éclata, venant de la chambre de Lisl : un orchestre de jazz Nouvelle-Orléans, trop bien pourvu en cuivres, jouant à pleins poumons. Pas étonnant que l'hôtel ne fût pas bondé.

J'avais ma mansarde habituelle, tout en haut de la maison. C'était la chambre que j'avais eue quand j'étais enfant, une pièce exiguë, donnant sur la cour, à l'arrière de la maison. Il n'y faisait pas chaud à cette époque de l'année. L'eau chaude ne semblait pas monter jusque-là dans les tuyaux, et le massif radiateur était à peine tiède. Mais l'infatigable Klara avait glissé une bouillotte entre les draps.

Peut-être aurais-je dû un peu moins forcer sur le bon café bien fort de Frank, car je restai éveillé pendant des heures, pensant à Fiona, qui devait être, à ce moment précis, couchée à quelques pâtés de maisons de là. Etait-elle seule ou avait-elle quelqu'un dans son lit ? Un flot de souvenirs revenait m'assaillir. Mais je me forçai à penser à autre chose. A Lisl et à ce qu'il allait advenir de la vieille maison si elle la vendait. C'était un bon emplacement, tout près du Ku-Damm. Un spéculateur y ferait ce que font tous les spéculateurs : chasser les habitants, éliminer les vieux commerces familiaux et les petits restaurants à l'ancienne mode, passer tout cela au bulldozer et construire de ces grands immeubles de bureaux en béton et en verre qui rapportent de gros loyers aux propriétaires et de gros impôts au gouvernement. C'était une perspective déprimante.

Puis je pensai à l'histoire de Klara qui aurait vu le directeur général du Service à l'hôtel Kempinski. Cela ne tenait pas debout pour plusieurs raisons. D'abord, le directeur général était très malade depuis des mois. Ensuite, il détestait quitter l'Angleterre. Le seul voyage officiel qu'il ait fait, à part une conférence de temps à autre à Washington, avait été à destination de l'Extrême-Orient. Et, en troisième lieu, s'il était allé à Berlin, il n'aurait pas pris une chambre dans un grand hôtel ; il aurait habité chez Frank, ou, si la visite avait été plus officielle, chez le général commandant les forces britanniques. Mais là où l'histoire racontée par Klara sonnait encore plus faux, c'est lorsqu'elle disait qu'il l'avait reconnue. Le directeur général était incapable de se rappeler le nom de son propre labrador s'il n'avait pas Morgan, son fidèle assistant, pour le lui souffler.

Je tentai de dormir, mais le sommeil me fuyait. Il y avait tant à penser. Et je n'avais pu m'empêcher de remarquer la rapidité avec laquelle Frank avait nié connaître Jim Prettyman. Il n'avait pas hésité, cherché ou demandé pourquoi je citais ce nom. J'avais eu droit à un « non » catégorique, suivi d'un changement de sujet. Ce manque de curiosité élémentaire ne ressemblait pas à Frank ; en fait, il ne ressemblait à personne.

VI

— J'avais bien dit à Willi de ne pas mettre cette foutue machine ici, précisa Werner, en levant les yeux de son assiettée de bœuf pour loucher vers l'endroit où deux spécialistes en veste blanche enfonçaient des tournevis dans les entrailles d'un vieux juke-box visiblement réduit au silence à coups de botte.

Willi Leuschner, le propriétaire, surveillait l'opération avec la mine d'un proche parent de la victime. Apparemment, certains aficionados de la musique pop votaient avec leurs pieds aux heures tardives.

Nous étions assis dans une stalle près de la vitrine. Quand nous étions gosses, nous étions tous fermement convaincus que les gens installés près de la vitrine avaient de plus grosses portions afin d'appâter le chaland. Je ne sais toujours pas si c'était vrai, mais la superstition était restée bien implantée chez nous tous.

— On ne peut pas se fier aux critiques musicaux, fis-je. Toscanini aurait pu le lui dire.

— Je parierais que son juke-box n'est même pas assuré, dit Werner, toujours pointilleux sur ces détails.

— Willi l'a eu à bon marché, expliquai-je. Il pensait que cela allait attirer les jeunes.

— Et il pensait sans doute aussi faire fortune avec des

jeunes voyous fauchés, dit Werner avec une lourde ironie. Il devrait se réjouir qu'ils ne viennent pas, au lieu d'essayer de les attirer.

Bien que je l'eusse fréquenté toute ma vie, Werner pouvait encore me surprendre. Je l'avais fréquemment entendu attribuer généreusement la délinquance juvénile à la télévision, à la mésentente des parents, au chômage et à l'excès de glucides dans l'alimentation. Cette attitude réactionnaire nouvelle de Werner à l'encontre des jeunes voulait-elle dire qu'il devenait vieux, comme, quant à moi, je l'avais toujours été ?

Werner gagnait sa vie en servant de couverture financière, c'est-à-dire qu'il finançait des exportations d'Europe orientale vers l'Ouest à l'aide de devises fortes qu'il empruntait partout où il le pouvait. Il payait des intérêts très élevés et tablait sur des marges bénéficiaires étroites. C'était un dur et curieux métier, mais Werner semblait y prospérer. Comme beaucoup de ses rivaux en la matière, il n'avait aucune expérience bancaire, et sa formation économique classique n'était pas allée plus loin que l'art de manipuler une calculette japonaise.

— Je croyais que tu aimais bien les jeunes, Werner ? lui dis-je.

Il me regarda d'un air mauvais. Il m'avait toujours accusé d'être intolérant et étroit d'esprit, mais il se trouvait que nous nous rejoignions sur la nécessité de garder *Jungend frei* notre lieu de rencontre favori, ainsi, d'ailleurs, que beaucoup de Berlinois. Il n'était pas nécessaire, en effet, d'aller très loin en direction de la Potsdamer Strasse pour commencer à croire aux vertus éducatives du service militaire obligatoire.

Le Werner actuel avait quelque chose de changé. Ce n'était pas sa belle barbe toute neuve, qui, lorsqu'elle aurait complètement poussé, le ferait ressembler à un riche brasseur du début du siècle ou à quelque relation d'affaires de Sir Basil Zaharoff. Ce n'était pas le fait qu'il avait considérablement engraissé ; il engraissait toujours, entre deux régimes amincissants. Ce n'était pas non plus qu'il soit arrivé incroyablement en avance à notre rendez-vous. Il était anormalement agité. Tandis que nous attendions d'être servis, il jouait nerveusement avec le sel et le poivre tout en se triturant les lobes des oreilles, en se pinçant le nez et en regardant par la vitre, comme si son esprit était ailleurs. Je me demandai s'il n'était pas préoccupé par un autre rendez-vous, car, avec son complet sur mesures et sa chemise de soie, il n'était pas habillé pour le genre d'endroit où nous nous trouvions pour l'instant.

Nous étions chez Leuschner, dans ce qui avait été autrefois l'un des établissements élégants des environs de la Potsdamer-platz. Il était maintenant décrépit et presque vide. Et il était dans cet état depuis bien des années, car le quartier de la Potsdamerplatz, qui avait été l'un des carrefours les plus animés de toute l'Europe, était devenu un endroit mort et silencieux, où des gardes armés patrouillaient entre deux réseaux de barbelés en tentant d'empêcher leurs chiens policiers de s'égarer dans les champs de mines — attention qu'ils n'allaient pas jusqu'à accorder à leurs propres compatriotes. Ainsi, le Café Leuschner était devenu un endroit où l'on faisait attention à ses paroles devant des étrangers et où des policiers venaient régulièrement vérifier les papiers de tout le monde.

Là s'étaient élevés de grands hôtels de luxe, près de l'immense gare d'Anhalter, la plus grande du monde, où arrivaient chaque jour cent quarante-six trains, dont quatre-vingt-deux express de luxe, avec bars à cocktails, wagons-lits et wagons-restaurants. Par un tunnel spécialement creusé sous la chaussée, des porteurs, ployant sous les malles-cabine, les nécessaires en crocodile et les valises en peau de porc, ainsi que des chasseurs aux uniformes rutilants, conduisaient directement les voyageurs dans le somptueux foyer du fameux Hôtel Excelsior. Là, ils se retrouvaient à proximité immédiate des magasins de luxe de la Leipziger Strasse, des ambassades, des palais entourant le Tiergarten, des ministères du Grand Reich et de la résidence de son empereur. Le jour, la circulation ne se ralentissait jamais, et la vie nocturne se prolongeait jusqu'au premier petit déjeuner servi au dernier fêtard encore éveillé.

L'Anhalter Bahnhof a maintenant disparu, si l'on excepte les restes d'une vaste bâtisse en brique jaune qui était autrefois la salle des guichets. L'été, ils disparaissaient sous un enchevêtrement de plantes folles. Derrière, comme Werner et moi l'avions découvert au temps de notre enfance, s'étendait un vaste no man's land de rails rouillés, de guérites effondrées, de squelettes de wagons et de cabines d'aiguillage encore tout équipées. Nul n'avait utilisé ces voies désertes depuis que le dernier train était parti pour Magdebourg, en avril 1945. Seuls quelques clochards et quelques fugitifs y passaient parfois la nuit, mais pour fuir ensuite ces lieux par trop inhospitaliers.

Autour s'étendait un quartier d'immeubles bombardés, de pans de mur noircis et de façades sans toit, qui ressemblait à un décor de film, mais en beaucoup plus sale. Ce n'était plus, à cette époque, qu'un endroit qu'on traversait pour gagner les immeubles de presse de la Kochstrasse ou « Checkpoint Charlie [1] », tout proche de là.

Mais le Café Leuschner demeurait. Malgré quelques défaillances, comme celle qui l'avait conduit à l'installation d'un juxebox, Willi Leuschner savait toujours tirer correctement une robuste bière berlinoise, et son épouse autrichienne continuait à faire, une fois la semaine, le meilleur Tafelspitz de la ville. Quant au bœuf mijoté avec les petites pommes de terre, le chou et les graines de carvi, il était toujours préparé dans les règles de l'art.

Lorsque Werner en eut fini avec son bœuf et ses radis noirs, j'abordai le sujet que j'étais venu discuter avec lui.

— Eh bien, dis-je, j'ai trouvé Lisl en grande forme.

— Tu ne l'as vue que cinq minutes, répondit Werner en sauçant son assiette avec un morceau de pain.

— Ce matin, elle dormait, et je n'ai pas voulu la déranger.

— C'est une vieille folle ! fit Werner, avec un accent de colère tout à fait inhabituel. Le médecin lui a dit mille fois de perdre du poids et de se reposer. Elle boit, elle fume, elle s'excite, elle discute et elle se met en colère. C'est idiot.

---

1. Point de passage de la zone américaine à Berlin-Est (*N.d.T.*).

Peut-être y avait-il finalement dans son ton moins de colère que de peine.

— Tu dis qu'elle a eu une attaque ?

— A l'hôpital, ils ont fait des examens, mais ils ont dit qu'ils n'étaient sûrs de rien. D'une façon comme d'une autre, il lui faut un repos complet.

Il engloutit son dernier morceau de pain trempé dans la sauce.

— Qui s'occupera de la vente de la maison ?

En en parlant, je me rendis compte soudain de tout ce que cela impliquait. Il faudrait discuter avec les agents immobiliers et avec la banque, voir aussi un notaire et un comptable, sans compter les formulaires à remplir et toutes ces démarches administratives qui transforment en un cauchemar la plus simple des transactions.

— Il vaudrait mieux que nous arrivions à persuader Lisl de s'en aller jusqu'à ce que tout soit fini. Peut-être pourrions-nous trouver un endroit à Baden-Baden. Elle a toujours parlé d'aller un jour en vacances à Baden.

Werner me regarda avec un petit sourire en coin.

— Et lequel d'entre nous, demanda-t-il, va se charger d'expliquer tout cela à Lisl ?

Willi Leuschner arriva pour desservir.

— Que prendrez-vous ensuite ? demanda-t-il. Dessert ?

Willi avait le même âge que moi, mais il était entièrement chauve, et la grosse moustache en guidon de vélo qu'il avait fait pousser, à l'origine par goût du canular, était devenue grise à cause des ans et jaune à cause de la nicotine. Werner, lui et moi étions allés en classe ensemble, et nous nous comprenions mieux entre nous que nous ne nous comprenions avec nos épouses respectives. Dans mon cas, c'était particulièrement vrai.

Willi passa un torchon sur la table en plastique et posa sur son plateau, d'un geste témoignant d'une longue expérience, les verres à bière et le pot de moutarde au-dessus des assiettes et des couverts. Son père avait à sa botte un majestueux maître d'hôtel et une douzaine de serveurs en queue de pie, avec des apprentis en veste blanche pour les assister. Willi et son frère ne disposaient plus pour les aider que de deux jeunes traîne-savates fort capables d'arriver le matin avec l'œil vitreux et la tremblote.

— Je sais ce que tu penses, Werner, dis-je, dès que Willi eut disparu.

— Et qu'est-ce que je pense ?

Werner contemplait par la vitre la rue presque déserte. La veille, la neige avait fondu, mais la température avait de nouveau baissé depuis, et n'importe quel Berlinois n'avait qu'à regarder le ciel bas et gris pour savoir qu'il allait recommencer à neiger.

— Tu penses que c'est très facile pour moi de débarquer ici, de parler de Lisl et ensuite de rentrer chez moi en te laissant te débrouiller.

— Ce n'est pas la même chose, Bernie, dit-il. Lisl est mon problème, pas le tien.

— Elle n'a que nous, répondis-je. Quoi qu'il y ait à faire, nous le ferons ensemble. Je prendrai un congé. Vendre la maison ne devrait pas être trop difficile. Mais il faut que nous trouvions un endroit où Lisl puisse aller. Un endroit où elle se plaise.

— Je suis juif, dit brusquement Werner. Je suis né pendant la guerre. Mon vrai prénom est Jacob, comme celui de mon grand-père, mais on m'a appelé Werner parce que cela faisait plus aryen. Lisl a caché mes parents. Elle n'en a rien tiré, car mes parents n'avaient pas d'argent. Elle a risqué sa vie. Les nazis mettaient les gens dans des camps pour moins que cela. Je ne sais pas pourquoi elle a pris un tel risque. Parfois, je me demande si je ferais tout ce qu'elle a fait pour aider des gens qui étaient pratiquement des étrangers. Mais Lisl a caché mes parents, et, quand je suis né, elle m'a caché aussi. Et, quand mes parents sont morts, Lisl m'a élevé comme si j'étais son propre enfant. Tu comprends, maintenant ?

— Nous le ferons ensemble, répétai-je.

— Nous ferons quoi ?

86

— Vendre la maison. Mettre Lisl dans un bon endroit. Et Klara aussi.

— Tu es fou ou quoi? Tu ne lui feras pas quitter cette maison pour tout l'or du monde.

Je le regardai. Il avait pris cette expression indéchiffrable qu'il cultivait déjà quand il était écolier.

— Alors, qu'est-ce que tu proposes? demandai-je. Qu'on abatte la maison avec Lisl au milieu?

— Je vais prendre la direction de l'hôtel, annonça Werner.

Il me regarda d'un air de défi, comme s'il s'attendait à une violente opposition ou simplement à un gigantesque éclat de rire.

— La direction de l'hôtel?

— J'ai grandi avec elle, non? Et c'est moi qui faisais les comptes. J'en sais suffisamment.

— Elle ne te laissera jamais changer quoi que ce soit.

— Je dirigerai comme je l'entends, fit calmement Werner.

On avait trop tendance à oublier, avec Werner, qu'il pouvait être dur comme de l'acier sous son enveloppe rondelette.

— Et tu rendras l'établissement rentable?

— Il suffit de le faire tourner.

— Et ton travail actuel?

— Je liquide.

— Tu ferais bien d'y regarder à deux fois, Werner, fis-je, brusquement inquiet.

— J'ai pris ma décision.

— Et où habiteras-tu?

Il se mit à sourire devant mon air consterné. Peut-être mon désarroi était-il le seul plaisir qu'il tirait de cette affaire.

— Une des chambres du haut, dit-il. Je quitte mon appartement.

— Et Zena? demandai-je.

J'avais du mal à imaginer sa jeune épouse, remuante et snob, s'accommodant de l'une des chambres du haut, ou même de la suite avec salle de bains rénovée dont Lisl était si fière.

— Zena a du mal à comprendre, reconnut Werner.

87

— Je le crois sans peine.

— Elle dit qu'elle ne doit rien à Lisl, et, en un sens, elle a raison, fit tristement Werner.

— « Pour le meilleur et pour le pire, dans la richesse et dans la pauvreté »... Mais peut-être que le Mouvement de libération de la femme a changé tout cela...

— Je voudrais que tu connaisses mieux Zena, dit-il. Elle n'est pas égoïste. Pas aussi égoïste que tu le penses.

— Alors, que va-t-elle faire ?

— Elle va rester dans l'appartement de Dahlem. En fait, c'est tout aussi bien si tu songes à tous les meubles que nous y avons. Nous ne pourrions pas transporter tout cela chez Lisl.

— C'est quand même une sacrée décision, Werner.

Il abandonnait son travail, son luxueux appartement, et, selon toutes les apparences, il était en train de perdre sa femme. Mais, en fait, il l'avait déjà perdue ; l'attachement de Zena envers Werner n'avait rien à voir avec ce que les poètes évoquent dans leurs sonnets. Il méritait tout au plus, peut-être, d'inspirer une ou deux chansons de salle de garde. C'était sans doute pourquoi je la détestais aussi cordialement.

— Il n'y a pas le choix, Bernie. Si je faisais moins que cela pour Lisl, je ne pourrais plus me regarder dans la glace.

Je le regardai. Werner était bon. C'était peut-être la seule personne profondément bonne que j'eusse rencontrée de ma vie. Que pouvais-je dire, sinon :

— Tu as raison, Werner. C'est la seule chose à faire.

— Tout ira peut-être très bien, dit-il, se forçant à l'optimisme. Si l'hôtel pouvait décrocher quelques réservations touristiques de plus, je pourrais liquider l'hypothèque. Je vais prendre contact avec quelques agences de voyages.

Il avait l'air sérieux en disant cela. Ne savait-il pas que ce que veulent les agences de voyages, ce sont des casernes à bon marché de deux cents chambres minuscules, tenues par des adolescents ratés ne parlant aucune langue connue ? Que ferait une agence de voyages d'un petit hôtel confortable dirigé par des êtres humains ?

— Bonne idée, Werner, lui dis-je.

— Bien sûr, je ne peux pas liquider mes affaires du jour au lendemain. J'ai encore quelques transactions en cours.

— Tu vas souvent de l'autre côté, ces temps-ci ? demandai-je.

Les affaires de Werner exigeaient de lui des visites régulières à des personnages officiels de la RDA à Berlin-Est. Je ne lui demandai pas s'il en rendait toujours compte à nos services, chez Frank. Il valait mieux que je ne le sache pas.

— Pas très souvent. Maintenant je puis arranger certaines choses par téléphone.

— La situation devient meilleure ?

— Pas meilleure ; différente. Ils ont appris à mieux se couvrir ; à mieux comprendre, aussi, ce qui fait réagir la presse occidentale.

— Comment vont-ils, à la Normannenstrasse, ces temps-ci ?

— Ils sont aux anges.

— Explique.

— Les Allemands de l'Est sont numéro un au hit-parade de Moscou. Prague n'est plus le poste de commande de la pénétration soviétique à l'Ouest, et nos amis de la Normannen-strasse se frottent les mains.

— J'ai entendu parler d'un grand remaniement à la Stasi.

— Un à un, on élimine ceux de la vieille garde. Même chose dans l'administration. On resserre et on joue l'efficacité.

— Vu.

— Bien sûr, le KGB suit tout cela pas à pas. Et si cela va de travers, Moscou tape sur la table.

— Tu as des nouvelles du nommé Erich Stinnes ?

— Il fait la liaison avec Moscou. Il a pris du galon.

— Stinnes ?

— Oui. Le KGB est en plein épanouissement ; pas de restrictions budgétaires, pour lui. Et les Américains continuent stoïquement à diriger leurs réseaux à partir de leurs ambassades. Lesquelles sont toutes truffées de micros de la cave au grenier. Ils ne comprendront jamais rien.

— Est-ce que ma femme est impliquée dans cette réorganisation ?

— De quoi d'autre parlons-nous ? fit Werner. C'est bien elle qui t'avait aidé à établir ton fameux « rapport de structuration », non ?

Je ne répondis pas. Depuis des années, bien des gens disaient que nos réseaux devaient être séparés des ambassades et des autres organismes diplomatiques. J'avais consacré beaucoup de temps à un rapport à ce sujet, rapport au bas duquel Dicky Cruyer avait bien volontiers apposé sa signature. Beaucoup pensèrent, et moi également, que cela allait valoir à Dicky une nouvelle et flatteuse promotion. C'était le meilleur travail que j'eusse jamais fait en ce domaine, et j'en étais très fier. De l'avis presque général, cela devait inévitablement entraîner une réorganisation. Mais c'était compter sans le Foreign Office. Il fut déjà difficile de convaincre le directeur général de transmettre ce rapport. Quand les mandarins du Foreign Office en prirent connaissance, ils le piétinèrent jusqu'à en faire trembler le plancher. Le Secret Intelligence Service devait demeurer au sein du Foreign Office, sans avoir plus voix au chapitre qu'une ambassade de moyenne importance en Afrique équatoriale. Nos antennes devaient rester au sein des missions diplomatiques, et tant pis si cela entraînait que tout le monde sût où nous trouver ! Le résultat avait été déprimant. Et Fiona connaissait toute l'affaire.

Nous restâmes quelques instants silencieux, à regarder les passants par la vitre. Puis je dis :

— Il y a le problème de l'héritage.

Nous continuions tous deux à penser à Lisl.

— L'hôtel ? demanda Werner.

— Tu risquerais de te tuer à la tâche pour découvrir finalement qu'elle a laissé la baraque à un asile pour chiens.

— Un asile pour chiens ? répéta Werner, un peu surpris.

C'était évidemment là une idée très anglaise ; les vieilles dames allemandes sont peu susceptibles de léguer l'ensemble de leurs biens aux représentants défavorisés de la race canine.

— A une quelconque œuvre charitable, rectifiai-je.

— Je ne fais pas cela pour avoir la maison, protesta Werner.

— Pas besoin de te fâcher. Mais c'est quand même quelque chose qu'il faudrait régler avant que tu ne te jettes à l'eau.

— Ne sois pas idiot, Bernie. Tu me vois aller trouver Lisl et lui enjoindre de faire un testament en ma faveur ?

— Elle n'a pas de famille, à ce que je crois.

— Si, précisa Werner. Il y a une sœur qui est morte pendant la guerre et une autre — Inge Winter — encore plus âgée que Lisl. Elle vivait en France. Sans enfants et probablement morte à l'heure qu'il est. Lisl dit que je l'ai vue une fois, quand elle était venue à Berlin, mais je n'en ai aucun souvenir. Elle avait des droits sur la maison. Lisl m'a dit un jour que son père avait laissé celle-ci conjointement à ses deux filles. Il n'y avait que Lisl qui voulait l'habiter, mais la moitié appartenait à Inge Winter. Et, en dehors de la sœur, il se pourrait qu'il y ait des parents du côté d'Erich, le mari de Lisl. Il faudrait que je le lui demande.

— Si la sœur est propriétaire de la moitié de la maison, il se pourrait qu'elle ait signé pour le prêt hypothécaire.

— Je sais, dit Werner en se frottant la moustache. Je me demande si ce n'est pas pour cela qu'elle était venue à Berlin.

— Tu ferais mieux de demander à la banque.

— La banque ne me dira rien sans l'autorisation de Lisl.

Il se frotta de nouveau la moustache.

— Elle me démange, expliqua-t-il.

— Il faudrait tirer tout cela au clair, repris-je. Je vais parler à Lisl.

— Pas question, répliqua immédiatement Werner. Cela gâcherait tout. Il faut que cela passe comme si je tenais, *moi*, à m'occuper de l'hôtel. Comme si c'était elle qui me faisait une faveur, *à moi*. Tu comprends ?

Au bout d'un moment, j'approuvai de la tête. Werner avait raison. Il avait dû passer des nuits entières à ruminer cela.

— Tu veux que je voie si la sœur est encore vivante ? demandai-je, plus pour apaiser ma conscience que parce que je voyais l'utilité de cette démarche.

91

Peut-être Werner le comprit-il, car il dit :

— Cela me rendrait vraiment service, Bernie. Si tu pouvais voir où on en est avec la sœur, le principal problème serait résolu. J'ai sa dernière adresse en France. Je l'ai trouvée dans le grand répertoire que Lisl garde dans le bureau, mais je ne sais pas de quand elle date.

Il jeta un coup d'œil vers le bar, où Willi s'affairait à la machine à café, et ajouta :

— Willi va arriver avec les desserts.

— Il y a mis le temps.

— Il va s'asseoir avec nous pour bavarder un peu. Ne parle pas de l'hôtel pour le moment. Je te téléphonerai pour te donner l'adresse de la sœur.

— Donne-toi encore un jour ou deux pour réfléchir, lui conseillai-je. C'est une sacrée décision à prendre.

— J'ai déjà réfléchi, dit Werner avec une résolution où perçait à peine une pointe de tristesse.

La France, songeai-je. Pourquoi fallait-il que je me laisse aller à dire de telles âneries ? Où allais-je trouver le temps d'aller en France sur la piste d'une sœur sans doute morte et enterrée depuis longtemps ? Et, de toute manière, n'y avait-il pas assez d'une Lisl dans ma vie ?

VII

— Nous aurions pu nous acheter un four à micro-ondes, fit brusquement Gloria.

— Tu veux un four à micro-ondes ?

— Avec tout l'argent que cette idiotie de vol est en train de nous coûter, expliqua-t-elle d'un ton amer.

— Oh ! fis-je. Je vois...

Elle dressait, comme cela lui arrive parfois, la liste de ses griefs, et plus cette liste s'allongeait, plus sa haine envers la compagnie aérienne et sa direction croissait. Fort heureusement pour lui, aucun représentant de ladite direction ne se trouvait assis à côté de Gloria, lors de ce vol vers Nice. Mais moi, j'étais dans ce cas.

— C'est une escroquerie, proclama-t-elle.

— Tout le monde sait que c'est une escroquerie, dis-je. Alors, bois tranquillement ton petit café tiède, mange ton petit fromage allégé et profite de l'*ambiance*[1].

Les vitres de plexiglass des hublots étaient si rayées que les nuages eux-mêmes semblaient couverts de zébrures. Gloria ne me répondit pas et s'abstint de toucher à ce qui figurait sur le plateau de matière plastique posé devant elle. Elle sortit son

---

1. En français dans le texte (*N.d.T.*).

93

vernis à ongles de l'énorme sac à main qu'elle transporte en permanence et commença à se faire les ongles. C'est toujours mauvais signe.

Je suppose que j'aurais dû lui dire dès le début que nous faisions ce voyage pour remplir l'engagement que j'avais pris de retrouver la sœur de Lisl Hennig. J'aurais dû savoir qu'elle serait furieuse en apprenant la vérité, et que le mieux était de tout lui dire au départ.

En y repensant, je ne comprends toujours pas pourquoi j'ai choisi la salle de départ de l'aéroport pour lui révéler la véritable raison du déplacement. En apprenant qu'il ne s'agissait pas du « week-end en amoureux » que je lui avais fait miroiter, elle m'insulta si violemment que nos plus proches voisins évacuè-rent leurs enfants en toute hâte.

C'était à des moments comme celui-là que je tentais d'analy-ser la nature de mes relations avec Gloria. Mes contemporains — quadragénaires et mariés — ne me laissaient rien ignorer de leur interprétation personnelle de cette idylle avec une jeune beauté de vingt-deux ans, que ce soit sous la forme de « conversations sérieuses », d'anecdotes mettant en scène des amis imaginaires, ou même de plaisanteries salaces. Assez curieusement, c'étaient les marques d'envie qui m'irritaient le plus. J'aurais aimé qu'on essaie de comprendre qu'un tel type de relations est complexe, et que mon histoire d'amour était encore plus complexe que beaucoup d'autres.

Installé dans l'avion sans rien à faire et sans rien d'autre à lire que le magazine de la compagnie, j'y repensais. Je tentais de comparer mes relations avec Gloria et celles que j'avais eues avec Fiona, ma femme, dont le quarantième anniversaire approchait. Elle avait toujours dit qu'elle redoutait ce quarantième anniver-saire. Cette « peur » était devenue un thème de plaisanteries, et j'y répondais en promettant que nous célébrerions l'événement en grande pompe. Mais c'était à Berlin-Est qu'elle allait le célébrer, avec du champagne russe, sans nul doute, et peut-être un peu de caviar. Fiona adorait le caviar.

Aurais-je été jusqu'à Heathrow avec Fiona en continuant à

prétendre qu'il s'agissait d'une escapade amoureuse ? Non. Mais le fait est que l'annonce d'une telle escapade n'aurait eu sur Fiona qu'un effet très, très limité. Attention ! Etait-ce bien vrai ? La véritable raison, sans doute, pour laquelle je ne lui aurais pas raconté cette histoire était que ma femme n'aurait pas cru un seul instant que cette invitation soudaine à se rendre en avion à Nice pouvait avoir pour but un petit voyage sentimental. Ma femme Fiona me connaissait trop bien. C'était cela, la vérité.

A Nice, le soleil brillait, et il n'en fallut pas beaucoup plus pour que Gloria retrouve sa gaieté habituelle. En fait, il lui suffit de me voir et de m'entendre louer une voiture pour notre excursion à la dernière adresse connue d'Inge Winter. Au bureau, Gloria m'avait entendu utiliser couramment mon allemand, et parfois même mon russe approximatif. Rien ne la préparait à mon français.

Tout alla de travers dès le départ. La jeune Française superbement permanentée qui se tenait au bureau de location fut très légitimement irritée lorsque je tentai, pour exposer ma requête, de m'immiscer dans une conversation tout à fait privée qu'elle avait avec sa collègue. Et elle ne fit pas mystère de cette irritation. Elle se mit à parler à toute allure, avec un violent accent méridional, et je perdis pied.

Quand, finalement, j'appelai Gloria au secours, la jubilation de celle-ci ne connut plus de bornes.

— Non compree ! s'exclama-t-elle, en éclatant de rire et battant des mains de joie.

Malgré l'attitude peu coopérative de Gloria, nous finîmes par trouver la voiture, une petite Renault blanche qui avait dû passer quelques journées d'hiver à l'air libre, car elle eut du mal à démarrer.

Il ne nous fallut que quelques minutes d'autoroute pour atteindre la sortie d'Antibes. Cette fois, décidé à ne pas fournir d'autres motifs de gaieté intempestive à Gloria, j'avais une poignée de pièces toute prête pour le péage. Puis, guidés par Gloria, le nez collé à la carte, nous prîmes les petites routes en direction de Grasse.

En quittant l'autoroute, c'est une autre France que l'on découvre. Dans les collines de l'arrière-pays, très peu subsiste de l'ostentatoire richesse qui caractérise la Côte d'Azur. Rolls, Cadillac et Ferrari sont remplacées par des fourgonnettes aux couleurs vives et d'antiques Lada cahotant entre les ornières. C'est un paysage où rien ne semble achevé. Des maisons partiellement construites alignent leurs blocs de ciment brut et leurs armatures métalliques dénudées à côté de vieux bâtiments de ferme à demi démolis. Des échelles, des bidets fêlés et des baignoires abandonnées jonchent les terrasses plantées d'oliviers. Des tas de sable rouillés par la pluie voisinent avec des amas de briques, des plaques de tôle galvanisée et des échafaudages à demi dressés. Les attributs de la laideur urbaine viennent souiller ces champs dont la production la plus profitable est la résidence secondaire.

Mais le « Mas des Vignes Blanches » tranchait sur le reste. C'était, sur le versant méridional d'une colline, un intermède prussien dans une symphonie provençale. De l'emplacement de cette maison, un heureux propriétaire avait sans doute pu, autrefois, couver de l'œil ses vignobles, mais, maintenant, toutes les collines semblaient atteintes par la lèpre immobilière venue de la mer.

La maison était entourée d'une haie hermétique, mais les portes de bois peintes en blanc étaient ouvertes à deux battants, et notre voiture put remonter une allée de graviers fort bien entretenue. Le bâtiment principal semblait plus que centenaire. Il n'avait pas la forme rectangulaire et massive chère aux propriétaires terriens des pays du Nord. C'était une maison adaptée au climat provençal, avec deux étages et des fenêtres aux lourds volets, une vigne grimpant sur la façade, quelques grands palmiers battus par le vent et un gigantesque cactus vert pâle, semblable à quelque monstre marin prêt à l'attaque.

A l'arrière de la maison, on pouvait voir une cour pavée, briquée avec un soin inhabituel dans la région. D'un hangar dépassaient l'arrière d'une grosse Mercedes et celui d'une BMW bleu pâle. Derrière encore s'étendait un vaste jardin, avec des arbres fruitiers en espalier fort bien taillés. Je remarquai tout particulièrement les pelouses. Dans cette région où le soleil tend à dessécher la terre, une pelouse bien tenue indique soit une extravagance importée de l'étranger, soit une passion dévorante pour les jardins, soit une très confortable fortune.

Sur la petite terrasse située à l'avant de la maison, quelques chaises métalliques et deux chaises longues entouraient une vaste table à plateau de verre. Mais, malgré le soleil, le temps n'engageait guère à s'installer dehors. Le vent soufflait sans relâche, et, sur la colline, les grands pins oscillaient dans la bourrasque. Gloria releva son col en attendant qu'on réponde à notre coup de sonnette.

La personne qui vint nous ouvrir pouvait avoir une quarantaine d'années. Dotée d'un certain charme rustique, c'était une grande femme solidement bâtie, avec un regard vif et intelligent et des cheveux grisonnants qu'elle ne cherchait pas à dissimuler.

— Frau Winter ? demandai-je.

— Mon nom est Winter, dit-elle, mais je suis Ingrid.

Elle nous fit entrer, puis, comme si elle se sentait tenue de dire quelque chose, elle ajouta :

— Comme j'ai la même initiale que ma mère, on peut confondre. Vous voulez voir Maman ? Vous êtes M. Samson ?

Son anglais était excellent, avec une pointe d'un accent qui était plus allemand que français. Sa robe verte à fleurs en liberty était de coupe désuète, avec un col et des manchettes de dentelle blanche. Il était difficile de savoir si son vêtement était simplement démodé ou, au contraire, d'un chic raffiné.

— C'est cela même, répondis-je.

J'avais écrit pour dire que j'étais un vieil ami de Lisl, un écrivain préparant un livre qui devait se dérouler dans le Berlin d'avant la guerre, et que, devant séjourner en Provence, je me demandais si Inge Winter accepterait de me livrer quelques-uns de ses souvenirs. Il n'y avait pas eu de réponse à ma lettre. Peut-être espérait-on que je ne viendrais pas.

— Laissez-moi prendre vos manteaux. Il fait si froid aujourd'hui. D'habitude, à cette époque de l'année, nous déjeunons dehors.

Ses ongles étaient courts et soignés, mais elle avait les mains rougies comme par des travaux ménagers. Elle portait une montre d'apparence coûteuse, plusieurs bagues et un bracelet en or, mais pas d'alliance.

Ainsi, il y avait une fille. Elle ne ressemblait en rien à Lisl, mais je me souvins avoir vu une vieille photo de la mère de Lisl, avec un énorme chapeau et des manches à gigot. C'était une grande et robuste femme elle aussi.

— Comment va votre mère ? demandai-je, pendant que Gloria faisait mine de remettre de l'ordre dans sa chevelure devant le miroir du vestibule.

— Elle a des hauts et des bas, monsieur Samson. Aujourd'hui est un de ses bons jours. Mais je vous demanderai de ne pas rester trop longtemps. Elle se fatigue vite.

— Bien sûr.

Nous pénétrâmes dans le vaste salon. Plusieurs gros radiateurs y entretenaient une douce chaleur, malgré les grandes fenêtres ouvrant sur la pelouse. Comme souvent dans la région, le sol était dallé de tomettes rouges, avec quelques tapis jetés ici et là. Sur l'un des murs, un grand tableau dominait la pièce, une scène de bataille typique du XVIIIᵉ siècle, où l'on voyait de beaux officiers en uniformes chatoyants brandissant des sabres sur des chevaux fringants tandis qu'à l'arrière-plan, des anonymes en rangs serrés se massacraient dans la fumée. Deux divans blancs et quelques fauteuils assortis étaient groupés à une extrémité de la pièce, et une vieille femme dans une simple robe noire se tenait assise sur l'une de ces horribles chaises hautes qui ont l'avantage de laisser quelque liberté de mouvement aux arthritiques.

— Comment allez-vous, monsieur Samson ? demanda-t-elle.

Elle examina soigneusement Gloria avant de la gratifier d'un signe de tête. Elle ne ressemblait pas du tout à Lisl. Elle était frêle et comme ratatinée, avec une peau jaune parcheminée et des cheveux blancs et rares qui semblaient avoir été lavés et coiffés pour la circonstance. Je la regardai avec intérêt ; si elle était encore plus vieille que Lisl, Dieu sait quel âge elle pouvait avoir. Mais c'était une femme qui avait su s'accommoder de son âge. Elle n'avait pas teint ses cheveux, elle ne s'était pas peint le visage et elle n'avait pas eu recours à ces faux cils que Lisl aimait à arborer quand elle avait des visiteurs. Mais, au-delà de toutes ces différences, il n'y avait pas à se méprendre sur la ressemblance des visages. Elle avait le même menton volontaire que Lisl, les mêmes grands yeux et la même bouche, prompte au sourire comme à la grimace.

— Ainsi, vous êtes un ami de ma sœur ?

Les mots étaient anglais, la prononciation agressivement américaine, mais la phrase avait été, de toute évidence, pensée en allemand. Je me rapprochai un peu d'elle pour qu'elle n'ait pas à élever la voix.

— Je la connais depuis longtemps, dis-je. Et je l'ai vue il y a moins de quinze jours.

— Elle va bien ?

Elle se tourna vers sa fille et lui demanda :

— Tu nous apportes du thé ?

Ingrid eut un sourire d'acquiescement et sortit de la pièce.

J'hésitai sur la façon d'évoquer la santé de Lisl. Je ne voulais pas effrayer sa sœur.

— Il se peut qu'elle ait eu une légère attaque, dis-je prudemment. Très légère. Les médecins n'en sont pas même sûrs.

— Et c'est pour cela que vous êtes venu ?

Je remarquai alors ses yeux. C'étaient ceux d'un chat : verts, profonds et lumineux. Je n'en avais jamais vu de semblables. En tout cas, elle n'y allait certes pas par quatre chemins.

— Non, répondis-je. Mais cela veut dire qu'elle va devoir renoncer à l'hôtel. Son médecin affirme que c'est trop pour elle.

— Bien sûr que c'est trop ! Tout le monde le lui répète.

— C'était la maison de votre père ?

— Evidemment. Et j'y ai des souvenirs merveilleux.

— C'est une superbe vieille maison, dis-je. Je souhaiterais

99

l'avoir connue du temps de votre père. Mais les escaliers sont trop durs pour Lisl. Il lui faudrait vivre quelque part où elle ait tout au rez-de-chaussée.

— Certainement. Et qui s'occupe d'elle ?

— Avez-vous entendu parler de Werner Volkmann ?

— Le Juif ?

— Le garçon qu'elle a élevé.

— Cette famille juive qu'elle a cachée au dernier étage. Oui, ma sœur était complètement folle. J'ai vécu à Berlin jusqu'en 1945. Même à moi, elle n'a rien dit ! A sa propre sœur ! C'est incroyable ! La maison était à moitié à moi.

— Incroyable, fis-je docilement.

— Alors, le gamin juif qu'elle a élevé s'occupe d'elle, dit-elle en hochant la tête.

— Ce n'est plus un gamin, remarquai-je.

— Je le pense bien. Et qu'est-ce que cela lui rapporte ?

— Rien, dis-je. Il pense qu'il doit bien cela à Lisl.

— Il se figure qu'il va hériter la maison. C'est cela ?

Elle gloussa malicieusement et jeta un regard à Gloria, qui prit une expression gênée.

— Pas que je sache, répliquai-je.

Je voyais brusquement ma démarche perdre toute utilité. Je n'arrivais pas à déterminer si cette vieille femme vindicative m'avait délibérément manœuvré pour m'amener à cette dénégation. J'y réfléchissais encore quand sa fille revint avec le thé et une tarte aux pommes artistiquement décorée.

— C'est Ingrid qui l'a faite, précisa la vieille femme en suivant mon regard.

— Elle paraît merveilleuse, dis-je, sans ajouter qu'après la « collation » servie dans l'avion, pratiquement n'importe quoi aurait paru « merveilleux ».

Gloria fit également entendre quelques sons appréciateurs, et la fille nous découpa de belles parts.

En prenant le thé, j'interrogeai la vieille femme sur la vie à Berlin avant la guerre. Elle avait une bonne mémoire et ses réponses étaient toujours claires et complètes. Mais c'étaient les réponses classiques que font les gens ayant vécu sous le Troisième Reich aux étrangers de toutes sortes.

Au bout de trois quarts d'heure à peu près, je pus voir qu'elle se fatiguait et suggérai que nous nous retirions. La vieille femme voulait continuer à parler, mais sa fille dit, en m'adressant un imperceptible signe de tête :

— Ils doivent partir, Maman. Ils ont des choses à faire.

Elle aussi pouvait se montrer rugueuse.

— Vous êtes simplement de passage ? demanda-t-elle poliment en nous tendant nos manteaux.

— Nous avons réservé dans le grand hôtel de ce côté-ci de Valbonne, dis-je.

— On dit qu'il est très confortable, remarqua-t-elle.

— Je vais mettre au clair mes notes ce soir, repris-je. Si j'avais des questions supplémentaires, peut-être pourrais-je vous téléphoner ?

— Maman ne reçoit pas grand monde, précisa-t-elle.

Cela ne sonnait pas comme un encouragement.

En atteignant l'hôtel, nous pûmes voir qu'il ne s'agissait guère du « nid d'amour » que j'avais complaisamment décrit à Gloria. Il était situé à l'extrémité d'une longue route sinueuse et défoncée — comme toutes celles de la région — et donnait, à l'arrière, sur une carrière abandonnée. Animé par un bel esprit d'entreprise, quelqu'un semblait avoir improvisé une entrée de parc à voitures avec deux roues de charrette, mais, en y regardant de plus près, on s'apercevait qu'il s'agissait de répliques en matière plastique. Quelques vieux fûts à vin authentiques, où des rhododendrons et des camélias luttaient pour rester en vie, délimitaient la terrasse. L'hôtel lui-même était en stuc rose, avec des tuiles en matière plastique brillante.

Sous un hangar à l'extrémité du parc à voitures, plusieurs véhicules à moteur aux formes et aux origines imprécises rouillaient paisiblement. Nous nous garâmes entre un break

Peugeot et une camionnette portant l'enseigne d'une boucherie de Valbonne. Un grand écriteau précisait que l'on se garait là à ses risques et périls, et un autre indiquait une piscine vide, partiellement repeinte en bleu azur.

Mais, à l'intérieur, tout s'arrangeait. La salle à manger était propre et assez élégante, avec ses nappes blanches amidonnées, son argenterie et ses verres étincelants. Et il y avait un feu de bois dans le bar.

Tandis que Gloria montait tout droit prendre son bain et se changer, je m'attardai un peu au bar, me réchauffant les mains à la cheminée et essayant l'armagnac chaleureusement recommandé par le barman. Gloria n'aimait pas l'alcool ; elle préférait le jus d'orange, les yaourts et même le Seven-Up. C'était là, je suppose, une autre marque du fossé entre les générations. Je montai un deuxième armagnac jusqu'à notre chambre, où Gloria sortait de son bain.

— L'eau est chaude, lança-t-elle d'un ton de joyeuse surprise.

Complètement nue, elle traversa la chambre en ajoutant :

— Prends donc une douche, mon chéri. Cela te ravigotera.

— Je suis déjà tout ravigoté, répliquai-je en la contemplant attentivement.

Pendant tout le trajet du Mas des Vignes Blanches jusqu'à l'hôtel, Gloria était restée silencieuse, me donnant l'occasion de repenser à la vieille Winter. Mais quand je lui demandai ce qu'elle avait pensé de celle-ci, elle se trouvait toute prête à laisser exploser son indignation.

— La salope ! s'exclama-t-elle en se tamponnant avec sa serviette.

— Quitte à être mis KO au premier round, fis-je, j'aurais au moins eu la consolation de l'être par une championne toutes catégories.

— Elle t'a piégé.

— Dans toutes les règles de l'art, reconnus-je. Elle a compris pourquoi nous venions avant même que nous n'ouvrions la bouche. Je lui tire mon chapeau.

— Quelle vieille vache vicieuse !

— As-tu l'intention de mettre quelques vêtements ?

— Pourquoi ?

— Cela distrait mon attention.

Elle vint vers moi et m'embrassa.

— Tu sens l'alcool, constata-t-elle, en me saisissant les bras pour les passer autour d'elle.

« Eh bien, c'est tout à fait rassurant, mon chéri, dit-elle. Parfois, j'en arrive à penser que j'ai perdu le don de distraire ton attention.

Je l'enlaçai.

— Non, non ! protesta-t-elle. A quelle heure est le dîner ? Arrête ! On n'a pas le temps. Je t'ai demandé à quelle heure était le dîner...

— Il est maintenant trop tard pour y penser, répondis-je.

Et tel était bien le cas.

Plus tard, alors que nous étions paisiblement étendus l'un contre l'autre, elle demanda :

— Qu'es-tu au juste, Bernard ?

— Qu'est-ce que tu entends par là ?

— Es-tu anglais, allemand ou rien ? Moi, je ne suis rien. J'ai longtemps pensé que j'étais anglaise, mais je ne suis rien.

— J'ai longtemps pensé que j'étais allemand, dis-je. Tout au moins j'ai longtemps pensé que mes amis allemands me considéraient comme un Berlinois, ce qui est encore mieux. Puis, un jour où je jouais aux cartes avec Lisl et avec un vieil homme nommé Koch, ils m'ont fait comprendre que, pour eux, j'étais un Anglais et n'avais jamais été rien d'autre. Je me suis senti blessé.

— Mais tu voulais tout à la fois, mon chéri ! Tu voulais que tes amis anglais te traitent comme un Anglais, et que tes amis allemands pensent que tu étais l'un d'eux.

— Sans doute.

— Mes parents sont hongrois, et je n'ai jamais mis les pieds en Hongrie. J'ai grandi en Angleterre et je m'étais toujours considérée comme anglaise à cent pour cent. J'étais une superpatriote. Etre anglaise était tout ce que j'avais dans la vie. J'avais appris toutes ces merveilleuses tirades de Shakespeare sur l'Angleterre et je sautais à la gorge de quiconque disait un mot contre la Reine ou ne se levait pas à l'hymne national. Puis, un jour, une des filles, à l'école, m'a révélé la vérité sur moi-même.

— La vérité ?

— « Vous autres Hongrois », m'a-t-elle dit. Toutes les autres filles nous regardaient. Je n'allais pas laisser passer cela, et elle le savait bien. Je lui ai dit que j'étais née en Angleterre. Alors, elle m'a dit : « Si tu étais née dans une caisse à oranges, est-ce que tu serais une orange pour cela ? » Les autres filles ont ri. Moi, j'ai pleuré toute la nuit.

— Ma pauvre chérie.

— Je ne suis rien. Aucune importance. Je m'y suis habituée.

— A nos autres, les riens, dis-je en levant mon fond de verre d'armagnac.

— Si tu ne te dépêches pas, fit-elle, nous allons rater le dîner. Va prendre ta douche.

VIII

Gloria était assise dans le lit, le plateau du petit déjeuner posé sur ses cuisses, tandis que je buvais ma deuxième tasse de café en mangeant une brioche de plus.

— Tu es idiot, mon chéri, dit-elle. Tu en as déjà mangé deux.

Le téléphone sonna. Ce ne pouvait être que la vieille Winter. Personne d'autre ne savait où j'étais. En violation du règlement, je n'avais pas laissé de numéro au Service. Je savais que le faire n'entraînait que des questions indiscrètes au retour.

— C'est Ingrid Winter à l'appareil. Maman se sent assez bien aujourd'hui. Elle demande si vous aimeriez venir déjeuner avec nous.

— Volontiers, merci.

Gloria, qui avait utilisé ce deuxième écouteur que comportent beaucoup de téléphones français, secouait violemment la tête et la main en signe de refus. J'ajoutai :

— Mais miss Kent a un rendez-vous à Cannes. Elle pourrait me déposer et me reprendre, si vous m'indiquiez les heures qui conviennent.

— Onze heures et trois heures, dit Ingrid sans aucune hésitation.

La famille Winter semblait avoir réponse à tout.

Gloria me déposa avec quelques minutes d'avance. Avec des Allemands, cela valait toujours mieux.

— Juste à l'heure, me dit Ingrid Winter d'un ton chaleureusement approbateur lorsqu'elle m'ouvrit la porte.

Comme la veille, nous échangeâmes des considérations polies sur le temps qu'il faisait, mais elle se révéla nettement plus affable.

— Je referme la porte très vite ; quand le vent souffle du sud, cette poussière jaune s'infiltre partout. Le sirocco. On a du mal à croire, n'est-ce pas, que du sable puisse venir du Sahara ?

— Certes, dis-je.

Elle enferma mon imperméable dans un placard tapissé de grandes fleurs orange, et enchaîna :

— Ma mère est une très vieille dame, monsieur Samson.

Je ne pus qu'acquiescer, et elle répéta :

— Une très vieille dame.

Elle garda le silence un court instant, puis me dit :

— Komm !

Elle ne se dirigea pas vers le salon où nous nous étions trouvés la veille, mais me fit emprunter un corridor dallé, aux murs ornés de vieilles gravures représentant diverses villes allemandes.

La pièce où nous pénétrâmes n'avait, de toute évidence, pas toujours été une chambre à coucher. Comme Lisl, Inge Winter s'était fait aménager une chambre au rez-de-chaussée pour éviter d'avoir à monter les escaliers.

Inge Winter n'était pas couchée, mais assise dans un grand fauteuil. Elle portait l'une de ces robes de laine grise qui sont habituellement fournies aux pensionnaires indigentes des hospices publics, avec un épais châle de cachemire drapé sur les épaules.

— Asseyez-vous, me dit-elle. Voulez-vous boire quelque chose ?

— Non, merci, répondis-je.

Je commençais maintenant à comprendre les craintes d'Ingrid ; ce n'était pas une chambre, c'était un musée. Le problème n'était pas qu'Inge Winter se soit entourée d'images et de reliques du passé ; beaucoup de gens âgés le font. Il résidait dans le choix surprenant de ces images et de ces reliques. Une vaste console était couverte de photographies encadrées, comme celles que les acteurs et actrices sur le retour accumulent pour se rassurer en gardant sous leurs yeux les témoignages d'indéfectible affection de leurs pairs. Mais là, il ne s'agissait pas de vedettes de cinéma.

Une immense photo encadrée d'argent d'Adolf Hitler avait été soigneusement mise à la place d'honneur. J'en avais déjà vu de semblables ; c'était l'un de ces portraits officiels en sépia, réalisés par Hoffmann, qu'Hitler avait coutume de donner aux vieux camarades ou aux dignitaires en visite. Mais celui-ci ne s'ornait pas seulement de l'habituelle signature griffonnée à la hâte. Il était expressément et méticuleusement dédicacé à Herr et Frau Winter. Ce n'était pas la seule photo du Führer figurant sur la console. Il y avait une superbe photo de presse montrant un couple d'âge moyen et de belle allure aux côtés d'Hitler et d'un grand chien sur une terrasse, avec, à l'arrière-plan, des montagnes au sommet enneigé. Probablement le Berghof, à Berchtesgaden. Avant la guerre, car Hitler n'était pas en uniforme. Il portait un complet clair et étendait la main vers le chien comme pour le caresser. La femme était une assez séduisante Inge Winter, avec de longs cheveux et une robe à la mode des années trente. L'homme — sans doute Herr Winter —, un peu trop bedonnant pour son complet sombre à rayures, avait été saisi par l'objectif alors qu'il ouvrait la bouche avec une expression de surprise. Il était un peu ridicule, mais ce n'était peut-être là qu'un très modeste prix à payer pour l'honneur d'être ainsi photographié en conversation avec le Führer. Je n'arrivais pas à détourner les yeux de cette collection de clichés. Il y avait des photos dédicacées de Josef Goebbels avec sa femme et ses enfants, d'Himmler, le visage fermé, en uniforme noir, d'un Hermann Goering souriant et légèrement retouché, de Fritz Esser, qui devait comparaître avec Goering devant les juges de Nuremberg. Les Winter avaient visiblement leurs entrées aux plus hauts échelons de la hiérarchie nazie. Et Lisl dans tout cela ?

— Les gens ont l'habitude de boire, maintenant, dit la vieille femme. On boit beaucoup trop de nos jours.

Sans me laisser le temps de répondre, elle saisit l'une des photos et dit à sa fille en allemand :

— Laisse-nous, Ingrid. Tu nous appelleras quand le déjeuner sera prêt.

— Oui, maman.

Quand je lui dis combien j'étais ravi qu'elle ait pu m'accorder encore quelques moments, je le fis automatiquement en allemand. Le visage de la vieille femme s'illumina d'une façon que je n'aurais pas crue possible.

— Quel bel allemand ! dit-elle. Vous êtes allemand ?

— Je le pense, quant à moi. Mais mes amis allemands semblent plus dubitatifs.

— Vous êtes berlinois ?

Elle tenait toujours la photo entre ses mains mais semblait avoir oublié son existence.

— J'ai grandi à Berlin.

— Quand je vous entends parler, j'ai l'impression de déguster un verre de champagne. Si seulement ma fille n'avait pas cet affreux accent bavarois ! Pourquoi ne m'avez-vous rien dit hier ? Oh, c'est merveilleux que ma fille m'ait demandé de vous faire revenir aujourd'hui !

— C'est elle qui vous l'a demandé ?

— Elle pense que je me montre trop prussienne à propos de cette maison, dit-elle avec un sourire entendu, de Prussienne à Prussien. Elle pense que je devrais laisser Lisl la donner à ce petit Juif, si elle le veut vraiment. Cette pauvre Lisl a toujours été la simple d'esprit de la famille. C'est pourquoi elle a épousé ce pianiste.

C'était un soulagement que de l'entendre s'exprimer en allemand, et non dans son anglais incertain, avec ce terrible accent qui caractérise les gens ayant appris une langue tardivement. Celui que je dois avoir en français. En revanche, l'allemand d'Inge Winter était, si l'on exceptait quelques termes et tournures démodés, aussi clair et fluide que si elle était arrivée de Berlin la veille.

Elle me regarda, attendant visiblement mon opinion.

108

— C'est très généreux, Frau Winter, dis-je.

— Pour moi, cela ne fait aucune différence. Quand je mourrai, tout sera à Ingrid. Elle peut aussi bien décider maintenant.

— Je crois savoir que Lisl a emprunté de l'argent sur cette maison.

Elle ignora le propos.

— Ingrid pense, poursuivit-elle, que c'est beaucoup de tracas pour rien. Elle a peut-être raison. Elle en connaît plus long que moi sur toutes ces choses.

— Il y aura les impôts et tout le reste...

— Et Ingrid dit qu'il faut que nous n'ayons pas toutes ces formalités à accomplir. Où trouverais-je, ici, quelqu'un qui connaisse la fiscalité allemande ?

Je ne répondis pas. Compte tenu de tous les riches Allemands ayant des maisons sur la Côte d'Azur et des flottes entières de grands yachts allemands mouillant dans tous les ports et toutes les marinas de la région, je n'aurais pas trouvé le problème insurmontable.

— Mais j'ai des affaires dans la maison, reprit-elle. Des affaires personnelles.

— Je ne crois pas qu'il y ait la moindre difficulté à ce sujet, dis-je.

— La grande pendule dorée. Ma mère insistait tant pour que je l'aie. Vous souvenez-vous de l'avoir vue ?

— Oui.

Il était difficile d'oublier cette horreur, avec ses anges, ses dragons, ses chevaux et ses créatures diverses envahissant le manteau de la cheminée. Et si, par chance, ce spectacle vous avait été épargné, vous risquiez fort d'être tenu éveillé toute la nuit par ses retentissants carillons. Je n'en voyais pas moins surgir une complication : Lisl avait souvent exprimé son attachement pour cet épouvantable objet.

— Et quelques autres petites choses, poursuivit Inge Winter. Des photos de mes parents, un petit coussin brodé que j'avais quand j'étais petite fille, quelques papiers, des carnets, des

109

lettres et des objets ayant appartenu à mon mari. J'enverrai Ingrid les chercher à Berlin. Ce serait tragique qu'on les jette.

— Rien n'arrivera aussi vite que cela, me hâtai-je de préciser.

J'avais peur qu'elle ne téléphone à Lisl avant que Werner ait eu le temps de parler à celle-ci. Cela aurait déclenché un épouvantable scandale.

— Des choses qui n'intéressent que moi, continua-t-elle. Ingrid ira me les chercher. Ensuite, Lisl pourra disposer de la maison.

Elle baissa les yeux vers la photo qu'elle tenait toujours entre ses mains et me tendit celle-ci.

— Mon mariage, annonça-t-elle.

Je regardai le cliché. Cela avait été une somptueuse cérémonie. Inge Winter se tenait sur les marches d'un grandiose bâtiment, dans une merveilleuse robe de mariée, avec des pages pour tenir sa traîne, et son mari arborait la tenue de parade de quelque régiment prussien particulièrement élégant. Déployés sur les plus hautes marches, des officiers formaient une voûte d'acier de leurs sabres, chacun d'eux accompagné d'une demoiselle d'honneur en costume traditionnel. De part et d'autre, les invités : un bel officier de marine, des chemises brunes de haut rang et des officiers ss, des dignitaires du Parti nazi en grande tenue.

— Vous voyez Lisl ? demanda-t-elle avec un petit sourire.

— Non.

— C'est elle qui est avec le civil.

Il était facile, maintenant, de repérer le couple ; l'homme était pratiquement le seul à ne pas être en uniforme.

— Pauvre Erich ! dit Inge avec un petit ricanement.

Il y avait eu sans nul doute une époque où cette simple remarque à propos du mari de Lisl avait eu une saveur cruelle. Mais la vieille femme ne semblait pas se rendre compte que l'histoire avait finalement tranché en faveur d'Erich Hennig.

Je remis la photo à sa place sur la console.

— Juste des papiers personnels, répéta Inge Winter. Des choses qui n'intéressent que moi.

A une heure précise, sa fille vint nous chercher pour le déjeuner dans une petite salle à manger ouvrant sur la cour. La vieille femme s'y rendit lentement, mais sans qu'on l'aide, et continua à parler pendant tout le repas. Toujours de Berlin.

— Je ne connais pas du tout Berlin, précisa Ingrid. Mais, pour ma mère, il n'existe pas de ville qui puisse lui être comparée.

Il n'en fallut pas plus pour lancer la vieille femme dans d'autres histoires sur ses jours heureux dans le Berlin d'avant la guerre. Parfois, elle se laissait emporter au point de paraître oublier que sa fille et moi étions là. Elle semblait parler à d'autres personnes et émaillait ses histoires de « vous savez bien, cette boisson que Fritz aimait tant », ou « cette table que Pauli et moi réservions toujours à la König in du Ku-Damm »... Au milieu d'une histoire sur un bal auquel elle avait assisté en 1938, elle demanda à Ingrid :

— Comment s'appelait cet endroit où Goering a donné cette merveilleuse soirée ?

— La Haus der Flieger, répondit sa fille.

Je dus avoir l'air surpris, car elle ajouta aussitôt :

— Je connais maintenant très bien toutes les histoires de maman, Herr Samson.

Après le déjeuner, la vieille femme parut se calmer, et Ingrid me dit :

— Ma mère est fatiguée. Je pense qu'elle devrait maintenant faire une petite sieste.

— Bien sûr. Puis-je vous aider ?

— Elle préfère se déplacer toute seule. Je pense que tout va bien.

J'attendis qu'Ingrid ait reconduit sa mère à sa chambre. Il me restait un quart d'heure avant que Gloria ne vienne me prendre, et Ingrid m'invita à venir avec elle dans la cuisine partager le café qu'elle était en train de faire. J'acceptai.

Ingrid Winter me faisait l'impression d'une femme fort

plaisante. Elle trouvait tout naturel de renoncer à sa part de la maison de Berlin.

— Après la mort de ma mère et celle de Lisl, dit-elle en utilisant les termes les plus directs, je n'aurai aucun usage d'une maison à Berlin.

— Vous préférez la France ?

Elle me regarda un moment avant de répondre.

— Maman aime le climat, dit-elle, sans donner la moindre indication sur ses propres préférences.

— C'est le cas de beaucoup de gens, dis-je.

Elle ne répondit pas. Elle me versa encore un peu de café et déclara :

— Il ne faut pas que vous fassiez attention à ce que dit maman.

— Elle est merveilleuse, compte tenu de son âge.

— Peut-être, mais elle est pleine de malignité. Les vieilles gens aiment souvent à créer des histoires. Ils sont comme les enfants à cet égard.

— Je vois, répondis-je, alors que je ne voyais rien du tout et espérais seulement qu'elle allait s'expliquer.

— Elle raconte des mensonges, reprit Ingrid.

Voyant peut-être que ses paroles faisaient peu d'effet sur moi, elle entreprit d'être plus précise.

— Elle fait mine de croire n'importe quoi, mais son cerveau fonctionne à la vitesse de l'éclair. Elle fait mine de croire que vous êtes écrivain, mais elle sait qui vous êtes.

Elle attendit ma réaction.

— Vraiment ? fis-je d'un ton las avant de boire un peu de café.

— Elle savait avant que vous n'arriviez. Elle a connu votre père il y a longtemps. Avant la guerre, à ce qu'elle dit. Elle m'a dit que votre père était un espion anglais, et que vous étiez probablement un espion vous aussi.

— C'est une très vieille femme.

— Elle a dit que votre père avait tué son mari.

— Elle a dit cela ?

112

— Mot pour mot. Elle m'a dit : « Le père de cet homme a tué mon cher mari. » Elle m'a dit de me méfier de vous.

— Vous avez été très franche, Fräulein Winter, et je vous en remercie, mais je ne vois vraiment pas à quoi votre mère faisait allusion. Mon père était officier dans l'armée britannique, mais ce n'était pas un combattant. Il a été en garnison à Berlin après la guerre, et il se peut qu'elle l'ait rencontré à ce moment-là. Mais, avant la guerre, il était voyageur de commerce. Il semble tout à fait improbable qu'elle ait pu le connaître à cette période.

Ingrid Winter haussa les épaules. Elle ne garantissait nullement l'authenticité des propos de sa mère.

Un coup de klaxon péremptoire retentit, et je me levai pour partir. En prenant congé d'Ingrid Winter, je me demandai soudain pourquoi sa mère lui avait dit « a tué mon cher mari » au lieu de lui dire « a tué ton père ». Je ne savais du mari d'Inge Winter que ce que j'en avais entendu dire par Lisl : que Paul Winter avait été une sorte de fonctionnaire travaillant dans un ministère à Berlin, et qu'il était mort quelque part dans le sud de l'Allemagne tout de suite après la guerre. Maintenant que j'avais rencontré Ingrid — dont sa tante Lisl ignorait jusqu'à l'existence — je pouvais seulement constater qu'il y avait bien des choses que je ne comprenais pas à propos de la famille Winter, et notamment ce que mon père avait pu avoir à faire avec elle.

IX

Nous passâmes la dernière soirée de ce week-end provençal un peu fou dans la maison, toute proche, d'un « oncle » de Gloria. Les parents de Gloria sont hongrois, et ce vieil ami n'était en fait un parent que dans la mesure où tous les exilés hongrois forment une grande famille dont les membres, fous, généreux et exaspérants, se tiennent, si particulier que soit leur mode de vie, extraordinairement informés des activités de leurs « cousins ».

Il l'appelait Zu. Tous ses amis hongrois appellent Gloria Zu, diminutif de Zsuzsa, le nom de baptême donné par ses parents. Ce « Dodo » habitait une petite villa décrépite, encastrée au flanc d'une colline, entre un minuscule vignoble et une huilerie abandonnée. Dans le tout petit jardin de Dodo, la vermine avait dévoré le feuillage des quelques légumes de l'hiver. Une 2 cv cabossée et veuve de l'un de ses phares était perchée en équilibre précaire sur le rebord d'un fossé, devant la maison.

« Dodo », qui me serra la main avec effusion, paraissait environ soixante-cinq ans. C'était un petit homme gras et bruyant que n'importe quel directeur de production eût engagé sur-le-champ pour jouer le rôle d'un réfugié hongrois sympathique. Il avait une masse de cheveux très blancs rejetés en arrière, et une grosse moustache inculte un peu plus grise. Son visage avait une rougeur peut-être due à la boisson, car toute la maison était littéralement jonchée de bouteilles, vides ou pleines, et Dodo semblait déjà très gai lorsque nous arrivâmes. Je ne sais si sa situation développait ses aptitudes linguistiques, mais il parlait anglais sans accent et de façon parfaite, si l'on exceptait sa tendance à appeler tout le monde « chéri ».

Il portait un vieux pantalon de velours marron, blanchi et élimé par endroits. Son informe chandail rouge à col roulé lui arrivait presque aux genoux et ses bottes de cuir éculées avaient des fermetures à glissière sur les côtés et des talons de cinq centimètres de haut. Il nous servit du vin, nous fit asseoir sur un long divan défoncé devant le feu de cheminée et commença à parler sans même reprendre son souffle.

Sa maison était située à une bonne trentaine de kilomètres du Mas des Vignes Blanches, mais il semblait tout savoir des Winter. Les autochtones appelaient Inge Winter « la femme à Hitler », depuis qu'un plombier bavard était tombé sur les photos du Führer en allant réparer un tuyau.

Quand Dodo apprit que nous étions allés rendre visite à ses mystérieux voisins, il s'empressa d'enrichir nos connaissances à leur sujet, racontant de divertissantes anecdotes sur le beau-père d'Inge, le riche homme d'affaires Harald Winter. Vienne retentissait d'histoires le concernant : sur ses voitures, sur son caractère violent, sur ses rancunes implacables, sur les dames titrées que l'on pouvait voir dans sa loge à l'opéra, sur les énormes sommes qu'il consacrait à couvrir de bijoux les femmes qu'il convoitait, sur son duel ridicule avec le vieux professeur Schneider, le gynécologue qui avait mis au monde son deuxième fils.

— Du temps de mon père, Harry Winter était la fable de tout Vienne ; même encore maintenant, les plus vieux parlent de lui. La plupart des histoires qu'on raconte sont des bobards, je suppose. Mais il est vrai, en tout cas, qu'il entretenait à Vienne une très belle maîtresse. Je le sais parce que je l'ai vue maintes fois. En 1942, j'étudiais la chimie à Vienne, et je vivais chez ma tante, qui était sa couturière depuis de longues années. A cette époque, la maîtresse commençait à avoir des malheurs ; il y avait la guerre, les nazis gouvernaient l'Autriche, et elle était juive. Elle était hongroise, aussi, et elle aimait bien bavarder dans sa langue natale. Puis, un jour, elle ne s'est pas présentée pour un essayage ; nous avons appris plus tard qu'elle avait été emmenée dans un camp. Tout l'argent du monde ne pouvait vous sauver de la Gestapo.

Dans son désordre et sa laideur triomphante, la petite maison de Dodo différait totalement de l'imposante demeure des Winter, avec son luxe spartiate. La moitié du mur donnant vers le sud avait été remplacée par des panneaux vitrés à glissière, par lesquels on distinguait vaguement, dans le crépuscule, une terrasse bâtie à la diable. Depuis sa retraite, Dodo était devenu peintre. Il utilisait comme atelier la seule autre grande pièce de la maison, orientée au nord, où il avait fait installer une verrière. Il y avait là quelques toiles inachevées, des paysages qui ressemblaient à des pastiches habiles mais un peu bâclés des peintures provençales de Van Gogh. La plupart étaient des variations sur le même site : la vallée à l'aube, au crépuscule et à un peu toutes les heures de la journée. Il prétendait avoir, à Cannes, une galerie vendant ses œuvres. Il n'était peut-être pas très difficile, après tout, de faire acheter des peintures aussi colorées par des touristes et des vacanciers.

Lorsque nous revînmes dans la pièce principale après avoir fait le tour du propriétaire, la grosse bûche humide qui se consumait dans l'âtre dégageait une fumée bleue montant en volutes vers le plafond, noircissant encore un peu plus les murs et irritant les yeux. Gloria mit le couvert sur une table opportunément située à proximité de la cuisine. Derrière cette table se dressait une massive armoire en bois sculpté touchant presque le plafond. On en avait ôté les portes et on avait installé à l'intérieur des rayons en bois brut sur lesquels s'entassaient des centaines de livres. Philosophie, histoire, chimie, art, dictionnaires, romans policiers, biographies y cohabitaient dans le désordre le plus complet. Tous les volumes étaient fatigués, tachés et cornés.

Lorsque nous passâmes à table, Dodo m'avança un fauteuil

dont l'accoudoir lui resta dans la main. Il éclata d'un grand rire et le remit en place avec une dextérité qui témoignait d'une longue habitude. Il éclatait souvent de rire, et, à ce moment, sa bouche grand ouvert laissait apercevoir des molaires en or à peine plus jaunes que ses autres dents.

Je savais, bien sûr, que nous étions venus là parce que Gloria voulait me montrer à Dodo. Je savais aussi que l'approbation éventuelle de celui-ci serait importante pour elle. Et, par voie de conséquence, importante pour moi. *In loco parentis*, il m'observait avec attention et me posait le genre de questions que les pères posent habituellement aux soupirants de leur fille bien-aimée. Mais le cœur n'y était pas vraiment. Il ne tarda pas à oublier son rôle pour nous gratifier d'un cours magistral sur l'art.

— Le Titien adorait les rouges et les bleus. Vous pouvez le constater en regardant n'importe lequel de ses tableaux. C'est pourquoi il prenait toujours des modèles châtain-roux. Des femmes superbes. Il s'y connaissait un peu en femmes, non ? Et puis regardez ses dernières toiles... Oubliez *L'Assomption de la Vierge* et les trucs de ce genre... Regardez les vrais Titien ; il peignait avec ses doigts. C'était le premier impressionniste, c'est le seul terme qui convienne. Laisse-moi te dire une chose, chéri : le Titien était un géant !

Puis il partit sur les projets universitaires de Gloria :

— Tu n'apprendras jamais rien qui vaille le coup à Oxford ou à Cambridge. Et c'est encore heureux que tu n'y ailles pas pour étudier les langues modernes ! J'avais ici, l'an dernier, un type bardé de diplômes ; il n'était même pas foutu de lire un menu de restaurant, chérie. Il me demandait ce que c'était que des quenelles. Ignare au-delà de toute expression ! Et son accent était invraisemblable. Les seules personnes capables de comprendre un Anglais parlant français sont celles qui ont appris le français en Angleterre.

Ce furent ensuite les jeux :

— Si l'on se sert de deux dés, cela change évidemment tout. J'ai vu des gens prendre les mêmes risques sur deux et sur six.

118

— Et pourquoi pas ? demanda Gloria.

Il se retourna vers le feu, les mains plaquées sur les accoudoirs de son siège, et, avec un rictus de dérision, envoya un violent coup de pied dans la bûche, dont jaillirent des étincelles.

— Non ! Avec deux dés ? Jamais de la vie ! Tu peux arriver à six de bien des façons. Tu peux faire deux trois, tu peux faire un quatre et un deux, tu peux faire un cinq et un as... Mais tu n'as qu'une possibilité de faire deux : en sortant les deux dés, sur l'as. Même chose si tu cherches douze.

Il se retourna pour faire face de nouveau, et redevint le dévoué tuteur de Gloria. Il lui jeta un regard, puis il se mit à m'examiner comme pour déterminer si mes intentions étaient honorables. Les conclusions de cet examen ne pouvaient se lire sur son visage. Il était remarquablement habile à dissimuler ses sentiments quand il le voulait.

Pendant toute la soirée, il déroula son monologue sur les sciences et les arts, la cuisine et la politique, la météorologie et la poterie grecque ancienne, en freinant périodiquement pour me couver d'un regard pénétrant, comme s'il venait brusquement de se souvenir que j'étais l'homme qui mettait chaque soir dans son lit la chère petite fille de son vieil ami.

Ce fut à l'occasion de l'un de ces intermèdes qu'il brandit brusquement son poing fermé à quelques centimètres de mon nez. Je le regardai sans bouger. Il y eut un déclic, et la lame du couteau à cran d'arrêt qu'il tenait dissimulé dans sa main jaillit soudain et vint effleurer mon œil.

— Dodo ! cria Gloria, affolée.

Lentement, il recula la main et replia la lame du couteau.

— Ah, ah ! fit-il, je voulais voir si ce gaillard avait quelque chose dans le ventre.

Il semblait déçu de mon flegme apparent.

— Je n'aime pas ce genre de plaisanteries, dit Gloria.

Elle avait acheté deux bouteilles de cognac Hine à la boutique hors douane de l'aéroport, et Dodo en avait débouché une alors que nous venions à peine d'arriver. Quant à moi, je m'en étais tenu au rosé local, mais Dodo était resté stoïquement au cognac sur les olives noires, le poulet, le fromage de chèvre et le saladier de pommes et d'oranges qui avait conclu le repas. Entre-temps, il avait entamé la deuxième bouteille, et, quand nous allâmes sur la terrasse pour admirer la vue, il parlait si fort qu'on devait l'entendre jusqu'à Nice. Le ciel était clair et toutes les étoiles du vaste univers semblaient s'y être donné rendez-vous, mais il faisait un froid pénétrant, ce qui ne semblait calmer en rien l'exubérance de notre hôte.

— Il fait froid, dis-je. Sacrément froid.

— Cent cinquante ans, me répondit Dodo en s'essuyant le menton. Cent cinquante ans et des murs d'un mètre d'épaisseur, chéri.

Gloria se mit à rire.

— Et si nous rentrions ? proposa-t-elle.

Il dut se tenir à la balustrade pour gagner la porte-fenêtre, et, même ainsi, il entra en collision avec l'écran à moustiques et se cogna la tête au passage.

Bien qu'il eût hurlé que ce n'était pas nécessaire, Gloria alla faire la vaisselle dans la cuisine. Pour tenter de lui montrer quel être doux et généreux j'étais, je fis mine de la suivre, mais il me retint brutalement par la manche.

— Laisse-la faire, chéri, bougonna-t-il. Elle fait ce qu'elle veut. Zu a toujours été comme cela.

Il me versa un peu de vin et remplit son propre verre de cognac.

— C'est une fille merveilleuse.

— C'est ce que je pense, dis-je.

— Tu as de la veine. Tu sais cela ?

Son regard était aussi dur que sa voix était douce. J'étais constamment sur mes gardes, il le savait, et il semblait y prendre plaisir.

— Je le sais.

Il se tut subitement. Il contemplait, par la porte-fenêtre, les jeux de lumière savants qui coloraient les collines, et cette vision semblait le transformer. Peut-être était-ce normal pour quelqu'un passant ses journées à étudier en artiste le même paysage dans toutes ses formes, ses couleurs et ses modifications. Lorsqu'il se remit à parler, sa voix était suave et posée.

— Profite bien de chaque minute, dit-il. Car tu la perdras, tu sais.

— Vraiment ? fis-je d'un ton que je voulais égal.

Il but un peu de cognac et sourit tristement.

— Elle t'adore, c'est évident. Le dernier des imbéciles pourrait s'en rendre compte. Je l'ai lu dans ses yeux dès votre arrivée. Elle ne te quitte jamais du regard. Mais ce n'est qu'une enfant. Elle a la vie devant elle. Quel âge as-tu ? Plus de quarante. Exact ?

— Exact, dis-je.

— Elle est bien décidée à aller à cette université. Tu ne l'en dissuaderas pas. Elle ira, donc. Et là, elle rencontrera de brillants jeunes gens de son âge, qui partageront les mêmes goûts épouvantables et les mêmes opinions toutes faites. Nous, nous sommes des fossiles. Nous appartenons à un autre monde. Un monde de dinosaures.

Il se resservit du cognac. La méchanceté le tenaillait. Avec son ton d'amicale compréhension, il ne cherchait qu'à me blesser. Et son offensive sournoise était difficile à contrecarrer.

— Oui, dis-je. Merci beaucoup, Dodo. Comme je vois les choses, tu es indiscutablement un vieux tyrannosaure, mais moi, je suis un jeune homme brillant et dynamique, dans la fleur de l'âge, et Gloria est une gamine immature.

Il se mit à rire au point de m'en crever les tympans, et m'agrippa l'épaule pour éviter de tomber.

— Zu chérie ! hurla-t-il en direction de la cuisine. Où as-tu déniché ce fou dangereux ?

Gloria sortit de la cuisine en s'essuyant les mains avec un torchon décoré d'une Joconde fumant un gros cigare.

— Est-ce que tu suis un régime, Dodo ? demanda-t-elle. Comment peux-tu consommer trois douzaines d'œufs ?

Pendant un moment, il parut ne savoir que dire, puis il bégaya que c'étaient les meilleurs œufs qu'il ait jamais mangés, et que, comme un fermier des environs les lui fournissait, il était obligé de les prendre par grandes quantités.

— Prends-en quelques-uns, proposa-t-il.

— Je n'aime pas les œufs à ce point-là, dit Gloria. C'est mauvais pour la santé, à la longue.

— Foutaise, chérie ! Foutaise absolue. Un œuf du jour fait à la coque est le concentré de protéines le plus facile à digérer que je connaisse. J'aime les œufs. Et il y a tant de façons merveilleuses de les préparer !

— Le temps que tu viennes à bout de tes trois douzaines, ils ne seront plus tellement du jour, rétorqua Gloria avec sa logique féminine la plus dévastatrice.

Puis elle sourit et dit :

— Il faut que nous partions, Dodo.

— Reste encore un moment, chérie. J'ai si peu de visiteurs, en ce moment. Et puis tu ne m'as pas encore donné de nouvelles de tes parents et de tous nos amis de Londres.

Pendant une dizaine de minutes, ils parlèrent de la famille de Gloria. A 22 heures 25 exactement — je regardai ma montre à ce moment-là — Dodo se dressa de toute sa taille, vida son verre à la santé de « Zu et son fou dangereux » et tomba de tout son long sur le sol dans un horrible fracas. Son verre se brisa, et le cognac, projeté sur les chenets brûlants, provoqua un jet de flammes dans l'âtre.

Gloria me regarda, comme si elle s'attendait à ce que je ranime Dodo, mais je me bornai à hausser les épaules. Il grogna et bougea un peu, montrant ainsi à Gloria qu'il n'était pas mort. Puis il roula sur le tapis et commença à ronfler bruyamment.

— Je n'aurais pas dû lui apporter ce cognac, dit Gloria. Il a le foie malade.

— Je crois comprendre pourquoi, fis-je.

— Il faut essayer de le mettre sur son lit. A nous deux, nous pouvons le soulever.

— Il semble très bien installé comme cela, dis-je.

— Tu es vraiment un salaud, proclama Gloria.

122

Sur quoi, je lui ôtai ses souliers, le traînai dans sa chambre et le jetai sur son lit.

Dans la petite chambre, une surprise m'attendait. Sur une table s'entassaient des tubes de couleurs, une mesure de cuisine graduée, une bouteille de vinaigre et une bouteille d'huile de lin. Sur une cruche, un filtre de mousseline à travers lequel on avait fait passer des œufs battus crus. Dans la petite poubelle sur la table, une demi-douzaine de coquilles d'œufs cassées. Un panneau vierge, mais déjà recouvert d'une préparation brillante, était appuyé au mur et une peinture, à demi terminée, elle, se dressait contre la table. Elle différait totalement de tout ce que nous avions pu voir dans les autres pièces. C'était une scène de rue — une procession, très exactement — Renaissance peinte sur un grand panneau de bois d'un mètre cinquante de haut. Les couleurs étaient rudimentaires, mais le dessin minutieux.

— Qu'est-ce que c'est que tout cela ? demandai-je. Quelles couleurs étranges !

— C'est juste le fond, expliqua Gloria. Ensuite, il va mettre là-dessus des enduits pour créer de belles couleurs, bien riches et bien lumineuses.

— Tu sembles au courant de tout.

— Quand j'étais jeune fille au pair à Nice, je venais passer ici tous mes après-midi de congé. Il m'arrivait de l'aider. Il est très gentil. Tu ne sais vraiment pas ce que c'est ?

— De la peinture à l'œuf, je suppose. Mais pourquoi sur ces grands panneaux ?

— Des panneaux de coffres de mariage Renaissance.

— Comprends pas.

— Il fait des faux. Et il les écoule par l'intermédiaire d'un marchand de Munich.

— Et les acheteurs s'y laissent prendre ?

— Ils sont authentifiés par des experts internationaux. Il arrive souvent que des musées très réputés en achètent.

— Un truc pareil ?

— Tu le vois à l'état brut, alors qu'il n'est même pas terminé. Il va être verni, fatigué, sali jusqu'à ce qu'il paraisse très ancien.

— Au point d'entrer dans un musée ? insistai-je.

— Les conservateurs de musées ne sont pas des saints, Bernard.

— Encore une illusion qui s'en va ! Alors, Dodo est riche ?

— Non. Cela lui prend beaucoup de temps, et les marchands ne paient pas énormément ; il y a beaucoup d'autres faussaires qui ne demandent qu'à travailler.

— Alors pourquoi...

— Pourquoi il fait cela ? Beaucoup pour le plaisir. Ce qui l'amuse, c'est de tromper les gens. Il est capable de se montrer cruel. Quand tu le connaîtras mieux, tu comprendras peut-être ce qui le fait agir.

Le vieil homme grogna et sembla sur le point de se réveiller, mais il se retourna et se remit à dormir lourdement. Gloria se pencha pour lui caresser la tête avec affection.

— Ce sont les marchands qui font les gros bénéfices. Pauvre Dodo !

— Tu savais tout depuis le début ? Tu le taquinais, en parlant des œufs dans le réfrigérateur ?

Elle hocha la tête.

— Dodo est célèbre dans son genre. Il prétend avoir peint un superbe panneau « école d'Uccello » qui a fini au Louvre. L'année dernière, il en a acheté des douzaines de cartes postales qu'il a envoyées à ses amis pour Noël. J'ai cru qu'il allait se retrouver en prison, mais personne n'a su, finalement, si c'était une plaisanterie ou non. Les Hongrois ont tous un curieux sens de l'humour.

— J'avais cru le remarquer.

— Il est expert en chimie. Cela l'amuse de reproduire les pigments, de vieillir le bois et les autres matériaux. Il est terriblement habile.

Dodo remua de nouveau et porta la main à sa tête en grognant :

— Oh, mon Dieu !

124

— Tout va bien, lui dis-je.

— Il ne peut pas t'entendre, fit Gloria. Il parle dans son sommeil. Comme toi, parfois.

— Ah oui ? fis-je d'un ton plus que dubitatif.

— La semaine dernière, tu t'es réveillé en criant de drôles de choses.

Elle glissa autour de moi un bras protecteur.

— Quelles drôles de choses ?

— « Ils le tuent ! Ils le tuent ! »

— Je ne parle jamais dans mon sommeil, affirmai-je.

— Comme tu veux, dit Gloria.

Mais elle avait raison. Trois nuits de suite, je m'étais réveillé à la suite d'un cauchemar concernant Jim Prettyman. Ce que j'avais crié, en réalité, c'était : « Ils tuent Jim ! » Je ne m'en souvenais que trop bien. Dans mon rêve, je criais pour alerter les passants, mais nul ne semblait faire attention à moi.

— Regarde un peu cela, dit Gloria en s'emparant de vieilles photos roulées ensemble sur une petite table. Regarde quelle séduisante jeune brute il était.

Un Dodo jeune, mince et athlétique figurait dans un groupe comprenant une demi-douzaine de jeunes gens du même âge et un homme plus vieux dont je connaissais bien le visage. Trois des personnages étaient assis dans des fauteuils d'osier devant un pavillon de jardin. Un autre, au premier rang, avait le pied posé sur une pancarte annonçant : « Les Prussiens ».

— Sans doute une équipe de tennis, fit Gloria. Dodo était un remarquable joueur de tennis.

— Quelque chose dans ce genre, dis-je, tout en sachant qu'il ne s'agissait de rien de semblable.

L'homme plus âgé était un vieux routier du renseignement à Berlin, John « Lange » Koby — un contemporain de mon père — et ses « Prussiens » étaient l'équipe d'agents qu'il dirigeait dans la zone russe d'Allemagne. Ainsi, Dodo avait été un agent.

— Dodo a-t-il jamais travaillé avec ton père ? demandai-je à Gloria.

— En Hongrie ? Dans le renseignement ? Pas que je sache.

125

Elle me prit la photo des mains.

— C'est une équipe d'agents ? demanda-t-elle.

— Américaine. Lange Koby.

Elle examina la photo avec un intérêt nouveau.

— Oui, il est beaucoup plus vieux que les autres. Il est toujours en vie, n'est-ce pas ?

— Il vit à Berlin. Il m'arrive de tomber sur lui. Mon père le détestait. Mais Lange était très bien.

— Mais pourquoi ton père le détestait-il ?

— Il détestait tous ces Américains qui opéraient sous les ordres de Lange. Il disait : « Les Américains allemands ne sont que des Allemands américains. » Cela tournait à l'obsession chez lui.

— Je ne t'avais encore jamais entendu critiquer ton père, remarqua Gloria.

— Peut-être avait-il ses raisons. Allons-y.

— Tu es sûr que tout ira bien pour Dodo ?

— Tout ira bien.

— Tu l'aimes bien, n'est-ce pas ?

— Oui.

C'était vrai qu'après cette première rencontre, je l'aimais bien. Je devais être fou à lier.

X

— Je crois que tout s'est bien passé, fit Dicky Cruyer, avec un accent de triomphe modeste.

Il déposa sur le plancher les panneaux illustrés qu'il transportait, et les appuya contre l'un des pieds de sa belle table en bois de rose.

Très occupé à tenter de déchiffrer les notes que j'avais griffonnées dans la confusion bavarde des mardis, je ne répondis que par un grognement sourd. Je n'accordais pas toute mon attention à Dicky, et c'était là une chose qui, avec lui, ne passait pas inaperçue.

— Je disais, répéta-t-il lentement, qu'à mon avis, tout s'était bien passé.

Je dus avoir l'air un peu intrigué car il ajouta :

— A la réunion de service.

Puis il s'en alla tapoter le baromètre de cuivre dont il avait enrichi tout récemment le mobilier de son bureau.

— Oh, oui, dis-je. Tout à fait bien.

On aurait pu se demander comment il aurait pu en être autrement. Ce que Dicky Cruyer, mon supérieur immédiat, appelait une « réunion de service » avait lieu tous les mardis matins dans l'une des salles de conférences du siège. A un moment, elle se déroulait dans le bureau de Dicky, mais l'empire de celui-ci avait crû au point d'exiger de plus vastes espaces. La réunion du mardi matin donnait à Dicky l'occasion de roder les discours dont il gratifierait ultérieurement les infatigables mandarins du Foreign Office. Cette fois, il avait utilisé à l'appui de son propos des photos de satellite et de ravissants diagrammes en couleurs préparés par le nouveau « département artistique », avec un opérateur pour nous projeter le tout. Pendant la projection, Dicky promenait sur l'écran une élégante baguette télescopique, tout en scrutant la salle obscure pour s'assurer que personne n'allumait une cigarette.

La réunion permettait également à Dicky de répartir le travail entre ses subordonnés, d'exercer son arbitrage sur les problèmes en litige et de commencer à penser au rapport mensuel qui devrait être remis au directeur général. Ou, plus exactement, de m'inciter à commencer à penser à ce rapport, car, en fin de compte, c'était toujours moi qui le rédigeais.

— L'intérêt est simplement de motiver tout le monde, précisa Dicky en s'asseyant à sa table et en commençant à triturer un trombone. Je voudrais que tous soient animés...

— D'un véritable esprit d'équipe, complétai-je.

— C'est cela même, dit-il.

Puis, croyant déceler dans ma voix une légère ombre de sarcasme, il fronça les sourcils.

— Tu en aurais drôlement long à apprendre sur l'esprit d'équipe, Bernard, dit-il.

— Je sais, répondis-je. Je pense que l'école que j'ai fréquentée ne mettait pas assez cela en valeur.

— Cette minable école de Berlin ? Je n'ai jamais compris que ton père t'y ait mis. Il y avait des écoles pour les fils d'officiers britanniques, non ?

— Il pensait que ce serait bon pour mon allemand.

— Et il a eu raison sur ce point, reconnut Dicky. Mais tu dois sans doute avoir été le seul petit Anglais dans ton cas. Cela a fait de toi un solitaire, Bernard.

— Sûrement, oui.

— Et tu en es fier ! Mais un solitaire est un asocial, Bernard. Je voudrais que tu le comprennes.

— J'aurai besoin de tes notes, Dicky.

— De mes notes ?

— Pour rédiger le rapport pour le directeur général.

— Je n'ai pratiquement pas de notes aujourd'hui, Bernard, dit-il fièrement. Je commence à avoir le truc, pour ces conférences du mardi. J'improvise au fur et à mesure.

Seigneur ! J'aurais dû écouter ce qu'il racontait.

— Toute note, même sommaire, fera l'affaire.

— Ecris tout bonnement ce que j'ai dit.

— C'est une question de formulation, Dicky.

Il jeta dans son cendrier de verre son trombone dûment désarticulé et me lança un regard un peu noir ; « une question de formulation » était la formule utilisée par lui pour masquer son ignorance totale d'un problème.

— C'est tellement technique, me hâtai-je d'ajouter.

Dicky s'adoucit. Il aimait bien être « technique ». Jusqu'à une date récente, il s'était limité, lors des conférences, à un simple résumé des activités hebdomadaires du service. Mais il avait décidé subitement que la voie de la haute technologie était celle de l'avenir. Il était donc devenu un expert mineur — et un raseur terriblement majeur — sur des sujets tels que « l'interprétation photographique des informations recueillies par véhicules spatiaux inhabités » et les « caméras optiques, scanners et détecteurs radar fournissant des images monochromes, en couleurs, couleurs de synthèse et infrarouge ».

— Je croyais avoir expliqué tout cela très clairement, dit-il.

— Certes, fis-je.

Je me penchai pour jeter un coup d'œil aux planches cartonnées qu'il avait utilisées, dans l'espoir qu'elles seraient accompagnées de légendes un peu explicites. En un sens, elles l'étaient. La première disait simplement « RRAL : radar de reconnaissance à action latérale », avec une belle flèche rouge pour indiquer où était le haut de l'image. Une autre était plus bavarde : « Photo scanner infrarouge montrant les diverses thermo-variations radiométriques de l'objectif à midi. Comparer avec photo à minuit. »

129

— N'emporte pas ces documents, me dit Dicky. J'en ai besoin demain, et j'ai promis aux gens de la Reconnaissance aérienne que je les leur rendrais en parfait état, c'est-à-dire sans empreintes digitales et sans coins cornés.

— Ne t'en fais pas, lui dis-je en remettant ses belles images en place.

J'étais totalement incapable de comprendre quoi que ce soit à de telles choses. Je commençai à me demander laquelle des personnes ayant assisté à la conférence du matin pouvait se souvenir assez bien de la harangue de Dicky pour me la résumer de façon intelligible. Je ne vis personne immédiatement. Notre preneur de notes le plus assidu, Charles Billingsly, était maintenant à Hong Kong, et Harry Strang, dont la mémoire était prodigieuse, s'était astucieusement arrangé pour se faire donner un coup de téléphone urgent qui lui avait permis de s'échapper au bout de cinq minutes.

— Tu étais, naguère, fermement hostile à tous ces trucs scientifiques, fis-je remarquer à Dicky.

— Il faut vivre avec son temps, Bernard.

Il jeta un coup d'œil à l'agenda ouvert sur son bureau et me dit d'un ton détaché. Trop détaché :

— Oh, à propos ! Tu parles toujours de ce type, Prettyman...

— Je n'en parle pas toujours. Je t'en ai parlé une fois. Et tu m'as dit que tu ne te souvenais pas de lui.

— Ne discutons pas de cela. Le fait est que sa femme s'est rendue insupportable ces temps derniers. Elle a coincé Morgan quand il est allé l'autre jour au Foreign Office. Elle l'a entrepris à propos d'une pension et de toutes sortes de choses de ce genre.

— Sa veuve, rectifiai-je.

— Femme, veuve. Quelle différence cela fait-il ?

— Une certaine différence pour Jim Prettyman ; cela en fait un mort.

— Quoi qu'il en soit, je tiens à ce que personne n'encourage cette femme.

— Ne l'encourage à faire quoi ?

— J'aimerais que tu cesses de faire de l'obstruction, proclama Dicky.

Il avait dû relire *Le vocabulaire du pouvoir,* dont je remarquai l'absence sur l'étagère derrière son bureau.

— Il ne faut pas, poursuivit-il, qu'elle continue à harceler des membres importants du Service. Elle mériterait que Morgan dépose une plainte officielle contre elle.

— Elle a pas mal de poids au Foreign Office, lui rappelai-je. Je ne conseillerais pas à Morgan de s'en faire une ennemie, il pourrait se retrouver en caleçon.

Dicky passa sa langue sur ses lèvres minces, et opina.

— Sans doute, dit-il. Tu as raison. Morgan le sait. Il vaut beaucoup mieux que nous serrions les rangs et que nous ignorions cette femme.

— Jim Prettyman était l'un d'entre nous. Il travaillait en bas.

— C'était il y a longtemps. Et puis personne ne lui a demandé d'aller travailler à Washington. Quel endroit, juste Ciel ! L'un des plus forts taux de criminalité de toute l'Amérique du Nord...

— Ce n'est pas officiel, alors ? demandai-je. Cette... cette histoire de ne pas aider la veuve de Prettyman ?

Il me regarda un moment, puis il regarda par la fenêtre.

— Ce n'est pas officiel, dit-il d'un ton réticent. C'est simplement un bon conseil. Un conseil qui pourrait épargner à quelqu'un pas mal d'ennuis et de déconvenues.

— C'est ce que je voulais savoir. On se met au rapport pour le directeur général ?

— Si tu veux, fit Dicky.

Il me regarda et hocha de nouveau la tête. Je me demandais s'il savait que Cindy Matthews, ex-Mrs. Prettyman, m'avait invité à dîner pour le soir même.

— A propos, Dicky, dis-je, ce lion fait très bien sur ton plancher.

*
* *

131

Mrs. Cindy Matthews, comme elle se faisait appeler dorénavant, vivait dans un confort qu'elle appréciait. Il y avait chez elle des meubles italiens tout jeunes et des vins français très vieux, un lave-vaisselle suisse et le genre de chaîne hi-fi japonaise qu'on vous livre avec un manuel d'emploi gros comme un annuaire. Les Prettyman n'avaient, bien entendu, jamais eu à faire face aux dépenses qu'entraînent des enfants, et je pense que la hausse des prix immobiliers à Londres leur avait procuré un joli bénéfice sur la maison d'Edgware. Maintenant, Cindy habitait une petite maison près de King's Road, dans le quartier des punks, des pubs et des boutiques exotiques. Elle ne consistait guère qu'en quatre petites pièces empilées l'une au-dessus de l'autre, avec la cuisine et la salle à manger en sous-sol. Mais l'adresse était à la mode, et c'était le genre de demeure que les agents immobiliers qualifient de *bijou*[1] et que les publicitaires fraîchement divorcés se battent pour occuper.

Il y avait, sur la table, des chandelles, des roses roses, des couverts en argent et plus de verres que je ne pouvais en compter. Par la fenêtre, nous pouvions voir les mollets des gens qui passaient dans la rue, et eux, de leur côté, pouvaient voir ce que nous mangions. C'est peut-être pourquoi nous avions droit à ce genre de repas que les magazines féminins adorent faire photographier d'en haut. Cela s'ouvrait sur trois très minces tranches d'avocat voisinant avec une éclaboussure de sauce tomate et une tranche de kiwi. Le plat principal consistait en trois minces tranches de magret de canard, avec un fragment de mangue et une feuille de laitue. Le tout se terminait par une non moins mince tranche du délicieux gâteau roulé au chocolat de Cindy. Je mangeai beaucoup de pain et de fromage.

Cindy portait une robe en laine naturelle marron d'allure sobre et sérieuse. Elle débordait toujours d'une énergie fortement teintée de nervosité, et d'organiser ce dîner n'avait rien

---

1. En français dans le texte *(N.d.T.)*.

arrangé. Elle s'agitait autour de la table, demandant à chaque convive s'il ne voulait pas un peu plus de champagne, de chablis ou de Perrier, s'il préférait du pain blanc ou du pain complet, s'il avait bien sa serviette. Il y eut un soupir de soulagement silencieux mais général lorsqu'elle se décida à s'asseoir.

C'était ce qu'on peut appeler une soirée programmée. Cindy avait toujours tout programmé. Les aliments étaient dosés, les temps de cuisson synchronisés, les vins blancs étaient frais et les rouges à la température idoine. Le pain était tenu au chaud, le beurre moelleux, les invités dûment sollicités et la conversation hautement prévisible. Ce n'était pas l'une de ces soirées où l'on peut à peine glisser un mot dans le brouhaha, où les invités restent trop tard, boivent trop et partent en griffonnant à la hâte dans leurs carnets les numéros de téléphone les uns des autres. C'était assommant.

C'était peut-être le sens de l'organisation de Cindy qui l'avait fait m'inviter un soir où Gloria avait son cours de mathématiques, de sorte que je vins seul à ce dîner.

L'invité d'honneur était Sir Giles Streeply-Cox. « Creepy-Pox », comme on l'avait surnommé, un vieil homme grand et vigoureux, avec d'épais favoris blancs à la Pickwick et un teint fleuri, avait été, en son temps, la terreur du Foreign Office. Ministres et ambassadeurs tremblaient devant lui. Depuis qu'il avait pris sa retraite, il cultivait des roses dans le Suffolk, tandis que sa femme encadrait les œuvres de tous les aquarellistes amateurs de la région. Mais le vieil homme siégeait encore à un nombre suffisant de commissions diverses pour se faire payer ses frais de déplacement lorsqu'il venait à Londres.

Je voyais de près le redoutable Creepy pour la première fois, et ce soir-là il était au meilleur de sa forme. Cindy savait exactement comment le manier. Elle lui fit jouer le rôle de l'auguste vieillard de Whitehall. Il s'y adapta sans aucun effort, mais on sentait quand même le vieil ogre derrière les sourires et la fausse modestie. Lady Streeply-Cox parla peu. Elle appartenait à une génération pour laquelle il était incongru d'évoquer les problèmes gastronomiques, et parler du travail de son mari

133

aussi vulgaire que parler des programmes de télévision. Elle se bornait donc à sourire aux plaisanteries de son époux, ce qui lui donna fort peu d'occupations durant la soirée.

Il y avait là deux représentants du corps diplomatique, Harry Baxter, deuxième secrétaire à l'ambassade de Berne, et sa femme Pat. Celle-ci arborait un lourd collier d'or, des cheveux teints en rose, et racontait de très vieilles histoires sur des banquiers au nom imprononçable.

Quand Cindy demanda à Baxter ce qui était arrivé de palpitant à Berne dans la période récente, le vieux Streeply-Cox intervint en déclarant que la seule chose palpitante susceptible d'arriver à un diplomate en poste à Berne était de perdre son pain dans la fondue. Sur quoi les deux Streeply-Cox donnèrent tous les signes d'une réconfortante gaieté.

Il y avait aussi là un jeune couple. Simon, jeune homme timide d'environ vingt-cinq ans, avait enseigné l'anglais dans une école privée en Bavière, expérience qu'il avait visiblement peu goûtée.

— Quand vous voyez ces sales gosses, disait-il, vous comprenez pourquoi les Allemands ont déclenché tant de guerres. Et quand vous voyez les professeurs, vous comprenez pourquoi ils les ont perdues.

Depuis, Simon était devenu critique dramatique dans un journal distribué gratuitement, et il s'était acquis une réputation de perfectionniste et de fin connaisseur en condamnant impitoyablement tout ce qu'il voyait. Il était accompagné d'une jeune personne silencieuse et barbouillée de rouge à lèvres portant un veston d'homme trop grand pour elle. Ils échangèrent des sourires tendres pendant tout le dîner et partirent de bonne heure.

Après le dîner, nous passâmes tous à l'étage supérieur pour prendre café et liqueurs dans une pièce où rugissait un radiateur à gaz dernier modèle. Creepy prit une tasse de décaféiné avec un chocolat à la menthe. Sa femme engloutit deux énormes cognacs avant de prendre le volant pour le reconduire.

Le couple de Berne resta encore une petite demi-heure.

Cindy m'ayant fait savoir qu'elle voulait me parler, je demeurai sur place.

— Que penses-tu de lui ? me demanda-t-elle après le départ des autres invités.

— Le vieux Creepy ? Un sacré boute-en-train.

— Ne le prends pas pour un imbécile. Il sait y faire.

J'avais l'impression qu'elle avait invité Creepy pour m'impressionner en me montrant quel genre de contacts elle avait au Foreign Office, et quel poids elle pouvait déplacer dans la coulisse en cas d'épreuve de force.

— Tu voulais me parler ?

— Oui, Bernard.

— Alors donne-moi à boire.

Elle alla prendre la bouteille de scotch sur une table et la posa devant moi, sur un exemplaire du magazine *Nouvelle Cuisine*. En couverture de celui-ci on pouvait lire : « Dix moyens faciles de réussir un gâteau roulé au chocolat. »

Elle traversa la pièce et alla se plonger devant la cheminée.

— Depuis que ce pauvre Jim a été assassiné... commença-t-elle sans se retourner.

Je suppose que j'avais deviné — et en fait redouté — ce qui allait venir, car je tentai immédiatement de parer le coup.

— « Assassiné » est-il bien le mot qui convient ? demandai-je.

Elle se retourna vers moi.

— Deux hommes l'attendent et l'abattent ? De six balles ? Comment appelles-tu cela, Bernard ? C'est une façon pour le moins étrange de se suicider, non ?

— Continue, dis-je, en glissant quelques glaçons dans mon verre et me versant une généreuse rasade.

— Je me suis enquise des obsèques. J'ai dit que je voulais y aller, et j'ai demandé le prix du billet.

— Et alors ?

— Tout était déjà fini. Incinéré !

Elle prononça ce mot comme s'il s'agissait d'une obscénité, et peut-être en était-ce une pour elle.

— Incinéré ! reprit-elle. Sans un mot pour me demander ce que j'aurais aimé qu'on fasse pour mon mari.

Sa voix était amère. En tant que catholique, elle se sentait doublement flouée.

— Oh ! fit-elle. Il y a quelque chose pour toi.

Elle me tendit une boîte en carton. Je l'ouvris et y trouvai toute une série de documents sur les inscriptions figurant sur les tombes anciennes de Mésopotamie. Ils étaient fort bien classés, et il y en avait sur lesquels Fiona avait travaillé. Je reconnus son écriture.

— Pour moi ? demandai-je. C'était dans le testament de Jim ?

— Il n'y avait pas de testament. Juste une lettre que Jim avait laissée à son homme de loi.

— Tu es sûre qu'il voulait que j'aie cela ? Je ne m'y suis jamais intéressé.

— Peut-être voulait-il que tu l'envoies à Fiona. Mais ne me le rends pas. J'ai assez à penser sans m'occuper des mystères de l'Antiquité.

Je hochai la tête. Elle n'avait jamais eu que sarcasmes pour la petite passion de Jim, et je crois que j'avais été dans le même cas.

— J'ai essayé, dit-elle, de savoir plus précisément ce que faisait Jim quand il est mort.

Il y eut un silence significatif.

— Raconte, dis-je.

Je savais qu'elle allait raconter de toute façon.

— J'ai commencé par l'argent, précisa-t-elle.

J'approuvai de nouveau de la tête. C'était le Foreign Office qui gérait notre budget. C'était donc un domaine qu'elle avait pu avoir les moyens d'explorer. Je fis néanmoins l'imbécile.

— L'argent ? demandai-je d'un ton faussement surpris.

— L'argent qui était censé manquer. Ce sur quoi tu es allé interroger Jim à Washington.

— Pour être précis, Cindy, je ne suis pas allé à Washington pour interroger Jim. Cette petite corvée m'a été imposée alors que je me trouvais déjà là-bas.

Elle ne parut pas convaincue.

— Peut-être. Et peut-être pas, dit-elle. Il se peut très bien que, quand nous aurons éclairci cette affaire, tu t'aperçoives que tout avait été arrangé dès le départ.

— Et qu'est-ce qui aurait été arrangé dès le départ ?

— Que tu te trouves à Washington au moment opportun pour te charger de « cette petite corvée supplémentaire ».

— Non. Cindy...

— Sainte Mère de Dieu ! Tu voudrais m'écouter, Bernard, au lieu de m'interrompre tout le temps ? Ce fonds que Jim a organisé : il y a eu une masse d'argent blanchi par l'intermédiaire de banques à Gibraltar et en Autriche. Cela allait et cela venait, de sorte qu'il est sacrément difficile d'en retrouver la trace. Il semble que tout ait abouti sur un compte en Allemagne. Tout cet argent a été transféré et investi six mois avant que ta femme ne passe à l'Est.

— Et alors ?

— Avant !

— J'ai entendu.

— Et tu ne vois pas ?

— Je ne vois pas quoi ?

— Et si je te disais que ce fonds a été constitué par ta femme Fiona ? Et si je te disais que c'était un fonds opérationnel du KGB ?

— Un quoi du KGB ? demandai-je, un ton plus haut que je ne l'aurais voulu. Et Jim aurait eu la signature ? C'est toi qui m'as dit que Jim avait la signature.

Elle eut un sourire entendu.

— Exactement, dit-elle. C'était toute l'habileté de la chose. Suppose que Fiona ait organisé le financement d'un réseau du KGB en utilisant pour cela l'argent et le personnel du Secret Intelligence Service ? Tu ne vois pas le caractère artistique de la manœuvre ?

— Franchement, non.

Je n'allais pas lui faciliter les choses. Si elle voulait me vendre son hypothèse démente, elle allait devoir le faire point par point.

— Financer un réseau secret, reprit-elle, est la partie la plus difficile et la plus dangereuse de toute opération. On n'a pas besoin de faire le travail que tu fais pour savoir cela, Bernard.

— Oui, dis-je. Je pense que j'ai déjà lu cela quelque part.

Mais ce n'était pas une pique qui allait l'arrêter.

— Ne sois pas stupide, Bernard. Je sais parfaitement comment cela marche.

Je bus un peu de son whisky et ne répondis pas.

— Il me faut une cigarette, dit-elle. J'essaie d'arrêter, mais il m'en faut une maintenant.

Elle prit un paquet dans une coupe en cuivre sur la bibliothèque et en tira une cigarette qu'elle mit un certain temps à allumer. Ses mains tremblaient, comme l'indiquait clairement la flamme de l'allumette, mais cela venait peut-être simplement de son envie effrénée de fumer. Je l'examinai avec intérêt. Les gens du Foreign Office savaient des choses que nous ne découvrions parfois que lorsqu'il était trop tard.

— Si Fiona a ouvert un compte clandestin et l'a fait gérer par nos gens dans le plus grand secret, ce serait là le moyen le plus habile de fournir des fonds à des agents ennemis, non ?

Elle était plus calme maintenant qu'elle s'était mise à fumer.

— Mais, objectai-je, si tu as découvert cela, c'est que ce n'était pas si secret.

Elle avait sa réponse toute prête.

— Fiona est passée à l'Est, et cela a tout fichu en l'air.

— Et tu prétends que Jim est allé à Washington parce que Fiona était passée à l'Est ? Que Jim était un agent du KGB ?

— Peut-être.

C'était là le point faible de sa théorie, et je pouvais le voir sur son visage.

— Je ne cesse d'y repenser, ajouta-t-elle. Je ne sais vraiment pas.

— Pas Jim, fis-je. Qui tu voudras, mais pas Jim. Et, en admettant que tu aies raison, pourquoi diable serait-il allé se réfugier en Amérique, dans la patrie même du capitalisme ?

— J'ai simplement dit « peut-être ». Ce qui est plus probable, c'est que Fiona a roulé tout le monde. Comment aurait-on pu deviner que c'était de l'argent destiné au KGB ?

— Mais on n'arrive pas à retrouver cet argent, soulignai-je.

— C'est le compte, qu'ils n'arrivent pas à retrouver, dit-elle. Le compte lui-même. Et ils en sont réduits aux suppositions quant à son montant exact. Selon une estimation, ce serait de l'ordre de quatre millions de livres. Personne au Foreign Office ou au Service n'admettra jamais être au courant. La comptabilité sait que l'argent est manquant, et c'est tout.

— Cela veut simplement dire que le service comptable n'a pas le document approprié avec la signature appropriée. C'est ce qu'ils entendent lorsqu'ils disent que l'argent est « manquant ».

— Mais c'était de l'argent véritable, Bernard, et quelqu'un a mis la main dessus.

Je secouai la tête. Tout cela me dépassait.

— Tu tiens tout cela de « notre agent à Berne » ? demandai-je.

— Les Baxter sont de vieux amis. Lui est très débrouillard, mais il n'est arrivé à rien jusqu'ici.

— On doit quand même pouvoir retrouver l'identité de celui qui a été désigné comme titulaire du compte ?

— Oui. Jim.

— Et qui d'autre ?

Elle haussa les épaules.

— Nous ne savons même pas où est le compte, dit-elle. Je ne vais pas laisser tomber, Bernard.

— Que vas-tu faire ?

— Et que suggères-tu ?

— Le directeur général adjoint se montre très énergique, ces temps-ci, soulignai-je. Tu pourrais trouver un moyen de lui en parler.

— Et comment pouvons-nous être sûrs que cela ne remonte pas jusqu'à ce niveau ?

Pendant un moment, je ne compris pas ce qu'elle voulait dire. Puis je saisis.

— Il travaillerait pour le KGB ? Le directeur adjoint ? Sir Percy Babcock ?

— Pas besoin de hurler, Bernard. Oui, pourquoi pas ? Tu lis les journaux. Tu sais comment cela se passe.

· — Si je sais comment cela se passe, ce n'est pas parce que je lis les journaux, lui dis-je.

— Nul n'est au-dessus de tout soupçon, de nos jours.

— Tu vas t'adresser au Cinq [1] ?

Je me demandais déjà s'il valait mieux sauter par la fenêtre ou appeler une ambulance.

La seule idée l'horrifia.

— Au MI 5 ? Au ministère de l'Intérieur ? Non, grands dieux, non ! Ils ne savent rien de nos affaires financières. Et puis je travaille pour le Foreign Office. Cela ferait plus que me coûter ma place, Bernard.

— Mais que peux-tu faire d'autre ? Tu ne comptes quand même pas remonter jusqu'au Premier ministre ?

— Cela veut-il dire que tu ne m'aideras pas ?

On y était. Je bus un peu de whisky, pris une profonde inspiration et demandai :

— Que veux-tu que je fasse, Cindy ?

— Nous devons retrouver dans les dossiers les ordres de création de ce compte.

— Mais tu m'as dit que tu avais déjà essayé ?

— Oui, mais pas au Centre informatique.

— Au « Sous-marin jaune » ? Bon Dieu, Cindy, tu ne parles pas sérieusement ! De toute façon, tu n'y as pas accès.

Je me serais mordu la langue sitôt après avoir parlé.

— Non, dit-elle. Mais toi, tu y as accès, Bernard. Tu y es tout le temps fourré.

J'étais tombé tout droit dans le piège. J'avalai d'un trait une grande gorgée de whisky.

— Cindy...

---

1. Military Intelligence 5 : service de contre-espionnage (*N.d.T.*).

140

En toute hâte, elle s'expliqua :

— L'ordinateur l'aura en mémoire. Au lieu d'aller fouiller dans des centaines de fiches, nous n'aurons qu'à lui fournir une donnée précise pour avoir accès à tout.

— Et quelle donnée précise pouvons-nous lui fournir ? demandai-je.

— Jim. Jim avait au moins la signature. Tu donnes son nom à l'ordinateur et nous aurons tout ce dont nous avons besoin.

C'était donc pour cela que j'avais été invité. Et la présence de Creepy était destinée à me faire savoir que Cindy disposait d'appuis en cas de coup dur.

— Attends une minute, Cindy !

— Nous devons également identifier les autres personnes impliquées avant qu'on ne les assassine aussi.

Ce fut là que je commençai à penser que la mort de Jim lui avait sérieusement tapé sur le crâne.

— Tu penses que Jim a été assassiné parce qu'il avait la signature sur ce compte ?

— Oui, c'est exactement ce que je pense, Bernard.

Je la regardai allumer sa deuxième cigarette.

— Je vais voir ce que je peux trouver, lui promis-je. Il y a peut-être un autre moyen.

— Le Centre informatique est notre seule chance, affirma-t-elle.

— Nous pourrions tous deux faire la culbute, Cindy, soulignai-je. Es-tu sûre que cela en vaille la peine ?

Ayant été mis en garde par Dicky, j'attendais son explication. Mais elle était comme possédée.

— Quelque chose de sacrément étrange se passe, dit-elle. Tout ce qui concerne ce sacré compte en banque est trop bien protégé. J'ai déjà eu à traiter quelques affaires confidentielles, Bernard, mais je n'ai jamais entendu parler d'une chose enterrée comme celle-là. Il n'y a pas de papiers, pas de dossiers, pas de fiches, pas de notes. Personne ne sait rien.

— Ne sait rien ou ne veut rien dire ? demandai-je. Il se

141

pourrait simplement que ce soit classé au degré maximal de secret.

— Quelqu'un a une sacrée trouille. Je veux dire quelqu'un dans le Service. Quelqu'un a suffisamment la trouille pour avoir fait assassiner Jim.

— Nous ne sommes pas sûrs de cela...

— Moi, j'en suis sûre. Et personne ne me fera taire.

— Cindy, fis-je, avec quelques hésitations. Ne te vexe pas, mais il y a une chose que tu dois me dire. Franchement.

— Quoi donc, Bernard ?

— Tu ne harcèles pas le Service simplement pour avoir la pension de Jim ?

Elle eut un de ses sourires à la Mona Lisa.

— Ils ont déjà accepté, dit-elle.

— Comment cela, accepté ?

— Ils me versent pleine pension à moi, et pleine pension à cette Américaine qui prétend avoir épousé Jim au Mexique.

— Ils ont reconnu que Jim travaillait toujours pour le Service ?

Cette fois, j'étais surpris.

— Ils n'ont rien reconnu du tout. C'est une sorte de « pour solde de tout compte ». Signez là et taisez-vous.

— C'est inhabituel, fis-je.

— Inhabituel ? Juste Ciel ! C'est tout simplement sans précédent. Ce n'est pas dans les habitudes du Service. Ils n'ont pas hésité, n'ont rien demandé ni rien vérifié. Ils ont dit d'accord. Tel quel.

— Qui a autorisé cela ?

Elle eut un petit rire méprisant.

— Personne ne le sait. Ils ont dit que c'était dans le dossier.

— Comment cela pouvait-il être dans le dossier ?

Je ne voyais pas ce qu'il pouvait y avoir dans le dossier qui permette de payer deux pensions aux deux épouses d'un homme ayant cessé de travailler pour le Service plusieurs années auparavant.

— C'est bien ce que je te dis, fit-elle. Quelqu'un a une sacrée trouille.

— Une sacrée trouille ? répétai-je. Exact.

Pour le moment, ce quelqu'un, c'était moi.

XI

Ce jeudi-là n'était pas un bon jour. Il me fallait descendre au « Sous-marin jaune ». Le Centre informatique était sans doute l'un des rares départements du Foreign Office où Cindy Matthews ne pouvait passer le contrôle d'accès en racontant au garde qu'elle allait chercher une boîte de biscuits pour le thé du secrétaire général. Les contrôles de sécurité s'étalaient sur les trois étages en sous-sol, de plus en plus sévères à mesure que l'on descendait.

Après la désertion de ma femme, il s'écoula plusieurs semaines, près de trois mois en fait, avant qu'on ne me demande de descendre au « Sous-marin jaune ». Je commençais à croire que ma qualification m'avait été retirée et que je ne reverrais plus jamais cet endroit de l'intérieur. Mais, un jour où Dicky était resté chez lui avec la grippe et où une urgence se présentait, je me trouvai être le seul à savoir utiliser les consoles du bas, et on m'y envoya. Ensuite, tout redevint apparemment normal. Mais, dans le Service, on ne peut jamais être sûr de rien. Il n'y a pas de guide Michelin pour vous renseigner chaque année sur le nombre d'étoiles qui vous est attribué.

Installé devant le clavier, je déclinai à la machine mes nom, grade et fonctions, et attendis paisiblement qu'elle me demande mon numéro secret d'accès. Cela voulait dire que j'étais encore l'un des hommes de confiance de la nation. La machine m'ayant accepté, je passai environ deux heures à faire sortir et à imprimer ce que Dicky m'avait demandé. Quand j'eus tout fini, je restai un moment assis devant la machine. Je savais que j'aurais dû me lever et regagner directement le bureau. Mais je ne pouvais résister à la tentation d'une petite exploration. Ainsi, je pourrais au moins dire à Cindy que j'avais essayé. Et ma propre curiosité était aussi en éveil.

Je tapai : « Prettyman, James. »

Après quelques gargouillis, la machine me gratifia d'un « Menu », sur lequel je sélectionnai « Biog ». La machine gargouilla encore avant de commencer à me débiter les vingt-deux feuillets composant la biographie officielle de Prettyman. J'actionnai les touches m'amenant directement à la fin de celle-ci et découvris qu'elle se terminait sur un résumé du dernier rapport remis par Prettyman. Rien ne précisait si l'intéressé avait quitté le Service ou s'il continuait à y travailler. En sollicitant de la machine des informations supplémentaires, j'obtins le mot « Révision ».

Je tapai donc « Prettyman J. Biog Révision », et obtins « Référence Dossier FO FX MI 123/456 », ce qui me parut étrange pour une référence de dossier. Je tentai alors ma chance et me fis répondre : « Accès refusé. Composez Numéro Arctique. »

Je ne pouvais fournir à la machine le « numéro Arctique » qu'elle demandait pour la bonne raison que j'ignorais ce qu'était un « numéro Arctique ». Je regardai ma montre. J'avais encore pas mal de temps à tuer avant mon rendez-vous avec Dicky. Celui-ci était d'excellente humeur depuis quelques jours. Les effets du problème Bizet semblaient s'effacer. Il n'y avait pas de nouvelles précises, mais Dicky avait affirmé à la direction que la Stasi était sur le point de relâcher nos hommes faute de preuves, en laissant entendre que tout cela était de son fait. C'était une invention totale, mais quand Dicky avait besoin de bonnes nouvelles, il n'hésitait jamais à les créer lui-même de toutes pièces. Un jour où je l'avais taquiné à ce sujet, il m'avait répondu que c'était la seule façon d'avoir la paix.

Ce jour-là, il était allé déjeuner avec son vieil ami et ancien collègue Henry Tiptree, qui avait quitté son confortable bureau du Foreign Office pour prendre un emploi bien rémunéré dans une petite banque commerciale de la Cité. Morgan était allé déjeuner avec eux. Morgan était le factotum du directeur général, mais, depuis que les apparitions de celui-ci s'étaient raréfiées et espacées, il n'avait plus rien d'autre à faire que de transmettre des demandes de renseignements au bureau du directeur général adjoint et d'aller fumer des cigares dans les salons particuliers de la Cité. Je soupçonnais Morgan et Dicky d'explorer discrètement leurs chances de décrocher dans la Cité l'un de ces salaires à six chiffres dont il était question dans *The Economist*. Il était, en tout cas, peu probable que Tiptree, Morgan et Dicky aient fini de comparer les mérites des vieux portos et des cigares de La Havane avant trois heures au plus tôt. Je m'installai donc au « Sous-marin » avec mon paquet de sandwiches.

Je refis une tentative. Je fis entrer dans la machine le nom de la société pour laquelle travaillait Jim Prettyman à Washington : « Perimeter Security Guarantee Trust ». La machine ronronna de contentement, et l'écran se remplit. Il y avait là l'adresse de la société, la liste de ses actifs, sa cotation en Bourse et les noms de son président et de ses vice-présidents. Ce n'était pas exactement ce que je souhaitais. Je tapai le nom « Prettyman » dans l'espace réservé aux demandes de renseignements sur la PSGT. Après quelques hoquets, la machine réagit : « Référence Dossier FO FX MI 123/456. »

Je revins à « Registre Un » et essayai de nouveau le numéro du dossier. Sur l'écran apparut le même message : « Accès refusé. Composez Numéro Arctique ». Je tournais en rond.

J'essayai un autre angle d'approche. La banque de données conservait les notices de tous les employés du Service, présents ou passés. Je composai le nom de ma femme : « Samson, Fiona » et actionnai la commande de mise à jour.

Plus de surprise maintenant. Apparut aussitôt ce satané numéro bidon, qui ne pouvait appartenir à aucun système de classement normal : « Dossier FO FX MI 123/456. » Suivi, bien sûr, de l'inévitable requête d'un « Numéro Arctique ».

Je me levai et allai me promener quelques minutes. Je me dégourdissais les jambes en essayant de réfléchir. Je bus même un peu de ce breuvage que le distributeur automatique qualifiait de café. J'allai aux toilettes. Depuis bien des mois, la question « Y a-t-il des êtres doués d'intelligence au Centre informatique ? » avait été posée par écrit sur un mur. Quelqu'un avait fini par écrire au-dessous : « Oui. Mais je ne suis que de passage. »

*
**

— Où as-tu déjeuné aujourd'hui ? me demanda Gloria de ce ton joyeusement détaché qu'elle adopte quand le soupçon envahit son esprit.

Elle n'était pas allée voir ses parents ce soir-là ; ils se trouvaient à un congrès de dentistes à Madrid.

— Au « Sous-marin », répondis-je.

Nous étions chez nous, sur le point de passer à table. Je regardais le bulletin d'informations de sept heures de Channel Four. Des vents soufflant en tempête « balayaient les côtes » et semaient partout le « chaos » et la « désolation », comme les éléments sont capables de le faire lorsque les équipes de télévision sont vraiment à court d'autres sujets. Comme pour me convaincre, le vent battait les vitres et hurlait dans les modestes arbres du jardin. En se dirigeant vers la salle à manger, Gloria déposa sur la table basse deux verres de vin blanc frais. Elle tentait de me détourner des alcools raides.

— Au « Sous-marin » ? fit-elle d'une voix empreinte de cette forme d'espièglerie que les Allemands nomment *Schadenfreude*. Affreux !

Et elle se mit à rire.

— Des sandwiches en caoutchouc, ajoutai-je, à seule fin de mettre sa joie maligne à son comble.

— Mais tu n'es revenu qu'à quatre heures, lança-t-elle de la salle à manger.

Je pouvais l'y voir mettre le couvert avec cette méticulosité qu'elle appliquait à toute chose. Couteaux, fourchettes et

148

cuillers étaient impeccablement alignés le long des napperons en plastique, les cuillers de service montaient la garde devant le pot de moutarde, la salière et la poivrière, les serviettes étaient pliées avec une précision mathématique. Satisfaite de sa table, elle revint vers moi, se percha sur l'accoudoir du divan et but une petite gorgée de vin.

— J'avais une conférence à quatre heures... avec Dicky, précisai-je en éteignant la télévision.

— Tout l'après-midi en bas ? Qu'est-ce que tu pouvais bien y faire ?

— Je farfouillais dans les dossiers. Cela m'arrive.

— Jim Prettyman ?

Elle me connaissait trop bien.

— Il y a un peu de cela, reconnus-je.

— Des résultats ?

— Toujours le même. As-tu entendu parler d'un code « Arctique » ?

— Non, mais il y a eu une bonne douzaine de codes nouveaux l'an dernier. Et, ces temps-ci, il y en a encore d'autres presque chaque mois.

— Quelle que soit la façon dont j'essayais, j'ai toujours eu le même signal « Accès refusé ».

— Tu as essayé diverses méthodes pour obtenir le même renseignement ?

— J'y ai passé plus d'une heure.

— Tu aurais dû m'en parler, mon chéri, dit-elle d'un air brusquement soucieux.

— Pourquoi ?

— Je connais ces machines. J'ai passé un mois en bas avant que tu ne viennes me sauver. Tu te souviens ?

— Je travaillais sur ces machines...

J'avais failli dire « avant que tu ne sois née », mais je n'aimais guère me rappeler notre différence d'âge.

— Alors, tu devrais savoir qu'il y a un « chien de garde ».

— Et qu'est-ce que c'est qu'un « chien de garde » ?

— Si tu avais suivi un véritable entraînement au lieu de te

149

mettre à pianoter au hasard en espérant que tout irait bien, tu ne ferais pas de bêtises de ce genre.

— De quoi diable veux-tu parler ?

— Quand tu te heurtes à un signal « Accès refusé », la machine l'enregistre et mémorise ton nom et ton matricule.

— Vraiment ?

Elle avait déjà quitté la pièce pour aller, du vestibule, appeler pour le dîner Billy et Sally, qui étaient censés faire leurs devoirs sous le contrôle de Doris.

Elle revint près de moi et ajouta :

— Et ce n'est pas tout. La machine enregistre aussi la liste de tous les dossiers que tu as demandés indûment. Et les préposés à la sécurité peuvent la retrouver lorsqu'ils opèrent leurs vérifications.

— Je ne savais pas cela.

— On s'en douterait un peu, mon chéri.

Un minuteur fit entendre sa sonnerie dans la cuisine, et Gloria se précipita en étouffant un juron hongrois que j'avais appris à reconnaître. Je me levai, la suivis et, tandis qu'elle sortait les plats du four pour les placer sur la table roulante, lui demandai :

— Tu ne sais pas avec quelle fréquence ils vérifient ?

— Tu ne peux rien effacer, mon chéri. Si c'est à cela que tu pensais, pas question !

Sally et Billy arrivèrent avec leurs livres de classe. Billy avait quatorze ans, et, brusquement, il était devenu grand. Il portait un appareil dentaire, ce qui devait être très inconfortable, mais il ne se plaignait jamais. Il était de nature stoïque. Sally, de deux ans plus jeune, était encore très enfant — et elle souffrait toujours de l'absence de sa mère. La vérité est que celle-ci manquait aux deux. Ils n'en parlaient jamais, gardant leur chagrin enfoui en eux, et je ne voyais aucun moyen de les consoler.

Gloria avait pris l'habitude de vérifier leurs devoirs chaque soir après le dîner. Elle était merveilleuse avec eux. Parfois, ils semblaient en apprendre plus en une demi-heure avec elle que pendant toute une journée à l'école. Avec ces leçons données dans la joie, Gloria avait gagné la confiance des enfants, ce qui n'était pas le moins important pour nous tous. Je me demandais parfois si Billy et Sally ne m'en voulaient pas un peu du bonheur que j'avais trouvé avec Gloria, s'ils ne souhaitaient pas obscurément que je partage plus leur peine.

— Les mains sont lavées ?

— Oui, Tante Gloria, firent-ils en chœur, en présentant leurs paumes.

Doris fit de même en souriant timidement. Doris, qui venait juste de suivre un régime amincissant, était une petite paysanne du Devon qui s'occupait depuis longtemps des enfants. Elle les emmenait à leurs écoles respectives, faisait déjeuner Sally et brûlait avec application mes chemises en tentant de les repasser. Elle avait à peu près l'âge de Gloria, et je me demandais parfois ce qu'elle avait pensé en voyant celle-ci venir s'installer à la maison. Mais il y avait peu de chances qu'elle me confie ses pensées. En ma présence, elle était calme et impénétrable, mais, quand elle était avec les enfants, je l'entendais souvent s'amuser et rire à leur diapason.

— Des chipolatas ! dis-je en m'asseyant à table. Et du riz Uncle Ben ! Tout ce que j'aime !

Gloria ne répondit pas. C'était la troisième fois en une semaine que nous avions droit à ces fichues saucisses. Ayant convenablement déjeuné, j'aurais peut-être eu le bon sens de rester courtois. Gloria demeura silencieuse et ne me regarda pas ; elle servait les enfants.

— Le riz est un peu brûlé, leur dit-elle. Mais si vous ne grattez pas ce qui est au fond, tout ira bien.

Elle distribua deux saucisses à chacun. Elle les avait mises à feu trop vif, et elles étaient noircies et ratatinées. Elle y ajouta quelques épinards qui sentaient l'eau.

Ayant fait le service, elle s'assit et avala une rasade de vin anormalement copieuse avant de se mettre à manger.

— Je suis désolé, dis-je, dans l'espoir de venir à bout de son silence glacial.

151

— Je ne sais pas faire la cuisine, Bernard, fit-elle d'une voix un peu trop stridente. Tu le savais. Je n'ai jamais prétendu le contraire.

Les enfants regardèrent Doris, et Doris regarda son assiette.

— C'est délicieux, proclamai-je.

— Ne te fiche pas de moi ! fit-elle en élevant la voix avec colère. C'est absolument ignoble. Tu te figures que je ne le sais pas ?

— Ne pleure pas, Tante Gloria, dit Sally. Tu peux prendre ma saucisse ; elle n'est presque pas brûlée.

Gloria se leva d'un bond et se précipita hors de la pièce. Les enfants me regardèrent pour voir ce que j'allais faire.

— Continuez à manger, leur dis-je. Il faut que j'aille voir Tante Gloria.

— Donne-lui un gros baiser, papa, conseilla Sally. C'est sûr de tout arranger.

Doris éloigna le pot de moutarde de Billy en proclamant :

— La moutarde n'est pas bonne pour les enfants.

Certaines journées, avec Gloria, étaient idylliques. Et pas seulement des journées. Pendant des semaines entières, nous vivions dans une telle harmonie et un tel bonheur que j'arrivais à peine à croire à ma chance. Mais, à d'autres moments, nous nous heurtions. Et, quand une chose allait de travers, d'autres disputes suivaient en chaîne. Dans la période récente, il y avait eu de plus en plus de ces accrochages, et je savais que la faute m'en incombait généralement.

— N'allume pas, dit-elle doucement quand je pénétrai dans la chambre à coucher.

J'étais arrivé en m'attendant à une tirade vengeresse, et je trouvais Gloria toute confuse. La seule lueur, dans la pièce, était celle du radio-réveil, mais elle était suffisante pour que je me rende compte qu'elle pleurait.

— Je n'y arrive pas, Bernard, dit-elle.

Elle était étendue en travers du lit, et tenait son mouchoir serré contre sa bouche.

— J'essaie, j'essaie, et je n'y arrive pas !

152

— C'est ma faute, dis-je.

Elle leva le visage, mais son expression était la même.

— Ce n'est la faute de personne, fit-elle tristement. Je sais que tu essaies toi aussi.

Je m'assis sur le lit et lui touchai le bras.

— Vivre ensemble n'est pas facile, dis-je. Il faut du temps pour s'adapter.

Pendant un temps, nous restâmes l'un et l'autre silencieux. J'étais tenté de suggérer qu'on envoie Doris suivre des cours de cuisine, mais un homme qui vit sous le même toit que deux femmes sait qu'il ne faut pas, si peu que ce soit, compromettre un délicat équilibre des pouvoirs.

— C'est ta femme, fit brusquement Gloria.

— Fiona ? Que vient-elle faire là-dedans ?

— C'était la femme qui te convenait.

— Ne dis pas de bêtises.

— Elle était belle et intelligente, poursuivit Gloria en s'essuyant le nez. Quand tu étais avec Fiona, tout était toujours parfait. Je le sais.

Pendant un moment, je ne dis rien. Je pouvais supporter les démonstrations d'admiration pour Fiona de n'importe qui, sauf de Gloria. Je ne voulais pas entendre Gloria insinuer que j'avais eu de la chance d'avoir eu Fiona ; je voulais l'entendre dire que c'était Fiona qui avait eu de la chance de me rencontrer.

— Nous avions des domestiques, soulignai-je.

— Elle était riche, fit Gloria en se remettant à pleurer.

— Nous sommes mieux comme nous sommes.

Elle ne parut pas entendre, et, quand elle parla, sa voix sembla venir de très loin.

— La première fois que je t'ai vu, je t'ai voulu, Bernard. Je pensais que je pourrais te rendre heureux. J'avais tellement envié ta femme.

— Je ne savais pas que tu l'avais rencontrée.

— Bien sûr que je l'avais vue ! Tout le monde l'admirait. On disait qu'elle était la femme la plus intelligente que le

153

Service ait jamais recrutée. On disait qu'elle serait le premier directeur général féminin.

— Eh bien, on se trompait.

— Oui, dit Gloria. Et je me trompais aussi. Je me trompais sur tout. Tu ne seras jamais heureux avec moi, Bernard. Tu es trop exigeant.

— Trop exigeant ? Que veux-tu dire par là ?

Je ne compris que trop tard que j'aurais plutôt dû lui dire combien j'étais heureux avec elle.

— C'est cela ! Mets-toi en colère...

— Je ne me mets pas en colère, répondis-je très calmement.

— C'est aussi bien que j'aille à Cambridge.

Elle était résolue à s'apitoyer sur son propre sort, et il n'y avait rien que je puisse lui dire pour l'en dissuader.

— Peut-être Doris pourrait-elle aider un peu plus ? suggérai-je timidement.

Elle me regarda avec un sourire amer.

— Doris a donné ses huit jours, dit-elle.

— Doris ? Ce n'est pas possible !

— Elle a dit qu'elle s'ennuyait en banlieue.

— Cela je m'en doute, mais...

— Elle avait des amis à Londres. Elle allait en boîte avec eux.

— Doris avait des amis ?

— Ne sois pas salaud.

— Elle peut y aller par le train.

— Une fois par semaine. Ce n'est pas drôle pour elle. Elle est encore très jeune.

— Nous sommes tous encore jeunes, dis-je. Tu ne crois pas que j'aimerais aller en boîte avec les amis de Doris ?

— Tu ne t'en tireras pas par des pirouettes, rétorqua Gloria, obstinée. Nous serons dans un terrible pétrin quand elle partira. Ce ne sera pas facile de trouver quelqu'un qui s'entende aussi bien avec les enfants.

Dehors, la pluie continuait à tomber, martelant les feuilles du pommier et crépitant contre les vitres, tandis que le vent hurlait dans la cheminée.

— Je vais voir ce que l'agence peut nous proposer, poursuivit Gloria, mais nous devrons sans doute payer plus. La dame de l'agence a dit que les tarifs étaient élevés par ici.

— Le contraire m'eût étonné, dis-je.

C'est alors que le téléphone près du lit se mit à sonner. J'allai décrocher. C'était Werner, aussi excité que le lui permettait son flegme naturel.

— Il faut que je te voie, dit-il.

— Où es-tu ?

— A Londres. J'ai un petit appartement dans Ebury Street, près de la gare de Victoria.

— Je n'y comprends rien.

— J'ai pris l'avion jusqu'à Gatwick.

— Que se passe-t-il ?

— Il faut que je te parle.

— Nous avons une chambre d'amis. Es-tu motorisé ?

— Je préfère que tu viennes ici, Bernard.

— A Victoria ? Cela va me prendre une demi-heure. Peut-être plus.

L'idée de retourner dans le centre de Londres m'affolait.

— C'est grave, dit Werner.

Je me tournai vers Gloria et lui expliquai :

— C'est Werner. Il veut me voir. Il ne veut rien dire de plus, sauf que c'est vraiment urgent.

Gloria eut un petit haussement d'épaules et ferma les yeux.

XII

Je ne m'étais pas rendu compte de ce qu'étaient devenus certains petits hôtels d'Ebury Street. Cette rue était naguère une sorte de no man's land où les modestes voyageurs à sacs tyroliens venaient se mêler à l'élégante population de Belgravia. Avec un éclectisme typiquement anglais, Ebury Street offrait à Belgravia des boutiques de luxe et des restaurants huppés et de quoi se loger aux touristes désargentés. Mais tout avait inévitablement changé, et Werner s'était déniché là un appartement meublé petit mais luxueusement installé, « toutes cartes de crédit acceptées », avec service vingt-quatre heures sur vingt-quatre, vigiles, plantes grasses dans le hall et Dom Pérignon dans le réfrigérateur.

— As-tu dîné ? me demanda-t-il, dès qu'il m'eut ouvert la porte.

— Pas vraiment.

— Parfait. Je nous ai réservé une table. C'est juste à côté. J'en ai lu une très bonne critique dans le magazine de la compagnie aérienne.

Il disait cela d'un ton distrait, comme si son esprit était ailleurs.

— Alléchant.

— Ne fais pas l'idiot. Je pense que c'est bon. L'article disait que la mousse de saumon est remarquable.

157

Il n'avait pas l'air vraiment convaincu, et regardait sa montre, signe d'agitation chez lui.

— Comment as-tu trouvé cet hôtel, Werner ?

Il était mon meilleur ami, mais je ne l'avais jamais vraiment compris comme je pouvais comprendre les gens que je connaissais depuis longtemps. Il n'était pas seulement secret ; il masquait ses véritables sentiments en en affectant d'autres. Quand il était heureux, il paraissait triste. Quand il faisait une plaisanterie hilarante, il demeurait de marbre au moment où l'on riait. Quand il gagnait, il prenait la mine d'un perdant. Etait-ce parce qu'il était juif ? Pensait-il qu'il lui fallait dérober ses impressions réelles à un monde hostile ?

— C'est un appartement, un appartement avec service, rectifia-t-il. Pas un hôtel.

Les riches ont évidemment plus de mots que le commun des mortels, car ils ont plus de choses à nommer.

— Un type avec qui je suis en affaire chez Kleinwort Benson le garde comme pied-à-terre à Londres, précisa-t-il. Il me l'a prêté. Champagne, whisky ou autre chose ?

— Un verre de vin, demandai-je.

Il passa dans la minuscule cuisine. C'était une sorte de placard à lumière fluorescente visiblement destiné à encourager les locataires à avoir recours au service d'étage. Il prit une bouteille de meursault dans le réfrigérateur. Elle était pleine mais avait déjà été débouchée, comme si Werner avait deviné ce que j'allais boire. Il m'en versa une bonne rasade et remit la bouteille dans le réfrigérateur, qui se mit à vibrer de toutes ses entrailles.

— Santé, Werner, dis-je, avant de goûter le vin.

Il sourit sans rien dire, ramassa son portefeuille sur une table et s'assura, avant de le mettre dans sa poche, de la présence de toutes ses cartes de crédit. Le meursault était un luxe que j'appréciais tout particulièrement, mais je pense que Werner aurait pu en siroter toute la journée si la fantaisie l'en avait pris.

L'argent pose des problèmes à la plupart de gens, mais pas à Werner. Werner avait toujours assez d'argent. Quand il avait envie de quelque chose — que ce soit une table dans un restaurant de luxe ou une nouvelle voiture — il mettait la main à sa poche et tout était dit. Certes, ses goûts n'étaient pas extravagants ; il n'aspirait pas à des yachts ou à des avions privés, n'entretenait pas de maîtresses, ne dilapidait pas des fortunes au jeu et n'organisait pas des réceptions grandioses. Simplement, il avait de l'argent en quantité plus que suffisante pour ses besoins. Sur ce plan, j'enviais sa liberté. Il me faisait me sentir besogneux, ce que j'étais sans doute.

Mon verre à la main, j'allai m'asseoir dans un moelleux fauteuil de cuir et attendis qu'il veuille bien me dire ce qui l'agitait au point de lui avoir fait prendre l'avion pour Londres afin de me parler. Je regardai autour de moi. Ainsi, c'était un « appartement avec service ». De fait, cela ne ressemblait pas tout à fait à une suite d'hôtel ; cela paraissait habité. Un lecteur de disques compacts répandait du Bach, langoureusement joué par Glenn Gould, et il y avait, sur les murs, deux horribles peintures modernes au lieu de l'habituelle lithographie achetée en gros.

C'était le repaire typique d'hommes se trouvant loin de chez eux. Cela se voyait aux livres qui s'y étaient accumulés. A côté de vieux guides gastronomiques, de répertoires des rues et de catalogues de musées, on y découvrait la sorte d'ouvrages propre à faire passer le temps quand on a fini de travailler. De ces romans policiers qu'on peut lire et relire sans s'en apercevoir, de très minces romans de dames également minces remportant des prix littéraires, de gros romans de grosses dames n'en remportant pas, et tout un rayon de biographies allant de Mère Teresa à Laurence Olivier, en passant par *Streisand, la femme et la légende*. Que de longues heures loin de chez soi !

Werner avait répondu à mon toast en buvant un peu d'eau minérale dans un gobelet en verre taillé. Il y avait mis de la glace et une rondelle de citron, comme s'il voulait faire passer cela pour une vraie boisson. Il s'effondra dans un fauteuil et poussa un long soupir. Sa barbe noire — maintenant taillée de près — lui allait bien. Il ne ressemblait pas à un hippy ou à un professeur de dessin ; son allure était beaucoup plus respectable. Mais cette apparence un peu protocolaire s'arrêtait à l'encolure. Au-dessous, il portait un pull-over noir, un pantalon sombre, une chemise de soie à rayures et des souliers vernis. Sa pose était détendue, mais son regard était soucieux.

— C'est Zena, dit-il.

Il saisit un dessous de verre sur une étagère et y posa mon verre afin qu'il ne laisse pas de marque sur le bois verni de la table. Werner était un homme d'intérieur.

Oh, non ! pensai-je en même temps. Une soirée consacrée à parler de cette femme représentait plus qu'un ami fidèle ne peut en supporter.

— Et qu'est-ce qui arrive à Zena ? demandai-je, d'un ton qui se voulait chaleureux et intéressé.

— C'est plutôt ce foutu Frank Harrington, répliqua amèrement Werner. Je sais tout ce que Frank représente pour toi, Bernd, mais c'est un salaud. Un authentique salaud.

— Frank ?

Frank Harrington était un coureur de jupons qui ne comptait plus les succès. Je savais que, quelques années auparavant, il avait eu une liaison tapageuse avec Zena. Tel un vieux noceur du dix-neuvième siècle, il l'avait même installée dans une petite maison où elle devait attendre ses visites et son bon plaisir. A ce que j'avais entendu dire, Zena avait fini par se lasser d'attendre que Frank ait un moment à lui consacrer. Zena n'avait rien d'une maîtresse du dix-neuvième siècle. Je croyais savoir que, depuis, il y avait eu d'autres hommes dans sa vie, mais elle finissait toujours pas revenir à ce pauvre vieux Werner. Il était le seul qui, à la longue, pouvait la supporter.

— Frank et Zena ? demandai-je.

— Pas ce que tu crois, se hâta de préciser Werner. Il l'utilise pour du travail de renseignement. C'est dangereux, Bernie. Sacrément dangereux. Elle n'a jamais rien fait de semblable auparavant.

— Tu ferais mieux de commencer par le commencement, dis-je.

— Zena a des parents à l'Est. Elle leur apporte des vivres et des cadeaux. Tu sais...

— Oui, tu me l'as dit.

J'étendis la main vers un petit bol qui était censé contenir des amandes salées, mais il n'en restait plus que quelques fragments. Werner avait dû dévorer le reste pour se calmer les nerfs en m'attendant.

— Elle est allée là-bas la semaine dernière. Et j'ai découvert que ce salaud de Frank lui avait demandé d'entrer en contact avec quelqu'un pour lui.

— Quelqu'un de chez nous? demandai-je prudemment.

— Bien sûr. Qui d'autre pourrait intéresser Frank?

— Evidemment.

— A Francfort-sur-Oder, précisa Werner. Tu sais de quoi nous parlons, non?

Bien que parlant toujours d'un ton égal, il était maintenant en colère. Très en colère. Et, quelque part au fond de lui-même, il m'impliquait dans cette affaire, dont je ne savais rien et préférais ne rien savoir.

— C'est juste une supposition, hasardai-je, en attendant sa réaction.

— Et pourquoi demander à Zena? fit-il, le visage presque déformé par la rage et l'anxiété. Il a des gens pour faire ce genre de travail.

— Certes, reconnus-je.

— C'est Bizet. Il essaie de renouer le contact.

— Tout ira bien, Werner.

J'étais de tout cœur avec Werner, mais j'avais été un agent opérationnel. Du point de vue de l'homme sur le terrain, il semble parfois préférable d'utiliser, dans des situations délicates, des voyageurs en règle comme Zena. On ne leur dit rien. Ils ne savent donc rien. Et, généralement, ils s'en sortent sans encombre.

Mon apparente indifférence au triste sort de Zena rendit Werner encore plus furieux, mais, comme à son habitude, il sourit. Il se renversa dans son fauteuil et se mit à caresser le téléphone comme s'il se fût agi du chat de la maison.

161

— Je voudrais que tu fasses quelque chose, dit-il.

— Et quoi ?

— Que tu la sortes de là.

Il décrocha le téléphone, appela la réception et, sans me demander ce que je souhaitais manger, demanda qu'on nous monte à dîner. Parlant à toute allure, il commanda deux portions de mousse de saumon et deux filets — un saignant et un à point — avec leur garniture. Puis il raccrocha, se tourna vers moi et m'expliqua :

— Il est tard, et la cuisine va bientôt fermer.

— Tu ne veux quand même pas que ce soit le Service qui se charge de la faire sortir ? dis-je. D'après ce que tu m'as dit, rien ne laisse supposer qu'elle soit le moins du monde en danger. J'imagine que Frank lui a simplement demandé de donner un ou deux coups de téléphone, ou d'aller frapper à une porte. Si je me précipite au bureau en demandant une opération de récupération en règle, tout le monde va penser que j'ai perdu la tête. Et, tout à fait honnêtement, Werner, cela risquerait de mettre Zena dans une situation bien pire que celle où elle se trouve actuellement.

Ce que je n'ajoutai pas, c'est qu'il n'y avait aucune chance pour que Dicky ou tout autre responsable aille, à ma simple demande, à l'encontre des initiatives de Frank.

— Comment a-t-il osé demander son aide à Zena ?

C'était donc sur Frank Harrington que se concentraient la rage et la rancœur de Werner. Ils ne s'étaient jamais bien entendus. Avant même de lui voler sa femme, Frank avait éliminé Werner de l'unité opérationnelle de Berlin. Et il n'y avait aucun moyen de faire comprendre à Werner ce que Frank était en réalité : un responsable régional très compétent et un « gentleman anglais » typique, qui savait attirer les jeunes femmes aventureuses, mais, souvent, devenait leur proie.

De même, je pouvais difficilement dire à Werner que, depuis le temps, sa femme aurait dû apprendre à se tenir à l'écart de Frank. Aussi me bornai-je à demander :

162

— Quand doit-elle revenir ?

— Lundi.

Glenn Gould avait fini de jouer. Mais, après un ou deux cliquetis, Art Tatum prit la suite. Werner aimait beaucoup le piano. Dans les temps anciens, il en jouait dans toutes les soirées les plus tapageuses de Berlin. A le voir maintenant, il était difficile d'imaginer ce que nous avions fait à Berlin quand nous étions jeunes.

— Tout ira bien, répétai-je.

Peu convaincu, il hocha la tête sans rien dire et examina son eau minérale d'un air soupçonneux avant d'en prendre une gorgée. Puis il regarda vers moi, eut un petit haussement d'épaules et un sourire, et, remarquant que mon verre était vide, se leva pour aller le remplir au réfrigérateur.

Je le regardai avec attention. Il y avait autre chose — d'autres aspects à cette histoire — mais je ne lui posai pas de questions. Il valait mieux laisser sa rage se calmer.

On frappa à la porte et, comme dans un numéro de cabaret soigneusement répété, un employé de la réception en uniforme vint aider un serveur à dresser deux chaises pliantes, une table pliante et tout un assortiment de vaisselle. Les steaks, avec quelques épinards, étaient maintenus à la température idoine sur une chaufferette. Les portions de mousse de poisson, que le serveur insista pour nous montrer, étaient abritées sous ces énormes couvercles d'argent en forme de dôme où se dissimulent habituellement les aliments les plus microscopiques. Elles étaient noyées dans une sauce d'un vert agressif.

Werner attendit le départ du petit personnel pour reparler de Zena.

— Je l'aime, dit-il. Je n'y peux rien, Bernie.

— Je sais, Werner.

— Alors, je m'inquiète, ajouta-t-il avec un geste résigné.

Je compatissais. Il ne m'était pas facile d'imaginer qu'on pût aimer Zena. Qu'un homme puisse l'assassiner ou s'engager dans la Légion étrangère pour lui échapper était aisément concevable. Mais l'aimer...

163

— C'est la seule femme qui compte pour moi, reprit Werner, en ayant presque l'air de s'excuser.

Il m'arrivait de penser qu'il l'aimait parce qu'elle-même était incapable d'aimer qui que ce soit. Un de mes amis justifiait tout le temps qu'il avait consacré à l'étude des reptiles en disant qu'il avait été fasciné par leur insensibilité totale à l'affection. Cela me semblait être le cas de Zena.

Mais il ne servait à rien d'en parler à Werner. Pour lui, Zena ne pouvait pas mal faire. Je le revoyais tombant amoureux de diverses filles, à l'école. Sa passion n'avait pas de limites. Le respect qu'il témoignait aux objets de sa flamme ne lui valait habituellement qu'un cinglant mépris, de sorte que, finalement, son ardeur retombait puis s'éteignait. J'avais pensé qu'il en serait de même lorsque Zena était survenue, mais celle-ci n'était pas de nature à dilapider un tel capital. Elle accepta bien volontiers l'amour de Werner, l'encouragea et sut le manier de façon à en faire ce qu'elle voulait.

Werner goûta la mousse de poisson. Elle était sèche et totalement insipide. Seule, la sauce au cresson avait quelque saveur ; elle était au moins salée.

— Congelée et réchauffée au micro-ondes, fit Werner en connaisseur.

Il poussa la mousse de côté et s'intéressa à son steak. Quant à moi, j'avais déjà liquidé la mousse et entamé la viande.

— On dirait que tu as aimé la mousse, dit Werner d'un air presque accusateur.

— Elle était délicieuse, fis-je. Mais je commence à croire que c'est ton filet « à point » que je suis en train de manger.

J'en avais déjà dévoré une partie. Silencieusement, il me donna le steak saignant et prit ce qui restait de l'autre.

— Désolé, Werner, dis-je.

— Tu manges tout ce que tu trouves, constata-t-il. A l'école, tu étais déjà comme cela.

— Pour changer de sujet, comment va l'hôtel ?

— Tout va bien, fit-il d'un ton sec.

Puis il ajouta :

— T'ai-je dit que cette satanée bonne femme, Ingrid Winter, insiste pour venir à Berlin ?

— Elle veut quelques affaires, dis-je, en restant dans le vague.

— Elle veut m'aider, dit Werner, comme s'il énonçait une horrible menace.

— Dis-lui que tu n'as pas besoin d'aide.

— Je ne peux pas l'empêcher de débarquer. C'est la nièce de Lisl...

— ...et elle a des droits sur la maison. Oui, Werner, tu ferais mieux d'être gentil avec elle, car elle pourrait tout fiche en l'air si elle le voulait.

— Tant qu'elle ne se met pas dans mes jambes... fit-il d'un ton sinistre.

Il était toujours de mauvaise humeur, et il ne semblait pas devoir se calmer. Je décidai de le prendre de front.

— Tu vas te décider à tout me dire sur Zena ? lui demandai-je de mon ton le plus naturel.

— A te dire quoi ?

— Ce qui t'inquiète, ce n'est pas ce qui pourrait lui arriver si elle frappait à la mauvaise porte à Francfort-sur-Oder, Werner. Tu sais très bien que Zena se sortirait allégrement de ce genre de situation.

Il me regarda de son air impassible et mâcha longuement un morceau de viande avant de me dire :

— J'aurais dû te donner du vin rouge. J'en ai ici.

— Laisse tomber le vin. Quel est le véritable problème ?

Il se tamponna les lèvres avec sa serviette et commença :

— L'oncle de Zena a une merveilleuse collection de livres très anciens, de crucifix, d'icônes et d'autres objets...

Il me regarda. Je lui rendis son regard sans rien dire.

— Ou peut-être qu'il les achète... Je ne suis pas sûr !...

— Et peut-être qu'il n'est pas son oncle, insinuai-je.

— Oh, je pense que c'est son... Bon, peut-être un vieil ami. Parfois, il achète ces choses à des Polonais qui viennent chercher du travail en Allemagne de l'Est. Des Bibles, surtout. Du dix-septième siècle. C'est un expert en art chrétien ancien.

— Et Zena les fait passer à l'Ouest. Puis tout cela est vendu dans ces élégantes boutiques de Munich où les nouveaux riches viennent pour meubler leurs châteaux.

Mais Werner ne m'écoutait pas.

— Zena ne sait pas comment ils travaillent, fit-il d'un ton lugubre.

— Comment ? Qui donc travaille ?

— Les gens de la Stasi. Si elle fait ce que Frank lui a demandé, ils vont la suivre pas à pas, jour après jour. Mais Zena ne s'en rendra pas compte. Tout le monde se fera prendre. Ils accuseront Zena d'avoir volé les trésors artistiques de l'Etat, ou quelque chose comme cela.

— Les trésors artistiques du Peuple, rectifiai-je. Oui, il se peut qu'ils n'apprécient pas tellement l'idée de la voir exporter des antiquités sans licence.

Je tentai de faire sonner cela comme un délit mineur, une simple infraction aux règlements douaniers. Puis j'ajoutai :

— Mais Frank ne sait rien de tout cela, évidemment.

Sans répondre, Werner se leva et alla jusqu'à la minuscule cuisine. Il revint avec la bouteille de meursault à moitié vide et un verre à vin pour lui. Il me resservit, se servit ensuite et posa la bouteille sur la table, après y avoir installé un napperon. Je le regardai boire. Il fit la grimace comme un enfant contraint d'avaler quelque amère potion. Werner s'y connaissait fort bien en vins, mais il les traitait toujours comme s'ils avaient été bouchonnés.

— Suppose que Frank, dit-il lentement, ait tout su à propos de Zena et des antiquités. Après tout, il est censé diriger un service de renseignement, non ?

— Oui ? fis-je, en ignorant l'ironie.

— Et suppose que Frank ait des raisons de croire qu'en livrant la pauvre Zena à la Stasi, il amènerait celle-ci à lâcher ses gens du réseau Bizet ? Peut-être même à les laisser s'enfuir ?

Je ne dis rien. Je buvais mon vin en essayant de dissimuler

mes véritables sentiments. Si cette hypothèse était fondée, bravo pour Frank ! Mais tout cela me paraissait hautement improbable. Je soupçonnais Frank d'être encore trop attaché à Zena pour la jeter aux chiens. Mais s'il avait vraiment organisé cet étrange marché revenant à tirer d'affaire deux ou trois de nos hommes en échange d'un réseau de petits voyous trafiquant des antiquités, des livres rares et Dieu sait quoi encore, chapeau bas !

— N'oublie pas que c'est Zena, insista Werner.

Non, je n'oubliais pas que c'était Zena. Et cela me faisait voir l'éventuelle manœuvre comme une action plus salutaire encore.

— C'est un sale Judas, reprit Werner, en buvant un peu de son vin, qui ne parut pas plus lui plaire que la première fois.

— As-tu la moindre raison concrète de penser cela ?

— Je le sens dans mes tripes, fit-il d'une voix que je ne reconnus pas.

— Frank ne ferait pas une chose pareille, dis-je, plus pour calmer Werner que parce que j'en étais vraiment convaincu.

Frank aimait bien Zena, mais il pouvait être sans scrupules. Je le savais, et Werner aussi. Et, si elle avait deux sous de cervelle, Zena devait le savoir.

— Oui, Frank le ferait ! lança Werner. C'est exactement le genre de choses dont il est capable. C'est le genre de choses pour lequel les Anglais sont célèbres. Tu le sais bien.

— Perfide Albion ! commentai-je.

Il ne trouva pas cela drôle. Il ne me fit pas l'aumône d'un sourire ni même d'un regard. Il était assis là, le visage contracté, les yeux humides, serrant si fort ses mains jointes que les jointures en étaient devenues blanches.

Je ne l'avais jamais vu dans cet état. Que ce soit son amour pour Zena ou sa haine pour Frank, cela le dévorait tout entier. Je le voyais se mordre les lèvres de rage, et je m'inquiétais pour lui. J'avais déjà vu des hommes tendus de cette façon, et je les avais vus ensuite craquer.

— Je vais voir ce que je peux faire, dis-je.

Mais il était trop tard. Entre ses dents serrées, Werner me déclara :

167

— Demain matin, à la première heure, je vais au bureau. Je trouverai le directeur général et je l'obligerai à faire quelque chose. Je l'obligerai !

— Je ne te le conseille pas, Werner, dis-je avec une réelle angoisse. Non, Werner, je ne te le conseille vraiment pas.

Je préférais ne pas envisager l'idée de Werner hurlant dans le hall du Central de Londres, aux prises avec le redoutable adjudant Gaskell tentant de le maîtriser, puis les questions qui ne manqueraient pas de m'être posées.

Je versai dans mon verre le reste du meursault. Il était tiède, personne n'ayant pensé à remettre la bouteille dans le réfrigérateur. Tout bien considéré, ce jeudi-là n'était pas un bon jour.

XIII

J'ai toujours eu le sommeil léger ; c'est nécessaire dans le métier. Ce ne fut pas le grondement sourd de la motocyclette qui me réveilla — il en passait toute la nuit — mais le silence qui suivit l'arrêt du moteur. Quand la porte du jardin cliqueta, j'étais complètement éveillé. J'entendis les pas sur le dallage de l'allée et roulai hors du lit avant que la sonnette n'éveille Gloria.

— Trois heures et demie ! l'entendis-je dire d'une voix ensommeillée comme je sortais de la chambre.

Elle semblait surprise. Elle avait encore beaucoup à apprendre sur ce que le Service imposait à ses cadres moyens. Je descendis l'escalier quatre à quatre pour répondre à la porte avant que Doris et les enfants ne soient dérangés. Mais je n'avais pas encore atteint le bas de l'escalier que le visiteur nocturne crut déjà bon d'insister : deux longs coups de sonnette, cette fois.

— Ça va, ça va ! dis-je d'un ton irrité.

— Désolé, chef, je croyais que vous n'aviez pas entendu.

Le visiteur nocturne était un long et mince jeune homme entièrement vêtu de cuir noir brillant, comme un messager du destin dans un mauvais rêve. Il tenait un casque noir à la main et avait une vieille sacoche de cuir accrochée au cou.

— Monsieur Samson ?

— Oui ?

169

— Avez-vous de quoi établir votre identité, monsieur ? demanda-t-il, sans préciser ce que j'étais censé montrer.

C'était la formule réglementaire, mais les messagers habituels utilisaient généralement un langage plus direct. J'avais donc affaire à un nouveau.

— Cela, par exemple ? lui dis-je, en lui montrant par la porte entrebâillée le Mauser 9 mm.

Il sourit.

— Ouais, je pense que ça ira, fit-il en ouvrant sa sacoche et y prenant l'une de ces grandes enveloppes brunâtres que le Service utilise habituellement pour faire circuler les mauvaises nouvelles.

— Samson, B., précisai-je pour le rassurer un peu. Pas de message oral ?

— Vous devez ouvrir cela immédiatement. C'est tout.

— Pourquoi pas ? fis-je. J'ai justement besoin de quelque chose pour m'aider à me rendormir.

— Bonne nuit, chef. Désolé de vous avoir dérangé.

— La prochaine fois, ne sonnez pas. Contentez-vous de souffler fort sur la porte.

— Qu'est-ce qui se passe, mon chéri ? demanda Gloria en descendant lentement l'escalier, comme une figurante dans une revue de music-hall.

Elle n'était pas complètement réveillée. Ses cheveux blonds étaient tout ébouriffés et elle portait le grand peignoir de bain blanc de chez Descamps que je lui avais offert pour Noël. Elle était éblouissante.

— Un messager, dis-je en ouvrant la grande enveloppe brune.

A l'intérieur se trouvait un billet d'avion pour le Londres-Los-Angeles décollant à neuf heures du matin — c'est-à-dire moins de six heures plus tard — et une courte note dactylographiée portant les tampons habituels :

« Mon cher Bernard,
« Tu seras attendu à l'arrivée. Désolé de te prévenir au

170

dernier moment, mais le bureau de Washington a cinq heures de décalage avec nous, et quelqu'un de là-bas s'est entendu avec le directeur adjoint pour que cette mission te soit confiée à toi, et à toi seul.

« Bien à toi et mille excuses.

« Harry (Officier de permanence de nuit, Opérations). »

Ainsi, le pauvre Harry Strang assurait encore la permanence de nuit au Service des Opérations. Il ne devait pas en être fou de joie, car il avait griffonné au bout de la note : « Il y en a qui ont toutes les veines ! »

Pour quelqu'un cloué toute la nuit dans un bureau à écouter la pluie tomber, la perspective de se retrouver brusquement transporté sous le soleil de Californie devait paraître séduisante. Pour moi, elle ne l'était pas. Elle ne l'était pas, tout au moins, jusqu'au moment où me revint en mémoire la menace de Werner d'aller le matin même au Service prendre le directeur général au collet.

— Ils ne peuvent pas t'obliger à y aller, fit Gloria, qui avait lu la note par-dessus mon épaule.

— Non, effectivement. Je peux aussi aller m'inscrire au chômage.

— On ne dit même pas combien de temps tu seras parti, remarqua-t-elle d'un ton de vertueuse indignation.

— Tu m'en vois désolé.

— Tu avais promis de t'occuper de la porte du garage.

— Il faut juste changer un gond. Il y a un endroit, près de la gare de Waterloo, où je trouverai cela. Je le ferai la semaine prochaine.

— Je vais aller faire ta valise, dit-elle en regardant la pendule sur la cheminée. Cela ne vaut pas la peine de se recoucher.

— Je suis vraiment désolé, lui rappelai-je.

— Les week-ends sont les seuls moments que nous ayons à nous, reprit-elle. Ils n'auraient pas pu attendre jusqu'à lundi ?

— Je vais essayer de rapporter quelque chose de bien pour l'anniversaire de Billy.

171

— Commence par te rapporter toi-même, dit Gloria en m'embrassant tendrement. Je suis toujours inquiète quand on t'envoie en mission comme cela, de toute urgence, avec cette sacrée mention : « Briefing à l'arrivée ». Je suis inquiète pour toi.

— Ce ne sera rien de dangereux, affirmai-je. Je vais rester tout le week-end assis près d'une piscine.

— Ils t'ont demandé spécialement, Bernard, fit-elle remarquer.

Je hochai la tête. Ce n'était pas très flatteur pour moi, mais elle avait raison. Si l'on m'avait demandé, ce n'était pas pour mes relations mondaines ni pour ma brillante culture.

— Je garderai ma bouée et je n'irai pas dans le grand bain, promis-je.

— Que feras-tu quand tu seras là-bas ?

— Il est précisé « Briefing à l'arrivée », chérie. Cela veut dire que rien n'est encore décidé.

— Sérieusement, comment les reconnaîtras-tu ?

— Cela ne se passe pas comme cela, chérie. Ils auront une photo de moi. Je ne les connaîtrai que lorsqu'ils seront venus se présenter.

— Et comment sauras-tu que ce sont les bons ?

— Ils me montreront ma photo.

— C'est bien organisé, remarqua-t-elle avec une nuance d'approbation dans la voix.

Elle aimait les choses bien organisées.

— Tout est dans le règlement, lui dis-je.

— Mais prendre toujours la même compagnie aérienne, Bernard ? Ce n'est pas risqué ?

— Il doit y avoir une raison, dis-je. Si tu me faisais une tasse de café, pendant que je fais ma valise ?

— Tout est propre. Tes chemises sont sur des cintres dans le placard, alors ne commence pas à hurler quand tu ne les trouveras pas dans la commode.

— Je ne hurlerai pas, promis-je. Et si je le fais, tu n'auras qu'à arracher quelques boutons de plus.

— Je t'aime, Bernard, dit-elle en mettant ses bras autour de moi et en me serrant contre elle. Je t'aime et je veux te garder toujours, toujours...

— Affaire conclue ! affirmai-je avec cette belle et généreuse impétuosité qui me caractérise quand on m'a réveillé en sursaut.

Pendant un moment, elle me tint contre elle, me serrant à m'en faire perdre le souffle. Puis elle me dit à l'oreille :

— Et j'aime les enfants aussi, Bernard. Ne t'inquiète pas pour eux.

*
**

Presque tous les sièges de première classe étaient occupés. De bons jeunes gens à l'air très réveillé, portant costumes trois pièces et grosses montres en or, brassaient des liasses de papiers extraites d'attaché-cases en peau de porc ou tapotaient sur de petits ordinateurs portables. Beaucoup refusèrent le champagne et continuèrent à travailler pendant le service du déjeuner, lisant des rapports, épluchant des bilans et soulignant des phrases et des chiffres avec des marqueurs de toutes les couleurs.

Mon voisin de siège appartenait à la même race mais se montrait nettement plus dissipé. Edwin Woosnam — « C'est un nom gallois, mais, vous n'allez pas me croire, je n'ai jamais mis les pieds au Pays de Galles » — avait un peu trop de kilos, des sourcils épais, des lèvres minces et le genre de nez qu'on modèle avec du mastic pour les représentations d'amateurs de *Jules César*. Sa cordialité réduisit à néant mes espoirs de récupérer un peu de sommeil.

Il était, me dit-il, l'associé principal d'une « société de promotion » de Glasgow. Ladite société faisait construire huit hôtels de six cents chambres en divers points du vaste monde, et il ne tarda pas à me livrer tous les secrets de son industrie.

— Une piscine extérieure, c'est important. Les hôteliers ont besoin d'avoir, sur leur dépliant, une photo donnant l'impression que le climat permet de se baigner toute l'année.

173

Il sourit et avala une gorgée de champagne.

— Des appartements en terrasse au sommet, reprit-il, des centres de loisirs au sous-sol et des chambres avec salle de bains partout. Vous trouvez un grand emplacement — un vraiment grand emplacement — à bon marché, et, quand l'hôtel est debout, les magasins et les immeubles d'appartements suivent. Tout le voisinage se trouve valorisé. Vous ne pouvez pas rater votre coup avec un investissement comme celui-là. C'est comme de l'argent à la banque. Si la main-d'œuvre locale est bon marché, peu importe où vous construisez votre hôtel ; la moitié de ces crétins de touristes ne savent même pas dans quel pays ils sont.

Il avait aussi un stock d'anecdotes apparemment inépuisable :

— Vous ne pouvez vraiment rien dire aux Grecs. Je montre le planning à ce contremaître — Popopolis, ou quelque chose comme cela — et je lui dis que le huitième étage aurait dû être terminé. Alors, le voilà qui se met en colère. Il commence à hurler que tout est fini. Il montre le poing, il agite les bras et il se met à courir comme un fou. Il passe par une porte et il tombe jusque dans les caves. Huit étages. Tué sur le coup, bien sûr. On a eu un mal fou à trouver un autre contremaître à cette époque de l'année. Cela se serait passé un mois plus tard, c'était moins grave.

Il but encore un peu de champagne et poursuivit :

— Certains types ne veulent rien entendre. Vous devez en avoir aussi dans votre partie. J'étais avec un de nos chefs de chantier, à Bombay, et il se payait la tête des Indiens avec leurs échafaudages en bois attachés par des cordes. Je l'ai prévenu qu'il allait rire jaune quand ses beaux échafaudages métalliques allaient se mettre en tire-bouchon sous l'effet de la chaleur. Et c'est ce qui est arrivé. Ces crétins d'architectes ! Ils sortent tout juste de l'école, et ils savent tout ! Je vais vous donner un autre exemple...

Il était fort distrayant, mais je ne pouvais fermer l'œil.

— Vous voyagez beaucoup ? me demanda-t-il, alors que je commençais à sommeiller.

174

— Non, dis-je.

— Moi, je voyage tout le temps. C'est bien sûr excitant, pour vous, de traverser l'Atlantique en avion, mais moi, cela me rase.

Il me regarda, guettant ma réaction.

— Bien sûr, fis-je en essayant d'avoir l'air excité.

— Et dans quoi êtes-vous ?... Non, laissez-moi deviner. Je me trompe rarement. Les assurances ?

— Les produits chimiques, répondis-je.

C'était suffisamment vague, et j'avais un petit discours pharmaceutique tout prêt pour le cas où l'on me pousserait dans mes retranchements.

— Ah, fit-il, un peu vexé de son erreur. Mais, en tout cas, vous n'êtes pas dans les ventes. Vous n'avez pas le tempérament pour les ventes.

— Non, pas dans les ventes, reconnus-je.

Le repas fut servi, tandis que le commandant de bord récitait d'une voix douce et bien modulée les noms d'endroits soigneusement dissimulés sous les nuages. Puis les hôtesses de l'air firent interminablement circuler des chariots de produits hors douane entre des travées de voyageurs congestionnés par leur déjeuner et engourdis par l'alcool, de bébés braillards et de mères harassées. Les rideaux furent tirés sur les hublots, et de petits fantômes d'acteurs méconnaissables vinrent peupler l'écran, tandis que des voix stridentes retentissaient dans nos écouteurs. Il faisait de nouveau jour, et, par les hublots, le soleil blessait les yeux lorsque retentit enfin la voix :

« C'est votre commandant qui vous parle... »

Nous étions arrivés à Los Angeles, et le pire commençait : l'attente en file indienne aux bureaux de douane et d'immigration. Après une heure passée à faire avancer du pied mon bagage, dix centimètres par dix centimètres, je fus admis avec réticence aux Etats-Unis.

— Monsieur Samson ? Bonjour. Vous avez fait bon voyage ?

C'était un gaillard bronzé d'une trentaine d'années, avec un regard malin, un pantalon de toile, un hamburger à demi dévoré dans une main et une édition de poche de *Guerre et Paix* à demi

175

lue dans l'autre : tout l'équipement nécessaire à une attente à l'aéroport de Los Angeles.

— Buddy Breukink, annonça-t-il.

Puis il pointa un doigt vers ma valise métallique cabossée et défraîchie en demandant :

— C'est tout ce que vous avez comme bagages ?

Si l'on continuait à me poser cette question à chaque voyage, j'allais finir par me sentir socialement frustré.

Sur ma réponse affirmative, il s'empara de l'objet. Je ne savais pas si je devais faire assaut de courtoisie et le lui reprendre. Comment savoir si j'avais à faire à un simple chauffeur envoyé à ma rencontre ou à un haut responsable sur le point de me communiquer mes consignes ? L'Amérique est ainsi faite. Il prit le départ et je le suivis. Il ne s'était pas conformé à la procédure d'identification, mais je ne lui demandai rien. Il ne semblait pas le genre d'homme à apprendre par cœur le règlement.

— Vous avez faim ? me demanda-t-il. Nous en avons pour une bonne heure de route.

— Je tiendrai le coup, répondis-je.

Mon hypoglycémie n'en était pas encore à me faire accepter l'idée d'un hamburger d'aéroport.

— Le carrosse est en face.

Grand et mince, avec son pantalon étroit, sa chemise blanche à manches courtes et son stetson à larges bords et au ruban entouré de petites plumes, il ressemblait à un cow-boy d'opérette. Comme pour forcer encore la note, il grimpa dans une jeep, une Wrangler dernier modèle, avec téléphone, plaques personnalisées et mini-bar.

Il lança ma valise et Tolstoï pêle-mêle à l'arrière, avant de ranger soigneusement son beau stetson dans un carton. Il poussa toute une série de boutons, formant un code destiné à remettre le téléphone en service.

— Il faut bien être sûr, m'expliqua-t-il, qu'aucun de ces types du parking n'ait l'idée de téléphoner pendant deux heures à ses parents à Bogota.

176

Il sourit pour lui seul et débarrassa le siège passager d'une demi-douzaine de cassettes qu'il entassa dans un autre carton. Quand il tourna la clé de contact, le lecteur de cassettes commença à nous gratifier des « Grands succès de Pavarotti », et plus particulièrement d'un « Funiculi funicula » assourdissant.

— C'est du classique, me précisa-t-il avec l'air de s'excuser à moitié.

Il emballa le moteur en criant « On y va ! » plus fort que Pavarotti. Avant même que j'aie eu le temps de m'attacher, les pneus brûlaient l'asphalte et nous étions déjà sortis du parking pour gagner la route.

Arrivé dans cette partie du Nouveau Monde, je me sentais aussi dépaysé que feu Christophe Colomb en son temps. On était au pays de l'éternel printemps, l'air était chaud et le ciel avait cette couleur bleu pâle qui laisse prévoir une plus grande chaleur encore. Les rues bruyantes du centre semblaient bondées de Porsche noires rugissantes et de Rolls Royce blanches décapotables, avec, sur les trottoirs, des gamins braillards montés sur patins à roulettes et des jolies filles en short.

En arrivant sur l'autoroute, on sortait de la bruyante anarchie urbaine pour redécouvrir le grand air et la stricte discipline de conduite ; sauf quelques gamins qui nous dépassèrent à bord d'une camionnette dûment cabossée, les conducteurs restaient sagement en file et conservaient une allure régulière. Rugissant par toutes les ouvertures de la jeep, le vent menaçait de m'arracher de mon siège. Je me fis tout petit derrière le pare-brise. Buddy mit la musique encore plus fort, me regarda et sourit.

— Funiculi funicula, fredonnait-il tout en mâchant du chewing-gum.

Dès qu'on avait quitté « l'aéroport international », son petit personnel nonchalant et ses bureaucrates rébarbatifs, la Californie du Sud commençait à déployer ses charmes. La chaleur du soleil, la vue des monts de San Gabriel, les vents secs du désert, la senteur fraîche et âcre des fleurs sauvages, les pavots orange sur fond de vert cru, tout cela, à cette époque de l'année, se conjuguait pour me donner l'envie de rester.

De la route, qui dominait la ville à hauteur des toits, on découvrait l'ensemble de Los Angeles, des montagnes à l'océan. Les groupes de grands immeubles de Century City et de Broadway semblaient écraser de leur hauteur les myriades de petites maisons tapies entre leurs piscines et leurs palmiers. Puis Buddy coupa vers l'autoroute côtière du Pacifique, qu'il prit vers le nord, en suivant les panneaux qui indiquaient Santa Barbara et, au-delà, San Francisco. A Malibu, la circulation commença à se raréfier, et nous longeâmes toute une série de villas passablement excentriques jusqu'à l'endroit où la route se trouva directement en bordure de l'océan. Là, nous nous trouvions à l'extrême bord du continent, attaqué sans relâche par le Pacifique. D'énormes rouleaux verts venaient exploser contre la côte, en un jaillissement d'écume blanche et avec un fracas qui en arrivait à couvrir le bruit du moteur et celui de la musique.

Buddy retira son chewing-gum de sa bouche, le roula en boule et le projeta sur la chaussée.

— On m'a dit que vous alliez poser des questions, déclara-t-il.

— Eh bien, on s'est trompé.

— Et on m'a demandé de ne rien vous dire.

— Cela tombe très bien, remarquai-je.

Il opina du chef et doubla un énorme semi-remorque « Budweisser », avant de mettre le pied au plancher pour me montrer toutes les capacités de sa jeep.

Nous passâmes les hautes falaises d'où s'élançaient les adeptes de delta-plane, les plages étroites où ils s'efforçaient d'atterrir, les installations pétrolières au large, les porte-avions ancrés dans la brume, et nous quittâmes enfin l'autoroute pour prendre une petite route au fond d'un canyon. Je commençais à avoir faim.

Nous étions sur une route privée, étroite et défoncée. Sur un grand poteau de bois se dressant au coin étaient clouées une demi-douzaine de pancartes dans des états de décrépitude variables : « Schuster Ranch », « Ecuries de Greentops — on ne visite pas », « Ogarkov », « D. et M. Bishop », « Compagnie d'ordinateurs du Serpent à sonnette » et « Highacres ». Tandis que la jeep remontait le chemin en pente raide, je me demandais auquel de ces endroits nous nous rendions, mais, quand nous eûmes passé toutes les boîtes aux lettres correspondant à ces pittoresques appellations, il devint clair que nous nous dirigions vers quelque domaine anonyme situé nettement plus haut.

Après avoir remonté le canyon pendant quatre ou cinq kilomètres, nous arrivâmes devant un portail de part et d'autre duquel s'étendait à perte de vue une haute clôture métallique. Près de ce portail, un écriteau : « La Buona Nova. Propriété privée. Attention, chiens méchants. » Buddy amena la jeep à proximité d'une petite boîte juchée sur un poteau métallique. Il pressa un bouton rouge et s'adressa à la boîte :

— Salut tout le monde ! C'est Buddy avec un visiteur. Ouvrez, s'il vous plaît.

Avec quelques hésitations et un grincement sinistre, le portail à double battant s'ouvrit, tandis que la petite boîte demandait d'une voix métallique :

— Assure-toi que les portes se referment bien, Buddy. On dirait que les pluies de la semaine dernière ont esquinté le mécanisme.

Nous entrâmes, Buddy respectant scrupuleusement les consignes qui lui avaient été données. Je ne pouvais voir aucune construction nulle part, mais j'avais le sentiment que nous étions observés en permanence.

— Ne laissez pas traîner vos mains hors de la voiture, me conseilla Buddy. Ces satanés chiens sont en liberté dans l'enceinte extérieure.

Nous continuâmes à remonter le chemin de terre, puis,

179

brusquement, nous arrivâmes, au détour d'un repli de terrain, à une autre clôture métallique. Il y avait là aussi un portail, avec une petite cabane à proximité. Derrière la clôture, on distinguait trois silhouettes. A première vue, on eût dit un homme et ses deux enfants, mais, en approchant, je pus voir qu'il s'agissait d'une sorte de géant et de deux Mexicains. C'étaient les gardes. L'hercule avait un ceinturon bouclé sous son énorme ventre, un stetson sur la tête, des vêtements de toile kaki bien repassés, des bottes et un insigne doré en forme d'écusson épinglé sur sa chemise. Il tenait à la main un petit émetteur-récepteur. Les deux Mexicains portaient des chemises marron et l'un d'eux avait un fusil à pompe. L'un desdits Mexicains ouvrit le portail, et le géant nous fit signe de passer.

Un kilomètre ou deux plus loin, juste au-dessous du sommet de la colline, se trouvait un groupe de bâtiments bas, en stuc rose avec des tuiles rouges. D'un âge indéterminé, ils étaient construits dans ce style que les Californiens qualifient d'espagnol.

Passant devant deux Landrover japonaises couvertes de boue, Buddy alla garer la jeep dans une sorte de grange où se trouvaient déjà une vieille Cadillac Séville et une Lamborghini. Il remit son stetson, se regarda dans le rétroviseur pour bien l'ajuster sur sa tête et s'empara de mon bagage. Mon veston sur le bras, suant dans la chaleur de l'après-midi, je le suivis. Les principaux bâtiments étaient hauts de deux étages et ouvraient, à l'ouest, vers l'océan. A l'est, ils se prolongeaient par un vaste patio aux dalles multicolores et une piscine de quelque vingt-cinq mètres de long. L'eau en était bleue et limpide, avec juste assez de brise océane pour en rider légèrement la surface.

Dans la piscine, une femme mince, entre deux âges, nageait lentement, comme soucieuse de ne pas éclabousser son rimmel. Il y avait, sur le bord de la piscine, là où elle avait été installée, une grande serviette rose, quelques bouteilles de lotion solaire, une brosse, un peigne et un miroir à main. Une aquarelle inachevée représentant des fleurs de bougainvillées était appuyée contre un fauteuil, avec, à proximité, une grande boîte de peinture et un pot rempli de pinceaux.

— Salut, Buddy! lança la femme, sans cesser de nager. Comment est la circulation? Bonjour, monsieur Samson. Bienvenue à La Buena Nova.

Sans ralentir pour autant, Buddy répondit :

— Nous sommes venus par l'autoroute de la Côte, madame O'Raffety, mais si vous voulez aller en ville, passez plutôt par le canyon.

Il tourna brièvement la tête pour lui adresser l'un de ses petits sourires malins. Je fis un signe de la main à l'hôtesse en balbutiant des remerciements, mais il me fallait presser le pas pour suivre Buddy et ses longues enjambées.

Deux marches et une arcade conduisaient à une galerie couverte, avec quelques chaises et quelques tables, sur laquelle ouvraient les trois appartements d'invités occupant l'un des côtés du bâtiment. Sur l'une des tables figuraient encore les reliefs d'un petit déjeuner : un grand thermos de café, une carafe de jus de fruit et des tasses et assiettes qui auraient fait la joie de Gloria. Buddy ouvrit la porte conduisant au troisième appartement. Celui-ci était décoré en rose et blanc. Sur les murs figuraient trois aquarelles encadrées que je soupçonnai aussitôt être des œuvres originales de Mrs. O'Raffety.

— Mrs. O'Raffety est ma belle-mère, expliqua Buddy sans que je lui demande rien. Elle a soixante ans, et elle possède tout cela.

Il posa ma valise à terre, et, ouvrant la porte d'une immense salle de bains dallée de vert et de blanc, ajouta :

— Vous êtes chez vous. Vous pouvez régler l'air conditionné comme vous l'entendez. Vous avez le temps d'aller nager un peu avant le déjeuner. Maillots de bain dans le placard et serviettes dans l'autre pièce.

— Le déjeuner? demandai-je. Est-ce qu'il n'est pas un peu tard pour déjeuner?

L'après-midi tirait presque à sa fin.

181

— Je le pense, dit Buddy, mais Mrs. O'Raffety se met à table à n'importe quelle heure. Elle a dit qu'elle vous attendrait.

— C'est très aimable à elle.

Lés vastes fenêtres au verre teinté ouvraient sur le patio. Mrs. O'Raffety continuait à nager, lentement mais sûrement, avec une expression de froide détermination sur le visage. Je la regardai atteindre l'extrémité de la piscine et virer majestueusement, comme le *Queen Elizabeth* rentrant dans le port de Southampton. Elle nageait avec un tel air de concentration qu'en dépit de la minceur de sa silhouette et des traitements de beauté de Beverly Hills, elle paraissait soudain ses soixante ans.

— Magnifique endroit, remarquai-je, me rendant compte qu'on devait attendre de moi une réflexion de ce genre.

— Elle en obtiendrait trois millions de dollars — peut-être plus — si elle voulait vendre. Il y a toutes les terres autour.

— Et elle veut vendre ? demandai-je, espérant en apprendre un peu plus sur ma mystérieuse hôtesse et les raisons pour lesquelles on m'avait amené là.

— Mrs. O'Raffety ? Elle ne vendra jamais. Elle a tout l'argent qu'elle veut.

— Vous habitez ici vous aussi ?

— J'ai une très belle maison : trois chambres à coucher, piscine, jacuzzi et tout le reste. Nous sommes passés devant en venant : la maison avec les grands palmiers.

— Oh, oui, fis-je — alors que je n'avais strictement rien remarqué.

— Mon mariage a mal tourné, poursuivit-il. Charly — c'est la fille de Mrs. O'Raffety — m'a quitté. Elle a épousé un acteur de cinéma que nous avions rencontré à un dîner de charité. Comme, apparemment, on ne lui proposait pas de rôles qui lui convenaient, ils sont allés vivre en Floride. Ils ont une ravissante maison tout à côté de Palm Beach.

Il en parlait sans rancœur — et même sans la moindre

émotion — comme il aurait pu parler de gens dont il avait lu l'histoire dans les potins mondains d'un journal.

— Mais vous êtes resté avec Mrs. O'Raffety ?

— Il le fallait bien. Je suis son avocat. Je m'occupe de ses affaires.

— Ah, oui, bien sûr.

— Vous pouvez aller vous baigner, monsieur Samson. L'eau est toujours chaude. Mrs. O'Raffety doit nager à cause de son dos, mais elle ne peut pas supporter l'eau froide.

— Et qui est M. O'Raffety ? demandai-je.

— Qui est M. O'Raffety ? répéta Buddy.

Il semblait déconcerté par ma question.

— Oui, qui est M. O'Raffety ? Que fait-il dans la vie ?

Le visage de Buddy se détendit.

— Oh, je vois ! dit-il. Ce qu'il fait dans la vie. Eh bien, voilà, Shaun O'Raffety était le coiffeur de Mrs. O'Raffety. A Los Angeles, un drôle d'endroit sur Rodeo Drive. C'était bien avant mon époque, évidemment. Cela n'a pas duré. Elle lui a donné de l'argent pour s'acheter un bar à Boston. Elle ne l'a pas vu depuis dix ans, mais, quelquefois, je dois aller là-bas le sortir du pétrin.

— Du pétrin ?

— Histoires d'argent. Histoires de femmes. Histoires d'impôts. Des paris clandestins ou des bagarres dans le bar, ce qui amène les flics. Mais jamais rien de vraiment grave. Le vieux Shaun est un Irlandais. Rien de réellement mauvais en lui. Mais il n'arrive à choisir correctement ni ses clients ni ses amis ni ses femmes.

— Sauf Mrs. O'Raffety, observai-je.

Je crus un moment que Buddy allait se fâcher, mais il se contint et dit :

— Ouais. Sauf Mrs. O'Raffety.

Il s'abstint toutefois de sourire.

— Puisque vous êtes l'avocat de Mrs. O'Raffety, Buddy, vous pourrez peut-être m'expliquer pourquoi on m'a amené ici.

Il hésita et dit :

— Les mondanités ne sont pas mon fort.

Il semblait regretter de m'avoir parlé de sa cliente et belle-mère.

— Mrs. O'Raffety, précisa-t-il après un silence, a une secrétaire pour s'occuper de ces choses-là : invitations, week-ends, cocktails, dîners et tout le reste.

— Mais, tout à fait entre nous, Buddy, je n'ai jamais entendu parler de Mrs. O'Raffety.

— Alors, peut-être êtes-vous là pour rencontrer l'un des hôtes permanents de Mrs. O'Raffety. Connaissez-vous M. Rensselaer ? Il vit dans la maison avec les grandes bougain-villées.

— Bret Rensselaer ?

— C'est cela.

— Il est mort.

— Pas le moins du monde.

Tout le monde savait que Bret était mort. Si Frank Harring-ton le disait, c'est que c'était vrai. Frank ne se trompait jamais pour ce genre de choses. Bret était mort des blessures reçues lors d'une fusillade à Berlin près de trois ans auparavant. J'étais à quelques mètres de là. Je l'avais vu tomber. Je l'avais entendu crier.

— Bret Rensselaer, dis-je lentement. La soixantaine. Blond. Grand. Mince.

— C'est lui. Il a les cheveux blancs, maintenant, mais c'est lui. Il a été en mauvais état. En très mauvais état. Un accident d'auto quelque part en Europe. Mrs. O'Raffety l'a ramené ici. Elle a fait réaménager l'un des pavillons et a fait installer une grande pièce avec du matériel de rééducation. Il pouvait à peine marcher quand il est arrivé. Il y a des thérapeutes qui viennent ici tous les jours, même le dimanche.

Il vit mon expression et demanda :

— Vous l'avez peut-être connu, en Europe ?

— Je l'ai très bien connu, dis-je.

Buddy Breukink hocha la tête.

— C'est un parent lointain de Mrs. O'Raffety, précisa-t-il.

184

Le vieux Cy Rensselaer — celui qui a donné son nom aux automobiles — était le grand-père de Mrs. O'Raffety.

— Je vois.

Ainsi, Bret Rensselaer était, en fait, toujours vivant, et il m'avait fait faire tout ce chemin pour le voir. Pourquoi ?

XIV

Nous déjeunâmes très tard. Mrs. Helena O'Raffety ne mangea pas beaucoup. Peut-être avait-elle déjà pris de nombreux repas dans la journée. Elle se bornait à agacer sa salade, la déplaçant dans son immense assiette rose comme un flic harcèle un ivrogne.

— Je suis une Européenne de cœur, proclama-t-elle. Quand j'étais très jeune, je disais toujours qu'un jour, je m'achèterais un petit appartement à Berlin. Mais, quand j'y suis allée, j'ai trouvé l'endroit si triste ! Et si sale ! Tous mes vêtements étaient pleins de suie. Alors, je n'ai jamais réalisé mon projet.

Elle soupira, en éperonnant de sa fourchette un fragment de tomate pelée.

— Et il peut faire très froid à Berlin, dis-je.

En disant ces mots, je regardais le soleil faire scintiller l'eau bleue de la piscine et illuminer les fleurs tropicales, je humais le parfum de la sauge sauvage et respirais l'air vif venu de l'océan. Nous étions très loin de Berlin.

— C'est vrai ? dit-elle, en ne semblant accorder à mes paroles qu'un intérêt poli. Je n'y suis allée que deux fois, et ces deux fois en automne. Je vais toujours en vacances en automne. Il fait encore chaud et tout n'est plus bondé comme en été.

Comme pour souligner la simplicité de sa robe de plage en coton bleu, elle arborait une masse de bijoux : une chaîne en or

187

autour du cou, une demi-douzaine de bagues et une montre en or sertie de diamants. Elle ne cessait de toucher et de faire tourner ses bagues, comme si elles la gênaient ou comme pour s'assurer qu'elles étaient toujours là.

Un vacarme caractéristique éclata soudain, en provenance du garage : Buddy Breukink faisait démarrer la Wrangler en emballant le moteur. Je pouvais reconnaître sa manière. Mrs. O'Raffety leva vers le ciel des yeux profondément peinés. Il ne fallait pas beaucoup d'imagination pour déceler derrière le comportement de Buddy une rage péniblement contenue.

— Ils se sont disputés à propos de l'éducation de mon petit-fils Peter, dit Mrs. O'Raffety.

Il lui était inutile de préciser qui était la deuxième partie du « ils » ainsi évoqué.

— Buddy a ses idées à lui, mais ma fille veut que Peter soit élevé dans la foi juive, ajouta-t-elle en buvant un peu de thé glacé.

J'étais entièrement occupé par la gigantesque « salade de homard » qui avait été déposée devant moi. Des champignons Shiitaki à la racine de lotus, tous les végétaux dont j'avais pu entendre parler entouraient une demi-douzaine de queues de jeunes homards baignant dans une épaisse mayonnaise. Sur une assiette rose séparée trônait une pomme de terre cuite au four, avec de la crème aigre et des petits morceaux de bacon frit. Les salades californiennes n'avaient rien de tellement « allégé ».

Mrs. O'Raffety me regardait en attendant visiblement ma réaction.

— C'est simplement une question de transmission par les femmes, expliqua-t-elle, en tentant de piquer un radis, qui tourna sur lui-même et lui échappa. Ma mère était juive, et je suis donc juive. Par conséquent, ma fille est juive, et son fils est juif. Buddy ne semble pas comprendre cela.

— Peut-être, hasardai-je, est-ce un peu difficile à comprendre avec une belle-mère nommée O'Raffety.

Elle me regarda avec cette mine sévère que je lui avais

remarquée pendant qu'elle nageait. Ses yeux étaient d'un bleu glacial.

— Peut-être, fit-elle. Peut-être. Remarquez, je ne suis pas stricte. Nous ne mangeons pas kasher. C'est impossible avec des cuisiniers mexicains.

— Et où est votre petit-fils en ce moment ?

— En Floride. La semaine dernière, Buddy a déjeuné avec un détective privé. J'ai peur qu'il ne projette d'emmener l'enfant.

— De l'enlever ?

— Buddy peut être excessif.

— Mais il est avocat ?

— Même les avocats peuvent être excessifs.

Elle changea de sujet et revint à son européanisme foncier.

— Je suis née à Berlin, me dit-elle. J'y ai de la famille. Un jour, peut-être, j'irai à sa recherche. Mais, quand cette idée me vient, je me pose la question : a-t-on vraiment besoin d'avoir une plus vaste famille ?

Elle jouait avec un paquet de Marlboro et avec un briquet en or comme si elle tentait de résister à la tentation.

— Vous êtes arrivée tout enfant en Amérique ? lui demandai-je.

Elle opina du chef.

— J'ai complètement perdu la langue allemande, dit-elle. Il y a quelques années, j'ai essayé de prendre des leçons, mais je n'arrivais pas à m'y mettre. Tous ces verbes assommants... Encore un peu de vin ?

— Merci.

Elle prit la bouteille dans le seau à glace.

— C'est un de mes amis, pas très loin d'ici, qui le fait. Son chablis est excellent, son rosé est bon, avec une merveilleuse couleur, mais le rouge ne donne pas grand-chose. Je m'en tiens donc aux rouges français.

Comme tous les Californiens, elle appelait tous les vins blancs « chablis ».

189

— Vous n'en prenez pas, madame O'Raffety ? lui demandai-je après qu'elle m'eut servi.

Elle ne m'avait pas invité à l'appeler par son prénom, et j'avais remarqué que même son gendre s'adressait à elle de façon très protocolaire. Sans doute aimait-elle être Mrs. O'Raffety.

— Je n'en prendrai qu'un demi-verre, dit-elle. Le chablis est mauvais pour les articulations, vous savez. C'est l'acide urique.

— Je ne savais pas cela.

Elle s'essuya soigneusement les doigts avec une serviette rose avant de recommencer à triturer son paquet de cigarettes.

— C'est facile de vous parler, fit-elle, en m'examinant d'un air de curiosité, les yeux un peu rétrécis. On ne vous l'a jamais dit ? C'est un don que de savoir écouter. Vous écoutez, mais vous ne manifestez aucune curiosité. Je suppose que c'est là le secret.

— Peut-être.

— Vous ne pouvez savoir combien Bret s'est réjoui d'apprendre que vous alliez vraiment venir.

— J'ai hâte de le revoir.

— En ce moment, il est avec son physiothérapeute. S'il manque une séance, il régresse d'une semaine. C'est ce que dit le médecin, et je sais qu'il a raison. Toute ma vie, j'ai souffert de ce maudit disque vertébral.

Elle se toucha le dos, comme si la douleur revenait à cette simple évocation.

Dès que j'eus fini la salade de homard, un domestique apparut comme par magie pour desservir.

— Cela ne vous gêne pas si je fume, monsieur Samson ?

Je me sentis de nouveau tenté d'inviter Mrs. O'Raffety à m'appeler Bernard, mais elle était le genre de personne capable de refuser carrément cette invitation.

— C'est votre maison, dis-je simplement.

— Et mes poumons, ajouta-t-elle. Oui, c'est ce que me dit Buddy.

Elle eut un petit rire de gorge et préleva une cigarette dans le paquet. Le domestique mexicain se pencha pour la lui allumer.

190

— Maintenant, monsieur Samson, que prendrez-vous comme dessert ? Des fraises fraîches ? Des framboises ? De la tarte aux mûres maison ? Qu'y a-t-il encore d'autre, Luis ?

Il y avait quelque chose de déconcertant dans la façon dont les menus californiens semblaient défier les saisons.

Quand je fus décidé en faveur de la tarte aux mûres avec une crème glacée, que le très silencieux Luis partit aussitôt me chercher, Mrs. O'Raffety reprit :

— Vous allez le trouver changé. Bret, je veux dire. Il n'est plus l'homme qu'il était. Bien sûr, il va vouloir vous prouver sa force. Les hommes sont ainsi. Mais ne l'encouragez pas à faire des bêtises.

— Quelle sorte de bêtises ?

— Le médecin l'a maintenu jusqu'ici sous calmants. Et il faut qu'il se repose l'après-midi. C'est un homme malade.

— Les médecins, à Berlin, ne s'attendaient pas à ce qu'il survive. Il a de la chance de vous avoir pour s'occuper de lui, madame O'Raffety.

— Que pouvais-je faire d'autre ? Les factures d'hôpital s'accumulaient, et Bret n'avait qu'une minable petite assurance britannique qui ne couvrait même pas le prix de sa chambre. J'ai chargé Buddy d'essayer d'avoir un peu plus d'eux, mais vous savez comment sont les compagnies d'assurances...

— Vous avez été le Bon Samaritain, dis-je.

— Qui avait-il d'autre pour s'occuper de lui ? Et je me trouvais être apparentée à lui de façon un peu bizarre. Mon grand-père avait épousé la mère, devenue veuve, de Bret. Celle-ci a ensuite fait changer le nom de ses enfants en Rensselaer. Le vrai nom de Bret était Turner.

— Pourtant, il était marié, fis-je remarquer.

— Vous connaissez sa femme ?

— Non.

— J'ai tenté d'entrer en contact avec elle. Je lui ai écrit pour lui dire que Bret était à l'article de la mort. Pas de réponse. Elle n'a même pas envoyé de vœux de rétablissement.

Mrs. O'Raffety prit une longue inspiration et rejeta la fumée de sa cigarette d'une manière tendant à indiquer tout son mépris. Elle me fit penser un court instant à Cindy Matthews. L'une et l'autre étaient des dames qui savaient ce qu'elles voulaient.

— Peut-être a-t-elle changé de domicile, suggérai-je.

— Buddy a mis quelqu'un là-dessus. Elle touche son chèque de pension alimentaire tous les mois très ponctuellement. Elle a parfaitement reçu ma lettre. Elle a tiré de lui tout l'argent qu'elle pouvait, et maintenant, elle s'en fiche. Comment une femme peut-elle se comporter ainsi ?

Elle but un peu de thé glacé tandis qu'on déposait devant moi une énorme portion de tarte aux mûres accompagnée de crème glacée, puis elle reprit :

— Bret et moi avons grandi ensemble. J'étais folle de lui. Je pense que je m'étais imaginé depuis toujours que nous nous marierions. Puis, un jour, il est descendu en ville, et il s'est engagé dans la Marine. Je l'ai attendu. Attendu, attendu et attendu. La guerre s'est terminée, mais il n'est jamais revenu.

— Jamais ?

— Jamais revenu vivre par ici. Londres, Berlin. J'ai reçu des lettres et des cartes de lui. De longues lettres parfois, mais qui ne disaient jamais la seule chose que j'aurais voulu lire.

J'attaquai ma tarte.

— Vous ne pensiez pas que vous étiez venu ici pour entendre les confessions d'une vieille femme solitaire ? Je ne sais pas ce qui m'a déclenchée. Sans doute le fait que vous connaissiez Bret. La seule autre relation que Bret et moi ayons en commun est sa garce de femme.

— Alors, vous la connaissez ?

Elle n'en avait parlé auparavant qu'avec distance, comme si elle n'avait existé que pour dépenser l'argent de Bret.

— Nikki ? Bien sûr que je la connais. Je savais dès le début comment allait tourner ce mariage. Dès le moment où elle m'a dit qu'elle allait l'épouser. Je pense parfois qu'elle n'a fait cela que parce qu'elle savait combien j'allais en souffrir.

— Elle est de par ici ?

192

— Nikki Foster ? Ses parents avaient un magasin de chaussures à Santa Barbara. Elle a été à l'école avec moi. Cela n'a toujours été qu'une petite garce.

— Combien de temps cela a-t-il duré ?

— Ils ont vécu ensemble huit longues et misérables années, à ce que je crois. Je n'ai jamais parlé d'elle à Bret, et il ne prononce jamais son nom.

— Mais il avait un frère, aussi ?

— Sheldon ?

Elle eut une petite expression énigmatique.

— Vous l'avez déjà rencontré ?

— Non, dis-je.

— Un homme important, à Washington. Très, très important. Un type assez gentil, mais toujours en train d'aller plus haut encore. Vous voyez ce que je veux dire ?

— Je vois.

Elle baissa la voix et ajouta :

— Et aucun d'entre eux ne semble avoir le moindre sou. Qu'ont-ils donc fait de toute la fortune Rensselaer ? C'est ce que j'aimerais savoir. Le vieux Cy Rensselaer devait avoir une énorme masse d'argent quand il est mort. Bret n'a sûrement pas pu en donner autant que cela à cette horrible créature. Mais où est-ce passé ?

Je ne sais à quoi je m'attendais, mais Bret Rensselaer, lorsque je finis par le rencontrer, me parut en très mauvais état. Il portait un pantalon blanc, un tee-shirt blanc et des chaussures de sport également blanches. C'était peut-être le dernier cri de la mode locale, mais, sur son corps mince et frêle, cela ressemblait à l'uniforme de quelque maison de santé. Il souriait, du même sourire direct, et il avait gardé ses cheveux. Mais il avait vieilli. Ses joues étaient creuses et son visage ridé. Son allure juvénile s'était muée en une certaine distinction, comme chez un ancien acteur de cinéma devenu, avec l'âge, président.

Lorsque j'entrai dans la pièce, il faisait lentement ses exercices.

— Bernard ! m'appela-t-il, un peu essoufflé par l'effort. Désolé de me faire aussi rare, mais on ne tolère aucune entorse à mon emploi du temps.

Il avait toujours mis l'accent sur la deuxième syllabe de mon prénom, et le seul fait d'entendre cette prononciation caractéristique fit remonter en moi bien des souvenirs.

Regardant autour de moi, je découvrais son gymnase privé, auquel on avait visiblement consacré beaucoup d'argent. L'étage supérieur avait été éliminé pour donner à la pièce une hauteur digne d'une cathédrale, il y avait des espaliers le long d'un mur, et dans l'autre s'ouvrait une immense baie. L'endroit était équipé d'une bicyclette d'exercice, d'une machine à ramer et d'une grande cage métallique avec, à l'intérieur, des poids et des poulies. Bret s'y trouvait, actionnant des leviers.

— J'ai fini, annonça-t-il.

— J'ai cru comprendre qu'on t'entraînait pour le décathlon.

Bret parut ravi de cette lourde plaisanterie. Il eut ce petit sourire faussement timide dont il gratifiait autrefois les plus jolis spécimens du pool de dactylos.

— Trois heures par jour, dit-il, mais cela en vaut la peine. Depuis deux jours, je sens vraiment la forme revenir.

Il s'extirpa de la machine et s'épongea le front avec une serviette.

— Cela paraît rude, remarquai-je.

— Et avec un ancien spécialiste des Marines pour s'occuper de toi, c'est effectivement rude, répondit Bret, avec cette fierté masochiste à laquelle les hommes sont parfois enclins. Je suis même allé faire du ski.

— Pas mal !

— A Sun Valley. Juste un week-end. Des pentes faciles et pas d'acrobaties.

Il me prit la main, la serra très fort, et nous nous regardâmes un moment. Malgré toutes nos divergences épisodiques, je l'aimais bien, et je pense qu'il le savait. Trois ans plus tôt, lorsqu'il s'était vraiment trouvé en difficulté, c'était vers moi

194

qu'il était allé, et, pour quelque raison stupide autant qu'obscure, j'en étais fier. Mais Bret avait passé une trop grande partie
de sa vie avec les riches et les puissants pour ne pas acquérir
cette carapace sous laquelle on apprend à dissimuler ses
sentiments profonds. Il me lâcha la main en souriant et me
gratifia d'une bourrade amicale.

— Bernard ! répéta-t-il. Cela fait du bien de te voir. Comment va le Service ?

— Nous survivons tout juste.

— Mais Dicky n'a jamais eu la direction de l'Europe ?

— Non.

— C'est aussi bien. Il n'est pas encore mûr pour ce poste.
Comment cela marche-t-il avec le directeur adjoint ? J'ai
entendu dire qu'il faisait le ménage.

— Nous le voyons pas mal, dis-je.

— Bonne chose. Un directeur adjoint déjà anobli n'a plus
grand-chose à prouver. Je suppose qu'il veut montrer qu'il est
au courant.

— Ce n'est pas en travaillant pour le Service qu'il a été
anobli, soulignai-je.

— C'est le cri du cœur ? demanda Bret, avec un petit rire un
peu équivoque.

Je me rappelai alors que, dès que décorations, titres de
noblesse ou distinctions honorifiques étaient évoqués dans la
conversation, Bret prenait inconsciemment un air gourmand.
J'avais toujours été sidéré de constater à quel point des gens
aussi évolués que Bret, Dicky au Frank pouvaient être entichés
de ce genre de hochets. Le système me semblait absurde, mais il
me fallait reconnaître que cela marchait, et que cela ne coûtait
rien au contribuable.

— Le directeur adjoint s'en tirera très bien, dis-je. Mais il y a
des tas de gens qui n'apprécient pas les idées neuves. Quelle que
soit la personne qui les apporte.

— Frank Harrington, par exemple, insinua Bret.

Il avait, bien sûr, fait mouche du premier coup. Frank — si
près de la retraite — s'opposerait à tout changement.

— J'apprends certaines choses, Bernard. Même ici, j'arrive à savoir ce qui se passe. Le directeur général me tient au courant.

— Le directeur général ?

— Pas directement, précisa Bret.

— Nous le voyons à peine depuis un certain temps. Tout le monde dit qu'il est malade et qu'il va sans doute se retirer sous peu.

— En laissant le directeur adjoint prendre la barre... Oui, j'entends le même son de cloche. Mais je n'enterrerais pas si vite le directeur général. Le vieux satrape aime bien diriger de la coulisse.

— Il faudrait que je vienne plus souvent ici parler avec toi, Bret, dis-je avec quelque admiration.

— Peut-être, Bernard. Parfois, les spectateurs voient mieux le terrain que les joueurs.

— Mais est-ce que certains joueurs prennent leurs directives dans les tribunes ?

— Sacré Bernard, toujours le même ! fit-il avec ce qui pouvait être une nuance de sarcasme. Et ta ravissante Gloria ? Cela marche toujours ?

— C'est une gamine adorable, répondis-je sur un ton assez vague pour qu'il comprenne que je ne souhaitais pas m'attarder sur le sujet.

— J'ai entendu dire que tu t'étais mis en ménage avec elle.

Je l'envoyai mentalement au diable, mais conservai tout mon calme extérieur.

— J'ai mis en location la maison de Londres, et pris une hypothèque pour une maison en banlieue.

— L'immobilier est toujours un bon placement, dit-il.

— Pas si mon beau-père joue les méchants. C'est lui qui a avalisé le prêt hypothécaire pour la première maison. La banque ne sait même pas que je la loue.

— Tout ira bien, Bernard. Ils augmenteront peut-être tes échéances, mais ils ne te prendront pas à la gorge.

— La moitié de la maison appartient à Fiona. Si son père la

revendiquait en son nom, je me retrouverais dans un joyeux pétrin juridique.

— Tu as consulté un homme de loi ?

— Non. J'essaie de ne pas y penser.

Bret eut une grimace désapprobatrice. Il était de ceux qui consultent un avocat avant de prendre une deuxième portion de canard à l'orange.

— Le Service arrangera les choses, fit-il d'un ton un peu trop affirmatif.

— On verra bien.

J'étais, malgré tout, un peu réconforté par ses paroles, si vagues qu'elles pussent être.

— Tu ne penses pas que Fiona pourrait revenir ?

Il passa une veste de laine. Le soleil avait maintenant disparu et la température fraîchissait.

— Revenir ! m'exclamai-je. Comment pourrait-elle revenir ? Elle se retrouverait aussitôt en prison.

— On a vu des choses plus étranges. Depuis combien de temps est-elle partie ?

— Longtemps, dis-je.

— Reste patient, fit Bret. Tu ne comptes pas te remarier ?

— Pas encore.

Il opina du bonnet.

— Adresse-toi à moi. Si tu as des problèmes avec la maison, ton beau-père ou quoi que ce soit de ce genre, adresse-toi à moi. Téléphone ici et laisse un numéro où je puisse te joindre. Compris ?

— Pourquoi à toi, Bret ? Merci, en tout cas. Mais pourquoi à toi ?

— As-tu jamais entendu parler du Fonds de Solidarité ? demanda Bret.

Et, sans même me laisser le temps de répondre par la négative, il ajouta :

— J'ai été désigné récemment président de ce Fonds. C'est un titre honorifique, mais cela me permet de garder le contact. Et le Fonds est fait pour résoudre ce genre de problèmes.

197

— Le Fonds de Solidarité?

— Ces problèmes ne sont pas de ton fait, Bernard. Bien sûr, ta femme est passée de l'autre côté, mais tu ne peux en aucune façon en être rendu responsable. C'est le problème du Service, et ils feront ce qu'ils pourront.

Il arrêta de contempler ses ongles pour me regarder un instant droit dans les yeux.

— J'envie ta foi en la charité et la compréhension du Service, Bret, lui dis-je. Peut-être que c'est cela qui te maintient en forme.

— Cela fait partie de ma panoplie d'anglophile, Bernard.

Il mit ses mains dans ses poches et sourit.

— A propos de ton mariage, demanda-t-il, que sais-tu de Fiona?

— Elle travaille pour l'autre côté, dis-je simplement.

Il savait que je ne souhaitais pas parler de cela avec lui, mais cela ne l'arrêta pas. A l'inverse, j'avais espéré qu'il me dirait pourquoi il avait fait le mort tout ce temps, mais il n'était visiblement pas disposé à se confier à moi.

— Pas de messages? Rien? Les enfants doivent lui manquer.

— Elle serait folle, dis-je, de vouloir prendre les enfants avec elle là-bas. Ce ne serait pas bon pour eux, et ses nouveaux patrons les tiendraient en otages si jamais elle déviait de la ligne.

— Fiona a probablement toute leur confiance, Bernard. Elle a renoncé à beaucoup de choses : enfants, mari, famille, foyer, carrière. Elle a tout abandonné. Je pense qu'ils lui font totalement confiance, là-bas.

Bret tripota distraitement les commandes de la bicyclette d'exercice. Il avait toujours éprouvé le besoin de palper quelque chose — ainsi que de se mêler de tout, affirmaient les mauvaises langues.

— Mais il y a des tas de gens, reprit-il, qui trouvent impossible de vivre là-bas. Ne perds pas encore espoir.

— Dois-je penser que tu m'as fait venir jusqu'en Californie pour me parler de Fiona? demandai-je d'un ton un peu sec.

Il leva brusquement la tête. Des années auparavant, je l'avais soupçonné d'avoir une liaison avec Fiona. Ils semblaient trouver à leur compagnie mutuelle un plaisir que j'enviais. Je n'étais plus jaloux — nous l'avions perdue l'un et l'autre — mais mes soupçons, dont il était conscient, avaient jeté à l'époque une ombre sur nos relations.

— En un sens, oui, me répondit-il avec un grand sourire. J'avais quelques papiers à transmettre à Londres. Il fallait bien que quelqu'un vienne, et c'est toi qu'on a envoyé, ce dont je suis très heureux.

— Ne me raconte pas de salades, fis-je. Je suis grand garçon, maintenant. Si tu as quelque chose à me dire, dis-le et finissons-en.

— Que veux-tu dire par là ?

— Ce que je veux dire ? Tu vas le savoir tout de suite. D'abord, Harry Strang, qui n'est pas dans le coup, quelle que soit la nature exacte dudit coup, m'annonce que je suis chargé d'une mission à la requête de l'unité opérationnelle de Washington. En deuxième lieu, quand j'arrive ici et ouvre ma valise, je m'aperçois qu'elle a été fouillée soigneusement. Pas de façon hâtive et désordonnée, comme le ferait un voleur, ni de façon « classique », comme le font les douaniers, mais fouillée quand même.

— La sécurité de l'aéroport. Ne deviens pas paranoïaque, Bernard.

— Je l'attendais, celle-là ! Et ma sacoche, que j'ai gardée avec moi dans l'avion ? Et ce très disert M. Woosnam, quel que soit son vrai nom, qui occupe, comme par hasard, le siège voisin du mien, et qui, par le même hasard, a toutes les possibilités de fouiller ma sacoche pendant que je suis aux toilettes ?

— Tu ne peux pas en être sûr, dit Bret.

— Sûr de quoi ? Sûr que c'est arrivé ? Ou sûr que c'était le Service ?

Bret sourit.

— Bernard, Bernard, fit-il en secouant la tête comme s'il n'en croyait pas ses oreilles.

Son expression était claire : j'étais paranoïaque, et l'affaire de mes bagages en était un exemple de plus. Il était inutile de poursuivre sur ce sujet.

— Asseyons-nous, dit-il, et parlons.

Je m'assis.

— Il y a des années — avant que Fiona ne prenne la poudre d'escampette — on m'a confié un travail. L' « Opération Hameçon », comme cela s'appelait. Il s'agissait de faire circuler un peu d'argent de par le monde. A cette époque, je risquais toujours de me retrouver avec ce genre de corvées sur les bras. Il n'y avait personne d'autre, en haut, qui connaisse les mécanismes financiers.

— Prettyman était dans le coup ?

— Exact. Prettyman m'a été affecté pour contrôler les chiffres et tous les détails.

— Prettyman était à la Commission des Opérations Spéciales avec toi.

— Cela ne voulait pas dire grand-chose, dit Bret. Cela faisait sans doute bien dans son « curriculum vitae », mais, pour la Commission, il n'était qu'un comptable monté en grade.

— Mais il rendait compte à la trésorerie centrale, soulignai-je. Il lui rendait compte directement. En fait, Prettyman était l'homme de la trésorerie à la Commission.

— Tu as bien appris ta leçon, fit Bret, vexé de ma science. Oui, Prettyman rendait compte directement à la trésorerie. Parce que j'avais suggéré qu'on procède de cette façon. Cela m'évitait d'avoir à tout signer et de devoir répondre à des questions sans intérêt à une époque où j'étais souvent absent de Londres.

— « Opération Hameçon » ? Je n'en avais jamais entendu parler.

— Et pourquoi en aurais-tu entendu parler ? Presque personne n'était au courant. Le strict minimum... le directeur général, moi... même Prettyman ne connaissait pas tous les détails.

— Prettyman signait les chèques.

— Je ne sais pas qui t'a dit cela. Il est vrai qu'il contresignait les chèques. Mais ce n'était qu'une précaution supplémentaire imaginée par le directeur général pour contrôler les dépenses. Les chèques avaient leur date et leur montant inscrits à l'avance. Prettyman pouvait voir les sommes en circulation, mais il ne savait rien d'autre, ni les bénéficiaires ni le reste.

— Et, soudain, Prettyman passe au Chiffre. Fiona déserte. Prettyman part pour Washington. Y a-t-il entre tout cela un lien que je ne vois pas ? Et à quoi toute l'opération servait-elle ?

— Elle marche encore, précisa Bret. Et elle est toujours absolument secrète.

— Elle marche vers où ? demandai-je.

Il hésita et s'humecta les lèvres.

— C'est toujours une affaire très délicate, Bernard.

— D'accord.

Il eut une autre hésitation et se mordit carrément la lèvre.

— Pénétration au stade des ambassades, dit-il enfin.

— Je pensais que Ravenscroft avait pris tout ce secteur en main. Il a une bonne douzaine de types là-dessus. Que font-ils de toute la journée ?

— « Hameçon » est quelque chose de tout à fait différent. Ravenscroft en ignore tout.

Il me regarda fixement et ajouta :

— « Hameçon » n'est pas dans le registre de Ravenscroft. Il y a une masse d'argent en jeu. « Hameçon » est pour les très gros poissons.

— J'en apprends plus de toi en cinq minutes qu'en un an au bureau en posant de multiples questions.

— C'est précisément parce que je veux que tu cesses de poser des questions.

Le ton de Bret était brusquement devenu ferme, et plus tellement amical.

— Tu fouilles dans des choses qui ne te regardent pas, Bernard. Tu risques de tout foutre en l'air.

Il était en colère, maintenant, et ses dernières paroles dégénérèrent en une quinte de toux si violente qu'il dut se frapper sur la poitrine pour l'enrayer.

— Et c'est pourquoi on m'a envoyé ici ?

— En un sens.

— Laisse-moi préciser les choses, dis-je. Tu as fait tout un montage financier pour cette opération « Hameçon », afin de pouvoir faire circuler de l'argent sans que la trésorerie centrale en conserve trace officielle ?

— L'objectif était des ambassades, fit Bret. Des ambassades d'Europe de l'Est. Pas beaucoup de gens. Moi-même, je ne connais pas les détails. C'est comme ça que cela fonctionne. Et c'est comme ça qu'il faut que cela fonctionne. Parce que si quelqu'un à la trésorerie détenait les comptes, tous nos informateurs pourraient se trouver en danger. Des gros poissons, Bernard...

— Et Prettyman était au courant de tout cela ?

— Prettyman ne savait que ce qu'on était obligé de lui dire. Plus ce qu'il pouvait deviner.

— Ce qui représentait quoi ?

— Seul Prettyman pourrait le dire.

— Et Prettyman est mort.

— Exact, dit Bret. Il est mort.

— Et tu veux que j'oublie tout ça ?

— Un crétin de comptable s'est emmêlé les pieds dans ses chiffres. Panique générale. Et, soudain, il a semblé que faire revenir Prettyman à Londres était la meilleure solution pour sortir du pétrin.

— Mais maintenant c'est arrangé ?

— C'était une erreur de comptabilité. Un pépin qui arrive de temps en temps.

— Entendu, Bret. Je peux repartir, maintenant ?

— Pas besoin de jouer les durs. Cette affaire ne te regarde pas. Je ne veux pas que tu y farfouilles. Je te demande d'arrêter, car des vies sont en jeu. Si tu es trop stupide pour voir qu'il n'y a pas d'autre solution...

— Que se passera-t-il alors ?

— C'est officiel, dit-il. Ce n'est pas seulement une requête personnelle, c'est un ordre officiel.

— Oh, j'ai tout compris, lui dis-je. Si l'on a fouillé mes bagages, ce n'était pas dans l'espoir d'y trouver quelque chose que j'y aurais caché. Je suis trop vieux dans le métier pour que cela arrive. Mes bagages ont été fouillés pour me montrer que la hiérarchie était avec toi. Pas vrai, Bret ? C'était bien ton intention ? C'est toi qui as demandé au Service des Opérations de Londres de monter le coup ? Avec Harry Strang ? Harry est un assez brave type. Assez endurci, efficace et expérimenté pour arranger une petite affaire comme celle-là. Et assez près de sa retraite pour ne pas être tenté de me faire des confidences. Pas vrai, Bret ?

— Tu es ton pire ennemi, Bernard.

— Pas quand tu es dans les parages, Bret.

— Repense à tout cela, Bernard. Laisse passer la nuit. Mais sois bien conscient de tout ce qui est en jeu.

— Le sort de personnes innocentes ? Ou bien mon gagne-pain ?

— Les deux, Bernard.

Il jetait le masque, maintenant. C'était le vrai Bret : le regard sûr et la mine dédaigneuse.

— C'est un ultimatum de ce genre que tu as adressé à Jim Prettyman ? demandai-je. Etait-il, lui aussi, son pire ennemi avant que tu ne surviennes ? T'a-t-il obligé à lui envoyer des tueurs en t'envoyant paître avec ton « ordre officiel » ?

Son signe de dénégation fut presque imperceptible. Bret s'était totalement fermé. Il paraissait vieux, las et ridé. Il ne reviendrait, j'en étais certain, jamais travailler au Service. Son temps était révolu. Et c'est presque dans un murmure qu'il me dit :

— Tu en as assez dit, Bernard. Plus qu'assez, en fait. Nous en reparlerons dans la matinée. Ta place est retenue sur le vol pour Londres demain.

Je ne répondis pas. En un sens, il me faisait de la peine. Il était là, à faire ses exercices de rééducation tous les jours, à s'efforcer de rester en contact avec le Service et même d'intervenir dans les affaires en cours, à se dire qu'un jour, tout redeviendrait comme avant et que même son éventuel titre de chevalier n'était pas perdu pour toujours.

Je me levai. Ainsi, j'avais le choix. Le choix entre jouer bien sagement le jeu en recevant toute l'aide souhaitable pour mon hypothèque, et continuer à fouiller dans ce qui ne me regardait pas avec la perspective de perdre mon emploi. Et peut-être de le perdre comme Jim Prettyman avait perdu le sien : les pieds devant.

Avais-je bien compris ?

XV

Désorienté, incommodé par le décalage horaire, assailli par les souvenirs, je dormis mal cette nuit-là. Cette satanée maison n'était jamais complètement silencieuse, même aux petites heures de la nuit. En plus du ronflement incessant de divers appareils, j'entendais, par ma fenêtre ouverte, des bruits de pas et des murmures en espagnol. Je fermai la fenêtre, mais je commençai alors à entendre les chiens de garde qui furetaient dans les broussailles et se lançaient parfois à grand bruit contre la clôture métallique. Ils sentaient peut-être venir l'orage, qui éclata peu après. Le tonnerre grondait, tandis que les rafales de vent et de pluie venaient battre ma fenêtre.

L'orage passa rapidement, comme c'est souvent le cas à proximité du Pacifique, mais, vers quatre heures du matin, des machines se remirent à ronfler et à bourdonner. Incapable de dormir, je me levai pour aller rechercher la source de ces bruits. Revêtu de l'un des élégants peignoirs de bain que Mrs. O'Raffety fournissait généreusement à ses invités, je remontai un couloir aux murs blanchis à la chaux. Des portes ouvraient sur la cuisine, l'office, et plusieurs celliers. Peut-être en raison de l'orage, l'éclairage principal se trouvait en panne, mais des lampes de secours me permettaient de me guider.

Au-delà de la chaufferie, de la boîte à fusibles et de cartons empilés de bouteilles d'eau minérale, une porte de bois s'ouvrait sur une volée de marches descendant vers une sorte de cave au plafond bas. Le bruit des machines s'était fait plus fort, et je ne tardai pas à distinguer quatre cadrans où défilaient des numéros lumineux. J'étais dans la buanderie, devant des machines à laver et à sécher le linge en pleine action. Sur l'une d'elles tressautait, au milieu de quelques mégots, une boîte de bière vide.

A l'extrémité de la buanderie, une porte était entrebâillée et l'on distinguait de la lumière. Je poussai cette porte. Quatre hommes étaient assis autour d'une table et jouaient aux cartes : trois Mexicains et Buddy, son stetson incliné sur le front. Il y avait, sur la table, de l'argent, une bouteille de whisky et quelques boîtes de bière. Un fusil à pompe était appuyé contre le mur. Le bruit des machines me parut assourdissant, mais aucun des quatre hommes ne semblait s'en soucier.

— Salut, Bernard ! Je savais que c'était vous, murmura Buddy sans lever les yeux de ses cartes.

Les trois Mexicains avaient tourné la tête vers moi et m'examinaient avec une curiosité tranquille mais dépourvue d'aménité. Tous trois étaient de solides gaillards d'environ trente-cinq ans, aux cheveux coupés court et au visage buriné.

— Vous voulez vous asseoir avec nous ? proposa Buddy.

— Non, merci, dis-je. C'est simplement que je n'arrive pas à dormir.

— A votre place, je ne me promènerais pas trop à cette heure de la nuit. Les gardes sont un peu nerveux de la détente.

— A ce point ?

— Oui, à ce point.

Pour la première fois depuis mon entrée dans la pièce, il leva les yeux de son jeu et me regarda d'un air mécontent. Il humecta ses lèvres.

— Le mois dernier, expliqua-t-il, nous avons eu des visiteurs indésirables. Un jeune voyou a trompé la vigilance de nos petits soldats, il a passé la clôture extérieure, échappé aux chiens, cisaillé la deuxième clôture avec des pinces, ouvert le verrou de sûreté du bureau de M. Rensselaer et tenté de fracturer sa table de travail. Qu'est-ce que vous dites de cela ? Mrs. O'Raffety a flanqué tous les gardes à la porte. Elle a dit qu'ils devaient être endormis, ivres morts ou quelque chose comme cela. Sur ce point, elle avait tort, mais c'est un fait que des balais neufs font mieux le ménage. Nos nouvelles recrues sont pleines de zèle. Vous voyez ce que je veux dire ?

— Je ne savais pas que M. Rensselaer avait un bureau, remarquai-je.

— Un genre de salon, rectifia Buddy. Vous voulez voir mes cartes ?

— Non, merci, dis-je.

— Ces gaillards sont en train de me plumer, fit Buddy d'un ton léger.

Il se versa un peu de whisky et l'avala d'un trait.

— Et qu'est-il arrivé au gosse ? demandai-je.

— Au gosse ? Ah, au type qui s'est introduit ici. Je ne sais pas au juste, mais il ne recommencera pas de sitôt à cisailler les clôtures. Un « soldado » un peu excité était dans les parages avec un fusil de chasse. Il a vidé les deux canons. Le gars avait perdu beaucoup de sang quand nous l'avons amené à l'hôpital. Puis, avant qu'on s'occupe de lui, il y a eu pas mal d'histoires pour savoir s'il était assuré social.

— Drôle d'idée de s'en préoccuper à ce moment-là, fis-je.

— Pas du tout, protesta Buddy. Je tiens à m'assurer que Mrs. O'Raffety ne va pas se retrouver en train de payer les notes d'hôpital de tous ceux qui se feront avoir en venant essayer de la dévaliser. On a déjà eu assez de mal à nettoyer le sang et à réparer les dégâts qu'il avait commis. J'ai dit à l'interne de nuit que je l'avais trouvé ensanglanté sur la route, et ces trois gaillards que vous voyez là ont dit comme moi.

— Vous pensez à tout, Buddy.

Il leva les yeux et sourit.

— Vous savez une chose, Bernard ? Ce rigolo ne portait pas d'arme sur lui, ce qui est drôlement inhabituel dans le coin. Il avait un appareil photo dans sa poche. Un très bon appareil : un Olympus que j'ai encore quelque part par ici. Avec objectif spécial et pellicule noir et blanc. Tout ce qu'il faut pour

207

photographier des documents. Je l'ai dit à M. Rensselaer à ce moment-là, mais il a simplement souri.

— Je vais aller essayer de dormir.

— Un petit scotch ?

— Non, merci. J'essaie de ralentir.

Je regagnai mon lit et me mis un oreiller sur la tête pour échapper au bruit persistant des machines. Il commençait à faire jour quand je parvins finalement à m'endormir. D'un sommeil profond dont je ne fus tiré que par la sonnerie de mon petit réveil de voyage.

Ce matin-là sentait brusquement l'hiver. La température avait baissé, au point que je dus fouiller dans ma valise pour y chercher un chandail. Le Pacifique était gris-vert avec des courtes lames à crête blanche. Des nuages sombres et bas effleuraient le sommet des collines, et l'eau de la piscine semblait avoir perdu de sa limpidité.

Le temps passait lentement. L'avion pour Londres ne devait pas décoller avant le début de la soirée. Il faisait trop froid pour rester assis dehors, et il n'y avait guère de buts de promenade, car, au-delà de la clôture, les chiens étaient en liberté. Je fis quelques brasses dans la piscine chauffée, qui fumait comme une soupière dans la fraîcheur ambiante. Vers dix heures, la pluie avait recommencé à tomber. Je bus de multiples tasses de café en lisant de vieux numéros du *National Geographic Magazine*. Le salon était vaste, avec de vieilles poutres de chêne sombre au plafond, et un portrait grandeur nature, dans le style Modigliani, d'une Mrs. O'Raffety revêtue d'une robe rose vaporeuse. Mrs. O'Raffety était également là en personne, ainsi que Bret et Buddy. La conversation était plus que réduite. On avait tiré devant nous un téléviseur géant diffusant un match de football américain. Personne ne le regardait, mais cela fournissait un prétexte pour ne pas parler.

Ni Mrs. O'Raffety ni Bret ne déjeunèrent. Buddy et moi

mangeâmes des hamburgers et de la salade sur des plateaux posés sur nos genoux. C'étaient d'énormes hamburgers, d'une demi-livre chacun, et les meilleurs que j'aie jamais mangés. Mais Buddy rechignait sur la viande. Il disait avoir mal dormi et être malade, ce qui ne l'empêcha pas de manger toutes ses pommes de terre frites.

Le temps ne cessa d'empirer toute la matinée, et la brume grise finit par nous envelopper, réduisant presque à néant la visibilité. Mrs. O'Raffety demanda à Buddy de téléphoner à l'aéroport pour savoir si les avions continuaient à décoller.

Pendant tout le reste de l'après-midi, Mrs. O'Raffety bavarda à bâtons rompus avec son gendre, m'incluant poliment dans la conversation quand elle en avait l'occasion. Bret tournait la tête comme pour montrer qu'il s'intéressait à ce qui était dit, mais sa contribution personnelle était très minime. Il semblait plus vieux et plus frêle. Buddy m'avait confié que Bret avait ses mauvais jours, et nous étions, de toute évidence, dans l'un de ceux-ci. Ses traits étaient tirés et son visage hagard, et ses vêtements sombres, pantalon et polo bleu marine, venaient souligner encore son âge.

— Vous êtes sûr que vous ne pouvez pas rester un jour de plus, monsieur Samson ? demanda Mrs. O'Raffety. C'est vraiment dommage de venir en Californie du Sud pour n'y passer qu'une nuit.

— M. Samson a peut-être une famille, remarqua Buddy.

— C'est exact, dis-je. Deux enfants : un garçon et une fille.

— Nagent-ils ? demanda Mrs. O'Raffety.

— Plus ou moins.

— Vous auriez dû les amener, dit-elle, avec cette charmante désinvolture des gens pour qui les problèmes financiers n'existent pas. Ils auraient sûrement adoré cette piscine.

— C'est une merveilleuse propriété que vous avez là, dis-je.

— Bret avait coutume de l'appeler « le paradis complet », fit-elle avec une ombre de tristesse.

Il était impossible de ne pas comprendre que, ces temps-ci, Bret ne l'appelait plus ainsi.

Bret me regarda. Je souris. Bret fit une grimace et dit :

— Pour l'amour du Ciel, Bernard, reviens un peu sur terre !

Son ton restait égal, mais l'amertume qu'il y avait dans sa voix amena Mrs. O'Raffety à le regarder avec surprise.

— De quoi parles-tu, Bret ? demanda-t-elle.

Il ne parut pas l'avoir entendue. Ses yeux étaient braqués sur moi, et son expression était d'une férocité sans égale.

— Espèce de crétin ! fit-il d'une voix rauque. Réfléchis ! Réfléchis !

Puis il se leva et quitta la pièce. Personne ne dit mot. La sortie de Bret avait embarrassé Mrs. O'Raffety et Buddy. Ils restèrent un long moment à contempler une composition florale, sur la table, comme s'ils n'avaient pas entendu Bret ni remarqué son départ.

— Bret souffre beaucoup de son infirmité, dit enfin Mrs. O'Raffety. Je me souviens de lui au lycée : un lion ! Si actif durant toute sa vie... C'est difficile pour lui d'accepter son état.

— Se met-il souvent en colère, comme cela ? demandai-je.

— Non, dit Buddy. Votre visite semble l'avoir bouleversé.

— Bien sûr que non, intervint Mrs. O'Raffety avec un plus grand tact. C'est simplement que la rencontre avec M. Samson a rappelé à Bret le temps où il avait toutes ses capacités physiques.

— Certains jours, il va très bien, précisa Buddy.

Il saisit la cafetière posée sur une plaque chauffante et me proposa un peu de café.

— Merci, dis-je.

— Et d'autres jours, reprit-il, je l'ai vu debout au bord de la piscine, regardant l'eau comme s'il allait s'y jeter et rester au fond.

— Buddy ! Comment peux-tu dire une chose pareille !

— Je suis désolé, madame O'Raffety, mais c'est vrai.

— Il faut qu'il se retrouve, dit Mrs. O'Raffety.

— C'est sûr, fit Buddy, prompt à dissiper l'inquiétude qu'il avait suscitée chez elle. Il faut qu'il se retrouve. C'est bien ce que je voulais dire.

210

Nous reprîmes la route côtière. Buddy ne se sentant pas très bien, c'était l'un des domestiques — Joey, un petit Mexicain hargneux que j'avais vu jouer aux cartes la nuit précédente — qui conduisait la jeep. Penché en avant, il inventoriait la brume blanche nous entourant et maugréait que nous aurions mieux fait de prendre la route du canyon.

— Buddy aurait dû y aller, récrimina-t-il pour la centième fois. Je n'aime pas ce genre de temps.

— Buddy se sentait malade, dis-je.

Dans le rideau de brouillard venu du Pacifique, la chaussée luisante ne nous apparaissait que par intermittence. Des phares nous illuminaient soudain et des motocyclistes vêtus de cuir nous dépassaient parfois à des vitesses suicidaires avant d'être de nouveau absorbés par la brume. On distinguait à intervalles réguliers les formes grises d'énormes camions, décorées par des guirlandes de petites lumières orange, comme des bateaux à la veille d'une régate.

— Malade ! ricana Joey. Vous voulez dire bourré...

Comme je ne répondais pas, il ajouta :

— Mrs. O'Raffety ne le sait pas, mais elle s'en apercevra tôt ou tard.

— S'apercevra de quoi ?

— Que c'est un ivrogne. Ce gars vous descend une bouteille de bourbon comme si c'était du Coca-Cola. Il est comme cela depuis que sa femme l'a largué.

— Pauvre Buddy.

— Ce foutu salaud n'a que ce qu'il mérite.

— Vraiment ? dis-je.

Comme pour répondre à une question que je n'avais pas posée, Joey se tourna vers moi et sourit.

— Je m'en vais la semaine prochaine, précisa-t-il. Je vais travailler pour mon beau-frère à San Diego. Buddy peut aller se faire foutre.

A quelques kilomètres de Malibu, nous fûmes arrêtés par une

série de feux de position barrant la chaussée. Une demi-douzaine de gros camions étaient garés sur le bas-côté. Un homme en chemise fauve, avec l'insigne des services du sheriff du comté de Los Angeles sur la manche, émergea de la brume, suivi de deux agents de la patrouille routière, un grand garçon et une fille, en cirés jaunes. Tous trois étaient trempés.

— Rangez-vous, dit le premier policier en désignant le côté de la route.

— Qu'est-ce qui se passe ? Un éboulement ?

— Rangez-vous derrière la Cadillac blanche.

Il nous indiqua le bas-côté, où plusieurs conducteurs attendaient déjà patiemment que la route se dégage. Le policier avait le visage ruisselant d'eau et la chemise noircie par la pluie. Il ne semblait guère d'humeur à discuter.

— Nous avons un avion à prendre, dit néanmoins Joey. Un vol international.

Le policier tourna vers lui un visage dénué d'expression.

— Laissez d'abord passer l'ambulance, dit-il.

— Q'est-ce qui s'est passé ?

— Un gros camion. Il s'est renversé. Aucun moyen pour vous de passer.

— Il y a une autre route que nous pourrions prendre ?

— Bien sûr, mais vous en aurez pour une heure de plus... L'aéroport international, vous dites ? Il y a deux types dans une vieille limousine Lincoln. Ils ont dit qu'ils allaient faire demi-tour et retourner en ville. Ils pourraient peut-être prendre votre passager.

— Où sont-ils ?

— De l'autre côté de l'épave. Ils sont peut-être déjà partis, mais je peux toujours essayer.

Il saisit son émetteur et demanda :

— La grosse limousine bleue est toujours là, Pete ?

On distingua vaguement, malgré la friture, une réponse affirmative.

— Demande-leur s'ils prendraient quelqu'un qui doit aller d'urgence à l'aéroport.

Ma valise à la main, je longeai toute une file de voitures et dépassai l'énorme camion qui, couché sur le côté, bloquait la route dans les deux sens. Le temps que j'atteigne la limousine qui m'attendait, j'étais trempé.

L'homme assis à côté du chauffeur sortit sous la pluie battante afin de m'ouvrir la portière arrière, genre de chose que l'on ne fait qu'en service commandé. Je pus alors distinguer celui qui était installé au fond, un homme trapu et épais, avec le ventre rond. Il portait un luxueux costume trois pièces bleu marine, avec une chaîne de montre en or bien en évidence et une barrette en or sous le nœud bien serré de sa sobre cravate à rayures. Cela faisait un peu trop Wall Street pour cette autoroute du Pacifique où le simple complet veston paraissait aussi démodé que le chapeau-claque ou les bottines à boutons.

— Mais monte donc, Bernie, dit le trop élégant occupant du siège arrière.

Sa voix était basse, profonde et séduisante. Comme sa voiture.

Je n'hésitai qu'une fraction de seconde. Trempé jusqu'aux os et abandonné sur la route sans moyen de transport, je n'étais pas en mesure de refuser l'invitation de Harry le Gandin, et celui-ci le savait très bien. Il m'adressa un sourire de bienvenue qui en disait long sur l'importance de sa note de dentiste. Je m'installai à côté de lui sur les vastes coussins de cuir souple.

— A quoi joue-t-on ? demandai-je, sans chercher à dissimuler ma fureur.

— Prenez la valise de M. Samson, dit Harry le Gandin à l'homme qui m'avait ouvert la portière.

— Elle contient des choses de valeur, protestai-je.

— Des choses de valeur ! ricana Harry. Et qu'est-ce que tu crois ? Que j'ai un nain caché dans le coffre pour farfouiller dans tes bagages d'ici à l'aéroport ?

— Pourquoi pas ?

— Pourquoi pas ! Vous entendez cela, vous autres ? Ce type est un vrai pro. Un gaillard qui pourrait vous en apprendre pas mal.

Puis il se mit à rire franchement et me dit :

— Eh bien, garde ta valise serrée contre ton cœur, Bernie, si tu y tiens. En route, chauffeur ! Monsieur a un avion à prendre.

— C'est vraiment pour moi que tu te donnes tout ce mal ? demandai-je.

Il leur avait fallu aller jusqu'à mettre ce camion en travers de la route pour pouvoir me cueillir de cette façon.

— Pas mon style, vieux, rétorqua Harry.

Avant d'ajouter :

— Mais ma patronne, elle, c'est son style.

— Ta patronne ?

— Nous avons un chef d'antenne féminin, ici. Tu ne le savais pas ? Ouais, nous avons une cheftaine pour guider nos pas.

— Une femme !

Sa main finement manucurée esquissa un mouvement d'impatience.

— Vous autres, à Londres, vous savez parfaitement tout cela. C'était dans le rapport mensuel de septembre dernier.

— A Londres, fis-je, on se demandait simplement lequel de vous, à Los Angeles, se faisait appeler Brigette.

— Salaud ! fit Harry.

— C'est vrai, ça, intervint le chauffeur. La moitié de ces jeunes gars, au bureau, ont des permanentes et des boucles d'oreilles. Tous des pédés.

— C'était l'idée de Brigette, reprit Harry. Je lui ai dit que je te connaissais. Je voulais téléphoner à Bret et jouer tout cela en douceur, mais elle avait déjà tout décidé elle-même. Elle a dit que, de toute façon, la location du camion était déjà payée. L'ambulance, c'était son idée : la petite touche de perfection, non ? Tout était déjà organisé, et elle a voulu à toutes forces que nous foncions. Ce n'est plus comme au bon vieux temps, Bernie.

— Et elle s'appelle vraiment Brigette ?

— C'est une petite dure, dit Harry avec une nuance de respect. Elle a de la poigne, et elle fait cavaler les gars, dans son service... Ce n'est plus comme au bon vieux temps, Bernie, je te le dis.

— Et à quoi rime tout cela ? demandai-je finalement, après ces intéressantes précisions sur la première femme chef d'antenne de la CIA.

— C'est à propos de Bret, dit Harry le Gandin. A propos de Bret Rensselaer.

Il se gratta délicatement la joue avec l'ongle de l'auriculaire, me permettant ainsi de contempler sa manchette amidonnée et le bouton en or qui la maintenait. Son teint était assez jaune pour trahir un peu de sang japonais, mais ses mains étaient beaucoup plus pâles, toujours parfaitement manucurées. Ce détail concordait avec toute son apparence. Je ne l'avais jamais vu autrement qu'élégamment coiffé et rasé de frais, avec du talc sur le menton et un discret parfum de lotion après rasage. Ses vêtements étaient toujours neufs et coupés à la perfection, au point de le faire ressembler à un jouet en matière plastique particulièrement fignolé. Peut-être par une réminiscence des films de gangsters de mon enfance, j'avais toujours senti quelque chose de menaçant dans cette trop parfaite élégance.

— On dit qu'il y a une petite guerre — une sorte de vendetta privée — entre Bret et toi.

Son ton était devenu grave et son sourire avait disparu. Il avait posé les mains de part et d'autre de sa bedaine, comme un Bouddha au repos.

— Et alors ? demandai-je.

— Les vendettas privées sont de mauvaises affaires, Bernie. Mauvaise affaire pour Bret, mauvaise affaire pour toi, mauvaise affaire pour Londres, et mauvaise affaire pour nous.

— Qui est « nous » ?

— Ne fais pas l'imbécile, mon petit chéri. Tu sais parfaitement à quoi t'en tenir. « Nous », c'est la Compagnie.

— Et en quoi cela te concerne-t-il ?

Il leva les mains en un geste d'apaisement et dit :

215

— Je suis peut-être parti du mauvais pied. On efface tout. Pas de rancune?

— Je ne vais sûrement pas descendre et continuer à pied, répondis-je.

— Non, bien sûr.

Il se renfonça dans son siège et commença à m'examiner à travers ses paupières mi-closes, comme s'il contemplait les pièces d'un puzzle en se demandant comment les assembler. Harry le Gandin était assez fort à ce jeu. Pendant des années, il avait été une sorte d'homme à tout faire, travaillant pour les deux côtés, et ne se faisant payer que lorsque tout le monde était satisfait.

J'avais entendu dire qu'il avait pris un emploi permanent à la CIA. Certains prétendaient qu'il en avait toujours été l'agent appointé, mais j'en doutais. Je le connaissais depuis longtemps. Je l'avais vu racler péniblement de quoi vivre dans ce monde obscur où les renseignements secrets s'achètent et se vendent comme des boîtes de petits pois. Il avait toujours représenté quelque peu un mystère; un Hawaïen qui s'était adapté à l'Europe comme peu d'étrangers y parviennent. Sa maîtrise de la langue allemande — grammaire, prononciation et vocabulaire — démentait les allures nonchalantes qu'il aimait à affecter. Pour qu'un étranger adulte consacre autant de temps et d'énergie à apprendre l'allemand de cette façon, il faut qu'il soit studieux, fou ou hollandais.

— Qu'est-ce que tout cela peut te faire? demandai-je après un assez long silence. Que représente Bret pour vous?

— Ils l'aiment bien, dit Harry.

— Brigette, tu veux dire?

— Je veux dire Washington.

— Bret est si important que cela pour les types de Langley? Harry fit un véritable bond sur place.

— Ne comprends pas tout de travers! dit-il. Bret n'est pas un employé de la CIA, et il ne l'a jamais été.

Il y avait quelque chose de pompeux et de formel dans la façon dont il avait fait cette déclaration.

216

— Tout le monde passe sa vie à me répéter cela, fis-je.

Par « tout le monde », j'entendais en fait Harry le Gandin lui-même ; nous avions déjà eu cette conversation des années auparavant.

Il poussa un petit soupir faussement excédé.

— Si tout le monde te le répète, c'est que c'est vrai.

— Mais Washington, alors ?

— Tu veux bien m'écouter, Bernard ? Bret n'est pas — je répète : pas — un employé de l'Agence. Nous ne savons rien de ce que Bret fait pour vous. J'aimerais drôlement le savoir, d'ailleurs.

— Est-ce toi, Harry, qui as envoyé quelqu'un sauter la barrière là où se trouve Bret, le mois dernier ?

Harry me regarda un moment, puis dit lentement :

— Quelqu'un s'est fait plomber là-bas. Un intrus, qui a été grièvement blessé. Oui, j'ai entendu parler de cela.

— Un gentil petit gars de l'Agence qui était venu là histoire de passer le temps ? Entre nous, Harry, c'était un type de chez vous ?

Mais Harry n'était pas homme à se laisser acculer ainsi à un aveu compromettant.

— Je ne parle pas de l'Agence, dit-il. Je parle du Capitole. Bret y a quelques très bons amis. Sa famille a une grosse influence à Washington. Elle ne le laissera pas traîner dans la boue sans réagir.

— Traîner dans la boue ? Harry, j'aimerais bien savoir de quoi tu parles. Avant de venir ici, je ne savais même pas que Bret était encore en vie.

— Ne me raconte pas d'histoires, Bernie. Qu'il soit mort ou vivant, tu répandais des saloperies sur Bret Rensselaer. Ne le nie pas.

Je sentis soudain monter la peur. Ils étaient trois. Et il y avait, entre la côte et le désert, beaucoup d'endroits solitaires et tranquilles. Avec plus d'assurance que je n'en éprouvais, je lui dis :

— Arrête de jouer les gros bras, Harry. Ce n'est pas ton style.

217

Mais des rumeurs anciennes laissaient entendre, au contraire, que c'était très exactement son style.

Il se contenta de sourire.

— On m'avait bien dit que tu devenais paranoïaque.

— On le devient facilement quand des gars vous kidnappent sur l'autoroute et vous couvrent de fumier.

Il ignora ma remarque et reprit :

— Ce type, Woosnam, par exemple. C'est un homme d'affaires tout à fait respectable.

— Comment ?

— Bret est entré en contact avec notre bureau hier soir et a demandé qu'on fasse une vérification de toute urgence sur ton voisin de siège dans l'avion. Il n'est rien du tout, Bernard. Un promoteur de quatre sous qui a bien réussi dans l'immobilier. C'est ce que je veux dire quand je te traite de paranoïaque.

— Bret a demandé des renseignements ? Sur Woosnam ?

— Pour sûr. Bret a téléphoné. D'après ce que j'ai pu entendre, il était fou furieux. Il voulait savoir si nous avions placé quelqu'un avec toi dans l'avion. Mais je savais pertinemment que ce n'était pas le cas. Jusqu'à ton atterrissage, nous ne savions même pas que tu venais. Bret a persuadé quelqu'un de donner toute priorité à l'affaire. Il fallait, de toute urgence, éplucher ce Woosnam. Alors, on a obligé la compagnie aérienne à fouiller dans ses bordereaux. On a tiré des gens de leur lit pour les faire travailler toute la nuit. Je peux te dire tout de suite qu'ils n'étaient pas ravis.

— Et Woosnam ne travaillait pas pour le Central de Londres ?

— Dieu du Ciel ! Même maintenant, tu ne me crois pas. Je le vois sur ton visage.

— Qui s'en soucie ?

— Moi, je m'en soucie. Bret s'en soucie. Tous ceux qui t'aiment bien s'en soucient. Nous nous demandons ce qui t'arrive, mon petit Bernard.

Harry se pencha en avant pour presser un bouton qui fit se

mettre en place une paroi de verre nous isolant des deux hommes installés sur le siège avant. Toutefois, la limousine étant un véhicule de la CIA, je me dis que des appareils d'enregistrement devaient être dissimulés un peu partout, et que Brigette ou Dieu sait qui d'autre aurait rapidement le bénéfice de ma brillante conversation, cloison de verre ou non. Mais peut-être devenais-je vraiment paranoïaque...

— Parlons sérieusement, Bernie, me dit alors Harry. Laissons tomber les salades. D'accord ?

— Quelles salades, Harry ?

Il ignora ma question. Il regarda par la vitre pour voir si nous étions encore loin de l'aéroport et se décida à entrer dans le vif du sujet.

— Ecoute, me dit-il. Des gros bonnets, à Washington, apprennent que tu te répands partout en essayant de faire porter le chapeau à Bret pour quelque vieille saloperie venant de Londres... Bon. A Washington, on s'agite. On parle à tes patrons du Central de Londres. On leur demande d'accoucher une fois pour toutes ou de dire pourquoi. Quelles sont les accusations ? Quelles sont les preuves ? On veut savoir, Bernard. Parce qu'on n'aime pas la façon dont Bret se fait balancer tout le paquet sur la tronche sans avoir la moindre chance de répondre.

Pendant un court instant, le véritable Harry le Gandin était apparu : le petit homme impitoyable et cruel caché derrière le sosie souriant et raffiné de Charlie Chan.

— Si Bret pense que... commençai-je.

— Arrête un peu, Bernie, fit Harry, redevenu tout sourire. Ce que je te dis, c'est que Washington considère les choses ainsi. Peut-être se trompent-ils, mais c'est comme cela que la chose leur apparaissait lorsqu'ils ont pris contact avec le Central de Londres et commencé à poser des questions.

— Et qu'a dit Londres ? demandai-je avec un intérêt qui n'était nullement feint.

— Londres a dit exactement ce que Washington s'attendait à ce qu'il dise. Que c'était simplement Bernard Samson faisant une petite croisade personnelle sans autorisation officielle. Et qu'on parlerait à Bernard Samson pour tenter de le calmer un peu.

— Et qu'en a-t-on pensé à Washington ?

— On a pensé que c'était très bien. Ces gros bonnets de Washington ont dit que si un peu d'aide était nécessaire pour calmer cet Angliche fou, ils seraient ravis de faire en sorte que quelqu'un aille lui casser le bras en plusieurs morceaux pour le convaincre que son surcroît d'énergie serait mieux employé avec le vin, les femmes et les chansons.

— Façon de parler, dis-je.

— Pour sûr, Bernie. Façon de parler. Pour la bonne raison que ces gros bonnets de Washington n'ont pas cru un traître mot de ce que tes patrons leur ont dit. Ils ne gobent pas une minute la thèse du fou furieux allant remuer la merde pour son propre compte.

— Ah non ?

— Non. Les gens de Washington pensent que le fou est en mission. Ils se demandent si ces faux culs du Central de Londres ne sont pas simplement en train d'amorcer une vaste et nécessaire redistribution de leurs cartes biseautées.

— Donne-moi des détails, dis-je. J'aimerais savoir.

Il se tourna vers moi et me gratifia d'un sourire qui découvrit lentement sa trop parfaite dentition.

— Ils pensent que tes patrons sont très doués pour aller enterrer leurs cadavres dans le jardin du voisin.

Je commençais à m'y retrouver un peu.

— Le Central de Londres ferait porter à Bret la responsabilité de certaines des catastrophes qu'il a connues ?

— Ce serait une façon de faire, dit Harry.

— Un peu trop tordue, non ?

Harry eut un petit sourire pincé. Nous savions tous deux que ce n'était pas « un peu trop tordu ». Nous savions que c'était exactement la manière dont nos maîtres résolvaient leurs problèmes. De toute manière, je ne me sentais pas le courage de m'évertuer à le convaincre que le Central de Londres ne ferait jamais une chose pareille. De plus, l'autre hypothèse ne ferait que concentrer sur moi le courroux du « fan club » de Bret à Washington. Et j'ai toujours été hostile à la violence, même métaphorique.

XVI

Heathrow, le dimanche à midi, et pas de Gloria pour m'accueillir. Ce n'était pas un retour glorieux. Un douanier surmené me demanda d'ouvrir pour inspection la boîte de documents officiels que Bret m'avait remise. Spontanément, je lui en aurais volontiers fait cadeau, mais j'attendis quand même que le représentant de la Special Branch[1] ait terminé son petit déjeuner tardif — il avait encore de l'œuf sur sa cravate — pour expliquer à qui de droit que j'étais autorisé à pénétrer sur le territoire du Royaume-Uni avec cette boîte fermée et scellée.

Ce retard était d'autant plus irritant que j'avais la certitude qu'aucun des papiers contenus dans la boîte n'était ni important ni secret ; ils constituaient simplement le prétexte choisi par le Service pour me faire traverser l'Atlantique afin d'être chapitré, bousculé et rassuré par l'aimable Bret Rensselaer. Je n'avais pas encore déterminé si ma rencontre avec Harry le Gandin faisait aussi partie du programme, mais je ne le pensais pas. Ce que m'avait dit Harry n'aurait pas fait la joie du Service.

Quand j'arrivai au numéro treize de Balaklava Road, je trouvai la maison vide et sombre. Un message placardé sur la porte du four me disait que la mère de Gloria était malade, et

---

1. Equivalent approximatif de la DST (N.d.T.).

que celle-ci avait été obligée d'aller la voir. Le mot « obligée » avait été souligné trois fois. Les enfants étaient partis visiter le Zoo avec des camarades d'école « très gentils ».

La vie n'était pas facile pour Gloria. Elle savait que je surveillais la façon dont elle s'occupait des enfants. Ses parents n'étaient pas très enthousiastes quant à notre concubinage. Et j'étais tout à fait conscient du fait que sa mère n'avait guère que trois ans de plus que moi. La mère aussi, d'ailleurs.

Le déjeuner du dimanche est un rite sacré pour les Anglais de ma génération. On mange chez soi. Avec un peu de chance, il pleut et on n'a pas à travailler dans le jardin. On contemple le feu de cheminée en sirotant un apéritif de son choix. Si une vague d'intellectualisme effréné vous submerge, vous pouvez vous tourner vers les journaux du dimanche, rassuré d'avance par la certitude de n'y trouver aucune information. A l'heure dite, devant une assistance familiale recueillie, vous découpez de fines tranches d'un gros rôti de bœuf, accompagné, si possible, de choux, de pommes de terre et de Yorkshire pudding. Vous répartissez le tout entre les membres de la famille selon votre bon vouloir. Vous faites de même, ensuite, avec un gros gâteau bien sucré baignant dans une sauce crémeuse. Puis vous vous assoupissez.

Si germanisé que me considèrent certains, quel que soit mon goût pour la cuisine étrangère, le chauffage étranger, les voitures étrangères et les anatomies étrangères, je suis résolument anglais en ce qui concerne le déjeuner dominical.

C'est pourquoi j'étais si malheureux à la perspective de manger le jambon et la salade laissés par Gloria. Je pris donc la voiture et allai chez Alfonso, un petit restaurant italien de Wimbledon. Chez Don Alfonso, comme nous disions dans la famille depuis le jour où nous avions emmené les enfants voir *Cosi fan tutte*. Alfonso lui-même était, bien entendu, espagnol, mais, tout en concoctant des menus italiens à Wimbledon, il n'était pas assez fou pour s'attaquer à la cuisine anglaise — et encore moins à un repas dominical anglais.

Ce dimanche-là, son restaurant était bondé de personnages

bruyants et ignorants de la tradition, accompagnés d'une meute d'enfants. Du haut-parleur jaillissait une version grésillante de *Volare*, chantée en un semblant d'italien, avec un massif accompagnement de guitares. Le morceau revenait toutes les trente minutes environ.

— Prenez donc l'*aragosta fra Diavolo*, me conseilla Alfonso, en me versant un verre de vin blanc.

Il fit tourner la bouteille pour me montrer une impressionnante étiquette de Soave.

— Buvez, buvez! C'est la maison qui vous l'offre, monsieur Samson.

Seuls les moins perspicaces de ses clients auraient pu prendre Alfonso pour un Italien, malgré les dix années qu'il avait passées à Rome. Il avait l'envahissant sens du commerce du Romain, mais aussi, bizarrement, la mélancolie foncière de l'Ibère. Je bus un peu de vin et regardai le menu.

— Du homard cuit dans du vin avec de la tomate, insista-t-il. Vraiment délicieux.

— Du homard congelé? demandai-je.

Il observait l'un de ses jeunes serveurs tentant de décoller des lasagnes au four d'un plat métallique auquel elles entendaient rester collées. Et il lui fallait un louable contrôle de soi pour ne pas traverser d'un bond la salle pour intervenir. Il se retourna vers moi et s'exclama :

— Vous pensez peut-être que je vais patauger dans l'étang de Wimbledon pour les attraper? Congelés? Bien sûr, congelés!

— Je n'aime pas le homard congelé. Et je n'aime rien de ce qui peut s'appeler « Diavolo ».

Alfonso reprit bruyamment son souffle.

— Qu'est-ce qui vous est arrivé ce matin? Vous vous êtes levé du pied gauche?

— Je ne me suis pas levé. Je ne me suis pas couché. J'ai passé toute la nuit dans une saleté d'avion.

Nous regardions tous deux avec angoisse le serveur fou s'activer à une table avec une énorme louche d'où débordaient les pâtes et ruisselait la sauce. Par miracle, personne ne fut aspergé. Alfonso respira et me dit :

— D'accord, d'accord ! Pardon d'avoir demandé. Prenez encore un peu de Soave. Et si je demandais au chef de vous préparer un beau demi-homard sans le piment ? Avec juste un peu de beurre fondu ?

— Et à quoi ressemblera du homard congelé sans piment ?

— Oh, Ciel ! Pas de charmante dame. C'est cela l'ennui. C'est comme cela que vous êtes quand vous êtes tout seul ?

— Je ne suis pas tout seul. Vous êtes juste à côté de moi, en train d'essayer de me fourguer un déjeuner.

— Quelque chose de très léger, dit-il.

Il disait toujours « quelque chose de très léger », même lorsqu'il s'apprêtait à vous suggérer du porc avec des beignets de légumes. Ce que, d'ailleurs, je prenais assez souvent.

— Du poisson, dit-il. Un beau mulet frais, cuit avec des olives. De la salade verte. Et une demi-portion de risotto pour commencer.

— D'accord.

— Et une carafe de ce Soave ?

— Vous n'êtes pas un peu fou, Al ? Tout le monde sait que les patrons de restaurants italiens fabriquent leur vin dans un hangar au fond du jardin. Du Soave peut-être, mais je veux une bouteille avec un bouchon dessus.

— Vous êtes un cynique, monsieur Samson.

— Et je suis un paranoïaque, aussi. Tout le monde le dit.

Je mangeai en solitaire, en regardant mes voisins devenir éméchés et bruyants. La Mini jaune cabossée arriva alors que je prenais mon café. Gloria trouva immédiatement une place devant le restaurant, et se gara avec beaucoup de style, encore qu'avec une roue sur le trottoir.

Elle fit une entrée joyeuse et remarquée dans la salle. Elle n'avait jamais besoin de s'agiter ou de se hausser pour que tout le monde la regarde. Même ivre, je ne lui arrivais pas à la cheville. Peut-être était-ce ce que je trouvais si séduisant en elle ; elle était tout ce que je ne pouvais être. Elle m'embrassa tendrement.

— Je suis littéralement affamée, chéri. Comment cela s'est-il passé en Californie ?

Un autre baiser, puis :

— Est-ce que tu t'es baigné ?

Alfonso prit son manteau et lui avança une chaise.

— Alfonso chéri, est-ce trop tard pour déjeuner ?

— Comment pourrais-je vous laisser avoir faim, belle dame ? répondit-il en disposant un couvert à une vitesse vertigineuse.

— Pourrais-je avoir votre merveilleux foie de veau avec des oignons et de la sauge ? Et, pour commencer, des champignons marinés ?

Elle avait à peine regardé le menu, mais elle était comme cela ; elle parvenait à se décider très vite sur à peu près tout. Je me demandais souvent si elle n'avait pas préparé ses réponses à l'avance. Ou peut-être était-ce simplement qu'elle ne se souciait pas trop des conséquences de ses décisions.

— Parfait, dit Alfonso, comme si personne n'avait jamais pensé à commander un tel menu. Absolument parfait.

Il lui versa un peu de vin, puis il éleva la bouteille à la lumière, comme pour s'assurer qu'il en restait encore en quantité suffisante.

— Comment va ta mère ? demandai-je.

— Elle survivra.

— Qu'avait-elle ?

— La pauvre maman joue son grand drame à la hongroise. Elle pense que papa en a assez d'elle.

— Et c'est le cas ?

— Je suppose. Mon Dieu, je n'en sais rien. Ils sont mariés depuis vingt-cinq ans. Ce serait étonnant qu'il ne commence pas à se sentir un peu prisonnier. J'ai vu quelques clientes superbes à son cabinet. Et elles l'adorent toutes.

— Prisonnier du mariage ?

— Cela arrive. Ils n'ont pas grand-chose en commun.

227

J'étais surpris de la trouver si résignée.

— Mais, dis-je, ce sont tous deux des Hongrois expatriés. Ils sont arrivés ici ensemble pour commencer une nouvelle vie.

— Maintenant, ils parlent tous deux un excellent anglais, mes sœurs sont pensionnaires et j'ai quitté la maison. Il n'y a plus tellement de choses qui les lient.

— Et il y a des gens qui disent que je suis un cynique !

— Je ne suis pas cynique. Je suis réaliste.

— Tu as dit tout cela à ta mère ?

— J'ai un peu enveloppé les choses.

— J'ose espérer que tu as beaucoup enveloppé les choses. Elle doit être en pleine dépression. Et peut-être que ton père ne court pas après d'autres femmes. Et qu'il ne se sent même pas prisonnier.

Elle me regarda dans les yeux tandis qu'un sourire se dessinait lentement sur ses lèvres.

— En fait, tu es un romantique, Bernard. Un romantique à l'ancienne mode. C'est peut-être pour cela que je suis tombée si amoureuse de toi.

Elle sourit de nouveau. Elle avait modifié sa coiffure et sa frange de cheveux blonds atteignait presque ses sourcils. Elle était ravissante.

— Ta nouvelle coiffure te va bien, lui dis-je.

Elle toucha ses cheveux et demanda :

— Tu l'aimes vraiment ?

— Oui.

Je ne pouvais supporter d'être séparé d'elle, même pour un jour ou deux. La perspective de la voir aller à Cambridge me rendait malade. Elle plissa les lèvres pour figurer un baiser.

— Je t'aime, Gloria, dis-je sans pouvoir m'en empêcher.

Toujours en souriant, elle se mit à jouer avec ses couverts. Elle semblait un peu agitée, et je me demandai si elle n'était pas plus inquiète pour sa mère qu'elle ne voulait bien l'admettre.

— J'ai vu Bret Rensselaer, fis-je. Tout le monde pensait qu'il était mort, mais il est en convalescence.

— Tu as vu Bret Rensselaer ?

Elle semblait moins surprise que je ne l'avais été.

— Il était de très mauvaise humeur. Je suppose que d'être malade de façon chronique ne vous arrange pas le caractère.

— Mais il se rétablit ?

— Il a trouvé une dame riche d'un certain âge. Elle dit qu'ils étaient de tendres amis d'enfance.

— Que c'est mignon ! fit Gloria.

— Elle a aussi une très belle propriété dans le comté de Ventura. Je ne vois pas pourquoi il souhaiterait aller mieux.

— Quelle chose horrible à dire, mon chéri ! s'exclama Gloria. Cela gâche tout ; ce n'est pas romantique du tout.

Ses champignons marinés arrivèrent et elle commença à manger.

— Comme d'habitude, dit-elle au bout d'un moment, tu as choisi exactement le bon jour pour disparaître.

— Ah, oui ?

— Vendredi matin. D'abord, ton vieil ami Werner Volkmann a débarqué, les dents serrées et la mine furieuse. A ce que j'ai cru comprendre, il accuse Frank Harrington d'avoir envoyé sa femme en mission suicide à Francfort-sur-Oder. Il était ivre de rage ! Je me suis évanouie dans la nature.

— Et qu'est-ce qui est arrivé ?

— Après tout un tas d'allées et venues, et après que Dicky se fut découvert une migraine qui le contraignait à aller voir d'urgence le médecin, il a été décidé que le directeur adjoint allait parler à Werner.

— Le directeur adjoint ?

— Oui, Werner exigeait de voir le directeur général, pas moins. Dicky lui a dit que le directeur général était malade et absent, mais M. Volkmann n'a rien voulu savoir. Il était évident qu'une conversation avec Dicky n'aurait fait qu'aggraver les choses, alors le directeur adjoint s'est proposé pour traiter l'affaire.

— Un bon point pour lui, dis-je.

— Sir Percy est très bien. Il a du cran, et il n'hésite pas à prendre des décisions.

— Et il n'y a pas beaucoup de gens, au Central de Londres, qui présentent ces caractéristiques.

— Toujours est-il que le fait de rencontrer le directeur adjoint a d'abord calmé Werner. C'est quand il a pensé qu'on cherchait à se débarrasser de lui qu'il s'est vraiment mis en colère.

— Et Werner en colère n'est pas précisément un cadeau.

— J'étais toute saisie. Dicky aussi. Je pense que c'est cette satanée barbe. Dicky avait peur de lui. Il est allé chercher refuge dans le bureau de Morgan et il a refermé la porte, sans se rendre compte que j'étais déjà là. Il a dit à Morgan que tous ces agents opérationnels étaient des tarés. Quand il s'est aperçu que j'avais entendu, il s'est mis à sourire comme s'il s'agissait d'une plaisanterie.

— Qu'est-ce que le directeur adjoint a dit à Werner ?

— Nul ne le sait. Il n'y avait personne d'autre. Ils sont restés ensemble près d'une heure. Je ne sais pas si cela veut dire qu'ils se sont très bien entendus ou si c'est parce qu'ils ont passé leur temps à se sauter à la gorge, mais Volkmann est sorti tout sourire. Il faut donc croire que le directeur adjoint a fait du bon travail.

— Je suis sacrément heureux d'avoir manqué cela, dis-je.

— Tu savais qu'il allait venir casser les meubles ?

— Il se peut qu'il m'en ait parlé.

— Salaud !

— Qu'est-ce que j'ai fait ?

— Tu aurais pu le dissuader de faire cela, l'autre nuit. Tu l'as laissé venir faire un scandale. Cela t'amusait, je suppose ?

Elle me disait cela sans rancœur. D'une certaine façon, je la soupçonnais d'être plutôt séduite par ma réputation de fauteur de trouble.

— J'aurais pu ou je n'aurais pas pu, précisai-je toutefois. Ce n'est pas aussi simple que cela en a l'air. Cela fait partie d'une petite guerre entre Werner et Frank Harrington. Werner a toujours détesté Frank, et je suis bien décidé à ne pas me retrouver coincé entre les deux. Je finirais pas perdre deux bons amis, et je n'en ai pas assez pour prendre ce risque afin de faciliter la vie à Dicky, à Morgan et aux autres.

— Tu as eu de la veine d'éviter tout cela. Hier, enfin, ton amie Lucinda a fait son apparition.

— Cindy Prettyman ?

— Elle se fait maintenant appeler Lucinda Matthews. Elle a beaucoup insisté sur ce point.

— Elle est venue au bureau ?

— Non, c'était samedi. Elle est venue Balaklava Road. J'avais laissé la porte du garage ouverte, à cause du gond cassé, et elle m'est tombée directement dessus. Je l'ai maudite. J'étais en train d'essayer de laver le linge des enfants pour que Mrs. Palmer puisse le repasser.

— Qu'est-ce qu'elle voulait ?

— Les choses habituelles. Le « meurtre » de son mari, le fonds secret du KGB et tout le complot autour de cela. Tu sais bien.

— Elle t'a raconté tout cela ?

— J'ai cru qu'elle n'allait jamais se taire. Finalement, je lui ai dit que vous vous rencontreriez, elle et toi, un jour de la semaine prochaine. Elle m'a dit que cela ne devait pas être au bureau, car on pourrait vous voir ensemble. Si tu veux mon avis, chéri, elle n'a pas toute sa tête.

— Quelque chose de nouveau est-il arrivé ?

— Elle voulait te dire qu'elle avait une autre piste pour l'argent. Et elle veut un carton de papiers qu'elle t'a donné. Elle pense qu'il y a peut-être un indice là-dedans.

— Elle n'en tirera pas grand-chose, à moins qu'elle ait brusquement contracté la passion de l'archéologie.

Presque à mon insu, je poussai un profond soupir. Je ne me sentais pas prêt à affronter de nouveau Cindy.

— Elle a appris, poursuivit Gloria, qu'il y avait eu récemment des mouvements de fonds. Elle dit qu'ils prennent peur. Qu'ils doivent se rendre compte que quelqu'un est sur leur trace. Et caetera, et caetera. Elle est piquée.

— Cindy a travaillé très dur.

231

Mais Gloria ne l'entendait pas de cette oreille.

— Elle ne sait pas de quoi elle parle, affirma-t-elle. Des masses entières d'argent pas très orthodoxe sont retirées actuellement des banques et des sociétés allemandes. C'est parce que le gouvernement de Bonn s'apprête à introduire une nouvelle législation. La CEE a demandé aux Allemands de s'aligner, en ce domaine, sur les autres pays membres. Jusqu'à maintenant, les banques privées et les sociétés privées allemandes n'étaient pas tenues de déclarer leurs bénéfices. A partir de l'année prochaine, il ne sera plus si facile d'enterrer de l'argent de cette façon. Notre trésorerie centrale se prépare à cette éventualité.

— Je croyais que les banques allemandes déclaraient tout aux services fiscaux allemands. Je ne savais pas qu'il y avait de l'argent « discret » en Allemagne.

Gloria secoua la tête.

— Les banques n'étaient tenues de déclarer que l'argent de leurs clients, mon chéri. Leur propre argent et tout ce qu'elles engrangeaient discrètement étaient tenus secrets.

— Comment sais-tu tout cela ?

— Mes cours d'économie. Mon principal sujet était les marchés financiers d'Allemagne de l'Ouest.

— As-tu dit cela à Cindy ?

— Elle pense que je suis ta blonde idiote. Elle ne s'est pas abaissée à discuter avec moi.

Le foie de veau de Gloria arriva. Il avait l'air appétissant. Je volai une pomme de terre sautée au passage.

— Je pense qu'il faudra, finalement, que je parle à Cindy. Je le dois à Jim.

— Elle a dit que tu pouvais lui téléphoner chez elle et qu'elle te verrait à la fin de la semaine.

Gloria posa son couteau et sa fourchette et me regarda, la mine brusquement soucieuse.

— Je pense vraiment que c'est une déséquilibrée, Bernard. Elle avait garé sa voiture à des kilomètres, devant les Villas Inkerman. Je lui ai dit que c'était un emplacement privé et qu'elle risquait de retrouver sa voiture à la fourrière, mais elle n'a même pas voulu m'écouter. Elle ne cessait de regarder par la fenêtre pour voir si quelqu'un ne l'avait pas suivie. Quand je lui ai demandé pourquoi elle faisait cela, elle m'a simplement dit qu'elle admirait la vue. Il y avait de la folie dans son regard. Et elle était morte de peur.

— Il faut que je lui téléphone, dis-je, tout en me cherchant mentalement des prétextes pour ne pas le faire. Mais j'aimerais bien qu'elle me laisse en dehors de tout cela. J'ai déjà volé dans les plumes de Bret, et je me demande, en fait, pourquoi. J'ai assez de travail et assez d'ennemis sans chercher à en ajouter.

— Mais tu as dit que tu voulais aller au fond de cette affaire, remarqua Gloria.

— Mais je n'ai tout simplement plus de temps à lui consacrer ! C'est encore un des petits secrets du Service, et si celui-ci a décidé que cela devait rester un mystère, cela restera un mystère. Tout ce que je rencontre ne fait que m'intriguer un peu plus. J'ai eu ma dose.

— Et moi, est-ce que je t'intrigue, mon pauvre chéri ? demanda Gloria en me caressant la main.

— Toi tout particulièrement.

— Crois-tu qu'Alfonso me donnerait un sac pour rapporter le reste de mon foie à Muffin ?

Sans attendre ma réponse, elle ajouta :

— Ton amie Cindy ne renoncera pas si facilement.

— Elle a plus de temps libre que moi, et elle a besoin d'avoir une « cause ». Cindy a toujours été un peu comme cela : la défense des animaux, la prêtrise pour les femmes, les émanations de diesel qui tuent les arbres, et tout le reste. Il faut qu'elle ait une cause.

— Je pense qu'elle est folle, dit Gloria d'un ton parfaitement détaché.

Elle avait maintenant évacué le sujet de son esprit. Gloria savait faire cela, et c'était un don que je lui enviais ardemment. Elle leva soudain le bras et lança :

— Pourrais-je avoir un café, Alfonso ?

— Deux cafés, rectifiai-je.

233

— Je suis désolée, dit-elle. J'avais oublié que tu n'aimais pas que je passe les commandes quand je suis avec toi.

— C'est dans ton mouchoir que tu enveloppes le foie pour Muffin ? Pouah !

— Muffin adore le foie, proclama-t-elle simplement en glissant le petit paquet dans son sac.

Pendant ce temps, les cafés étaient arrivés.

— Je ne devrais pas boire de café, dis-je. Il faut que j'aille me coucher.

— Les enfants ne rentreront qu'après dîner, fit pensivement Gloria. Peut-être que je vais aller aussi au lit.

— On fait la course ?

XVII

Une masse de travail m'attendait au bureau. Au sommet de la pile, constellée de tampons et cachets divers, figurait une demande de renseignements du ministère de la Défense au sujet du semtex, un explosif tchécoslovaque exporté par le truchement de la RDA et utilisé en Irlande du Nord pour la fabrication de grenades artisanales. Au-dessous se trouvaient quelques renseignements confidentiels sur la foire commerciale de Leipzig, et des demandes de précisions de la part du ministre en vue d'un débat parlementaire — ces dernières avec mention prioritaire.

Les dossiers que Dicky conservait pieusement sur son bureau tandis qu'il réfléchissait à sa carrière ou s'interrogeait longuement sur les tactiques à suivre devenaient obligatoirement urgents lorsqu'il se décidait à les déposer, en fin de compte, sur ma table. Et mon travail n'était pas facilité par les commentaires ésotériques dont il me gratifiait au fur et à mesure.

« Tiens cela au chaud jusqu'au moment où nous apprendrons que cela passe en commission », disait-il par exemple. « Dis à ce vieux salaud d'aller se faire foutre, mais prends des gants », « Cela pourrait marcher s'ils trouvent le personnel idoine, mais assure-toi que cela ne nous reviendra pas dans la figure », ou encore, le plus souvent : « Tâche de voir ce qu'ils veulent vraiment, et peut-être qu'on pourra leur en donner une partie. »

J'avais droit à cela le mardi, tandis que Dicky disparaissait dans la nature, et tout devait être terminé le soir même. J'étais tout entier absorbé par cette besogne lorsqu'un Frank Harrington tout souriant se présenta au bureau et m'invita à un déjeuner rapide.

— Tu vas te tuer si tu essaies d'expédier tout cela avant de rentrer à la maison, dit Frank en caressant du doigt la couverture d'un épais dossier contenant l'analyse du fonctionnement détaillée des divers magasins d'Europe de l'Est dans lesquels on n'acceptait que les devises occidentales.

Frank ouvrit le dossier du bout de l'index, comme s'il avait peur de se salir les mains, et me demanda :

— Me croirais-tu si je te disais que j'ai déjà vu cela sur le bureau du grand patron le jour précis où j'ai été affecté pour la première fois à Berlin ?

— Bien sûr que je te croirais !

— Evidemment, il a passablement engraissé au fil des ans, ce dossier.

Frank accrocha au rebord de mon bureau son parapluie finement roulé et consulta sa montre de gousset en or, comme pour confirmer que l'heure du déjeuner était bien arrivée.

— Laisse tout cela de côté, Bernard. Je t'offre une pinte de Guinness et un pâté en croûte.

Cela me fit légèrement sourire : beaucoup d'expatriés continuaient à caresser l'illusion qu'un déjeuner de pub tous les jours était le rêve de tout Anglais. Frank paraissait tout pimpant. Il venait d'avoir un entretien avec le directeur adjoint et portait un costume trois pièces fil à fil gris, une chemise à larges rayures provenant de Jermyn Street et l'une de ces cravates du collège d'Eton dont il semblait avoir une réserve inépuisable.

Ma cravate à moi était en polyester, ma montre était japonaise avec un bracelet en matière plastique. J'étais fatigué et j'avais encore du travail par-dessus la tête. Je poussai les papiers sur mon bureau et lui dis :

— Pourquoi pas la semaine prochaine, Frank ? Je serai à Berlin mercredi.

Frank ne se le tint pas pour dit.

— Un déjeuner très rapide, Bernard.

Le voyant debout près de la porte, un sourire contraint aux lèvres, je compris soudain combien des petites choses comme celle-là avaient d'importance pour lui.

Je savais, bien sûr, que Frank m'avait toujours considéré comme une sorte de fils adoptif. Cela avait même fait jaser quelques personnes, surtout aux moments où je me montrais particulièrement insolent et où je compliquais son existence. Il avait lui-même fait plus d'une fois allusion à une responsabilité qu'il devait à la mémoire de mon père. Mais Frank prenait cela trop au sérieux. A plusieurs reprises, il avait risqué sa carrière pour me venir en aide, et, pour dire toute la vérité, cela me mettait dans une situation de débiteur assez inconfortable. Les relations père-fils sont rarement sans problèmes, et, fidèle à mon rôle, je lui avais pris considérablement plus que je ne lui avais donné. Or, il m'était pénible de me sentir redevable, même envers Frank.

— Tu as raison, Frank. Au diable la paperasse !

Je retirai de l'appareil la cassette que j'étais en train de déchiffrer et l'enfermai à clé dans un tiroir de mon bureau. Compte tenu de sa haute valeur, j'aurais peut-être pu l'envoyer directement au KGB pour semer la confusion dans ses rangs. Frank décrocha mon pardessus pour moi.

Lors de ses visites à Londres, Frank disposait toujours d'une voiture et d'un chauffeur. C'était là l'un des avantages les plus enviables que lui procuraient ses fonctions à Berlin. Nous partîmes pour « un petit bar à vin de la Cité » — du moins d'après la description de Frank, car, en fait, ce petit bar n'était aucunement dans la Cité. Il se trouvait au sud de la Tamise, dans une rue aux maisons victoriennes décrépites à côté d'Old Kent Road. On y entrait par une porte toute simple, seulement indiquée par l'une de ces plaques de cuivre comme on en voit chez les médecins ou les dentistes. Un long couloir en sous-sol aboutissait à une cave assez sinistre dont les voûtes s'appuyaient sur de gros piliers. Les parois de briques étaient peintes en un vert bouteille brillant. Sur de petits tableaux noirs étaient inscrits à la craie les noms fort tentants des vins du jour vendus au verre. Un comptoir-bar occupait presque toute la longueur de l'un des murs de la salle principale, et, à proximité, des projecteurs éclairaient de petites tables, où des hommes d'affaires s'efforçant de prendre des airs riches et importants buvaient des bordeaux grands crus et du vieux porto en faisant mine de conclure le marché du siècle.

— Tu aimes ? demanda fièrement Frank.

— Merveilleux.

— Charmant petit endroit, hein ? Et pas de risque de rencontrer les gens de chez nous. C'est ce que j'apprécie, ici.

Un vieil homme vêtu de façon appropriée — chemise blanche, nœud papillon et tablier long — nous conduisit à une table dressée près du comptoir. Frank était, de toute évidence, connu et apprécié dans la maison, et quand je vis le prix qu'il paya pour une bouteille château palmer 1966, je compris immédiatement pourquoi. Mais cette extravagance même entrait dans le cadre du jeu paternel qu'il entendait jouer.

En grande pompe, la bouteille fut ouverte, le bouchon reniflé, le vin versé, tourné et goûté. Frank agita les babines et le déclara « buvable ». Nous nous mîmes à rire.

C'était une autre caractéristique de Frank de pouvoir, sans le moindre commentaire, manger, avec son superbe vin, une tranche desséchée de pâté en croûte et un morceau de Stilton jaunissant.

Je sentais qu'il avait quelque chose à me dire, mais je le laissai prendre son temps en papotant avec lui de choses et d'autres. Quand il eut fini son morceau de pâté, dont il enduisait chaque bouchée d'une moutarde anglaise particulièrement corrosive, il nous versa à chacun un verre de bordeaux et dit, tranquillement mais avec force :

— Cette foutue Zena ! J'ai envie de la tuer.

Je le regardai avec un intérêt soudain. Dans le passé, Frank avait toujours été plein d'indulgence pour Zena. A dire vrai, il s'était toqué d'elle.

— Elle va bien ? demandai-je de mon ton le plus naturel. Aux dernières nouvelles, elle était allée à Francfort-sur-Oder. Werner était inquiet.

Il me contempla un moment comme s'il cherchait à deviner ce que je pouvais savoir exactement, et dit finalement :

— Elle a fait l'aller et retour par l'express Berlin-Varsovie.

— Le « train du Paradis » ? Et pourquoi cela ? demandai-je, alors que je connaissais la réponse.

— Marché noir, dit Frank. Tu le sais bien ; tu as déjà pris ce train.

J'avais effectivement pris ce train, et je savais. Passé la frontière polonaise, il devenait une sorte de bazar oriental. Des trafiquants du marché noir — ou du marché gris ou marron, pour respecter toutes les nuances de la vie socio-économique du bloc de l'Est — allaient de compartiment en compartiment, en achetant et vendant tout ce qu'on peut imaginer, du whisky aux perceuses Black et Decker. Je me souvenais de grandes exclamations en polonais et de gens brandissant des liasses de dollars et des valises pleines à craquer de disques pop et de cartouches de Marlboros. Le « train du Paradis » devait fournir de multiples occasions d'acheter des œuvres d'art et des manuscrits anciens.

— Que faisait Zena dans ce train ? demandai-je.

— Ils l'ont agrafée au voyage de retour, sur le quai de la gare de la Friedrichstrasse. Il semble qu'ils avaient été tuyautés.

— Et où est-elle maintenant ?

— Ils l'ont laissée repartir.

— Qu'est-ce qu'elle avait ?

— Des vieilles gravures. Et une icône et une Bible. Ils ont confisqué le tout et ils l'ont laissée partir.

— Elle a eu de la veine, fis-je.

— Elle leur a proposé de ne lui établir un reçu que pour un seul objet et de se partager le reste.

— Je persiste à dire qu'elle a eu de la veine. Si elle s'était trompée sur ses interlocuteurs en faisant une proposition de ce genre, elle aurait pu se retrouver avec dix ans de placard pour tentative de corruption.

Frank leva la tête et me dit :

— Elle se trompe rarement sur les hommes, Bernie.

Il n'y avait rien à répondre à cela. Je hochai la tête et bus une gorgée de château palmer. Le vin prenait vie, maintenant, et acquérait un bouquet merveilleux.

La colère de Frank à l'égard de Zena se calmait tout doucement.

— Sale petite conne ! fit-il, mais avec une légère nuance d'affection dans la voix.

Puis il sourit.

— Un dessert, Bernard ? Je crois savoir qu'ils font un merveilleux gâteau aux pommes, ici.

— Non, merci, Frank. Seulement un café.

— Werner est venu à Londres, reprit Frank. Il a débarqué vendredi au bureau et y a fait un épouvantable scandale. J'étais à Berlin, bien sûr. Le temps que le directeur adjoint entre en contact avec moi, j'avais appris que Zena était rentrée chez elle saine et sauve. J'ai donc pu lui dire que tout allait bien. Je m'en suis sorti en triomphateur.

— Je n'étais pas à Londres, précisai-je. J'étais en Californie.

— Je prendrai un amuse-gueule : des anges à cheval. Ils font cela assez bien, ici. Tu es sûr que tu ne veux rien prendre ?

Ayant passé commande, il reprit :

— Je dois dire que Sir Percy fait un sacrément bon boulot.

Mais je n'étais pas disposé à le laisser orienter la conversation sur les compétences ou les incompétences du directeur adjoint.

— Sais-tu, lui dis-je, que Bret est vivant ? Je l'ai vu en Californie.

— Bret ? fit-il en me regardant droit dans les yeux. Oui, le grand patron me l'a dit... il y a un jour ou deux.

— Et tu as été surpris ?

— J'étais sacrément embêté. Le vieux m'avait bel et bien entendu dire que Bret était mort, et il ne m'avait jamais contredit à cet égard.

— Pourquoi ?

— Dieu sait. Le vieux est capable de se montrer un peu enfantin par moments. Il s'est contenté de rire et de me dire que Bret méritait qu'on lui fiche un peu la paix. Et pourtant, c'était le vieux, à l'origine, qui m'avait dit que Bret était mort. C'était à un petit dîner au Kempf, et il y avait d'autres personnes présentes, des personnes étrangères au Service. Je n'avais pas posé de questions. Peut-être aurais-je dû.

— Mais pourquoi dire qu'il était mort ? Qu'est-ce que tout cela signifie ?

— Tu as vu Bret. Pas moi. Que t'a-t-il dit ?

— Je ne lui ai pas demandé pourquoi il n'était pas mort, fis-je d'un air pincé.

Frank préféra ignorer la remarque.

— Bret était aux portes de la mort, dit-il. Quelle différence cela faisait-il ? Peut-être était-il préférable, pour des raisons de sécurité, de dire qu'il était mort.

— Mais tu n'as pas connaissance d'une raison particulière ?

— Non, Bernard.

Il but un peu de vin, étudia la couleur de celui qui restait dans son verre avec toutes les allures de la concentration.

— Harry le Gandin m'a un peu asticoté, là-bas, dis-je.

Frank leva un sourcil.

— Il voulait me dire que, quoi que fasse Bret, Washington voyait cela d'un bon œil.

— Eh bien, dit Frank, Harry le Gandin doit savoir de quoi il parle. Il s'est décroché un bon petit boulot, là-bas. Ils l'utilisent comme garçon de courses, mais son salaire de départ ressemblerait plutôt à la rançon d'un roi.

— Le même boulot que moi, fis-je remarquer. A part le salaire.

— Et pourquoi Harry le Gandin t'a-t-il « asticoté », comme tu dis ?

— Il m'a dit que je posais trop de questions.

241

— Cas flagrant d'erreur sur l'identité, dit Frank avec son humour laborieux. Cela ne te ressemble pas du tout. Des questions au sujet de Bret ?

— Cela concernait aussi Fiona. Une sorte de trou financier. Avec beaucoup d'argent impliqué. Prettyman avait la signature... Probablement comme intermédiaire avec la trésorerie centrale.

— Tu continues à te répandre partout en disant que Prettyman a été assassiné pour une raison très particulière, hein ? J'ai jeté un coup d'œil aux statistiques des meurtres à Washington ; c'est affolant. Et je sais que le directeur adjoint a fait demander au FBI de s'intéresser tout particulièrement au meurtre de Prettyman. Il n'y a rien qui laisse supposer autre chose qu'un banal crime de voyous. Une affaire désolante, mais sans rien pour justifier un supplément d'enquête.

— Cela semblait l'occasion d'en apprendre plus sur Fiona.

— Je pensais que nous avions appris tout ce qu'il y avait à apprendre sur Fiona.

— Ses mobiles. Ses complices et ainsi de suite.

— J'imagine que le Service a déjà suivi toutes les pistes, Bernard. Des mois après, on venait encore renifler autour de toute personne ayant eu le moindre rapport avec Fiona.

— Même de toi ?

— Nul n'est au-dessus de tout soupçon dans ce genre d'enquête, Bernard. Je pensais que tu le savais mieux que quiconque. Le directeur général a eu le ministre sur le dos pendant des semaines. Je pense que c'est cela qui l'a rendu malade.

— Est-il vraiment malade ? demandai-je. Ou est-ce juste une astuce pour se retirer plus tôt ?

Frank et le directeur général, qui avaient fait la guerre ensemble, étaient restés des amis très proches.

— On ne voit plus beaucoup Sir Henry, n'est-ce pas ? finit-il par répondre. On le laissera probablement en fonctions jusqu'au terme de son contrat pour lui assurer l'intégralité de sa retraite. Mais je ne le vois pas reprenant les rênes.

— Et Sir Percy lui succédera ?

— Nul ne le sait pour le moment. On dit que le Premier ministre souhaiterait quelqu'un de l'extérieur. Ne serait-ce que pour éviter d'avoir une commission parlementaire contrôlant nos moindres gestes.

Les « anges à cheval » de Frank arrivèrent. Il s'agissait de deux huîtres chaudes entourées de bacon frit et posées sur un toast. Frank s'en tenait obstinément à la tradition victorienne des petits plats salés en fin de repas « pour se faire le palais avant le porto ». Il dégusta ses « anges » avec un enthousiasme qu'il n'avait encore manifesté que pour le bordeaux, et ne dit pas un mot avant d'avoir fini son assiette. Puis il s'essuya les lèvres avec une immense serviette de toile et proclama :

— Tu es vexé, hein, Bernard ?

— Vexé ?

Il sourit.

— N'essaie pas de me dire le contraire.

— Et pourquoi le serais-je ?

— Je ne suis pas gâteux, dit Frank. Tu te rappelles très bien que, tout récemment, je t'ai dit que Sir Henry n'était pas allé à Berlin depuis des années. Maintenant, je viens de te dire qu'il était à un dîner au Kempf, et tu en as le nez qui bouge. Pas vrai, Bernard ?

— C'est sans importance, dis-je.

— Exactement. C'est le principe de la « nécessité du renseignement » : les seules personnes auxquelles on confie les secrets sont celles dont il est nécessaire qu'elles les connaissent. Et pas celles qui veulent simplement les découvrir.

Il leva la bouteille, mais s'aperçut qu'elle était vide.

— Un soldat mort ! dit-il. Et les morts ne parlent pas. Que dirais-tu d'un verre de madère ?

— Plus rien pour moi, Frank, sinon je vais m'endormir sur mon bureau.

— Très juste. Qu'est-ce que je disais ? Ah oui, la nécessité du renseignement...

243

— Tu étais en train de me dire de ne pas mettre mon nez dans des affaires qui ne me regardaient pas.

— Pas du tout. Je t'expliquais simplement la politique du Service. J'ai appris que tu t'étais lancé dans une nouvelle croisade. Je tentais juste de te convaincre que personne n'avait rien contre toi, et que toute activité en dehors des normes, de la part de n'importe quel employé, préoccupe les services de sécurité.

— Merci.

— Tu essaies toujours de trouver une taupe ?

Il sourit de nouveau. Frank avait une foi absolue en ses supérieurs, pourvu qu'ils aient fréquenté les bonnes écoles ou qu'ils se soient bien conduits dans l'armée. Tout soupçon à leur encontre lui paraissait du plus haut comique.

— Non, Frank, dis-je. Pas du tout.

— Je suis de ton côté, Bernard.

— Je le sais, Frank.

— Mais tu as des ennemis — ou plus exactement des rivaux — et je ne veux pas qu'on leur fournisse un prétexte pour te matraquer.

— Certes.

— Tu as quoi... quarante-quatre ans exactement.

Ainsi, Frank tenait le compte de mes anniversaires. Je poussai un grognement affirmatif.

— Avec tes deux adorables gosses, poursuivit-il, tu devrais penser un peu à ta carrière, au lieu de méditer sur la manière d'embêter tes supérieurs.

Il marqua une pause, comme pour laisser à ses paroles le temps de faire leur effet, puis il ajouta :

— C'est seulement un conseil de sagesse, Bernard.

Après quoi, il posa sa serviette sur la table et se leva pour montrer que la leçon de morale était terminée.

— Très bien, Frank, dis-je. A partir de maintenant et à tout jamais, stricte nécessité du renseignement...

— C'est cela. Pense aux enfants, Bernard. Depuis que Fiona est partie, ils n'ont plus que toi sur qui s'appuyer.

— Je le sais, Frank.

244

Je n'avais rien promis à Frank Harrington que je ne me fusse déjà promis à moi-même. Tout se passait comme si tout le monde, dans l'hémisphère occidental, s'était ligué pour me convaincre que Bret Rensselaer était la pureté même. Devant un tel concert, il eût été stupide de continuer à fouiller dans ce qu'il avait pu faire avant la désertion de Fiona.

Cet après-midi-là, je me remis au travail avec une ardeur renouvelée. Et le jeudi, malgré une deuxième vague de papiers en provenance de chez Dicky, mon bureau était pratiquement dégagé. Pour célébrer la fin de mes investigations privées, j'emmenai Gloria et les enfants passer un week-end à la campagne. C'était le premier week-end de congé de la fille remplaçant Doris, qui se trouvait à notre service depuis six jours.

Nous partîmes tôt le samedi matin. Dans un immense champ près de Bath, nous visitâmes une exposition en plein air de machines à vapeur anciennes, toutes en état de marche. Les enfants adorèrent cela. Gloria semblait encore plus jeune et encore plus belle. Malgré la présence constante des enfants, elle me répétait combien elle trouvait merveilleux de m'avoir pour elle toute seule. C'était sans doute la première fois que nous découvrions tous quatre que nous formions une famille, et une famille heureuse. Même Sally, qui avait montré jusque-là une certaine réserve à l'égard de Gloria, l'embrassait comme j'avais cessé d'espérer qu'elle le ferait un jour. Quant à Billy, d'habitude si prosaïque et si réservé, il emmena Gloria faire une promenade au cours de laquelle il lui raconta l'histoire de sa vie et lui donna quelques tuyaux sur la façon de s'y prendre avec notre nouvelle bonne. Celle-ci ne m'inspirait qu'une confiance limitée. Je finissais par me rendre compte que Doris n'était pas si mal en définitive.

Le samedi soir, nous arrivâmes dans un charmant petit village appelé Everton. Nous dînâmes à l'hôtel local. La route était longue pour retourner à Londres, et nous décidâmes à l'improviste de passer la nuit sur place. Avec une prévoyance toute féminine, Gloria avait mis quelques affaires, dont les pyjamas et les brosses à dents des enfants, dans un sac à l'arrière de la voiture.

Je devais toute ma vie me rappeler ce week-end. L'avenir universitaire de Gloria ne fut pas évoqué. Le dimanche matin, nous partîmes tous en promenade dans les champs sans rencontrer âme qui vive. Nous longeâmes une rivière pleine de poissons et aboutîmes dans un petit pub au bord de l'eau, décoré de photos de Maria Callas et de programmes de théâtre. Nous bûmes une bouteille de Pol Roget. Billy se couvrit de boue et Sally cueillit des fleurs. Gloria me dit que tout pourrait être toujours ainsi, et je me laissai aller à la croire.

Les enfants grandissaient si vite que j'avais du mal à reconnaître dans le grand gaillard qui marchait à côté de moi le petit gamin que Billy était encore quelques mois plus tôt. Nous nous apprêtions à franchir tant bien que mal un ruisseau lorsqu'il me dit soudain :

— Les filles ont toujours du mal à déménager.

— Tu veux parler de Sally ?

— Oui, elle avait ses amies à son école de Marylebone. Mais maintenant, tout va bien. Elle aime l'endroit où nous sommes. Tout ce que les filles veulent, c'est parler de fringues. Alors, elle peut aussi bien être n'importe où.

— Et toi ?

— Je vais entrer au Club des Vieilles Voitures.

J'eus du mal à dissimuler ma surprise.

— Tu crois que tu as l'âge ? Et est-ce qu'il ne faut pas avoir une voiture ?

— Ils me laisseront sans doute donner un coup de main... réparer les moteurs, gonfler les pneus et le reste.

Il me regarda et ajouta :

— J'aime bien notre nouvelle maison, papa. Sally aussi. Alors, ne t'inquiète pas pour nous.

Je lui pris le bras et le fis voltiger pour passer l'eau. Il était lourd, sacrément lourd. Je ne pourrais plus jamais le porter sur mes épaules.

Comme j'escaladais à mon tour la rive boueuse, il me dit :

— J'ai vu grand-père, l'autre jour.

— Grand-père ?

— Il a une nouvelle voiture, une Bentley turbo bleu marine. Il est venu à l'école.

— Tu lui as parlé ?

— Il nous a reconduits à la maison.

— Je croyais que la bonne était venue vous chercher ?

— Elle est venue avec nous.

— J'aurais dû vous emmener le voir, dis-je.

— Il a dit que nous pouvions passer des vacances avec lui. Il va en Turquie. Il se peut qu'il fasse tout le chemin en voiture.

— Grand-père ? Tu es sûr de cela, Billy ?

— Est-ce qu'on pourrait y aller, papa ? Peut-être dans la Bentley.

— As-tu raconté cela à Tante Gloria ?

Billy prit un air contrit et fixa ses souliers boueux.

— Elle a dit qu'il ne fallait pas t'en parler. Elle a dit que cela t'ennuierait.

— Mais non, Billy. Il faut que je voie cela. Je vais peut-être en parler à grand-père.

— Merci, papa ! s'exclama Billy en me serrant contre lui. Merci, merci ! Tu crois que grand-père me laissera être à l'avant ?

— C'est très loin, la Turquie, tu sais.

— Voilà Sally et Tante Gloria ! cria alors Billy. Elles ont trouvé le moyen de traverser le ruisseau.

C'était ainsi que tout avait commencé. S'il s'agissait de simples vacances, pourquoi le père de Fiona n'était-il pas venu tout bonnement me trouver ? La Turquie était à deux pas de l'URSS. La seule pensée de voir mes enfants s'y rendre avec mon trop astucieux beau-père me remplissait d'épouvante.

La petite histoire de Billy avait déjà jeté une ombre sur notre idylle, mais ce fut ce vieux fou de Dodo qui me remit pour de bon dans le pétrin. A notre première rencontre, en France, je l'avais pris pour un aimable vieil excentrique un peu trop porté sur la boisson. Mais, cette fois, j'allais devoir faire face à toute l'arrogante méchanceté que ce vieil ivrogne recélait.

Bien que la chose fût impossible à confirmer, il me paraissait hors de doute que la mère de Gloria lui avait téléphoné et lui avait ouvert son cœur en lui disant combien elle se sentait solitaire et délaissée. Gloria disait que Dodo avait, depuis très longtemps, manifesté une tendre affection pour sa mère. Toutefois, à tous ceux qu'il rencontrait à Londres, il affirmait qu'il était là « pour affaires ». Il était brusquement apparu, vêtu d'un complet de tweed ancien mais superbement coupé, et, durant la première semaine, il avait occupé au Ritz une chambre donnant sur le parc.

Il avait des relations, évidemment. Non seulement des Hongrois expatriés et les gens qu'il avait connus durant son séjour à Vienne, mais aussi des gens « des services ». Car Dodo avait été l'un des « Prussiens » de Lange ; et, pour certains, c'était là un titre de gloire incomparable. Il avait également joué un rôle mal défini dans le réseau auquel le père de Gloria avait appartenu à Budapest, avant de s'évader. Et Dodo était de ces hommes à qui on peut faire confiance pour « garder le contact ». Ses « vieux copains » du ministère du Trésor et du Foreign Office l'emmenaient déjeuner au Reform et au Travellers.

Il aimait aller aux soirées. Il allait aux soirées diplomatiques, aux soirées artistiques, aux soirées « mondaines », aux soirées littéraires. Je n'ai jamais su combien de temps il avait passé avec les parents de Gloria, et s'ils avaient parlé très longuement de moi et de mes activités, mais, lorsque je le rencontrai de nouveau, il était étonnamment bien informé sur mon compte.

L'invitation de Dodo à prendre un verre « avec des amis, jeudi de six à huit ou aussi longtemps qu'il y aura quelqu'un » à une élégante adresse de Chapel Street, près d'Eaton Square, était griffonnée sur du papier à en-tête du Ritz. Elle était arrivée par la poste le mercredi matin, et elle ne nous préparait guère à ce qui nous attendait.

Devant la petite maison, typique des beaux quartiers de Londres, de luxueuses voitures étaient garées, et un maître d'hôtel en tenue réglementaire nous ouvrit la porte. Beaucoup des invités étaient en smoking ou en robe du soir. Gloria pesta tout bas, car elle était habillée du tailleur de tweed qu'elle portait à son travail et n'avait pas eu le temps de se coiffer.

Il semblait y avoir des invités dans toutes les pièces de la maison. Dans la première où nous entrâmes, un jeune homme et deux jeunes filles, tous trois en tenue de soirée, étaient absorbés dans la contemplation d'un grand album illustré. Nous les laissâmes à leur sort et passâmes dans la pièce suivante, où deux hommes, derrière une table à tréteaux, distribuaient des verres.

— Des vins hongrois, dit l'un d'eux, en réponse à ma question. Uniquement des vins hongrois.

Nos verres à la main, nous montâmes l'escalier. De la musique venait de l'étage supérieur.

— C'est un cymbalum, dit Gloria. Un cymbalum hongrois. Où Dodo a-t-il pu trouver quelqu'un pour en jouer ?

— Tu vas pouvoir le lui demander, fis-je.

En effet, Dodo descendait l'escalier avec, lui aussi, un verre à la main et un large sourire aux lèvres. Il s'était fait tout récemment couper les cheveux, mais le smoking qu'il arborait avait connu des jours meilleurs, et il portait en même temps des souliers de daim bleu avec des lacets dépareillés, ainsi que des chaussettes rouges. Son sourire s'élargit encore lorsqu'il nous aperçut. Il n'était pas le genre d'homme à se sentir déprécié par de vieux vêtements. Au contraire, il semblait les aimer comme il aimait les vieux vins et les vieux livres, et la gêne ressentie par Gloria parce qu'elle ne se sentait pas habillée de façon appropriée lui échappa totalement.

Il avait déjà pris quelques verres, et il réduisit les salutations d'usage au minimum pour évoquer les caractéristiques de quelques-uns de ses invités les plus remarquables.

— Le type que vous avez vu avec moi dans l'escalier est

249

l'homme fort opérant dans la coulisse à la Lufthansa. Il occupait une chambre voisine de la mienne quand je vivais dans cet abominable trou à rat dans Kohlmarkt. Maintenant, bien sûr, c'est une des artères les plus élégantes de Vienne.

Dodo nous conduisit dans la salle où jouait l'orchestre tzigane. Il y faisait sombre, et seules des bougies éclairaient les visages des musiciens et laissaient deviner les mines ravies des auditeurs.

— C'étaient des czardas qu'ils jouaient ? demanda Gloria, sur un ton gourmand qui me révéla soudain un nouvel aspect de sa personnalité.

— Bien sûr, Zu chérie, fit Dodo.

— Tu es merveilleux !

Elle avait brusquement oublié tous ses problèmes de vêture et de coiffure. Elle lui donna un baiser enthousiaste et lui dit quelque chose en hongrois. Je me sentais soudain mis à l'écart.

— Es-tu de Budapest ? demandai-je à Dodo, plus pour engager la conversation que par curiosité véritable.

— Tous les Hongrois sont de Budapest ! répondit-il avec flamme.

— Oui, dit Gloria. Nous aimons tous Budapest. Tu as raison ; tous les Hongrois se sentent chez eux à Budapest.

— Même vous, les Tziganes, proclama Dodo, tandis que l'orchestre recommençait à jouer.

Gloria commença à faire onduler son corps au rythme de la musique.

— Est-ce que Zu t'a déjà dit la bonne aventure ? me demanda Dodo.

— Non, jamais.

— Pas de tarots ?

— Non, Dodo, intervint Gloria. Parfois, il vaut mieux ne pas connaître l'avenir.

L'incident était clos.

— Avez-vous déjà mangé ? demanda Dodo.

Sur notre réponse négative, il nous conduisit jusqu'à la cuisine, où deux spécialistes travaillaient frénétiquement à la confection de plats insolites. Gloria et Dodo s'employèrent à me donner le nom de tous les plats, en en discutant âprement les recettes. Je goûtai à tout : lamelles de veau à la crème aigre, carrés de bœuf aillés au paprika rouge, morceaux de poulet panés, porc bouilli au radis noir et poisson de rivière à l'ail et au gingembre. Cela ne ressemblait en rien à ce que j'avais pu manger dans la Hongrie actuelle, pays de ragoûts insipides, aux portions mesurées selon les instructions gouvernementales.

Le seul bon repas que j'avais fait là-bas avait eu lieu dans une vaste maison de campagne près du lac Balaton. L'hôte était un trafiquant du marché noir qui avait un colonel de la Sécurité comme invité d'honneur, et la nourriture était venue clandestinement de Munich.

Mais quand Dodo affirma, comme il est maintenant d'usage, que les Hongrois avaient recommencé à fort bien manger et que Budapest redevenait rapidement un haut lieu de la gastronomie, je hochai la tête, souris et confirmai pieusement la chose.

Notre repas terminé, nous cherchâmes un endroit où nous installer confortablement. L'orchestre tzigane ayant attiré nombre des invités à l'étage supérieur, les pièces du bas étaient presque vides. Dans l'une d'elles se trouvait une grande table avec des affiches et des prospectus vantant les mérites d'un livre tout frais sorti des presses intitulé *Le monde merveilleux de la cuisine hongroise*. Je compris alors que l'astucieux Dodo s'était tout simplement approprié, pour nous recevoir, une somptueuse réception publicitaire organisée par un éditeur généreux. Il me vit examiner la table et sourit sans même chercher à s'expliquer. Il était comme cela.

Un serveur en veste blanche et épaulettes dorées vint nous proposer du café et des petites crêpes roulées à la confiture. Mais Dodo ne se souciait plus de manger ; il voulait nous raconter sa jeunesse viennoise.

— La logeuse — mesquine et vénale comme seules savent l'être les logeuses viennoises — avait un fusain de Schiele accroché dans sa cuisine. Dans sa cuisine ! Elle l'avait arraché au pauvre diable en remboursement de quelque petite dette insignifiante. Et elle n'appréciait même pas sa chance ! La vieille garce ! Elle passait son temps à dire qu'elle aurait préféré un tableau en couleurs. N'importe quelle personne de goût aurait beaucoup plus apprécié ce charmant portrait au fusain... Une jeune femme. Peut-être la femme de Schiele, Edith. Cela lui aurait donné encore plus de valeur, évidemment.

J'essayais de ne pas l'écouter. Un autre serveur apparut à la porte. Dodo avala en vitesse le reste de son whisky et agita son verre vide à bout de bras. En un temps record, un double scotch arriva, et Dodo reprit le cours interminable de ses histoires. Je commençais à avoir mal à la tête.

Mais, peu à peu, la jovialité de Dodo avait tourné à une dérision teintée d'hostilité. Il posa une main lourde sur mon épaule et proclama :

— Nous savons, nous qui avons eu l'honneur de servir le gouvernement de Sa Majesté en des circonstances délicates et dangereuses, que la fortune vient récompenser les braves. Pas vrai, Bernard ? Pas vrai ?

Il avait déjà fait des déclarations de ce genre au cours de la soirée, et, cette fois, je décidai de ne plus rien laisser passer.

— Je ne suis pas sûr de comprendre, dis-je.

Ayant perçu de l'irritation dans ma voix, Gloria nous regarda l'un après l'autre.

— Un agent un peu futé, reprit Dodo, ne se contente pas, pour tout paiement, d'une décoration et d'un grand merci. Un agent vraiment malin sait qu'il peut récolter un gros paquet d'argent, et sait aussi qu'il y en a encore plus quelque part. Tu vois ce que je veux dire ?

— Non, dis-je.

Il me frappa de nouveau sur l'épaule, d'un geste qu'il pensait sans doute fraternel.

— Et pourquoi pas ? continua-t-il. Je ne suis pas contre. Que ceux qui ont été à la peine se fassent donc un peu d'argent ! Ce n'est que juste.

— Tu veux parler de papa ? demanda Gloria.

Elle avait, elle aussi, dans la voix, une petite note qui aurait incité Dodo à la prudence s'il avait été moins ivre. Il eut un petit ricanement dédaigneux.

— Chérie, dit-il, ce que ton cher père touchait — comme moi, d'ailleurs — était des clopinettes comparé à ce que peuvent engranger ceux qui connaissent vraiment la combine. Si tu ne sais pas encore cela, Bernard pourra te donner les détails.

— Je n'ai encore jamais rencontré d'agent opérationnel qui soit riche, fis-je.

— Vraiment, chéri ?

Un sourire plein de malignité apparut lentement sur son visage.

— Où veux-tu en venir ? lui demandai-je.

— Si tu veux faire comme si tu ne savais pas ce dont je parle, eh bien, soit ! Comme tu veux !

Il but son whisky, dont il se répandait une partie sur le menton, et tourna la tête.

— Tu ferais mieux de m'expliquer, lui dis-je.

— Bon Dieu ! Toi et ta sacrée femme.

— Moi et ma sacrée femme... Et ensuite ?

— Allons, chéri ! fit-il, avec un sourire entendu. Ta femme était au Service des Opérations, non ? Elle était l'une des administratrices d'une sorte de fonds secret. Elle a disparu, et l'argent aussi. Ne me dis pas que tu n'as pas mis la main sur quelques billets, ou qu'il n'y en a pas de placés quelque part au nom des enfants.

— Oncle Dodo, cela suffit ! dit sèchement Gloria.

— Laisse-le parler, intervins-je. Je voudrais en entendre un peu plus.

Comme de petits animaux rusés, ses yeux passèrent d'elle à moi.

— Berlin, le Ku-Damm, fit-il d'un air entendu.

— Eh bien ?

— Schneider, von Schild et Weber.

— On dirait une banque, remarquai-je.

— C'est une banque, fit Dodo, comme s'il venait de marquer un point. C'est une banque.

— Et alors ?

— Tu veux vraiment que je continue, chéri ?

— Oui.

— Weber, le petit-fils de l'un des fondateurs, traite des affaires financières spéciales pour le compte du gouvernement britannique. C'est de là qu'est venu ton argent.

— Mon argent ? Quel argent ? Et comment l'aurais-je eu ? demandai-je, maintenant convaincu qu'en plus d'être ivre, il était fou.

— Tu as la signature sur le compte.

— Foutaise.

— C'est un fait, qui peut facilement se prouver ou se démentir.

Le serveur posa devant lui, sur la table, une soucoupe de chocolats à la menthe. Sans se soucier de faire passer la soucoupe, Dodo prit un chocolat, le dépiauta, l'examina et le mit dans sa bouche.

— Qui t'a dit tout cela ? demandai-je.

Mâchant son chocolat, Dodo répondit :

— Je connais le jeune Weber depuis des années. Quand j'ai été mis à la retraite par le Service, c'est son père qui a arrangé mes affaires.

Je le regardai, tentant de deviner ce qu'il pouvait avoir en tête. Il mâchait toujours son chocolat et me contemplait d'un air absent.

— Tu es tout le temps à Berlin, chéri, dit-il. Va au Ku-Damm et parle avec Weber.

— C'est peut-être ce que je vais faire.

— Il doit y avoir au moins une douzaine de personnes ayant la signature sur ce compte — pas moins ! Mais il faut deux signatures différentes pour retirer de l'argent. Ta femme et toi, par exemple.

— Une douzaine de signatures ?

— Ne joue pas les naïfs, chéri. C'est de pratique courante, et nous le savons tous.

La malveillance éclatait maintenant dans sa voix et dans son regard.

— Des noms bidon ? fit Gloria.

— Pas besoin de cela. On utilise de vrais noms. Cela ne fait que dissimuler la nature et l'objet des mouvements de fonds et cela donne un brin de crédibilité au compte au cas où quelqu'un se montrerait trop curieux.

— C'est peut-être comme cela que le nom de Bernard s'est retrouvé là, dit Gloria.

De toute évidence, elle croyait ce que Dodo avait raconté. Le regard de celui-ci était presque hypnotique. Il y avait en lui quelque chose d'effrayant, comme une émanation du mal à l'état brut.

— Si tu n'as pas mis la main sur une part de ce pactole, alors, tu t'es vraiment fait rouler, chéri, dit-il.

Il se mit à rire, comme s'il jugeait cette hypothèse trop invraisemblable pour être retenue. Puis il regarda Gloria, comme pour l'inviter à partager son amusement. La voyant détourner le regard, il prit son verre, avala une longue rasade et marmonna :

— Il faut que j'y aille. Il faut que j'y aille...

Je ne me levai pas. Je laissai le vieux fou se hisser sur ses pieds et tituber en direction de la porte. Gloria et moi restâmes silencieux pendant quelques minutes. Puis, dans un évident esprit d'apaisement, elle me dit :

— Dodo était un peu drôle ce soir.

— « Drôle » était le mot que je cherchais, fis-je.

XVIII

La veille de mon départ pour Berlin, Werner me téléphona pour me demander si j'arriverais avec des bagages. Je ne prenais, pour des voyages de ce genre, qu'un attaché-case avec un pyjama et mon nécessaire de rasage.

— Pourrais-tu te charger d'un paquet pour moi ? Je ne te l'aurais pas demandé si Ingrid n'en avait pas eu un besoin urgent.

— Ingrid ? Qui est Ingrid ?

— Ingrid Winter. La nièce de Lisl. Elle m'aide pour l'hôtel.

— Ah, vraiment ?

— Ce sera lourd, précisa-t-il avec un brin de confusion dans la voix. C'est du tissu à rideaux de chez Peter Jones, le magasin de Sloane Street. Ingrid dit qu'elle n'arrive à trouver le motif qu'elle veut nulle part à Berlin.

— D'accord, Werner, d'accord.

— Attends un peu de voir l'hôtel, Bernie. Presque tout a changé. Tu ne reconnaîtras pas l'endroit.

« Dieu du Ciel ! » pensai-je intérieurement. Je demandai aussitôt :

— Et comment Lisl prend-elle tous ces changements ?

— Lisl ? dit Werner, comme s'il arrivait à peine à se souvenir de qui il s'agissait. Lisl adore. Elle dit que c'est merveilleux.

— Tu es sûr ?

257

— Nous ne ferions rien qui déplaise à Lisl, Bernie. Tu le sais bien. C'est pour elle que nous faisons tout cela.

— Et elle apprécie ?

— Bien sûr. Je viens de te le dire.

— A demain, Werner.

— Et c'est volumineux, aussi.

— Ne t'inquiète pas, Werner. Je t'ai dit que je l'apporterais.

— S'il y a des droits de douane, tu les paies. Ingrid veut que les tapissiers se mettent tout de suite au travail.

— Entendu.

— Tu passeras la nuit ici ? Nous avons de la place.

— Volontiers, Werner. Merci.

— Ingrid fait un flan aux herbes sensationnel.

— Je n'ai pas mangé de flan aux herbes depuis vingt ans. Du vrai, en tout cas.

— Avec des herbes fraîches, dit Werner. C'est là le secret. Des herbes fraîches et des œufs frais.

— Il semble que, finalement, Ingrid ne soit pas trop encombrante.

— Oh non ! fit Werner. Elle n'est pas encombrante du tout.

En débarquant à Berlin, je maudissais Werner, Ingrid et le gros rouleau de tissu dont je m'étais encombré. Me voyant me battre avec cette monstruosité, le douanier se borna à sourire. A Berlin, même les douaniers sont humains.

Werner se battit également avec le rouleau pour tenter de le caser sur le siège arrière de sa BMW série 7 toute neuve à carrosserie argent, mais il dut se résigner à en laisser dépasser l'extrémité par la fenêtre.

— Cela ne te ressemble pas, Werner, lui dis-je alors qu'il plongeait dans la circulation avec une insolente aisance que je ne lui avais jamais connue. Cette superbe voiture dernier cri, cela ne te ressemble pas du tout.

— J'ai changé, Bernie, dit-il.

258

— Depuis que tu diriges l'hôtel?

— C'est cela. Depuis que je dirige l'hôtel, fit-il avec un sourire entendu.

D'épais nuages gris recouvraient la ville, et il commençait à pleuvoir. Les Berlinois étaient encore engoncés dans leurs gros vêtements d'hiver. Le printemps ne semble jamais pressé d'arriver à Berlin.

Il me déposa au bureau de Frank Harrington, où je me mis aussitôt en devoir de justifier mes appointements. Frank et ses deux adjoints explorèrent avec moi les dernières directives de Londres, jurant et protestant devant chacune des absurdités qu'elles contenaient. Je n'étais là que pour encaisser les objections et les récriminations des agents sur le terrain, et, le sachant, chacun s'en donnait à cœur joie. Ce petit jeu de rôles terminé, on me laissait reprendre le personnage plus confortable de Bernard Samson, ancien agent de l'Unité Opérationnelle de Berlin.

Ma journée de travail se poursuivit jusqu'à six heures et demie. La pluie était tombée puis avait cessé, mais il continuait à bruiner. Les bureaux s'étaient vidés et les rues s'étaient remplies. La voiture fournie par Frank me conduisit à l'hôtel de Lisl Hennig. Après qu'elle m'eut déposé, je restai un moment sous la pluie à examiner la façade avec appréhension, mais les changements annoncés par Werner n'étaient pas visibles de la rue. C'était toujours la vieille maison que j'avais connue toute ma vie. Elles se ressemblaient toutes, ces maisons du Ku-Damm, non loin du Zoo. Elles avaient été construites en série au début du siècle à l'intention de nouveaux riches, qui avaient choisi sur catalogue les dieux barbus et les nymphes plantureuses ornant les façades.

Les tirs d'artillerie de l'Armée Rouge et les bombardements anglo-américains étaient venus, depuis, apposer leurs cicatrices sur toutes les constructions de Berlin, et la façade de la maison de Lisl avait été, comme les autres, grêlée par les éclats. Les combats terminés, on avait refait le toit et replâtré à la hâte les contours des fenêtres, mais une véritable restauration attendait d'être opérée depuis quarante ans.

Je poussai les lourdes portes et montai l'escalier principal. Le tapis, d'un beau rouge profond, était neuf, et la rampe de cuivre, parfaitement astiquée, brillait comme de l'or. Un superbe lustre dominait l'escalier, et les multiples miroirs avaient été nettoyés, me renvoyant mon image à d'innombrables exemplaires. J'avais à peine commencé à gravir les marches que j'entendis le piano.

« Embrace me, my sweet embraceable you »...

Puis une cascade de notes improvisées. C'était Werner qui jouait. J'aurais pu reconnaître n'importe où son toucher. Quelque chose ressemblant à un état de grâce s'emparait de lui dès qu'il s'asseyait devant son clavier.

« ... my irreplaceable you. »

On avait placé le piano à queue en plein centre du grand salon. Et, à moins qu'on eût peint l'ancien en blanc, ce piano était nouveau. Il y avait également, dans la pièce, de profonds et moelleux fauteuils de cuir marron. Toutes les photos-souvenirs de Lisl avaient été nettoyées et redisposées l'une contre l'autre, couvrant un mur entier. Qui n'y figurait pas ? Il y avait là Einstein, Furtwängler, Strauss, Goebbels, Dietrich, Piscator, Brecht, Weil. Et ces photos portaient des dédicaces extravagantes à l'intention de Lisl ou de sa mère — Frau Wisliceny — qui avait autrefois reçu tout Berlin.

On n'apercevait que peu de clients : un groupe de quatre Danois, bavardant avec animation sans se soucier de la musique, et un couple desséché assis au bar, buvant des cocktails de toutes les couleurs en se faisant la tête. J'aperçus Ingrid Winter qui descendait l'escalier avec un plateau. Elle portait l'une de ses « robes de femme de fermier se rendant à la messe » d'un suprême raffinement, avec jupe descendant jusqu'au mollet et haut col de dentelle blanche. Elle me sourit.

Levant les yeux de son clavier, Werner me vit et cessa de jouer.

— Bernie ! s'exclama-t-il. Je t'avais dit de téléphoner. J'allais aller te chercher. Cette pluie est épouvantable.

— Frank m'a fait reconduire en voiture.

D'un fauteuil installé dans un coin de la pièce s'éleva la voix de Lisl :

— Qu'est-ce que tu fais, Bernd ? Viens embrasser ta Lisl.

Malgré toutes ses infirmités, sa voix restait ferme et impérieuse. Elle portait une ample robe rouge flottante, son visage était soigneusement maquillé et ses faux cils battaient comme ceux d'une jeune coquette. Lorsque je me penchai vers elle, je fus presque asphyxié par les effluves de son parfum.

— Bernd, dit-elle, ton manteau est tout humide. Retire-le et dis à Klara de le faire sécher dans la cuisine.

— Tout va bien, Lisl.

— Fais ce que je te dis, Bernd. Ne sois pas si entêté.

Je retirai mon pardessus et le donnai à la vieille Klara, soudain surgie d'on ne savait où.

— Et maintenant, reprit Lisl, tu vas descendre à la chaufferie. La pompe recommence à nous faire des ennuis. Je leur ai dit que tu saurais réparer cela.

— Je vais essayer, dis-je sans conviction.

Lisl s'était mis dans la tête que j'avais passé mon enfance à réaliser des prodiges mécaniques et électriques sur les antiques installations de la maison. C'était faux, bien sûr. Mais l'idée que « Bernd allait arranger cela » était le prétexte que se donnait Tante Lisl pour retarder le moment inévitable où l'on devrait changer les appareils.

— L'hôtel a l'air splendide, Lisl.

Elle fit mine de ne pas avoir bien entendu, mais son petit sourire en coin suffisait à montrer combien elle était satisfaite du travail effectué par Werner.

On ne pouvait pas vraiment espérer me voir guérir la pompe de ses maladies chroniques ; son état était beaucoup trop avancé. Werner descendit avec moi à la chaufferie pour examiner la vieille brute incontinente. M'efforçant d'apporter un semblant de justification à la confiance inconsidérée que

261

me vouait Lisl, je tapotai les cadrans et palpai des tuyaux tièdes alors qu'ils auraient dû être brûlants.

— Il n'y a pas que la chaudière, fit remarquer Werner. C'est toute l'installation qui devrait être changée. Mais je prie le Ciel pour qu'elle tienne jusqu'à l'année prochaine.

Nous continuions à contempler la bête dans l'espoir de la voir soudain reprendre vie lorsque Ingrid Winter vint nous rejoindre. Elle resta un moment à côté de nous à regarder silencieusement la chaudière. Je lançai vers elle un coup d'œil discret. C'était une belle femme, avec un joli teint et des yeux clairs, qui devenaient brillants dès qu'elle vous regardait. Elle respirait cette assurance douce et tranquille qu'on aime à trouver chez une infirmière.

— Est-ce que tu ne pourrais pas changer d'abord la chaudière ? demandai-je. Puis refaire la plomberie peu à peu ?

— Le plombier dit que ce n'est pas possible, répondit Werner, avec un regard montrant toute sa lucidité quant à mon ignorance profonde. Le genre de chaudière qu'il nous faudrait pour les nouvelles salles de bains ne pourrait pas fonctionner avec l'ancienne plomberie. Elle est trop vieille.

— Peut-être devrions-nous consulter un autre spécialiste, Werner, intervint Ingrid Winter.

Elle avait un accent du sud de la Bavière, mais très léger. Ce fut autre chose, une intonation particulière, qui me fit regarder instinctivement Werner. Celui-ci me rendit mon regard, avec ce sourire sans gaieté qui me ramenait à notre adolescence commune. Werner m'avait dit un jour que c'était là son air « indéchiffrable », mais « coupable » eût été un terme plus juste.

— Le vieux Heinmüller connaît très bien l'installation, Ingrid, dit-il. C'est son père et lui qui l'ont remise en route après les bombardements.

— Il faudra quand même que nous fassions quelque chose, Werner.

Cette fois, elle put dissimuler le ton intime qu'elle prenait avec lui. Il existait entre eux cette entente implicite que Goethe définissait par le mot *Wahlverwandtschaft*.

— Pendant que nous sommes seuls ici, Ingrid, dit Werner en

lui touchant le bras, parle un peu à Bernie du Hongrois. Dis-lui ce que tu m'as dit.

Elle hésita un instant et fit :

— Peut-être aurais-je mieux fait de ne rien dire du tout... Mais, l'autre soir, je parlais à Werner de ma mère et de ce Hongrois abominable qui habite près de chez nous.

— Dodo ? dis-je.

— Oui. Il se fait appeler Dodo.

— Et alors ?

— C'est un petit homme pitoyable. Je ne l'ai jamais aimé. Je préférerais que Mère ne l'invite pas chez nous. Il essaie toujours de se moquer de moi.

Elle s'interrompit et se mit à examiner les tuyaux rouillés de la chaudière.

— De toute façon, dit-elle, il faudrait les nettoyer. Je déteste la saleté.

— Quand ont-ils été revus pour la dernière fois ? demandai-je. Je me souviens qu'un jour, un type est venu, a changé un segment, et que tout s'est mis à marcher à la perfection.

Je sentais Ingrid mal à l'aise, et je voulais lui donner le temps de reprendre contenance.

— Nous avons essayé cela, fit Werner avec impatience. Ingrid, dis à Bernie ce qu'on a dit sur son père. Et sur le tien. Il vaut mieux qu'il sache.

Ingrid me regarda avec une évidente réticence.

— J'aimerais savoir, Ingrid, lui dis-je.

— Vous vous rappelez ce que je vous avais dit quand vous étiez venu voir ma mère ?

— Oui.

— Je vous avais bouleversé. Je le sais. Je suis désolée.

— Aucune importance.

— Presque tout ce que je sais vient de Dodo, et ce n'est pas une source digne de foi.

— Dites-le-moi quand même.

— Tout ce qu'on nous a jamais dit officiellement, c'était

263

que Paul Winter avait été tué après la fin des hostilités. Tué accidentellement.

— Par les Américains, dit Werner.

— Laisse-moi parler, Werner.

— Désolé, Ingrid.

— Ils ont dit qu'il essayait de s'évader, reprit Ingrid. Mais c'est toujours ce que l'on dit, n'est-ce pas ?

— Oui, fis-je. C'est toujours ce que l'on dit.

— C'est Dodo qui a remis toute cette affaire sur le tapis. Il a commencé à harceler ma mère à ce sujet. Vous savez probablement comment il est en pareil cas. Ma mère l'écoute. Il était nazi ; c'est pourquoi il s'entend si bien avec Mère.

— Nazi ? demandai-je.

— Il travaillait pour Gehlen, précisa Werner. L'Abwehr l'avait recruté à l'Université de Vienne. Quand, à la fin de la guerre, Gehlen a commencé à travailler pour les Américains, Dodo s'est retrouvé sous les ordres de Lange.

Je regardai Werner en essayant de deviner ce que mon père pouvait avoir à voir dans tout cela. Werner me sourit d'un air crispé ; il se demandait peut-être s'il avait bien fait de soulever le sujet.

— Dodo est un faiseur d'histoires, dit Ingrid. Certaines personnes sont comme cela, n'est-ce pas ?

Elle me regarda comme si elle attendait une réponse, et j'opinai du chef.

— C'est un homme perturbé, morbide, reprit-elle. Il boit trop et commence alors à ruminer et à gémir. Il s'apitoie sur lui-même. Les Hongrois sont le peuple qui a le taux de suicides le plus élevé du monde : quatre fois celui des Américains.

Ingrid s'interrompit net, s'étant sans nul doute rappelée que Gloria était hongroise elle aussi. Rouge d'embarras, elle se tourna de nouveau vers la chaudière et dit :

— Nous pourrions simplement la faire nettoyer et voir ce qui se passe ensuite. Même quand la pompe marche, l'eau n'est pas vraiment chaude.

264

— Lisl aurait dû en prendre une plus grosse quand elle l'a fait réparer, fis-je.

Je donnai à la chaudière deux tapes encourageantes, comme celles dont un officier napolitain pourrait gratifier un homme désigné pour une mission dangereuse. Et avec le même résultat.

Pendant un moment, je pensai qu'Ingrid avait résolu de ne plus rien dire, mais elle reprit subitement :

— Dodo pousse ma mère à engager des poursuites contre l'Armée américaine.

— Cela lui ressemble bien, dis-je.

— Pour obtenir un dédommagement pour la mort de Paul Winter. Abattu par accident.

— N'est-ce pas un peu tard, maintenant ? demandai-je. Et, à ce qu'il me semble, vous avez dit qu'il avait été tué en tentant de s'évader.

— Ingrid a simplement dit que c'était le prétexte avancé par les Américains, intervint Werner.

— Dodo, reprit Ingrid, a dit à ma mère que les Américains paieront la forte somme pour éviter le scandale.

D'un grognement, j'exprimai tous mes doutes quant à la théorie de Dodo.

— Mon oncle Peter était colonel dans l'Armée américaine, et il a été tué en cette même occasion. Dodo prétend qu'ils étaient en mission secrète.

— Et en quoi tout cela concerne-t-il mon père ? demandai-je.

— Il était là, affirma Ingrid.

— Où cela ?

— A Berchtesgaden, dit Ingrid. Le rapport d'enquête dit que c'est lui qui a abattu Paul Winter.

— Je pense qu'il y a erreur, répliquai-je. Werner a connu mon père. Il vous dira... tout le monde vous dira...

Je haussai les épaules.

— Mon père n'était pas un combattant. Il était dans le renseignement.

— Il a abattu Paul Winter, déclara froidement et calmement Ingrid. Paul Winter était un criminel de guerre — ou du moins le prétendait-on. Votre père était officier d'une armée qui nous avait vaincus. On a probablement étouffé l'affaire. Ces choses-là arrivent, en temps de guerre.

Je ne dis rien. Il n'y avait rien à dire. Elle pensait visiblement ce qu'elle disait, mais elle ne manifestait aucune colère. Elle était plus gênée que furieuse. Je suppose qu'elle n'avait aucun souvenir de son père. Il n'était rien de plus qu'un nom pour elle, et elle en parlait en conséquence.

Quand il apparut qu'Ingrid ne désirait pas m'en dire plus, Werner précisa :

— Dodo a utilisé la loi américaine sur la liberté d'information pour envoyer quelqu'un fouiller dans les archives de l'Armée. Il n'a pas trouvé grand-chose, sauf qu'un colonel américain et un civil allemand — tous deux nommés Winter — étaient morts de blessures par balles. Il faisait nuit et il neigeait. La commission d'enquête a conclu à un accident. Personne n'a été sanctionné.

— Tu es sûr que mon père était là ? Berchtesgaden était en zone américaine. Qu'aurait fait mon père avec les Américains ?

— Le capitaine Brian Samson, intervint Ingrid, a témoigné devant la commission d'enquête. Il y a une déclaration sous serment de lui, mais Dodo n'a pu en obtenir la transcription.

— Ce foutu Dodo est un dangereux petit salaud, proclama Werner. S'il est décidé à faire des ennuis...

Il ne termina pas sa phrase. Il n'en était nul besoin. Werner me connaissait assez pour savoir combien la moindre atteinte à la réputation de mon père me blesserait.

— Je n'ai pas de conflit avec Dodo, dis-je.

— Il vous déteste, précisa Ingrid. Après votre visite chez lui, il est venu voir maman. Il vous hait littéralement.

— Et pourquoi me haïrait-il ?

— Elle est hongroise, n'est-ce pas ?

— Oui, elle est hongroise.

— Et Dodo est un ami très proche de sa famille. Pour lui, vous n'êtes qu'un intrus particulièrement gênant...

Elle non plus ne termina pas sa phrase. Et elle non plus n'en avait pas besoin. Je hochai la tête. Elle avait raison, et je

266

connaissais la suite. Il était facile de me considérer comme un débauché d'un certain âge abusant d'une jeune fille innocente. C'était plus que suffisant pour déchaîner les pires sentiments chez un instable comme Dodo. Si cela avait été l'inverse, si l'épouvantable Dodo avait vécu avec la fille d'un de mes vieux amis, j'aurais été furieux moi aussi. Furieux au-delà de toute expression.

— Il y a toujours l'électricité, dit Ingrid.

— L'électricité ?

— Pour faire chauffer l'eau. Nous pourrions mettre des petits chauffe-eau électriques dans toutes les salles de bains, et l'eau de la chaudière ne servirait qu'à la cuisine.

Je me sentis soudain révolté par l'injustice du sort. Je regardai la chaudière et envoyai un coup de pied à l'endroit où l'eau arrivait dans la pompe. Rien ne se produisant, j'envoyai un deuxième coup de pied, plus violent. Un ronronnement se fit entendre. Ingrid et Werner me regardèrent avec un respect nouveau. Nous attendîmes quelques instants pour nous assurer que cela continuait à fonctionner, puis Werner toucha l'appareil. Il chauffait.

— Un verre ? proposa-t-il.

— Je commençais à croire que tu n'allais jamais y penser, dis-je.

— Ensuite, Ingrid fera le flan aux herbes. Tout est déjà prêt. Elle le fait à la graisse d'oie.

— Si vous voulez faire un peu de toilette, intervint Ingrid, il y aura de l'eau chaude en quantité dans la salle de bains du dernier étage. Elle vient directement du réservoir.

— Merci, Ingrid.

— Votre chambre est exactement telle qu'elle était. Werner voulait la faire retapisser et remeubler pour vous faire une surprise, mais je lui ai dit qu'il vaudrait mieux vous demander d'abord votre avis. J'ai pensé que vous la préféreriez peut-être telle qu'elle est.

— Je l'aime telle qu'elle est, dis-je.

— C'était très gentil à vous de rapporter le tissu des rideaux. Werner m'avait dit que vous n'y verriez pas d'inconvénient.

— A la graisse d'oie, hein ? fis-je. Ingrid, vous êtes une perle !

Werner sourit. Il souriait beaucoup depuis quelque temps.

XIX

Revenu à Londres avec encore en tête les pernicieuses diffamations de Dodo, je laissai un message à Cindy Prettyman, ou Matthews, comme elle semblait résolue à se faire appeler, malgré la pension qu'elle touchait. Elle me rappela presque immédiatement. Je m'attendais à ce qu'elle me reproche de ne pas lui avoir donné signe de vie plus tôt, mais elle ne formula aucune récrimination. Elle se montra charmante et très détendue. Le vendredi soir lui conviendrait tout à fait. Un hôtel dans Bayswater ? Comme elle voudrait... Avant de raccrocher, j'entendis un cliquetis caractéristique. Elle avait quitté son bureau pour aller appeler d'une cabine publique... Une cabine publique ? Et un hôtel dans Bayswater ? Après tout, Cindy avait toujours été un peu bizarre.

Il fallait que je lui parle. Les diverses affirmations de Dodo, qu'elles aient ou non le moindre fondement, rendaient la chose d'autant plus urgente. Et des opérations délicates telles qu'une plongée dans le petit monde fermé de Schneider, von Schild et Weber seraient plus facilement accomplies en utilisant les grands rouages anonymes du Foreign Office plutôt que les systèmes artisanaux du Service, par lesquels tous les intéressés pourraient savoir ou deviner que j'étais à l'origine de cette exploration.

— Je déteste l'idée que tu te confies à cette femme, me dit Gloria lorsque je rentrai le soir. Elle est tellement...

Gloria s'interrompit pour chercher le mot convenable.

— ...tellement sans chaleur.

— Tu crois ?

— Quand vas-tu la voir ?

— Vendredi soir, en quittant le bureau.

— Puis-je venir ? demanda Gloria.

— Bien sûr.

— Je serai de trop.

— Non, viens. Elle ne compte pas que nous dînions. Un verre, a-t-elle dit.

J'observais soigneusement Gloria. Durant toutes les années que nous avions passées ensemble, ma femme — Fiona — n'avait jamais manifesté une ombre de jalousie ou de suspicion, mais Gloria, elle, examinait toutes mes relations féminines comme si elles risquaient de devenir des rivales. Elle était particulièrement attentive aux femmes seules et aux relations du passé. A tous ces égards, Cindy pouvait être suspecte.

— Si tu en es sûr, dit-elle.

— Tu devras peut-être te boucher les oreilles.

J'entendais par là, bien sûr, qu'il risquait de se dire des choses que je pourrais être amené à nier ensuite, de même que Cindy, et que, si Gloria les entendait, il lui faudrait également être prête à les nier. A les nier sous la foi du serment.

Je pense qu'elle le comprit, car elle me dit :

— J'irai faire un tour aux toilettes. Cela lui donnera le temps de te dire ce qui peut être confidentiel.

Gloria finit par décider de ne pas venir. Elle avait simplement voulu voir, sans doute, si je lui dirais non et quelles raisons j'invoquerais pour cela. Je savais que toutes ces petites « épreuves » auxquelles elle me soumettait lui étaient dictées par son sentiment d'insécurité. Il m'arrivait même de me demander si son projet d'aller à l'université n'était pas une épreuve de plus, visant à me pousser à une proposition de mariage.

Ce vendredi soir, j'allai donc seul voir Cindy. C'était tout aussi bien. Cindy n'était pas dans un de ses meilleurs jours, et cela n'aurait certainement pas arrangé son humeur de voir Gloria en ma compagnie. Cindy considérait Gloria comme une jeune fonctionnaire débutante venue empiéter sur notre vieille camaraderie. « Ton intermède blond », disait-elle. Ce qui résumait toute sa pensée.

Cindy m'attendait dans une chambre du deuxième étage, assise sur le lit et fumant une cigarette. Il y avait à côté d'elle un plateau avec une théière, un pot à lait, une tasse — une seule — et un grand cendrier Martini plein de mégots marqués de rouge à lèvres. La grande tentative de Cindy pour arrêter de fumer semblait avoir été abandonnée. Elle me demanda si je voulais prendre un verre. J'aurais dû dire non, mais j'acceptai de prendre un scotch et lui donnai le carton contenant les photos d'inscriptions funéraires et les tentatives de déchiffrement faites par Jim. Ou plutôt j'essayai de le lui donner. Elle eut un geste las de la main et me dit :

— Je n'en veux pas.

— Mais Gloria m'a dit...

— J'ai changé d'avis. Garde cela.

— Il n'y a rien là-dedans qui puisse jeter la moindre lueur sur Jim et sur ce qu'il faisait, dis-je. Je parierais ma chemise.

Elle eut un geste d'indifférence.

Nous perdîmes un bon moment à obtenir du personnel de l'hôtel qu'il nous apporte nos consommations, et, en attendant, nous parlâmes de tout et de rien. Ce n'était pas exactement ma conception d'une agréable soirée. C'était Cindy qui en avait choisi le cadre : le Grand and International, un vieil hôtel poussiéreux situé sur le pourtour nord de Kensington Gardens et se dissimulant derrière les restaurants chinois de Queensway.

Elle avait fait l'effort de retenir la chambre, de la payer d'avance, d'obtenir de l'occuper sans bagages et d'y recevoir un visiteur mâle pendant une heure ou deux. Elle portait un élégant ensemble écossais vert et noir, et un manteau de fourrure synthétique était jeté sur le lit. Elle n'était pas grande et gracieuse comme Gloria, mais elle avait une agréable silhouette, et la façon dont elle reposait sur les oreillers faisait tout pour mettre celle-ci en valeur. Je me demandai ce qu'ils pensaient d'elle, à la réception. Mais peut-être les employés d'hôtel du quartier avaient-ils cessé de se poser des questions sur leurs clients...

C'était probablement l'une des meilleures chambres de l'hôtel, mais elle était sordide à tous égards. Une glace constellée de chiures de mouches surmontait un lavabo en porcelaine bleue craquelée. Le vaste lit avait un rebord capitonné et des draps gris. Cindy avait estimé que l'endroit était suffisamment anonyme, mais je pense que, comme beaucoup de gens, elle confondait anonymat et inconfort. De plus, si le Grand and International était un endroit où Cindy ne risquait pas de rencontrer la moindre connaissance, il n'en était pas de même pour moi.

J'étais venu là maintes fois. Et j'avais même, en 1974, apporté au bar un superbe pistolet automatique Sauer, que j'avais vendu à un homme nommé Max. Un homme qui avait péri en me sauvant la vie lors du dernier franchissement « illégal » de frontière que j'avais opéré. C'était une bonne petite arme, dont la patine avait fini par s'effacer mais qui avait peu servi. A l'époque, son système à double action était le meilleur jamais fabriqué. Mais je soupçonnais Max de l'avoir choisi parce qu'il avait été, pendant la guerre, l'arme de poing favorite des officiers supérieurs allemands. Max était le pire adversaire des nazis que j'aie connu, mais il avait un salutaire respect pour leur discernement en matière d'armement.

Il ne se passait guère de journée sans que je ne repense à Max. Il avait été, comme Dodo, l'un des « Prussiens de Koby », un Prussien d'Amérique, en l'occurrence. Max était l'un de ces personnages étranges qui dérivent de pays en pays et d'emploi en emploi, ces pays étant toujours, comme par hasard, dangereux, et ces emplois périlleux et souvent illégaux. Mais Max était différent de tous les autres ; cet ancien inspecteur de la police new-yorkaise avait quelque chose d'une mère poule pour tous ceux avec qui il travaillait — et particulièrement avec moi, le plus jeune de son équipe.

Max avait, pour la poésie, une fabuleuse mémoire. Ses citations allaient de Goethe aux livrets d'opérette de Gilbert et Sullivan. Ses réminiscences de Goethe restaient à ma portée : « Kennst du das Land wo die Zitronen blühn ? » Mais son Gilbert me posait de graves problèmes. Comme j'étais le seul Anglais avec lequel il se trouvait en contact régulier, Max attendait de moi que je lui déchiffre tous les « britannicismes » gilbertiens, tels que « Un jeune homme Sewell and Cross » ou « un jeune homme Howell and James ». Malheureusement pour lui, j'en étais totalement incapable.

Mais Max lui-même était encore plus indéchiffrable que les vers de Gilbert. Mon père prétendait que Max était un tissu de contradictions. Mais il est vrai que mon père le détestait. En fait, il détestait « Lange » Koby et tous ceux qu'il appelait les « flibustiers américains » de Berlin, et s'en tenait soigneusement à l'écart.

— Tu m'écoutes, Bernard ?

La voix de Cindy m'arracha brusquement à mes souvenirs.

— Bien sûr, Cindy.

Je suppose que je n'avais pas suffisamment souri ou hoché la tête tandis qu'elle parlait.

— Je vais à Strasbourg, dit-elle soudain, captant du même coup toute mon attention.

— En vacances ? demandai-je.

— Seigneur ! Ne dis pas de bêtises, Bernard. Qui donc irait en vacances à Strasbourg ?

Elle agita la cigarette qu'elle tenait à la main, et une longue cendre tomba sur le couvrepied.

— Un boulot ?

— Ne sois pas si stupide, Bernard ! C'est là que se trouve le Parlement européen, non ?

Comme pour se venger, elle écrasa rageusement sa cigarette dans le cendrier.

— Et tu vas travailler pour lui ?

Je me demandais pourquoi elle ne l'avait pas dit plus tôt, alors que nous parlions de la pluie, du beau temps et de la difficulté d'avoir des places à l'Opéra quand on n'y connaissait personne. Puis je compris qu'elle attendait que j'aie pris un verre pour m'en parler.

— Le salaire est formidable, et je n'aurai aucune peine à vendre ma maison de Londres. L'agent immobilier va mettre une annonce dans les prochains journaux du dimanche. Il dit qu'il va y avoir une meute de clients. Il me dit aussi que si je mets un peu d'argent pour arranger la cuisine et la salle de bains, il pourra sans doute en tirer quinze mille livres de plus, mais je n'ai vraiment pas le temps.

— Je vois.

— Cela ne t'intéresse pas, je suppose ?

— Quoi donc ?

— Mais qu'est-ce que tu as ce soir, Bernie ? Est-ce que cela t'intéresserait d'acheter la maison ? J'aimerais autant qu'elle aille à un ami.

— Je viens de déménager, dis-je. Je ne me vois pas tout remballer et tout redéballer encore.

— C'est vrai. J'oubliais. Moi, je ne pourrais plus vivre en banlieue. C'est la mort lente.

— Cela tombe bien, je ne suis pas pressé, fis-je peu finement.

J'avais l'impression qu'on venait de me donner un coup de pied dans le ventre. J'étais arrivé en croyant Cindy encore plus résolue que moi à aller au fond des choses, et je découvrais que sa seule préoccupation était de vendre sa satanée maison. A tout hasard et sans mentionner le moins du monde Dodo, je glissai :

— J'ai peut-être trouvé une piste pour le compte en banque.

Cindy avait commencé à fourrager dans le luxueux sac en crocodile qui ne la quittait pas.

— Bien, fit-elle sans s'interrompre ni manifester le moindre soupçon d'intérêt.

J'insistai :

— Je crois savoir que c'est dans une banque nommée Schneider, von Schild et Weber. Je l'ai repérée dans l'annuaire de Berlin. Il nous faudrait plus de détails.

— Je serai à Strasbourg à partir de la fin de la semaine

prochaine, dit-elle en tirant de son sac un paquet de cigarettes et un briquet en or.

— C'est drôlement soudain.

Sans se presser, elle alluma sa cigarette, rejeta un long
nuage de fumée et dit :

— Sir Giles a avancé mon nom.

— Creepy-Pox a encore frappé, fis-je.

Elle eut un bref sourire crispé, comme pour bien montrer qu'elle ne trouvait pas cela drôle mais qu'elle ne comptait pas relever le propos.

— C'est un poste en or massif. Il s'est trouvé vacant de
façon imprévisible. Et c'est pourquoi je l'ai eu. Le type qui
l'occupe actuellement a le Sida. Les deux autres candidats
retenus sont tous deux mariés, avec des enfants à l'école.
Ils ne sont pas disposés à partir au pied levé. Moi, il
faudra que je sois là-bas dès la semaine prochaine.

Je réprimai un mouvement de colère et lui dis :

— Mais, la dernière fois que nous nous sommes vus, tu
m'as affirmé que nul n'allait te faire taire. Que tu n'allais
pas laisser passer cela.

— J'ai ma vie à faire, Bernard.

— Alors, maintenant, tu veux que j'oublie tout cela ?

— Ne crie pas, Bernard ! Je pensais que tu serais
content et que tu me souhaiterais bonne chance. Si tu veux
continuer à te perdre dans ton roman policier, ce n'est pas
moi qui t'en empêcherai.

Calmement, patiemment, je lui dis :

— Cindy, ce n'est pas un roman policier. Si c'est ce que
je pense — ce que nous pensons tous deux — c'est la plus
grande infiltration réussie par le KGB dans notre Service.

— Vraiment ?

Elle s'en contrefichait. J'avais l'impression de parler à
une étrangère. En tout cas pas à la femme qui avait fait
serment de découvrir la vérité sur le meurtre de son ex-
mari.

— Et même si je me trompe sur ce point, ajoutai-je,

275

nous parlons quand même d'une gigantesque escroquerie. Portant sur des millions.

— C'est ce que j'ai d'abord pensé, fit-elle avec beaucoup de calme et de condescendance. Mais si l'on considère la chose d'un peu plus près, il est difficile de soutenir la thèse d'un gigantesque détournement dont le directeur général serait complice.

Elle m'adressa l'un de ses sourires mielleux pour bien souligner l'absurdité de cette hypothèse.

— Le directeur général a pratiquement disparu, déclarai-je, exagérant à peine.

— Et cette disparition ferait partie du complot ? demanda-t-elle avec le même sourire stupide.

— Je ne plaisante pas, Cindy.

Je résistai difficilement à la tentation de rappeler à cette stupide petite garce que c'était elle qui avait tout commencé. Et que c'était elle encore qui avait organisé cette rencontre plus que discrète en utilisant un téléphone public.

— Je ne plaisante pas non plus, Bernie, dit-elle. Réponds simplement à une question : veux-tu dire qu'il existe un complot dans lequel Bret Rensselaer, Frank Harrington, le directeur adjoint et peut-être Dicky Cruyer sont impliqués ?

C'était là un travestissement si absurde de ma pensée que je ne sus comment le réfuter.

— Supposons, fis-je, qu'un seul personnage, véritablement irréprochable...

— Le directeur général, dit-elle, d'un ton à la fois supérieur et indulgent.

— D'accord. Pour la commodité du propos, disons que le directeur général a participé à un énorme détournement. Tu peux comprendre que, le Service étant ce qu'il est, personne ne le croira. Frank, Dicky, Bret et tous les autres jureront que tout est parfaitement en ordre.

— Et toi, tu es le petit garçon disant que le roi est nu ?

— Ce n'est pas parce que tout le monde dit que tout est en ordre que nous devons nous refuser à y regarder de plus près. Il se passe des choses curieuses dans ce service où je travaille, Cindy !

— Si tu veux mon avis...

Elle se laissa glisser au bord du lit et se remit debout, en enfilant en même temps ses souliers.

— Si tu veux mon avis, tu devrais arrêter de te taper la tête contre les murs.

— A t'entendre, on croirait que j'aime cela.

Elle tira sur les pans de sa veste et étendit la main vers son manteau.

— Je pense que tu cherches à te détruire, dit-elle. C'est à cause du départ de Fiona. Peut-être te sens-tu coupable, d'une certaine façon. Mais toutes ces théories que tu échafaudes... Je veux dire que cela n'avance à rien. Je suppose que tu cherches désespérément à croire que le monde entier a tort, et que, seul de son espèce, Bernard Samson a raison. Oublie tout cela, Bernard. La vie est trop courte pour qu'on puisse redresser les torts du monde entier. Il m'a fallu longtemps pour le comprendre, mais maintenant, je vis ma vie. Je ne vais pas essayer de changer le monde.

— Il y a quand même une petite chose que tu pourrais faire avant d'aller à Strasbourg.

— Pas avant d'y aller, et certes pas après non plus. Je ne veux rien savoir, Bernie. Faut-il que je te fasse un dessin ?

Je la regardai, et elle me rendit mon regard. Elle n'était en aucune façon hostile, ni même sur la réserve. J'étais simplement en face de quelqu'un qui avait pris sa décision et qui n'en changerait pas.

— Entendu, Cindy. Amuse-toi bien à Strasbourg.

Elle sourit, visiblement rassurée par mon ton amical.

— Si Dieu le permet, dit-elle, je me trouverai un gentil Français, jeune et beau garçon, et je me marierai.

Elle écarta le rideau pour voir s'il pleuvait. Tel était le cas. Elle boutonna son manteau jusqu'en haut.

— Veux-tu acheter la Mercedes, Bernard ? demanda-t-elle. Une 350 SE vert foncé.

277

— Je n'ai pas les moyens, Cindy.

En arrivant à la porte, elle s'arrêta. Je crus un instant qu'elle allait m'offrir quand même son aide, mais elle dit simplement :

— Tu comprends, elle a la conduite à droite, et ce n'est pas pratique sur le Continent. Et puis, là-bas, je pourrai en avoir une détaxée.

Nous descendîmes les escaliers en silence. Quand nous fûmes arrivés dans le hall brillamment éclairé, elle s'arrêta pour fouiller dans son sac, dont elle tira une petite capuche en matière plastique blanche. Il n'y avait personne à la réception. Cindy mit la capuche et se dirigea vers un miroir pour vérifier sa coiffure.

— Tout le reste, je l'emporte avec moi, dit-elle en s'examinant dans la glace. Les meubles, le téléviseur, le magnétoscope, la chaîne hi-fi. Toutes ces choses-là sont très chères en France.

— Ton téléviseur ne marchera pas en France, fis-je. Ils n'ont pas la même définition.

Elle pivota sans me regarder, poussa les lourdes portes et disparut dans la nuit sans me dire au revoir. Elle avait dû penser que j'essayais de la contrarier.

Je fis un assez long trajet pour retrouver ma voiture. La rue était bruyante et bondée de passants de toutes sortes : jeunes couples, skinheads, punks et freaks, prostitués des deux sexes, gendarmes et voleurs. Le néon blanchissait uniformément les visages. Je retrouvai ma voiture en un seul morceau. Dès que j'eus démarré, un autre véhicule vint s'insérer dans la place laissée vacante.

La pluie se mit à tomber à verse, et ma vieille Volvo commença à tousser et à hoqueter sous le déluge. Peut-être ne pleut-il jamais en Suède ? Pendant tout le trajet, je pensai à la Mercedes de Cindy, avec sa belle peinture verte et ses huit cylindres en V. Je me demandais combien elle en voulait.

Quand j'arrivai à Balaklava Road, les lumières étaient éteintes dans les pièces du bas. Les enfants étaient au lit, et la bonne regardait la télévision dans sa chambre. Gloria n'était pas là. J'avais oublié qu'elle avait changé de jour pour sa visite à ses

278

parents. Elle n'avait probablement jamais eu la moindre intention de se joindre à moi pour rencontrer Cindy.

J'ouvris une boîte de sardines et une bouteille de bourgogne blanc, je mis la cassette de *Citizen Kane* dans le magnétoscope et je dînai sur un plateau posé sur mes genoux. Mais je passai mon temps à penser à la fureur de Bret Rensselaer, au meurtre de Jim Prettyman, à la diatribe de Dodo et au soudain revirement de Cindy Matthews.

*
* *

Lorsque Gloria rentra, j'étais déjà au lit. Je ne fus pas surpris de son retard. Je pensai qu'il avait quelque chose à voir avec la « crise » conjugale dont se plaignait sa mère.

Quelle que fût l'ampleur de celle-ci, Gloria n'était nullement abattue à son retour. En fait, elle était tout excitée. Je le sus avant même qu'elle eût pénétré dans la maison. Sa vieille Mini jaune pouvait tout juste s'insérer entre le mur de la cuisine et la palissade sur laquelle notre voisin faisait amoureusement grimper de la glycine. Et, l'opération réussie, il fallait considérablement rentrer le ventre pour pouvoir quitter son siège et sortir de la voiture du côté du passager. Gloria ne se sentait pas toujours d'humeur à tenter cet exploit, mais, ce soir-là, j'entendis la voiture remonter l'allée sans ralentir et s'arrêter net avec un couinement de freins. Gloria donna un petit coup d'accélérateur enjoué avant de couper le contact. Je pouvais imaginer son sourire triomphant.

— Bonsoir, mon chéri, dit-elle en entrant sur la pointe des pieds dans la chambre à coucher.

Elle portait un sac en plastique qui devait contenir l'un des gâteaux hongrois aux noix confectionnés par sa mère, ainsi que les fromages et les cornichons que sa famille lui fournissait régulièrement.

— Comment était Mrs. Prettyman ? demanda-t-elle.

— Brusquement silencieuse.

Gloria me regarda en tentant de lire mes sentiments sur mon visage.

— Quelqu'un lui a mis un pistolet sur la nuque?

Je me mis à rire.

— Juste, dis-je. Un pistolet en or. Elle s'est vu soudain offrir une magnifique situation chez les bureaucrates de Strasbourg, avec beaucoup d'argent, presque pas d'impôts et Dieu sait quoi d'autre encore.

— Tu ne crois pas...

— Je n'en sais rien.

— Je n'aimerais pas être chargée de l'acheter, dit Gloria.

— Parce qu'elle demanderait trop cher?

— Non, ce n'est pas cela. Je pense simplement qu'elle pourrait être dangereuse. J'aurais peur qu'elle enregistre tout et qu'elle aille ensuite porter cela aux journaux.

— Ce n'est jamais qu'un poste confortable à Strasbourg, soulignai-je. Même les journalistes des feuilles à scandale ne pourraient y voir une tentative de corruption, à moins que Cindy ne se révèle incompétente au point de faire paraître l'offre ridicule.

— Je crois que tu as raison, fit Gloria.

Elle posa son sac en plastique sur la coiffeuse et commença à se déshabiller.

— Qu'y a-t-il? lui demandai-je.

Elle avait, en effet, ce petit sourire satisfait qu'elle arborait habituellement lorsqu'elle m'avait pris en flagrant délit de négligence. Lorsque j'avais enfermé par mégarde le chat dans le placard à balais ou mis distraitement dans ma poche l'argent du laitier.

— Rien, dit-elle.

Mais l'allégresse avec laquelle elle se débarrassait de ses vêtements me laissait penser qu'elle avait quelque bonne histoire en réserve. Je pensai d'abord que cela concernait ses parents ou même l'inévitable Dodo, qui s'était fait mettre temporairement et gratuitement à disposition une confortable petite maison près de Kingston-on-Thames.

— Cette banque, dit-elle enfin, en se glissant entre les draps et se pelotonnant contre moi. Devine qui est propriétaire de cette banque.

— Cette banque ? Schneider, von Schild...

— Et Weber. Oui, celle-là, mon chéri. Mais devine qui en est propriétaire.

— Pas M. Schneider, M. von Schild et M. Weber ?

— Non. Ton cher Bret Rensselaer.

— Quoi ?

— Je savais que cela achèverait de te réveiller.

— J'étais déjà complètement réveillé.

— En tout cas, elle appartient à la famille Rensselaer.

— Comment as-tu appris cela ?

— Oh, je n'ai pas eu besoin de faire une descente au « Sous-marin jaune », mon chéri ! C'est de notoriété publique. Même les banques allemandes sont tenues de déclarer leurs propriétaires. Mon professeur d'économie a eu le renseignement par les voies les plus normales. Il m'a rappelée une demi-heure plus tard avec toute l'histoire.

— J'aurais dû vérifier, fis-je.

— Oui, mais tu ne l'as pas fait, et moi si.

Elle gloussa comme une gamine.

— Tu es une fille si intelligente ! dis-je.

— Tu as remarqué ?

— Que tu étais une fille ? Oui, j'ai remarqué...

— Ne fais pas ça... Enfin, pas tout de suite.

— La famille Rensselaer ?

— Tu veux savoir les détails ? Tiens-toi bien, mon amour, les voici. En 1925, un homme nommé Cyrus Rensselaer a pris une participation dans un groupe bancaire en Californie. Bret et ses frères ont travaillé pour ce groupe. Je pense qu'ils avaient des postes d'administrateurs, ou quelque chose comme cela. Je peux avoir d'autres détails... Puis, pendant la Deuxième Guerre mondiale, le vieux Cyrus est mort. Conformément à son testament, les parts sont allées à une fondation dont la mère de Bret était la bénéficiaire. Au terme d'une fusion survenue en

1953, la banque californienne est entrée dans un groupe nommé Calibank International Serco, qui a entrepris de prendre d'importantes participations dans d'autres banques. C'est ainsi qu'elle est devenue majoritaire dans la banque Schneider, von Schild et Weber.

— Rien d'autre ?

— Rien d'autre ! Mon chéri, tu es insatiable. Est-ce qu'on te l'a déjà dit ?

— J'invoque le secret professionnel, dis-je.

XX

Seul un véritable désespoir avait pu me pousser à entreprendre, ce samedi-là, le voyage qui m'amenait chez Silas Gaunt. Celui-ci avait pris sa retraite du Service depuis de longues années, mais il restait l'un des personnages les plus influents de ce que Dicky Cruyer appelait pudiquement « la grande famille du renseignement ». L'oncle Silas savait tout et connaissait tout le monde. Il avait été très proche de mon père pendant des années, il était un parent éloigné de ma belle-mère et il était aussi le parrain de Billy.

Peut-être aurais-je dû aller le voir plus régulièrement, mais il était très attaché à Fiona, et le départ de celle-ci nous avait quelque peu éloignés. Il n'eût sans doute pas apprécié de me voir arriver bras dessus bras dessous avec Gloria, mais c'était un long trajet à faire seul. Tout en roulant à travers une campagne rendue blafarde par l'hiver, je réfléchissais à ce que j'allais pouvoir lui dire. Par quoi allais-je commencer ? Jim Prettyman était mort et Bret Rensselaer était soudain revenu à la vie, mais aucun de ces deux faits ne m'avançait à quoi que ce soit. Dodo racontait à qui voulait l'écouter que je m'étais entendu avec Fiona pour escroquer le Service, tandis que ma principale auxiliaire, Cindy Prettyman, était brusquement saisie de cette amnésie sélective qu'engendre parfois une enviable promotion.

L' « oncle » Silas vivait dans une ferme des Cotswolds

appelée Whitelands, une pittoresque vieille maison en pierres jaunissantes, avec des portes mal jointes, des parquets craquant sous les pas et des poutres de chêne propres à défoncer le crâne de toute personne de taille raisonnable et d'esprit un peu distrait. Silas devait être lui-même d'une nature exceptionnellement attentive, car il était gigantesque, et si volumineux qu'il avait du mal à franchir les plus étroites de ses portes. Quelque nouveau riche du siècle précédent avait refait l'intérieur selon son goût propre, d'où une débauche d'acajou et de céramiques décoratives, ainsi qu'une certaine précarité des installations sanitaires. Mais l'ensemble convenait à Silas, et il était devenu assez difficile de l'imaginer dans un autre cadre.

Ses journées étaient occupées par de longues discussions avec son régisseur, sa gouvernante, Mrs. Porter, et la dame qui venait du village s'occuper de son courrier mais semblait incapable de répondre au moindre coup de téléphone sans aller chercher Silas et le traîner jusqu'à l'unique appareil, installé à l'étage supérieur.

J'attendais dans le salon que Silas eût fini de téléphoner. Les étroites fenêtres ne laissaient qu'à peine filtrer la lumière grise du jour, et c'était surtout le grand feu de bois brûlant dans la monumentale cheminée de pierre qui éclairait la pièce, me laissant distinguer, à travers son odorante fumée, le vieux divan défoncé et les fauteuils austères sous leurs housses de chintz. Devant le feu, les reliefs de notre thé s'étalaient sur un plateau : la théière d'argent, deux des scones confectionnés par Mrs. Porter et un pot de confitures dont l'étiquette, écrite à la main, précisait : « Whitelands — Fraises ». Sans les amplificateurs de la chaîne haute fidélité installée aux coins de la pièce, on aurait pu se croire cent années plus tôt. C'était là que Silas passait toutes ses soirées à écouter ses disques d'opéra en buvant patiemment le contenu de sa remarquable cave.

— Désolé de ces interruptions, dit-il en refermant le vieux loquet de cuivre de la porte.

Il frappa dans ses mains avant d'aller les réchauffer devant le feu.

— Encore un peu de thé ? demanda-t-il.

— Personnellement, j'en ai assez, dis-je.

— Et il est encore trop tôt pour quelque chose d'un peu plus fort.

— Tu me racontes tout un tas de choses, remarqua-t-il en versant dans sa tasse le reste de thé tiède, et tu voudrais que je fasse coller tout cela ensemble, comme les pièces d'un puzzle.

Il goûta une gorgée de son thé, mais fit la grimace et reposa sa tasse.

— Je ne vois malheureusement pas de lien évident.

Il renifla et dit :

— Il doit faire nettement plus froid, aujourd'hui. A moins que je ne sois en train d'attraper la grippe. Ou peut-être les deux... Ainsi, ce comptable, Prettyman, s'est fait descendre à Washington par quelque malfrat, et, maintenant, sa femme obtient une promotion. Bon, très bien, dirais-je. Pourquoi cette pauvre femme ne serait-elle pas promue ? J'ai toujours pensé que nous devions prendre soin des nôtres le mieux possible.

Il médita en silence jusqu'au moment où je lui rappelai :

— Il y a eu aussi Bret Rensselaer.

— Ah oui, pauvre Bret ! Un type très bien, Bret. Blessé en mission. Un épisode dans les plus grandes traditions du Service, pourrais-je dire. Et pourtant tu sembles indigné qu'il ait survécu.

— J'ai simplement été surpris de le voir renaître d'entre les morts.

— Cela, je peux le comprendre. Mais tu ne t'en es pas réjoui quand même ?

Sur quoi l'oncle Silas se gratta sans vergogne l'entrejambe. L' « oncle » Silas était un étrange vieux démon, gras et négligé, doté d'un esprit corrosif dont il valait mieux ne pas être la cible.

— Il se passe un peu trop de choses, dis-je. Des choses bizarres.

285

— Je ne te suis vraiment pas, Bernard, fit-il en secouant la tête. Vraiment pas.

Il s'interrompit pour sortir de sa poche un vaste mouchoir de coton rouge dans lequel il se moucha bruyamment.

— Cela ne t'avance à rien de rester comme cela, à me regarder en chien de faïence, mon garçon. J'essaie simplement de t'éviter de faire l'imbécile.

— De faire l'imbécile comment ?

— En fonçant sur ce pauvre Dodo pour lui infliger le troisième degré.

L'oncle Silas devait être la dernière personne, à notre époque, à employer encore des expressions telles que « troisième degré ».

— Vous l'avez bien connu ? demandai-je.

— Oui, je me le rappelle très bien, dit-il en se renversant dans son fauteuil. Son vrai nom était Theodor — Theodor Kiss — mais il préférait qu'on l'appelle Dodo. Un brillant sujet. Un bon diplôme de sciences à l'Université de Vienne et un bon sens de la gestion. Parlant des tas de langues et de dialectes. Dodo pouvait se faire passer sans difficulté pour un Allemand ou pour un Autrichien. Sans aucune difficulté !

— Prodigieux, fis-je.

— Oh, je sais que tu en es capable aussi, Bernard. Mais c'est tout à fait exceptionnel. Il n'y en a pas beaucoup qui peuvent le faire, comme je l'ai appris à mes dépens. Oui, Dodo possède une remarquable maîtrise des langues.

— Il a travaillé pour Gehlen, dis-je, afin de rappeler à Silas que son brillant sujet était un ancien nazi.

— Presque tous les meilleurs avaient travaillé pour lui. C'étaient les seuls types expérimentés disponibles à l'époque. Bien sûr, je n'en ai jamais utilisé aucun personnellement. Pas directement, en tout cas. C'est Lange Koby qui l'a pris dans son équipe... Comment les appelait-il, déjà ?

— Les Prussiens, précisai-je.

— Oui. Les « Prussiens de Koby », c'est bien ça. Comment ai-je pu oublier ? Ma mémoire n'est plus ce qu'elle était.

286

Je m'abstins de tout commentaire.

— Ton père était comme moi. Il ne voulait pas approcher ces gens-là. Cela lui a fichu un coup quand tu t'es mis à travailler pour Lange Koby.

— Je faisais équipe avec Max, dis-je. C'est comme cela que je me suis retrouvé chez Koby.

Silas renifla.

— Tu aurais dû rester avec ton père, Bernard.

— Je sais, fis-je.

Il avait touché un point sensible. Nous restâmes silencieux pendant plusieurs minutes.

— Ton Dodo est très bien, reprit subitement Silas, comme au terme d'une longue réflexion. Peut-être un peu trop avide de montrer sa valeur, mais tous les transfuges étaient comme cela. En tout cas, Dodo, quand il s'est un peu calmé, est devenu un agent loyal et raisonnable. Le genre de type que je me serais attendu à te voir trouver sympathique. A un homme comme lui, on peut pardonner une gaffe de temps à autre, non ?

Il ressortit son mouchoir et s'essuya le nez.

— Une gaffe ?

— Je dirais la même chose de toi, Bernard, ajouta-t-il avant que mon indignation ait eu le temps d'atteindre son paroxysme. Je le dis même carrément, en fait.

Il se tut, attendant peut-être une expression de gratitude de ma part. Je hochai la tête sans me compromettre. Depuis mon arrivée, je cherchais un moyen de l'interroger sur les allégations démentes qui avaient été proférées au sujet de mon père. Silas avait connu celui-ci mieux que quiconque. Ils avaient servi ensemble à Berlin, ainsi qu'à Londres, Silas Gaunt pouvait répondre, s'il le voulait, à pratiquement n'importe quelle question sur le passé de mon père. S'il le voulait ; là était le problème. Silas Gaunt n'était guère porté à dévoiler des secrets, même à ceux se trouvant en droit de les connaître. Et ce n'était guère, non plus, le moment de le lui demander. Cela se lisait clairement sur son visage. Malgré tous ses sourires, ses clins d'œil complices et ses plaisanteries, ma visite ne l'enchantait pas. Peut-être était-il simplement inquiet pour moi. Ou pour Fiona, ou pour les enfants. Ou pour Dodo.

— Je veux, reprit Silas, que tu me promettes de ne pas aller trouver Dodo en cassant tout. Je veux que tu me promettes d'y aller en douceur et de lui parler de façon conciliante, afin de lui faire comprendre ton point de vue.

— J'essaierai, fis-je.

— Nous avons un tas de vieux camarades en commun : les jumeaux Gebhart, le « baron » Busch, qui t'a emmené à Leipzig, Oscar Rhine, qui prétendait qu'il pouvait traverser la baie de Lübeck à la nage mais n'y est pas arrivé...

Silas avait tenté de prendre un ton léger pour évoquer tous ces collègues disparus, mais il n'y était pas parvenu. Il s'essuya encore le nez et reprit :

— Nous pleurons tous les mêmes vieux amis, Bernard. Toi, moi et Dodo. Cela ne rime à rien de nous déchirer entre nous.

— Non, dis-je.

— Il fait ce travail depuis encore plus longtemps que toi, poursuivit Silas. Alors n'essaie pas de le prendre de haut avec lui.

Silas avait pris son ton paternel le plus horripilant. Parfois, je me demandais s'il ne lui arrivait pas de parler ainsi au directeur général, car je savais qu'il nous considérait tous comme des enfants s'essayant maladroitement à un travail d'adulte où il avait excellé.

— Non, bien sûr, Silas, dis-je.

Mais un certain manque de conviction dut percer dans ma voix, car il eut une crispation du visage que j'avais appris à reconnaître comme le signe d'une colère sur le point d'éclater. Cependant cette colère n'éclata pas — ou, en tout cas, ne se manifesta pas.

— Parle-moi encore de Bret Rensselaer, dit-il. Va-t-il reprendre le collier ?

— Aucune chance. Il est trop malade et trop vieux.

— On a dit qu'il voulait Berlin.

— Oui, fis-je. A l'époque, on disait que Frank allait être fait chevalier et prendrait alors sa retraite, et que Bret aurait Berlin.

— Et, ensuite, Bret devait à son tour être fait chevalier et prendre sa retraite. Alors, qu'est-ce qui était prévu à longue échéance pour le poste de Berlin ?

Je le regardai en me posant la question que tout le monde, au Service, devait s'être posée à un moment ou à un autre : pourquoi Silas Gaunt n'avait-il jamais obtenu ce titre de chevalier qui accompagne habituellement la mise à la retraite pour un homme de son importance ?

— Allons, Silas, dis-je. Vous en savez plus sur ce qui se passe dans les hautes sphères que je n'en saurai jamais. C'est à vous de me le dire.

— Sérieusement, Bernard, qu'est-ce qui était envisagé, à ton avis ? Si on avait envoyé Frank planter ses choux pour le remplacer par Bret, Bret n'aurait pu garder le poste que jusqu'à sa propre retraite. Et on aurait difficilement pu demander une dispense spéciale pour le maintenir en place ensuite.

— Je suppose que vous avez raison, dis-je. Je n'ai jamais envisagé les choses à si long terme.

— C'est là que tu as eu tort, fit Silas, en baissant la voix comme si son propos devenait confidentiel et capital. Peut-être que si tu l'avais fait, tu ne te serais pas mis dans le pétrin où tu te trouves actuellement.

— Ah oui ?

— Est-ce que Dicky Cruyer pourrait tenir le poste de Berlin ?

— En tout cas, il le veut, dis-je.

— Dicky n'a aucun contact en Allemagne. Aucun qui tienne la route, en tout cas. Pour le poste de Berlin, il faut quelqu'un avec du nez, quelqu'un qui connaisse le terrain, qui puisse renifler ce qui se passe, tout à fait indépendamment des bulletins de renseignement.

— Quelqu'un comme Frank.

— Frank, comme ton père, était un de mes protégés. Oui, Frank a fait du bon travail, là-bas. Mais l'âge finit par se faire sentir. Berlin est un poste pour quelqu'un de plus dynamique, quelqu'un de plus jeune, qui circule et sort de son trou. Frank passe trop de temps chez lui à écouter ses fichus disques.

— Oui, fis-je, en opinant du bonnet avec le plus grand sérieux.

Des disques, vraiment ? Silas connaissait aussi bien que moi les aventures extra-conjugales de Frank, mais il préférait écrire l'histoire à sa façon. Il avait toujours été ainsi.

— Je vois ce que vous voulez dire, Silas.

Ce qu'il voulait dire, c'était que, si j'étais un bon petit garçon et si je cessais de semer le trouble et la perturbation par mes questions extravagantes, je pourrais avoir le poste de Berlin. Je n'en croyais pas un mot.

— Vraiment ? dit-il. J'en suis très heureux.

Comme je me levais, il ajouta :

— Puis-je te demander comme une faveur personnelle, Bernard, de laisser courir les choses un jour ou deux ?... Pour Dodo ?

— J'avais l'intention d'y aller ce soir, dis-je. Il est toujours là le samedi soir. Il y a un programme qu'il tient à regarder à la télévision.

— Attends jusqu'à la semaine prochaine. Le temps de laisser les choses se calmer, hein ? Cela vaut mieux pour tout le monde, vois-tu.

Je contemplai un instant Silas. C'était un bon conseil qu'il me donnait là, mais je me sentais tendu comme une corde de violon et tout prêt à affronter cette petite ordure de Dodo. Silas me regardait lui aussi, l'air figé.

— Si vous insistez... finis-je par dire.

— Tu ne regretteras pas ta décision, dit Silas. Je parlerai au directeur général de tout cela. Et de toi.

— Merci de m'avoir accordé un peu de votre temps, Silas.

— Pourquoi ne resterais-tu pas dîner ? Nous pourrions faire un billard.

Il sortit son mouchoir et le regarda un moment, figé et comme fasciné. Pendant quelques instants horribles, je crus qu'il avait une crise cardiaque ou quelque chose de ce genre, puis il fut pris d'un gigantesque éternuement.

— Vous devriez vous coucher, Silas, dis-je. Vous avez attrapé la grippe.

Il n'insista pas. Silas était vieux et très attaché à ses habitudes. Il n'aimait ni les visites à l'impromptu ni les convives imprévus. Il s'essuya le nez et me demanda :

— Pas de nouvelles de ta femme ?

— Rien.

— Ce doit être dur pour toi, mais tiens bon, dit-il. Quand vas-tu te décider à m'amener les enfants ?

Je le regardai avec surprise. Je ne m'étais jamais imaginé que Silas allait solliciter une telle intrusion dans son petit monde jalousement gardé.

— Quand vous voudrez, fis-je d'un ton embarrassé. Samedi prochain ? Au déjeuner ?

— Parfait ! Je dirai à Mrs. Porter de ne pas trop faire cuire les steaks, et de prévoir une charlotte russe. Billy aime bien ça, n'est-ce pas ?

La mémoire du vieil homme me sidéra.

— Oui, fis-je. Nous aimons tous cela.

— Pour toi, je ne me fais de souci, dit Silas. Tu aimes tout. Par moments, j'aimerais mieux que tu sois un peu plus sélectif.

Il faisait évidemment allusion à bien d'autres choses que mon goût pour la charlotte russe, mais je ne demandai pas d'explications.

Lorsque j'avais accepté de ne pas aller voir Dodo ce soir-là, j'avais été sincère. Mais cette résolution devenait de plus en plus difficile à tenir alors que je revenais vers Londres, tournant et retournant dans ma tête tout ce qui s'était passé.

Au moment où j'atteignis la grande banlieue, j'avais déjà décidé de ne pas tenir compte des injonctions de Silas. Tous mes instincts me commandaient d'aller voir Dodo, et d'aller le voir immédiatement.

Connaissant maintenant les talents de parasite de Dodo, je n'avais pas été surpris d'apprendre qu'il s'était fait octroyer gratuitement une maison. Celle-ci appartenait à un couple hongrois qu'il avait connu par les parents de Gloria et qui se trouvait en villégiature à Madère. Située dans une rue tranquille de Hampton Wick, entre la Tamise et le parc de Hampton Court, c'était une vieille et élégante demeure du début de l'ère victorienne.

Il commençait à faire nuit au moment où j'arrivai, et la brume masquant la lune dans le ciel pourpre annonçait la pluie. A la lueur des réverbères, je repérai le numéro dix-huit. La maison était très à l'écart de la rue, et, par-dessus un mur de plus de deux mètres, je pus distinguer un balcon de fer forgé surmonté d'une sorte de coupole en forme de toit de pagode. L'isolement de la maison et son style délicatement tarabiscoté suggéraient immédiatement ce genre de villa où quelque concubine richement entretenue devait passer ses journées d'attente solitaire.

La porte de fer forgé ouvrait sur un petit jardin où je me tins un moment, contemplant la maison. Les rideaux avaient été mal tirés, et des rais de lumière étaient visibles à presque toutes les fenêtres. Il faisait un froid glacial, et le seul bruit qu'on entendait était celui, au loin, des voitures se dirigeant vers le pont de Kingston.

Je gravis les quelques marches conduisant à la porte d'entrée, peinte en vert cru. Il n'y avait pas de sonnette. J'actionnai bruyamment le heurtoir de cuivre en forme de tête de lion. Il s'écoula un long moment avant que je n'entende un bruit à l'intérieur. J'avais l'impression que quelqu'un était d'abord allé discrètement à une fenêtre voir qui frappait. Finalement, la porte s'ouvrit et Dodo apparut. Il portait un chandail blanc à col roulé, une veste de coton gris, un pantalon de velours gris et des souliers de toile renforcés de cuir.

— Aah ! Bonsoir ! dit-il. Alors tu m'as retrouvé ?

— Puis-je entrer ?

Il ne répondit pas immédiatement. Tenant toujours le montant de la porte, il me regarda de la tête aux pieds.

— Très bien, finit-il par dire sans beaucoup d'enthousiasme. Entre prendre un verre.

Il me fit traverser le vestibule, passant devant le portemanteau mural sans me suggérer d'enlever mon pardessus, et me fit entrer dans une vaste pièce, à l'arrière de la maison. Il y avait là un piano à queue, quelques fauteuils et des petites tables anciennes couvertes d'une foule de tabatières et de petits objets de porcelaine. Le papier mural victorien couvrait toutes les parois d'une végétation luxuriante et la seule source de lumière était une applique de cuivre éclairant la partition posée sur le piano. La pièce sentait le moisi et le renfermé, les volets étaient clos et le piano recouvert d'une épaisse couche de poussière grise. Dodo se retourna vers moi.

— Qu'est-ce que tu veux ? demanda-t-il d'un ton agressif.

Ses yeux brillaient d'un éclat hostile. Je supposais qu'il avait bu, mais, avec Dodo, on ne pouvait jamais être sûr de rien.

— Ecoute, Dodo, dis-je. Il vaudrait mieux que nous mettions les choses au point...

Il s'était déplacé comme s'il voulait atteindre quelque objet placé derrière moi, mais, brusquement, il se redressa et m'envoya son poing dans le ventre avec assez de force pour me couper le souffle. Comme je me courbais en avant, cherchant à prendre ma respiration, il me frappa le côté du cou du tranchant de la main. C'était un coup de karaté très bien placé, et des ondes de douleur me parcoururent tout le corps.

Profitant de ce que j'étais encore courbé en deux, le cœur au bord des lèvres, il m'expédia un coup de pied vicieux. Mais, ayant la tête penchée, je vis arriver son pied et me penchai de côté, de sorte que son soulier ne fit que m'effleurer le bras.

Mon pardessus m'avait en partie protégé de l'effet de ses coups. S'il me l'avait fait retirer dans le vestibule, j'aurais déjà été mis hors de combat. Il m'envoya un autre coup de pied, mais en ratant complètement sa cible cette fois. Je tentai de lui saisir le pied, mais il était trop rapide pour moi. Trop rapide et trop expérimenté. J'avais sous-estimé Dodo dans tous les domaines ; sous-estimé son intelligence, son influence, sa malveillance et sa condition physique.

Je me redressai douloureusement. Reculant, je sentis dans mon dos le piano et m'y appuyai pour souffler un moment en attendant la prochaine offensive de Dodo. Celui-ci avait la lumière en plein visage. Les coups qu'il m'avait portés l'avaient un peu essoufflé mais il ne voulait pas me laisser l'occasion de récupérer. Il repartit à l'attaque, plus lentement, cette fois, la garde haute et les pieds bien écartés. Je respirai à fond ; je savais que, s'il parvenait à bien les placer, une manchette ou deux m'enverraient au tapis.

Il poussa un brusque hurlement et tenta de porter un coup. Je me baissai un peu et envoyai, en direction de son ventre, un coup de pied qui n'arriva pas à destination. Mon pied balaya le vide, mais la menace le fit hésiter. Puis il pencha la tête de côté et m'expédia un coup de poing qui m'atteignit au bras et fit passer une onde de douleur jusque dans ma main. Je n'en passai pas moins à la contre-offensive. Les poings en avant, j'entrai en corps à corps et lui assenai sur les reins un coup de poing qui lui arracha un grognement de douleur. Pendant un moment, nous restâmes enlacés, comme sur une piste de danse, puis il se dégagea en me frappant à deux reprises à la poitrine.

Il recula et se fondit presque dans l'ombre de la pièce. Nous restâmes face à face, à reprendre notre souffle en nous regardant fixement. L'effet de surprise était passé et je commençais à prendre sa mesure. Dodo n'était pas un boxeur. Si je pouvais l'amener à un échange de coups de poing, j'avais une chance de l'assommer. Mais le « si » en question était de taille. De la rue vint le bruit d'une voiture roulant lentement. Dodo inclina la tête pour écouter, mais, au bout d'un moment, la voiture accéléra et s'éloigna.

Clac ! Le couteau à cran d'arrêt était ouvert dans sa main, la lumière jouant sur la lame tandis qu'il avançait lentement. Il tenait son couteau en position basse, la pointe vers le haut, comme quelqu'un qui sait s'en servir.

— Je vais te donner une leçon, Samson, grogna-t-il d'un ton particulièrement venimeux. Je vais te découper en rondelles !

Son visage était congestionné et il bavait presque. Je glissai de côté. Après m'avoir fourni un utile point d'appui, le piano était devenu un piège, et je ne tenais pas à me faire empaler. Je fis glisser mon écharpe de mon cou et l'enroulai autour de ma main, en un gantelet improvisé. Je continuais à glisser de côté. Du coin de l'œil, je repérai le plus gros objet à portée de la main, un grand ananas en verre taillé avec des feuilles d'argent. Je le saisis et le lançai de toutes mes forces sur Dodo. Frappé en pleine poitrine, il grogna et recula, heurtant une table et envoyant une douzaine de petites porcelaines s'écraser sur le sol. Mais cela ne me donna pas la chance que j'espérais. Dodo jura à voix basse en hongrois et garda son équilibre sans se soucier des dégâts qu'il avait faits.

Au moment où il revint sur moi, je tentais de déverrouiller les volets intérieurs à l'ancienne mode pour atteindre les portes-fenêtres ouvrant sur le jardin. Je me retournai vers lui et essayai, d'un coup de pied haut, de faire sauter le couteau de sa main, mais il s'y attendait. Il esquiva et sourit de satisfaction.

Il se rapprocha de nouveau. Mon dos alla s'écraser contre le volet et, derrière, une vitre éclata avec le bruit d'un coup de pistolet. Le couteau vint déchirer mon pardessus. Je saisis le poignet de Dodo et le tint un moment, à force. Nous étions face contre face. Il empestait le whisky. Il luttait dur pour se dégager et, en désespoir de cause, je lui envoyai un coup de tête en plein visage.

— Salaud ! hurla-t-il, en m'échappant pour reculer de quelques pas.

Un petit filet de sang sortait d'une de ses narines et coulait jusqu'à sur son menton.

— Salaud ! répéta-t-il.

Il fit passer son couteau dans sa main gauche et, de la droite, fouilla sous son veston. Un pistolet surgit dans sa main, un petit jouet ridicule pour sac de dame, mais qui pouvait suffire à régler le problème.

C'est à ce moment que je compris que je ne pourrais venir à bout de lui. Dodo avait la ténacité, la confiance en soi et la volonté féroce qui font les champions olympiques.

Et, à ce moment aussi, j'eus la conviction que Dodo avait su que j'allais venir. Il était prêt à m'accueillir. Il n'avait aucunement souhaité discuter avec moi ; il ne m'avait même pas demandé pourquoi j'étais là. Il avait mis un pistolet et un couteau dans sa ceinture et il avait attendu mon arrivée. Comment avait-il pu savoir que je venais ?

— Dis tes prières, Samson.

Avec une ostensible jubilation, il fit passer le pistolet dans sa main gauche. Il voulait que je comprenne bien le sens de ce geste. Le pistolet était sa police d'assurance, mais il entendait se servir du couteau contre moi. Il s'approcha encore, mais, maintenant, il était sur ses gardes. Il ne serait pas pris au dépourvu par mes coups de pied, de poing ou de tête. J'essayais de deviner ses intentions.

— Dis tes prières, murmura-t-il.

J'avais peur, et il pouvait s'en rendre compte. Je ne voyais pas comment le contrer. Il avait bien choisi sa position. Il n'y avait plus d'objets à lui jeter, pas de tapis à tirer sous ses pieds, pas de portes ni de fenêtres accessibles. Et il n'avait plus l'unique lumière de la pièce dans les yeux ; c'était mon tour. C'est d'ailleurs pourquoi je ne vis pas clairement ce qui se passa ensuite.

Par-dessus l'épaule de Dodo, je distinguai soudain une silhouette qui entrait dans la pièce. L'intrus avançait silencieusement, avec la grâce d'un danseur. C'était un homme mince, portant un court manteau noir et un bonnet qui lui serrait la tête. D'un mouvement presque aérien, il leva la main très haut, comme s'il voulait toucher le plafond, puis il l'abattit verticalement.

Le crâne atteint par un objet dur, Dodo émit un bruit semblable à celui d'un ballon qui se dégonfle et s'effondra, inanimé, sur le tapis. Puis, brusquement, la pièce sembla se remplir de monde. Quelqu'un me poussa le dos au mur et me palpa sommairement, tandis que d'autres fouillaient la maison et le corps de Dodo.

— Assieds-toi, Bernie. Assieds-toi et reprends ton souffle.

Quelqu'un me tendit un verre de whisky, que je vidai avec un sentiment de reconnaissance.

— Il était moins une, hein ?

Je connaissais cette voix. Prettyman.

— Jim ! m'exclamai-je. Seigneur ! C'est vraiment toi, Jim ? Qu'est-ce...

Je le regardai, mais il resta impénétrable.

— Secret complet, Bernie, fit-il.

— Cindy croit que tu es mort. Qu'est-ce que tout cela veut dire ?

Je pouvais entendre, venant du vestibule, les couinements d'un émetteur-récepteur. On fermait des portes et on ouvrait des tiroirs.

— Tu sais bien qu'il ne faut pas poser de questions, Bernie.

Il me regarda. Son visage était dur et blafard comme celui d'une figure de cire.

— Il faut que je te fasse sortir d'ici, dit-il. Est-ce que tu es capable de conduire jusqu'à chez toi ?

Je ne pus résister à la tentation d'étendre la main et de lui toucher le bras.

— Est-ce pour cela que tu m'as fait envoyer ce carton d'inscriptions anciennes ? Etais-je censé deviner que tu n'étais pas mort ?

Il s'écarta, se leva et regarda autour de lui.

— Peut-être, dit-il.

Il se tenait près du piano. Il se pencha et, d'un air pensif, frappa quelques notes basses. La lumière braquée sur le clavier rendait ses doigts presque translucides.

— Jim, lui demandai-je, qui t'a ordonné de disparaître ? Est-ce que cela a un rapport avec Fiona ?

Sans hâte, il frappa quelques notes de plus. Puis il leva la tête et me dit :

— Bernie, il serait temps que tu te rendes compte que le

Service n'a pas été créé pour toi seul. Il n'est stipulé nulle part dans le règlement qu'une opération doive recevoir l'autorisation préalable de Bernard Samson.

— Je parle de ma femme, Jim, fis-je avec colère.

— Eh bien, moi, je n'en parle pas. Pas à toi, pas à qui que ce soit. Maintenant, ferme-la et tire-toi d'ici. Rentre chez toi, oublie tout et laisse-moi me dépêtrer du sac d'embrouilles que tu as créé.

— Et sinon ?

Il y eut un silence. Nous nous affrontâmes du regard.

— Sinon, dit-il, je te mentionne dans le rapport. On t'avait dit de ne pas entrer en contact avec Dodo, mais tu ne peux pas t'en empêcher, n'est-ce pas, Bernie ? Il faut que tu fourres ton nez partout.

— Ainsi, c'est Silas Gaunt qui t'a envoyé ici ?

Il joua un accord mineur et le tint.

— Je t'ai dit de te tirer, alors, tire-toi !

Il referma le piano et me demanda :

— Tu es sûr que tu es en état de conduire ?

J'avalai le reste du whisky et me levai. J'étais encore un peu secoué.

— Entendu, Jim, dis-je.

— En souvenir du bon vieux temps, je te laisse en dehors du coup. Mais n'oublie pas : si quiconque pose des questions — et je dis bien : quiconque — tu es rentré tout droit chez toi.

Il me regarda et, pour la première fois, me sourit, mais sans y mettre une chaleur excessive.

— Ne me mets pas dans le pétrin, dit-il.

Je crus qu'il allait me tendre la main, mais il se détourna et tâta du bout de son soulier le corps inerte de Dodo.

— Allons, Dodo, fit-il, le match est terminé.

XXI

« Allez en prison ! » Ce n'était pas inattendu. Il y a des choses inévitables dans tous les jeux de hasard.

Je me demande parfois si les réserves et les doutes manifestés par ma génération à l'égard du capitalisme ne proviennent pas du fait que nous avons été régulièrement ruinés et humiliés par nos parents au cours des parties de Monopoly du dimanche après-midi. Billy et Sally ne seront pas marqués de cette façon ; pour eux, les parties de Monopoly ne sont que des moments où discussions, souvenirs, histoires et plaisanteries de famille se trouvent ponctués par des roulements de dés symboliques.

« Allez en prison. Allez directement en prison. Ne passez pas par la case départ. Ne touchez pas deux cents livres. » Entendu.

Ma famille était réunie : trois enfants, en fait, car, quand on la voyait avec Billy et Sally, Gloria apparaissait pour ce qu'elle était, une enfant aux apparences d'adulte, avec toutes les sautes d'humeur inhérentes à l'enfance.

Ce dimanche après-midi, on commençait à sentir l'approche du printemps. Le soleil brillait, le ciel était bleu, et nous étions installés tous quatre dans cette serre décrépite qui, plus que toute autre chose, avait incité Gloria à venir vivre à Balaklava Road.

Le soleil faisait revivre Gloria, comme il le fait pour tant de femmes, et je ne l'avais jamais vue plus belle que ce jour-là. Ses cheveux blonds prenaient la couleur de l'or pâle. Ses hautes pommettes et ses dents impeccables rendaient contagieux son large sourire, et, en dépit de mon angoisse — ou peut-être à cause d'elle —, je retombai éperdument amoureux d'elle.

Je m'étais bien souvent demandé comment j'aurais pu supporter la terrible période qui avait suivi la désertion de Fiona si je n'avais eu Gloria à mes côtés. En plus de travailler toute la semaine, de continuer à préparer l'université et d'accomplir les tâches ménagères, elle s'occupait de mes enfants et s'inquiétait pour moi. Et, avant tout, elle m'avait rendu confiance à un moment où mon orgueil de mâle avait été cruellement malmené par le départ de Fiona.

Je suppose que j'aurais dû lui dire tout cela, mais je ne l'avais jamais fait. Dans les mauvais moments, quand j'avais le plus besoin d'elle, je ne trouvais pas la force de lui rendre un tel hommage, et, quand tout allait bien entre nous, cela ne me semblait pas nécessaire.

— Tu ne peux pas bouger, me dit Sally. Tu es en prison. Il faudrait que tu sortes un double six.

— C'est vrai, dis-je. Je suis en prison. J'avais oublié.

Sally se mit à rire.

Je me demandais si les enfants étaient conscients des difficultés qu'avait entraînées le départ de Fiona. Ils étaient toujours polis envers Gloria, et parfois même affectueux, mais elle ne pouvait en aucune façon remplacer leur mère. Au mieux, ils la traitaient comme une sœur aînée, et l'autorité qu'ils lui reconnaissaient se situait sur cette base. Je m'inquiétais pour eux, et mon travail s'en ressentait. Dicky Cruyer se plaignait de ce que je n'arrive pas à nettoyer toute la paperasse qui venait s'accumuler sur mon bureau. Je contre-attaquais en arguant de toutes les missions de liaison à Berlin qu'on m'imposait, mais Dicky répondait en riant que ces déplacements constituaient la partie la plus agréable du travail. Ce en quoi il avait raison. J'adorais les petits voyages à Berlin, et j'aurais été désolé de perdre ces occasions de voir mes amis là-bas.

Etait-il vrai que tous ceux à qui j'avais toujours voué une

totale confiance, sur qui j'avais toujours compté, conspiraient contre moi ? Peut-être étais-je en train de devenir fou — ou peut-être l'étais-je déjà. La nuit, je restais éveillé, à essayer de comprendre ce qui se passait. J'allai dans une pharmacie acheter des somnifères qui n'eurent pas d'effet sensible. Pour obtenir quelque chose de plus puissant, il aurait fallu une ordonnance, mais le règlement du Service spécifiait que toute consultation médicale devait être signalée. Mieux valait rester éveillé. Mais je me sentais de plus en plus épuisé.

Arrivé au mercredi, je décidai que la seule manière de sortir de ce cauchemar était d'avoir une explication au sommet. Le directeur adjoint étant nouveau et encore difficile à situer, cela ne laissait que le directeur général, Sir Henry Clevemore. Le seul problème était de le localiser. J'étais décidé à y parvenir avant mon départ pour Berlin.

Entre deux séjours en clinique, Sir Henry vivait dans une grande maison Tudor, près de Cambridge. Il m'était arrivé, dans un lointain passé, de lui apporter là des papiers urgents. J'avais même, une fois, été invité à déjeuner par le vieux monsieur, privilège si rare que Dicky m'avait longuement interrogé ensuite et avait voulu connaître chaque parole échangée.

Nul, dans mon entourage immédiat, ne semblait savoir avec quelle fréquence Sir Henry se rendait à Londres. On l'avait simplement aperçu de temps à autre montant dans l'ascenseur spécial qui le conduisait directement au dernier étage, la mine sombre et le dos voûté.

Son bureau était toujours là, inchangé, avec son incroyable amoncellement de vieux livres, de dossiers, de souvenirs trop modestes ou trop affreux pour être admis dans sa maison richement meublée, mais trop chargés d'histoire pour être jetés.

Ce fut Gloria qui, toujours égale à elle-même, m'apporta la solution de mon problème en invitant une amie à déjeuner avec nous à la cantine. Peggy Collier, une dame aux cheveux prématurément gris qui avait sympathisé avec Gloria dès le jour où celle-ci était venue travailler au Service, me dit que, tous les vendredis à midi, elle tenait prête, à l'intention du directeur général, une boîte de papiers « de première importance ». Cette boîte devait être livrée au Cavalry Club, dans Piccadilly. Je me rappelai alors que le registre des opérations indiquait le numéro de téléphone du Cavalry Club comme celui où joindre Sir Henry le vendredi après-midi.

Peggy nous apprit qu'un messager spécial rapportait la boîte au bureau à un moment ou un autre entre cinq heures et sept heures du soir. C'était la pauvre Peggy qui devait attendre le retour de la boîte, puis reclasser dans les dossiers tous les documents que le directeur général avait compulsés. Quelquefois — très fréquemment, en fait — cela empêchait Peg de rentrer chez elle à temps pour préparer un véritable repas à son mari, Jerry — avec un « J », car c'était le diminutif de Jerome et non de Gerald — qui travaillait comme comptable certifié à l'inspection des impôts locale et rentrait donc tôt, car il n'avait pas à effectuer de parcours en train comme Peggy. Tout cela à cause des loyers scandaleusement élevés qu'on demande partout dans le centre, alors que le loyer que payaient Jery et Peggy en banlieue, tout à côté de chez la mère de Jerry, était déjà bien suffisant. Et qui donc voudrait se contenter d'un repas froid le soir après une longue journée de travail, bien que préparer un repas froid prenne en fin de compte presque autant de temps que cuisiner un vrai repas ? Et qui peut se permettre de payer les prix qu'on demande à la petite boutique après l'arrêt de bus, qui reste ouverte jusqu'à minuit — elle est tenue par des étrangers, mais quoi qu'on dise de ces gens-là, ils ne rechignent pas à la tâche, et on ne pourrait pas dire cela de certains des Anglais que connaît Peg — mais où vraiment les prix sont excessifs pour des plats tout préparés ? Ils ont des pâtés de porc, des poulets cuits et ces saucisses étrangères que Jerry aime bien mais auxquelles Peggy trouve un drôle de goût, sans doute parce qu'elles sont pleines de produits chimiques — c'est du moins ce que disent les journaux, mais on ne peut quand même pas croire tout ce que disent les journaux, n'est-ce pas...

— Qui transporte la boîte ? demandai-je.

— N'importe qui habilité à transporter des documents « Très secrets », répondit Peggy.

— Je vois.

— Et le chien, précisa Peggy. Le chauffeur prend la boîte et le chien. On le promène dans Green Park.

Le Cavalry Club n'est pas l'un de ces « clubs pour gentlemen » qui se sont laissé infiltrer par les publicitaires et les acteurs. La seule occasion où des éléments extérieurs purent franchir son portail sacré survint en janvier 1976, lorsque des membres du Club des Gardes, récemment fermé, y furent admis. Si on leur fait revenir en mémoire leur réputation de consommer plus de champagne qu'aucun autre corps constitué, les cavaliers du club ont le souci d'y faire honneur lors des réunions régimentaires et de cocktails privés dont l'écho parvient jusqu'au havre de paix de la bibliothèque.

Sir Henry Clevemore se trouvait seul dans le salon de correspondance quand je lui apportai la boîte de documents. Il choisissait toujours cette pièce, qui se trouvait au rez-de-chaussée et dans laquelle, à la différence des autres salons du club, on pouvait pénétrer directement de la rue, sans passer par l'entrée principale et répondre aux questions de l'homme trônant au bureau de réception. Là, étaient entreposées les chaises pliantes pour les réceptions, ainsi qu'une table de billard dont le comité du club ne se résignait pas à se débarrasser. La pièce sentait le cuir et le cirage, et on n'y entendait que le bruit des autobus avançant sous la pluie dans la rue voisine. Sir Henry était assis devant un bureau près de la fenêtre, sous la tête peinte à l'huile d'un cheval de la Brigade Légère aux naseaux dilatés. Sous l'immense peinture encadrée étaient conservées sous verre des fleurs séchées cueillies dans la « Vallée de la Mort »[1] et une mèche de la crinière du cheval favori de Wellington.

---

1. Où se déroula, durant la guerre de Crimée, la fameuse et sanglante « charge de la Brigade Légère », à Balaklava (*N.d.T.*).

— Oh, c'est vous! fit Sir Henry d'un ton vague, les bras tendus pour accueillir la boîte aux documents.

— Oui, Sir Henry, dis-je en lui tendant la boîte. J'espérais que vous pourriez m'accorder quelques minutes de votre temps.

Il fronça les sourcils. Cela ne se faisait évidemment pas. Les hommes bien élevés n'allaient pas traquer quelqu'un jusque dans son club pour le contraindre à faire la causette. Sir Henry se contraignit toutefois à un bref sourire, en même temps qu'il sortait de sa poche une clé attachée à une longue chaîne d'argent.

— Bien sûr, bien sûr, dit-il. Avec plaisir.

Il espérait encore qu'il m'avait mal entendu, et que j'allais prendre congé, le laissant à sa paperasse.

— Samson, monsieur, dis-je. Service allemand.

Il leva les yeux vers moi et se frotta le visage, comme un homme émergeant d'un profond sommeil. Puis il dit finalement :

— Hum! Brian Samson. Bien sûr.

C'était un étrange vieux monsieur, qui ressemblait un peu à un grand ours en peluche, amaigri et maladroit. L'effet était encore renforcé par son veston de gros tweed rouille et ses cheveux longs un peu en désordre. Son visage était nettement plus ridé que dans mon souvenir, et son teint avait foncé, prenant cette couleur un peu mauve que suscite parfois la maladie.

— Brian Samson était mon père, monsieur, précisai-je. Mon nom est Bernard Samson.

Le directeur général chaussa ses lunettes et me regarda un moment d'un air intrigué. Ce geste avait dérangé sa chevelure, et des petites cornes d'allure démoniaque étaient apparues au-dessus de ses oreilles. La monture de ses lunettes, curieusement trop petite, s'ajustait mal sur son nez.

— Bernard Samson. Oui, oui. Bien sûr, je vois.

Il déverrouilla la boîte et l'ouvrit pour jeter un coup d'œil aux papiers. Il ressemblait à un enfant déballant ses cadeaux de Noël. Sans lever la tête — et sans beaucoup de conviction — il dit :

— Si nous pouvons mettre la main sur le serveur, nous allons vous commander une tasse de café... ou un verre d'autre chose.

— Rien pour moi, merci, Sir Henry. Il faut que je rentre au bureau. Je pars pour Berlin cet après-midi.

Je tendis la main vers le couvercle de la boîte et le refermai, doucement mais avec fermeté. Il me regarda avec effarement. Un tel geste d'insubordination revenait à une agression physique, mais j'arborais l'étincelante armure de la vertueuse innocence. Il n'exprima pas sa colère. Il était, à un point typique, le luxueux produit de ce système d'éducation britannique spécialisé dans la mise en circulation de Philistins cordiaux et courtois. Aussi, dissimulant son impatience, m'invita-t-il à m'asseoir et à lui raconter ce que j'avais à lui dire aussi longuement que je le désirerai.

Bien des mauvaises langues affirmaient que le vieil homme n'avait plus toute sa tête, mais les réticences que je pouvais avoir à exposer mes ennuis à un patron sénile ne tardèrent pas à s'évanouir. Je décidai de laisser de côté ma visite à Dodo à Hampton Wick et ma curieuse rencontre avec Jim Prettyman. Si le Service tenait à ce que Jim soit mort, il était inutile de le contrarier sur ce point. Dès que j'eus commencé mon récit, j'eus en face de moi un Sir Henry attentif, les yeux brillants. Lorsque je lui fis part de ce que j'avais découvert sur les fonds transférés à la banque de Bret Rensselaer et ce que je devinais sur les divers mouvements de ces fonds, il m'interrompit à plusieurs reprises pour émettre des remarques fort pertinentes.

A certains moments, ses propos dépassaient le champ de mes connaissances, et je me révélais incapable de mesurer pleinement la portée de ses questions. Mais c'était un vieux routier, bien trop professionnel pour me laisser voir ce qu'il savait ou craignait exactement. Cela ne me surprit pas. Je m'attendais bien à le voir nier avec fermeté toute possibilité de trahison ou de malveillance dans son entourage.

— Est-ce que vous jardinez un peu ? me demanda-t-il, changeant brusquement de sujet.

— Je vous demande pardon, monsieur?

— Est-ce que vous jardinez? répéta-t-il avec un bon sourire. Est-ce que vous creusez la terre pour y planter des fleurs, des fruits, des légumes ou tout ce que vous voudrez?

Je me souvins alors de son parc de dix hectares et des hommes que j'avais vus y travailler. Il portait à son revers une petite rose blanche[1] pour bien marquer ses attaches avec son Yorkshire d'origine.

— Non, monsieur. Je ne jardine pas. Enfin, pas vraiment.

— Un homme a besoin d'un jardin. Je l'ai toujours dit.

Il me regarda par-dessus ses lunettes et me demanda :

— Pas même un petit bout de terrain?

— Un petit bout, oui, avouai-je, me souvenant à temps de l'amas d'orties et d'herbes folles à l'arrière de la maison de Balaklava Road.

— Juillet est mon mois favori, Simpson. Vous devinez pourquoi?

Il leva un index interrogatif.

— Pas exactement, monsieur.

— En juillet, tout ce qui peut pousser a poussé. Vous pouvez récolter beaucoup d'excellentes choses : des framboises, des groseilles, des cerises, de même que des haricots et des pommes de terre...

Il s'interrompit et me regarda droit dans les yeux.

— Mais s'il y a des choses qui n'ont pas poussé, Simpson, si vos semences n'ont pas germé, si elles ont été emportées par la pluie ou tuées par les gelées tardives, il est encore temps de planter. Vous comprenez? Juillet. Il n'y a rien qu'on ne puisse encore planter en juillet, Simpson. Il n'est pas trop tard pour recommencer. Vous me suivez?

— Je vois ce que voulez dire, monsieur, fis-je.

— J'aime mon potager, Simpson. Il n'est rien de plus

---

1. Emblème de la maison d'York à l'époque de la guerre des Deux Roses (*N.d.T.*).

merveilleux que de manger ce que vous avez planté de vos propres mains. Vous savez cela, j'en suis sûr.

— Bien sûr, monsieur.

— « Notre » monde est comme un oignon, Simpson, dit-il en appuyant sur les mots. Je veux dire, évidemment, le Service. C'est ce que j'ai dit un jour au Premier ministre, qui se plaignait de nos méthodes peu orthodoxes. Chaque couche de l'oignon s'adapte exactement à la couche voisine, mais chacune est séparée et indépendante : « terra incognita ». Vous me suivez, Simpson ?

— Oui, Sir Henry.

Ainsi rassuré, il reprit :

— « Omne ignotum pro magnifico. » Vous connaissez cette superbe formule, Simpson ?

Afin de ne prendre aucun risque, il expliqua :

— « Toute chose peu connue est supposée merveilleuse. » La devise du Service, Simpson...

— Oui, monsieur. Tacite, n'est-ce pas ?

Ses yeux se mirent à pétiller derrière les vitres de ses lunettes. Il se racla la gorge.

— Hum ! Oui. Vous connaissez Tacite ? Vous rappelez-vous d'autres passages, Simpson ?

— « Omnium consensu capax imperii nisi imperasset », dis-je.

Puis je traduisis à mon tour :

— « Tout le monde le pensait capable d'exercer l'autorité jusqu'au moment où il essaya. »

Il me jeta un regard aigu.

— Ah ! fit-il. Coup au but ! Si je comprends bien, jeune homme, vous vous demandez si je suis capable d'exercer mon autorité ? C'est cela ?

— Non, Sir Henry. Bien sûr que non.

Il se gratta le nez et reprit :

— De l'exercer avec assez de vigueur pour pouvoir remonter aux origines de vos inquiétudes actuelles ?

— Non, monsieur.

Je me levai pour prendre congé.

— N'ayez crainte, mon garçon. Je vais exploiter les renseignements que vous m'avez fournis. J'explorerai cette affaire sous tous les angles jusqu'à ce qu'aucun doute ne puisse subsister.

— Merci, monsieur.

Il se hissa sur ses pieds pour me tendre la main, et ses lunettes tombèrent. Il les rattrapa au vol à mi-course. Il semblait en avoir l'habitude.

Dehors, je regardai ma montre. J'avais amplement le temps de prendre mon attaché-case au bureau et d'aller en voiture jusqu'à Ebury Street pour y chercher Werner, qui faisait des courses à Londres et avait une place retenue sur le même avion que moi. J'irais donc à pied jusqu'à Fortnum's pour y prendre une tasse de café. J'avais besoin de réfléchir.

*
**

Des nuages sombres défilaient au-dessus des arbres de Green Park, et la bruine avait maintenant cédé la place à de violentes averses, accompagnées de brusques rafales de vent. Les touristes continuaient à circuler sous la pluie avec un air de froide détermination. Les artistes exposant le long du parc avaient recouvert leurs œuvres de feuilles de plastique et étaient allés chercher refuge derrière les colonnes du Ritz. Au moment où je passais devant la station de métro de Green Park, une femme eut son parapluie retourné et, emporté par le vent, le chapeau d'un passant fut soudain projeté sur la chaussée. Une voiture fit une embardée pour l'éviter, mais un autobus l'écrasa, ce qui arracha un petit rire à un vendeur de journaux. On entendait le tonnerre au loin. Tout était froid et humide. C'était Londres en hiver.

Certains éprouvent une satisfaction perverse à circuler sous la pluie ; cela procure un sentiment d'isolement qu'une promenade par beau temps ne fournit aucunement. Je me remémorais ma conversation avec le directeur général en me demandant si j'avais bien mené les opérations. Il y avait eu quelque chose de curieux dans l'attitude du vieux monsieur. Non qu'il eût montré un manque d'intérêt : je ne l'avais jamais vu aussi troublé. Non qu'il eût refusé d'écouter ; il semblait peser chacun de mes mots. Mais quelque chose...

J'entrai à Fortnum's et traversai la boutique d'alimentation pour gagner le salon de thé. Il était bondé de dames aux cheveux mauves et aux sacs en crocodile, le genre de dames à avoir des petits chiens blancs à la maison. J'avais peut-être mal choisi mon heure. Je m'assis au comptoir, commandai une tasse de café et une pâtisserie danoise et restai là quelque temps à réfléchir. Quand j'eus fini mon café, j'en commandai un autre. C'est alors que je compris ce que j'avais trouvé étrange dans ma conversation avec le directeur général. Si outrageantes qu'aient pu lui paraître mon histoire et les hypothèses qui en découlaient, il n'avait manifesté ni indignation ni colère — et pas même de la surprise.

Je dus perdre la notion du temps, car, brusquement, regardant ma montre, je me rendis compte qu'il me fallait me dépêcher. Finalement, je n'arrivai à Ebury Street qu'avec quelques minutes de retard. Werner, avec cette ponctualité empreinte de fanatisme qui caractérise l'Allemagne, m'attendait sur le trottoir, bagages faits, note payée, Burberry noir boutonné jusqu'au col et parapluie ouvert. A ses pieds, un énorme carton était marqué : « Porcelaine. Très fragile ».

— Désolé, Werner, dis-je en arrivant. Tout a pris un peu plus longtemps que prévu.

— Nous avons tout notre temps, fit-il.

Le chauffeur lui ouvrit la porte avant de hisser dans le coffre le grand carton, qui semblait diablement lourd. Werner ne me donna aucune explication à ce sujet. Il plaça soigneusement son parapluie sur le siège avant, à côté du chauffeur, puis il retira son chapeau pour s'assurer que son billet était bien là. Werner était la seule personne de ma connaissance à toujours glisser ses billets dans le ruban de son chapeau.

La voiture nous déposa à la gare de Victoria pour nous permettre d'attraper l'un des trains directs à destination de l'aéroport de Gatwick. Un porteur plaça le carton sur un diable, avec Werner tournant autour de lui pour s'assurer qu'on ne bousculait pas sa porcelaine. Le train était presque vide, et nous n'eûmes aucun mal à nous trouver un coin tranquille. Werner portait un complet neuf en mohair gris qui le faisait paraître plus jeune et plus fantaisiste qu'à l'habitude. Néanmoins, il accrocha méticuleusement son parapluie de façon à le laisser s'égoutter sur le sol, il plia délicatement son imperméable et plaça avec soin son chapeau et sa serviette dans le porte-bagages. Il avait été très bien dressé par l'impitoyable Zena.

— Des assiettes, des tasses et tout le reste, dit-il en touchant délicatement le carton du bout de son soulier bien ciré.

— Oui, fis-je.

Je ne voyais vraiment rien à ajouter.

Après le départ du train, Werner déclara :

— Je suppose qu'à Berlin, tu vas aller voir Lange Koby ?

— Lange Koby ? Peut-être.

Koby vivait dans un appartement sordide près de la Potsdamer Platz, où il tenait salon pour les journalistes étrangers désireux d'écrire sur « le vrai Berlin ». Mes visites là-bas ne m'avaient pas enchanté.

— Si ce Dodo travaillait pour lui, reprit Werner, Lange pourra peut-être t'en dire quelque chose.

Je n'avais pas dit à Werner que je m'étais battu avec Dodo et que j'avais revu Prettyman. Je ne l'avais dit à personne.

— Peut-être. Mais tout cela remonte à longtemps, Werner. Dodo n'était qu'un deuxième couteau. Et je ne vois pas ce que Lange pourrait savoir de Bret, de l'argent et de tout ce qui est réellement important.

— Lange sait généralement tout ce qu'il ne faut pas savoir, remarqua Werner, sur un ton où ne perçait pas une admiration excessive.

Je me penchai vers lui et lui dis :

— J'ai raconté au directeur général tout ce que je savais… enfin, presque tout. A partir de maintenant, c'est son problème, Werner. Son problème, et non le mien.

Werner me regarda en hochant la tête.

— Est-ce que cela veut dire que tu vas laisser tomber cette affaire ? demanda-t-il.

— Cela se peut.

— Laisse tomber, Bernard. Cela te ronge.

— Si seulement je savais quel rôle a joué Fiona dans tout cela !

— Fiona ?

— Elle avait le contrôle de cet argent, Werner. Je me rappelle avoir vu des relevés de banque dans le tiroir où elle rangeait les factures de la maison et l'argent de la femme de ménage.

— Tu veux dire avant sa désertion ?

— Oui, des années avant... Je cherchais les clés de la voiture... Schneider, von Schild et Weber... Je savais que ces satanés noms m'étaient familiers, et, la nuit dernière, je me suis rappelé pourquoi.

— Et pourquoi Fiona détiendrait-elle le compte de Berlin ?

— A l'époque, j'ai pensé que c'était un micmac du Service... peut-être même un leurre. Il y avait des tas de zéros sur ces feuilles, Werner. Des millions et des millions de marks. Maintenant, je me rends compte que tout était bien réel, et que l'argent était à elle. Ou du moins sous sa garde.

— A Fiona ? Un compte secret ?

— Les banques envoient les relevés au titulaire du compte, Werner. Il n'y a pas à sortir de là.

— C'est trop tard, maintenant, dit Werner. Elle est partie.

— J'ai dit au vieux monsieur tout ce que je savais, répétai-je, comme pour bien m'en convaincre. A partir de maintenant, c'est son problème, Werner. Son problème, et pas le mien.

— Tu me l'as déjà dit, fit remarquer Werner.

— J'ai laissé Ingrid hors du coup. Il n'y avait aucune raison de raconter au directeur général les histoires entre sa mère et Dodo.

— Ni l'histoire à propos de ton père, dit Werner.

— Exact.

311

— Soit le Service a autorisé ces manipulations de fonds, dit Werner avec sa simplicité dévastatrice, soit Bret et Fiona ont volé cet argent. Le vieux monsieur a-t-il donné une indication à ce sujet ?

— Peut-être est-il le plus grand comédien de la terre, mais il m'a semblé qu'il entendait parler de tout cela pour la première fois.

— On dit qu'il est gâteux.

— Je n'en ai vraiment pas eu l'impression aujourd'hui.

— Tu as fait ce qu'il fallait, Bernie. J'en suis sûr. Maintenant, oublie tout cela et arrête de broyer du noir.

Je lui montrai son gros paquet et lui demandai :

— Qu'as-tu donc acheté à Londres que tu ne puisses me confier ?

Il sourit.

— Nous ne pouvons quand même pas t'utiliser tout le temps comme garçon de courses.

— Je suis à Berlin toutes les semaines, maintenant. Je peux te rapporter tout ce dont tu as besoin.

— Ingrid voudrait que l'hôtel paraisse plus intime. Elle aime beaucoup les tissus anglais et la porcelaine anglaise, avec ces petits motifs floraux. Elle dit que l'hôtel a l'air trop sévère.

— C'est un hôtel berlinois ; il a l'air allemand.

— Les temps changent, Bernie.

— Il me semblait que Lisl t'avait dit que sa sœur n'avait pas d'enfants. Quelle a été sa réaction quand Ingrid est arrivée ?

— Lisl connaissait son existence, mais Ingrid est une enfant illégitime. Elle n'a pas de droits légaux sur l'hôtel.

— Es-tu amoureux d'elle ?

— Moi ? Amoureux d'Ingrid ?

— Pas de coquetterie, Werner. Nous nous connaissons trop bien.

— Eh bien, oui ! Je suis amoureux d'Ingrid, dit Werner avec une nuance d'inquiétude dans la voix.

— Est-ce que Zena est au courant ?

— Tout ira très bien pour Zena, fit Werner sur le ton de la

confidence. Je vais lui donner beaucoup d'argent, et elle se tiendra tranquille.

Je ne dis rien. Il avait bien sûr raison. Le propos était atroce en soi, mais il était juste.

— Zena est à Munich. J'espère qu'elle va rencontrer quelqu'un...

Werner s'interrompit et me sourit.

— Oui, moi et Ingrid... Nous sommes heureux ensemble. Evidemment, il faudra du temps...

— C'est merveilleux, Werner.

— Tu n'as jamais aimé Zena, je le sais.

— Ingrid est une femme très séduisante, Werner.

— Tu l'aimes bien ?

— Oui.

— Elle n'a jamais été mariée. Il se peut qu'elle trouve difficile de s'adapter à la vie conjugale à son âge.

— Vous êtes jeunes tous les deux, Werner. Que diable...

— C'est ce que dit Ingrid.

« Aéroport de Gatwick », annonça une voix dans les haut-parleurs. Le train ralentissait.

— Merci, Bernie, dit Werner. Tu m'as bien aidé.

— A ton service.

L'avion décolla à l'heure. Nous voyagions sur une petite compagnie privée, la Dan-Air, et les hôtesses souriaient en vous donnant du vrai café. Au-dessus des nuages, le soleil brillait. Contrairement au train, l'avion était plein. J'interrogeai Werner sur l'avancement des travaux dans l'hôtel de Lisl et eus droit à une longue tirade enthousiaste à ce sujet. Werner n'oublia pas d'attribuer à Ingrid Winter sa large part de mérite dans cette entreprise, la couvrant même d'éloges. A certains moments, il me semblait aller un peu trop loin en ce sens, mais j'écoutais patiemment en émettant les borborygmes de rigueur aux moments appropriés. Werner était

313

amoureux, et les amoureux ne sont de bonne compagnie que pour l'objet de leur flamme.

Je contemplai le paysage qui défilait sous l'appareil. Il n'y avait pas à s'y tromper. Il se peut que les Européens finissent par se ressembler de plus en plus par leurs voitures, leurs vêtements, leurs programmes de télévision et leur nourriture à bon marché, mais nos paysages révèlent notre vraie nature. L'Allemagne occidentale n'est jamais rurale. Son paysage est si ordonné, tiré au cordeau et abondamment bâti que les vaches doivent y partager leur *Lebensraum* avec les HLM, les arbres avec les cheminées d'usines. Les villes cachent sous une ombre de feuillage leurs hideux centres commerciaux, mais les chasseurs doivent traquer leurs proies entre des piscines privées et des voitures en stationnement dans une banlieue qui n'en finit pas.

Dès qu'on a franchi la frontière Est-Ouest, le paysage devient désert et paisible. Les terres agricoles de la RDA ne sont pas encore envahies par les maisons neuves et les voitures dernier modèle. Les fermes sont anciennes et pittoresques. Les chevaux de trait résistent stoïquement aux tracteurs, et les hommes et les femmes continuent à travailler dur.

Il faisait un temps superbe quand nous atterrîmes à Berlin, îlot capitaliste de béton et de lumières au milieu d'un océan de verdure communiste. Un soleil orange se couchait, tandis qu'à l'ouest, des nuages gris maculaient le ciel comme si quelque dieu en colère avait tenté de les effacer à la gomme.

Pour descendre la passerelle, je pris la serviette de Werner, qui ployait sous le poids de son carton de porcelaines. Devant, les autres passagers pressaient le pas vers les comptoirs de la douane et de l'immigration.

Le petit aéroport de Berlin-Tegel était en principe dans le secteur français, et donc, techniquement, sous le contrôle de l'Armée de l'air française. La présence incongrue de quatre membres de la police militaire britannique était donc particulièrement voyante, pour ne pas dire surprenante. Ils étaient habillés avec cette perfection dont les policiers militaires semblent seuls capables. Leurs souliers brillaient, leurs boutons étincelaient et leurs tenues kaki affichaient des plis impeccables aux endroits idoines.

La chose était d'autant plus étonnante que l'un des policiers avait le grade de capitaine. Or, les capitaines de la Military Police n'ont pas l'habitude de patrouiller eux-mêmes dans les aéroports à la recherche de recrues en tenue débraillée. Un coup d'œil rapide me permit de constater que deux véhicules militaires britanniques — une conduite intérieure kaki et une camionnette — étaient garés devant le bâtiment de l'aéroport. Derrière, stationnait un fourgon bleu avec l'insigne de l'Armée de l'air française, et, derrière encore, une voiture de police civile avec deux agents en uniforme à son bord. Un étrange déploiement de forces pour un aéroport presque désert.

A notre approche, les quatre MPs se redressèrent et nous dévisagèrent. Le capitaine, un jeune homme à la mine sévère et à la grosse moustache, s'avança pour nous intercepter.

— Pardon, messieurs, dit-il. Lequel de vous est M. Bernard Samson ?

Je devais toujours me demander, ensuite, ce qui avait poussé Werner à dire sans aucune hésitation :

— Je suis Bernard Samson. Qu'y a-t-il, capitaine ?

Werner était capable de flairer un ennui encore plus vite que moi, ce qui n'était pas peu dire.

— Je dois vous demander de m'accompagner, dit l'officier.

Il échangea un regard avec son sergent, un robuste quadragénaire portant un pistolet à la ceinture, et ce regard m'apprit tout ce que j'avais à savoir.

— Vous accompagner ? demanda Werner. Et pourquoi donc ?

— Il vaudrait mieux que nous en parlions dans le bureau, fit le capitaine, avec un rien de nervosité dans le ton.

— Il vaudrait mieux que j'aille avec lui, Werner, me dit Werner, poursuivant le jeu.

J'opinai. Les policiers devaient sûrement percevoir l'accent allemand de Werner. Mais on ne leur avait peut-être pas précisé que Bernard Samson était anglais.

315

Werner se tourna vers le capitaine et lui demanda :

— Suis-je en état d'arrestation ?

— Eh bien... Non. C'est-à-dire... seulement si vous refusiez de venir.

— Nous allons voir cela à votre bureau, reprit Werner. C'est une erreur stupide. .

— J'en suis sûr, fit le capitaine avec un soulagement évident. Votre ami pourrait peut-être prendre votre paquet ?

— Je m'en charge, dis-je.

Se tournant vers l'un de ses hommes, l'officier lança :

— Donnez un coup de main à monsieur, caporal. Prenez le paquet.

J'avais la serviette de Werner à la main. Elle contenait son passeport et tous ses autres papiers personnels. S'ils l'emmenaient au poste de police, il leur faudrait peut-être une heure ou deux pour découvrir qu'ils ne tenaient pas l'homme qu'il fallait. Je suivis donc le caporal et son fardeau en laissant Werner à son destin.

Escorté de mon policier militaire, je passai douane et immigration sans avoir à m'arrêter. Devant l'aérogare, il y avait plusieurs files de taxis. Mon chauffeur était un jeune homme mal rasé arborant un tee-shirt rouge, avec l'emblème de l'université d'Harvard grossièrement imprimé sur la poitrine.

— Je voudrais aller dans Oranienburger Strasse, lui dis-je. Je vous indiquerai sur place.

Je parlais lentement en allemand, à portée d'oreille du policier. Je leur souhaitais bien du plaisir, à lui et à ses collègues, Oranienburger Strasse traversant toute la ville, de l'aéroport jusqu'à Hermsdorf. De quoi s'amuser si l'on veut faire du porte-à-porte.

Dès que le taxi eut un peu roulé, je dis au chauffeur que j'avais changé d'avis et que je voulais aller à la gare du Zoo.

— La gare du Zoo, répéta-t-il. *Alles klar.*

Il inclina la tête avec un sourire entendu typiquement *berlinerisch*. L'endroit que je lui demandais était un coin interlope, le Times Square de Berlin, où un fugitif ne manquait pas de possibilités de se cacher. Le chauffeur pensait sans doute que je fuyais la police militaire, et il approuvait.

Oui, pensais-je, tout est clair. A peine avais-je fini de lui parler que le directeur général avait transmis à Berlin l'ordre de m'arrêter. C'était habile de faire cela à Berlin, où l'Armée était reine. Et où tous mes droits de citoyen pouvaient être mis sous le boisseau en vertu de règlements datant de la dernière guerre. Où je pourrais être commodément bouclé et oublié. Oui, *alles klar*, Sir Henry. Me voilà au bout de l'hameçon.

XXII

Qu'on ne me demande pas ce que je comptais faire. J'essayais seulement de gagner assez de temps pour pouvoir reprendre mes esprits et distinguer quelque moyen de me tirer de ce pétrin.

Je m'efforçais de réfléchir à toute allure. J'écartai l'idée d'aller chercher le Smith et Wesson à canon court et les cinq cents livres en devises diverses et en petites coupures que j'avais transférés récemment du coffre-fort de Lisl à un coffre de louage dans le Ku-Damm. Ni l'argent ni le plomb ne m'aideraient à m'en sortir si le Service était à mes trousses. Je renonçai également à récupérer le passeport autrichien cousu dans la doublure d'une valise entreposée dans une chambre de Marienfelde. Je pourrais facilement passer pour un Autrichien si j'élevais mon timbre de voix d'une octave et me pinçais le nez, mais à quoi bon? Dès le lundi, d'excellentes photos de moi seraient mises en circulation.

Un taxi transporta le carton de porcelaines de Werner à l'hôtel, avec un mot disant à Ingrid Winter que Werner et moi étions allés au cinéma. Pour qui nous connaissait bien, une telle idée était absurde, mais Ingrid ne nous connaissait pas très bien, et ce fut la seule excuse que je pus imaginer pour l'empêcher de commencer à nous chercher avant deux ou trois heures.

Certaines de mes initiatives furent moins raisonnables.

319

Comme poussé par quelque démon surgi de mon passé aventureux, je pris un autre taxi et demandai au chauffeur de me conduire à Checkpoint Charlie. Il faisait alors presque nuit, et les touristes, par flots entiers, déambulaient dans les rues illuminées au néon.

— Checkpoint Charlie ? répéta le chauffeur.

— Oui.

Au sortir des rues encombrées, nous nous dirigeâmes vers le canal de la Landwehr et ses rives désertes et chargées d'histoire. Une histoire que racontent les noms des rues avoisinantes, ceux d'hier comme ceux d'aujourd'hui. Bendlerstrasse, d'où la Wehrmacht est partie à la conquête de l'Europe, a été rebaptisée du nom de Stauffenberg, l'auteur de l'attentat manqué du 20 juillet 1944 contre Hitler. Mais, comme si une vieille passion militariste continuait à habiter les édiles, le pont Bendler est resté le pont Bendler.

Au bord du canal se dresse toujours le bâtiment où le chef de l'Abwehr, l'amiral Canaris, complota contre le maître du Reich, et les eaux glauques sont celles où le corps de Rosa Luxemburg fut précipité par ses assassins.

Nous remontâmes ensuite Kreuzberg, passant devant le café de Leuschner, puis Kochstrasse, pour arriver au carrefour de la Friedrichstrasse, d'où l'on pouvait découvrir le centre même de Berlin-Est.

Je réglai le taxi et pris bien soin de demander au soldat américain en faction devant le baraquement provisoire installé là depuis quelque quarante ans à quelle heure fermait Checkpoint Charlie. Il m'expliqua ce que je savais déjà, à savoir que le poste de contrôle ne fermait jamais. Ce serait suffisant pour qu'il se souvienne de mon passage. Quitte à laisser à la Military Police une piste à suivre, autant valait qu'elle fût voyante. Le Service ne serait pas dupe, mais, à la lueur des expériences récentes, il lui faudrait un certain temps pour réagir. Ce vendredi soir, Dicky Cruyer allait devoir s'arracher aux joies saines de la campagne pour regagner son bureau et son téléphone.

Du côté occidental de Checkpoint Charlie, on ne trouvait

qu'un ou deux GIs nonchalants et paisibles, mais, à l'Est, c'était un véritable grouillement d'hommes en armes, revêtus d'uniformes évoquant à dessein ceux des vieilles armées prussiennes. Je tendis mon passeport à un garde-frontière est-allemand, qui le tendit à son supérieur, lequel le glissa par un guichet à quelqu'un d'autre. A l'intérieur, le passeport fut photographié et examiné sous un projecteur pour s'assurer qu'il ne portait pas de signes secrets déjà apposés par la police de RDA. On s'était emparé de mon passeport avec cet air de propriétaire que prennent tous les bureaucrates à l'égard des papiers d'identité. Ils sembleraient presque considérer ceux-ci comme des messages personnels expédiés par d'autres bureaucrates de par le monde, et dont les porteurs n'auraient d'autre rôle que celui de méprisable messager.

Droit de passage à peine déguisé, tous les visiteurs étaient tenus d'échanger leurs devises occidentales contre des marks est-allemands à des taux exorbitants. Je payai ma dîme. Les gardes allaient et venaient, tandis que les touristes, en file, attendaient patiemment. Chaque voiture était longuement examinée. On glissait même, sous le véhicule, un grand miroir monté sur roues. Les gardes ne se mouvaient qu'avec une lenteur étudiée. A l'Est, on prenait tout son temps — rappelant ainsi à la raison certains visiteurs trop pressés.

Dès qu'on émergeait du poste-frontière, on pouvait distinguer le pont de chemin de fer, qui se détachait de façon linéaire sur le ciel indigo. C'était là que passaient les trains allant de Paris jusqu'à Varsovie et, finalement, à Moscou. C'était là aussi que circulait le S-Bahn, cette ligne de voyageurs qui parcourait les deux parties de Berlin. Et sur le pont même se trouvait la gare de la Friedrichstrasse.

A cet égard, la vue du pont donnait une trompeuse impression de proximité. En remontant à pied vers la gare, le long d'immeubles noircis que certains disaient appartenir à des sociétés suisses que même le gouvernement de RDA ne se souciait pas de contrarier, je regrettais de n'avoir pas pensé à prendre plutôt un taxi.

321

A la gare, j'eus de nouveau droit aux interminables formalités du contrôle de passeports, encore plus longues et fastidieuses pour ceux qui sortaient que pour ceux qui entraient, avant de pouvoir emprunter le tunnel et gagner le quai.

Le train, antique et décrépit comme tous ceux du S-Bahn, arriva en brinquebalant, avec ses wagons aux vitres sales et aux faibles lumières blafardes. Il était presque vide, à cette heure de la soirée. En quelques minutes, nous fûmes à l'Ouest, et l'on put lire comme un soulagement sur presque tous les visages des voyageurs descendant à la gare du Zoo. Il me fallait changer pour gagner Grünewald, mais il n'y avait qu'une minute ou deux d'attente, ce qui valait mieux que de se retrouver bloqué avec un taxi dans les encombrements du Ku-Damm.

De la gare de Grünewald, j'allai à pied jusqu'à la maison de Frank Harrington. Je m'en approchai très prudemment, pour le cas où l'on m'y attendrait. Cela me semblait toutefois peu probable. La procédure classique consistait à couvrir simplement les postes frontaliers et l'aéroport. Rien que cela devait déjà poser assez de problèmes, un vendredi soir et sans préavis. En tant que chef d'antenne à Berlin, Frank bénéficiait déjà d'une protection spéciale de la police civile. Mais je pensais qu'on ne devait pas lui consacrer des hommes vingt-quatre heures sur vingt-quatre. Quant à moi, j'étais sans doute présenté comme un fugitif de la catégorie trois : « peut-être armé mais non dangereux ».

C'était Axel Mauser, l'un de mes camarades d'école berlinois, qui m'avait enseigné la bonne manière de grimper à la tuyauterie extérieure. « Tu grimpes aux cordes avec tes mains et aux tuyaux avec tes pieds », m'avait-il dit, en me montrant comment les cambrioleurs astucieux arrivaient à utiliser ainsi la tuyauterie sans même se salir les mains. Je ne sais qui lui avait appris cela, sans doute son père. Celui-ci, Rolf Mauser, travaillait à l'hôtel de Lisl, mais était surtout une vieille canaille, capable d'à peu près n'importe quoi.

Je me rappelais brusquement tout cela en escaladant la façade arrière de la grande maison de Frank, en direction de la chambre à coucher de celui-ci. Il n'y avait pas de dispositifs d'alarme à l'arrière. Je le savais pour avoir aidé Frank à décider de l'installation. D'autre part, Frank gardait toujours entrebâillée la fenêtre de la salle de bains. C'était un maniaque de l'air frais. Il m'avait souvent dit que, si froid qu'il fît, il était malsain de dormir les fenêtres fermées, et il m'arrivait de penser que c'était pour cela que sa femme n'aimait pas vivre avec lui. J'en avais fait part à Fiona, qui avait trouvé l'idée ridicule, mais, pour moi, la théorie se défendait. Je ne supporte pas les chambres glaciales ; je préfère la chaleur malsaine.

Je savais, bien sûr, que Frank ne serait pas couché. J'arrivai à la fenêtre de la salle de bains, et commençai à débarrasser soigneusement le rebord intérieur des quelques centaines de flacons, tubes et atomiseurs divers qui s'y entassaient : sels de bain, crème à raser, shampooing, dentifrices, lotions et Dieu sait quoi encore. Je me demandai ce que Frank pouvait bien faire de tout cela. A moins que ce ne fût, au moins en partie, l'héritage de ses petites amies...

Finalement, je parvins à dégager un espace suffisant pour accéder à la baignoire mais... il y avait de l'eau dedans. Une quantité d'eau. Ce crétin de Tarrant n'était même pas capable de s'assurer qu'une baignoire s'était correctement vidée ! Je me retrouvais avec un soulier plein d'eau savonneuse. Je n'avais jamais aimé le domestique de Frank, et ce sentiment était bien réciproque. Je suppose que si je n'avais pas tout simplement sonné à la porte de Frank, c'était principalement parce que je n'avais aucune confiance en Tarrant. Dans la situation où je me trouvais, je ne lui aurais pas donné trois minutes pour, m'apercevant, se précipiter au téléphone signaler ma présence. Trois minutes, que dis-je ? Trente secondes...

Frank, je le savais, était en bas. Il était installé dans le salon à écouter ses disques de Duke Ellington. C'était généralement ce qu'il faisait quand il était seul chez lui, le son poussé si haut qu'on pouvait entendre les cuivres et la batterie dans la moitié de la rue. Il prétendait que la seule façon d'apprécier ces vieux enregistrements était de les écouter avec un volume sonore égal à celui de l'orchestre au moment où le disque avait été gravé. Mais je pense que, tout simplement, il devenait un peu sourd.

C'était l'orchestre de 1940 — la meilleure formation d'Ellington à mon avis, encore que Frank ne fût pas d'accord — jouant *Cotton Tail*. Il n'est pas étonnant que Frank ne m'ait pas entendu entrer dans la pièce ; si j'étais arrivé aux commandes d'une moissonneuse-batteuse, il ne s'en serait pas plus aperçu.

Frank était installé dans un fauteuil exactement entre les deux amplificateurs géants. Il portait un pull-over jaune sur une chemise dans le col de laquelle était noué un foulard de soie. A part la grosse pipe courbe dont s'échappaient d'épais nuages de fumée, tout cela faisait très Noël Coward. Il se tenait courbé dans son fauteuil, tentant de déchiffrer les petits caractères d'une étiquette de disque. J'attendis qu'il se fût redressé pour lui dire du ton le plus naturel que je pus trouver :

— Bonsoir, Frank.

— Bonsoir, Bernard, fit-il.

Et, tendant sa pipe dans ma direction, il ajouta :

— Ecoute un peu Ben Webster !

Comment faire autrement que l'écouter ? Le solo de saxo ténor me perçait les tympans comme une foreuse électrique. Quand le grand Webster eut terminé, Frank consentit à baisser un peu le son.

— Un whisky, Bernard ? demanda-t-il, en commençant à le verser d'autorité.

— Merci.

— Tu es toujours le bienvenu ici, Bernard, mais je préférerais que tu sonnes tout simplement à la porte d'entrée, comme tout le monde fait.

Si Frank savait déjà qu'il y avait un mandat d'amener contre moi, le moins qu'on pût dire était qu'il prenait les choses très calmement.

— Pourquoi cela ? demandai-je.

Je bus une gorgée de whisky. C'était du Laphroaig. Frank savait que je l'aimais.

— Pour que tu ne fasses pas des saletés pareilles sur le tapis, répondit-il, en montrant les traces de pas boueuses que j'avais laissées de la porte au centre de la pièce.

— Je suis désolé, Frank, dis-je.

— Pourquoi faut-il que tu fasses toujours tout de travers, Bernard ? Tu compliques vraiment la vie de tes amis.

Frank avait toujours pris son rôle paternel très au sérieux, et il me le montrait en étant toujours là quand j'avais besoin de lui. Je me demandais parfois quelle sorte d'homme avait pu être mon père pour susciter des amitiés si fortes et si profondes que je continuais à en bénéficier personnellement.

— Tu es maintenant trop vieux, poursuivit Frank, pour te livrer à des gamineries comme passer par la fenêtre de la salle de bains. Tu avais l'habitude de faire cela, quand tu étais gosse. Tu te souviens ?

— Vraiment ?

— Je laissais la lumière allumée dans la salle de bains pour que tu ne te casses pas bras et jambes en tombant de la fenêtre.

— Tu as appris ce qui était arrivé ? demandai-je, incapable de supporter plus longtemps ces propos anodins.

— Je savais que tu allais venir.

Frank ne pouvait pas s'en empêcher. C'était là le genre de déclarations complaisantes que ma mère affectionnait. Pourquoi Frank devait-il ainsi jouer les vieilles femmes ? Il ne pouvait pas comprendre que cela gâchait tout ? Je le laissai me verser un autre verre de whisky. Il était déjà prodigieux qu'il ait résisté à la tentation de me dire que je buvais trop, mais il allait sûrement trouver une occasion de le replacer dans la conversation un peu plus tard.

— Et quand l'as-tu appris, au juste ? demandai-je.

— Que le vieux voulait qu'on te mette au trou ? J'ai reçu un message « confidentiel » sur le téléscripteur vers quatre heures. Puis est arrivée une annulation.

Il sourit, avant de poursuivre :

— A lire entre les lignes, je suppose que quelqu'un, à Londres, a jugé que le vieux était devenu complètement fou. Puis, environ une heure plus tard, le premier message a été répété. Signé, cette fois, du directeur général et du directeur adjoint.

Il regarda le tapis et demanda :

— Ce n'est pas de la graisse, au moins ?

— C'est de l'eau, dis-je.

— Si c'est de la graisse ou de l'huile, il faut que tu me le dises tout de suite, que je puisse laisser un mot à Tarrant pour lui dire de nettoyer avant que cela ne pénètre.

— Je t'ai dit que c'était de l'eau !

— Calme-toi, Bernard.

— Alors, je suis toujours sur la liste des personnes à appréhender ?

— J'en ai bien peur. Ta petite astuce avec ton copain Werner Volkmann n'a pas trompé longtemps l'armée.

— Suffisamment longtemps quand même.

— Pour toi, oui. Mais le capitaine Berry s'est retrouvé dans un sacré pétrin.

— Le capitaine Berry ?

— Le capitaine de la prévôté. Aux dernières nouvelles, le général voulait l'envoyer en cour martiale, le pauvre type.

— Au diable le capitaine Berry ! Je ne vais pas verser des larmes sur un MP qui veut m'envoyer en cabane !

Je regardai en direction de la pendule posée sur la cheminée. Frank surprit mon regard et dit :

— Ils ne viendront pas te chercher ici.

— Qu'est-ce que signifie tout cela, Frank ?

— J'espérais que tu allais me le dire, Bernard.

— Je suis allé trouver le vieux monsieur et je lui ai tout raconté à propos de Bret Rensselaer et de l'argent en banque.

— Je croyais que tu allais laisser tomber toutes ces âneries, dit Frank d'un ton las.

— On t'a dit quelles étaient les accusations portées contre moi ?

— Non.

— Est-ce qu'ils avaient l'intention de me garder ici ou de me réexpédier en Angleterre ?

326

— Je ne sais pas, Bernard. Vraiment, je ne sais pas.

— Tu es le chef de l'antenne de Berlin, Frank.

— Je te dis la vérité, Bernard. Je n'en sais rien.

— C'est à propos de Fiona, n'est-ce pas ?

— De Fiona ? demanda Frank.

Il semblait véritablement intrigué.

— Est-ce que Fiona travaille toujours pour le Service ?

Cela parut lui couper littéralement le souffle. Il but une gorgée et me regarda pendant ce qui sembla un assez long moment.

— J'aimerais pouvoir répondre oui, Bernard. Vraiment, j'aimerais.

— Parce que c'est la seule hypothèse qui tienne la route.

— Comment cela ?

— Que ferait Bret Rensselaer avec je ne sais combien de millions de dollars ?

— Des tas de choses, repondit Frank, qui n'avait jamais porté Bret dans son cœur.

— Ah oui ? Tu sais le strict contrôle que le Service exerce sur ses fonds. Tu ne peux croire une minute que la trésorerie centrale a laissé disparaître des millions en oubliant à qui ils avaient été alloués.

Il tira sur sa pipe tout en réfléchissant.

— Cet argent, poursuivis-je, est planqué sur des comptes secrets pour des paiements clandestins. Des paiements clandestins, Frank.

— En Californie ?

— Non. Pas en Californie. Quand j'ai questionné Bret là-bas, personne, sauf les Américains, ne s'est excité. C'est quand j'ai retrouvé la trace de l'argent à Berlin que le cirque a commencé.

— A Berlin ?

— Alors, on ne t'a rien dit ? Schneider, von Schild et Weber, ici, dans le Ku-Damm.

Il se caressa la moustache avec le tuyau de sa pipe et commença :

— Quand bien même...

327

— Suppose un instant que la désertion de Fiona ne soit que l'aboutissement d'un plan à très long terme. Suppose qu'elle soit en train d'effectuer un travail très particulier là-bas, à Berlin-Est. Elle aurait besoin de beaucoup d'argent, et il le lui faudrait précisément ici, à Berlin, où elle peut y avoir facilement accès.

— Pour payer ses propres agents ?

— Bonté divine, Frank, ce n'est pas moi qui vais t'apprendre cela ! Evidemment. Pour toutes sortes de choses : agents, pots-de-vin, frais divers. Tu sais combien cela chiffre vite.

Frank me posa la main sur l'épaule.

— Je voudrais pouvoir te croire, dit-il. Mais je suis le chef d'antenne, ici, comme tu viens de me le rappeler. Personne n'aurait été implanté dans ce secteur sans mon accord. Tu le sais bien, Bernard. Alors, arrête de te raconter des histoires. Ce n'est pas ton genre.

— Suppose que tout cela ait été tenu hermétiquement secret. Avec Bret Rensselaer comme officier traitant...

— Et le directeur général obtenant le feu vert directement du ministère ? C'est une explication ingénieuse, mais j'ai peur que la vraie ne soit plus simple et moins glorieuse. Le chef de poste de Berlin est toujours informé. Même le directeur général ne violerait pas cette règle opérationnelle. Il en a toujours été ainsi depuis l'époque de ton père. Ce serait sans précédent.

— Pas plus que de faire arrêter à l'aéroport un cadre supérieur du Service, remarquai-je.

— Le directeur général est à cheval sur les principes. Je le connais, Bernard. Nous avons fait notre entraînement ensemble pendant la guerre. Il est prudent à l'extrême. Jamais il ne se laisserait entraîner dans un projet aussi hasardeux.

— Pour infiltrer un agent à la Stasi, au sommet ? Un agent de toute confiance dans les instances dirigeantes mêmes ? C'est dans cette position que se trouve maintenant Fiona. C'est toi-même qui me l'as dit.

— Calme-toi un peu, Bernard. Je vois bien pourquoi ce scénario te séduit. Fiona se trouve réhabilitée, et toi, tu t'es montré plus malin que le Service en pénétrant son secret le plus jalousement gardé.

Il aurait pu ajouter que cette solution faisait de Bret l'équipier de Fiona, et non son amant.

— Alors, demandai-je, quelle est ton explication à toi ?

— Horriblement banale, j'en ai peur. Mais, après toute une vie passée dans le Service, on regarde derrière soi et on voit combien de temps on a gaspillé à imaginer les solutions les plus alambiquées, alors que la vraie réponse était banale, évidente et toujours à portée de vue.

— Fiona abandonnant foyer et enfants pour aller travailler pour la Stasi ? Bret détournant des millions sur les fonds du Service et se retrouvant en Californie apparemment sans le sou ? Prettyman rappelé de Washington pendant qu'on dit à sa femme qu'il est mort ? L'oncle Silas m'expliquant quel type formidable est Dodo, alors même qu'il envoie par téléphone une équipe le bousculer et le faire taire ? Un mandat d'amener lancé contre moi parce que j'ai tout raconté au directeur général ? C'est là pour toi l'explication « horriblement banale » qui a le doux parfum de la vérité ?

Frank me dévisagea. C'était la première fois que je faisais allusion à la duplicité de Silas Gaunt — je n'en avais pas même parlé à Werner. Il hocha la tête d'un air pensif, mais ne manifesta aucune surprise.

— La dernière des choses que tu as mentionnées, dit-il tristement, est en tout cas bien réelle. J'ai découpé moi-même le message sur le téléscripteur cet après-midi. Tu veux le voir ?

— Le vieux monsieur veut me faire retirer de la circulation parce qu'il craint que mes investigations ne finissent par démolir la couverture de Fiona. Ils m'ont expédié en Californie uniquement pour que Bret puisse me convaincre de tout laisser tomber. Ils ont envoyé Charlie Billingsly à Hong Kong à cause de ce qu'il aurait pu apprendre par l'ordinateur sur les sociétés bidon de Bret. Ils ont procuré à Cindy Prettyman un emploi confortable à Strasbourg pour qu'elle se tienne tranquille. Ils ont paniqué à l'idée que Dodo pourrait déballer leurs secrets, et ils ont choisi Prettyman pour le faire taire.

— Tout cela est très circonstanciel, dit Frank.

Mais, maintenant, il commençait à m'écouter avec attention.

— Je suppose qu'ils se sentent pris à la gorge, mais je n'avais pas compris à quel point avant d'arriver ici. Quand j'ai eu exposé mes interrogations au directeur général, ils n'ont plus vu qu'une solution, qui était de me mettre à l'ombre en attendant qu'on trouve un moyen de me faire taire.

Frank me jeta un regard apitoyé et me dit :

— Tu ferais mieux de t'asseoir, Bernard. Il y a autre chose que tu dois savoir.

— Quoi donc ? demandai-je en m'asseyant.

— Ce n'est pas ce que tu crois. Quand le deuxième message est arrivé, j'ai téléphoné à Londres pour demander des précisions. Je pensais... Dans ces circonstances...

— Tu as parlé au directeur général ? Cet après-midi ?

— Non, mais j'ai eu le directeur adjoint.

— Et alors ?

— Sir Percy me l'a dit en confidence.

— Il t'a dit quoi ?

— Ils ont ouvert un dossier orange, Bernard.

— Sur moi ?

Il avait tout le loisir de dire non, mais il ne le fit pas.

— Ladbrook arrive demain par avion, dit-il simplement.

— Seigneur !

On n'ouvre un dossier orange que lorsqu'un membre du Service est accusé de trahison et que des preuves préliminaires ont déjà été réunies. Et Ladbrook est le grand inquisiteur. Celui qui prépare le dossier d'accusation.

— Tu comprends, maintenant ? demanda Frank.

— Tu ne me crois toujours pas, hein ?

— Je n'ose pas te croire.

— Que veux-tu dire ?

— Que je préférerais te croire coupable plutôt que de penser que Fiona est en train de jouer un double jeu là-bas. Surtout si tu as fait se délier les langues. As-tu mesuré la portée de ce que tu dis ? As-tu pensé à ce qui lui arriverait si elle était démasquée ? Toi, tu risques la prison, mais elle, arrivée à ce poste et les trahissant...

Il s'interrompit net. Nous pensions tous deux à Melnikoff, qui fournissait des renseignements à l'un des réseaux de Silas. Plus d'une douzaine de témoins l'avaient vu poussé vivant dans un four. Et le KGB s'était arrangé pour que cela se sût.

— Fais attention à la façon dont tu proclameras ton innocence, me dit Frank. Tu risquerais de signer l'arrêt de mort de ta femme. Que tu aies raison ou non.

Je tombai assis. Tout allait trop vite. J'eus soudain envie de vomir mais me contrôlai. Je regardai ma montre.

— Il vaudrait mieux que je file d'ici, dis-je.

Je détestais cette pièce. Tout ce qui m'était arrivé de pire dans ma vie semblait s'être produit là, mais je suppose que c'était tout simplement parce que, chaque fois qu'un coup dur m'arrivait, j'allais trouver Frank.

— Tu ne penses pas que Tarrant...

— J'ai donné sa soirée à Tarrant. Y a-t-il quelque chose...

— Tu as déjà fait ta part, Frank.

— Je suis désolé, Bernard.

— Mais qu'est-ce qui leur arrive à tous, Frank ? Pourquoi ne peuvent-ils pas tout simplement rappeler les chiens ?

— Quelle que puisse être la vérité, tu ne seras jamais considéré comme complètement blanchi. Pas après la désertion de ta femme. Tu peux sûrement comprendre cela.

— Non, je ne peux pas.

— Que ton inquiétante théorie soit juste ou qu'elle soit fausse, le Service ne peut pas prendre de risques, Bernard. Il y avait des gens qui voulaient te voir fichu dehors dans les heures qui ont suivi le départ de Fiona. Ils se sont inquiétés dès que tu as commencé à fouiner partout. Ils ont peur.

Je me levai et demandai :

— As-tu un peu d'argent, Frank ?

— Un millier de livres. Cela suffira ?

— Je ne m'attendais pas à devenir un dossier orange. Je pensais vraiment qu'il y avait une erreur quelque part. Une interprétation un peu trop zélée des consignes du vieux monsieur...

— C'est là, dans le tiroir du bureau.

Il trouva l'argent en un temps record, comme il avait trouvé le verre et la bouteille de Laphroaig. Je suppose qu'il tenait tout cela prêt. Il m'escorta jusqu'à la porte et regarda au-dehors, dans la nuit berlinoise. Peut-être pour s'assurer qu'il n'y avait personne en faction.

— Prends cette écharpe, Bernard. Il fait sacrément froid, ce soir.

Quand nous nous serrâmes la main, il me dit :

— Bonne chance, Bernard.

Il semblait avoir du mal à me lâcher la main. Il me demanda :

— Qu'est-ce que tu vas faire, maintenant ?

Je regardai le ciel. On pouvait voir, au loin, la lueur des projecteurs illuminant le Mur. Je haussai les épaules. Je ne savais pas.

— Je... je suis désolé... pour les marques sur le tapis.

Je détournai la tête.

— Cela ne fait rien, dit Frank. Du moment que ce n'est pas de la graisse.

Achevé   Imprimerie
d'imprimer Gagné Ltée
au Canada Louiseville